二見文庫

運命に導かれて

シャノン・マッケナ／中西和美＝訳

Out of Control
by
Shannon McKenna

運命に導かれて

登　場　人　物　紹　介

マーゴット・ヴェッター(メグ・キャラハン)	エアロビクスのインストラクター
デイビー・マクラウド	マクラウド兄弟の長男で私立探偵
コナー・マクラウド	デイビー・マクラウドの弟でFBIの捜査官
エリー	コナー・マクラウドの婚約者
シンディ	エリーの妹
ショーン・マクラウド	マクラウド兄弟の末弟で キックボクシングのインストラクター
クレイグ・カルーソ	マーゴット・ヴェッターの元恋人で クレル社のオーナー
マーカス・ワシントン	ケイリクス研究所の科学者
プリシラ・ワシントン	マーカスの義理の母
ファリス・ワシントン	マーカスの弟
ラウル・ゴメス	シアトル警察殺人課の刑事
セス・マッケイ	セキュリティ・コンサルタント
タマラ	謎の女
ニック	コナーのFBIの同僚
サム・ギャレット	サン・カタルド警察の刑事

1

サン・カタルド、カリフォルニア州

瞳をひと突きされた。そんな気分だった。

メグ・キャラハンは、コーヒーが冷めるのも気づかないままカップをきつく握りしめていた。目はキッチンテーブルに置かれたジップロックを呆然と凝視している。袋のなかには、乱れたままの自分のベッドから一時間半前にピンセットでつまみあげた証拠品が入っていた。物品番号一：黒いレースのTバック型パンティ。メグ自身は色白の肌にどぎつく映らないパステルカラーを好む。物品番号二：まっすぐな長い黒髪三本。メグはカールした短い赤毛だ。

メグの心はかき乱れ、不愉快な情報を認めまいと闘っていた。最近、恋人のクレイグは愛想が悪くて妙にびくびくしていたけれど、それは厄介なY染色体や仕事のストレスやコンサルティングビジネス起業に向けて奮闘しているせいだと思っていた。夢にも思っていなかった。まさか彼がこんな……信じられない。

わたしの家で。わたしのベッドで。ひどすぎる。

頭が真っ白になるほどの衝撃は、やがて周辺からむずむずと震えて赤く染まりだし、いつ

しか怒りへと変化していった。クレイグにはずっと献身的に尽くしてきた。彼が自分の部屋の害虫駆除と改装をするあいだ、無料でわたしの家に住まわせてやった。お金も貸した。それも少なからず。彼の事業の借金の連帯保証人になった。彼を応援し、融通をきかせ、女らしい思いやりを見せようと精一杯努力してきた。これまでつきあった男たちを萎縮させた威嚇的な態度も極力手加減し、強気の発言も控えていた。今度こそうまくいってほしかった。必死で頑張ったのに、その努力の代償がこれなのだ。だまされた。またしても。

立ちあがった拍子にテーブルの縁にぶつかり、カップが倒れた。間一髪のところで跳びすさったおかげで、クレイグとのランチデートのために着替えたクリーム色の麻の服にコーヒーがかからずにすんだ。

週末会議から早めに帰宅したのは、きれいにしてデートに行きたかったからだった。クレイグがそわそわしているのは、例の話を切りだそうとしているからにすぎないと思いこんでいた――（ドラムロールをお願い）そう、二人の将来の話を。わたしったら、お涙ちょうだい場面さえ想像していたのだ。デザートのとき、照れくさそうに指輪が入った箱を差しだすクレイグ。箱を開け、至福に息を呑むわたし。涙があふれるにつれて高まるバイオリンの音色。ばかみたい。

炎にガソリンが注がれたように憤怒が燃えあがる。何かせずにはいられない。いますぐに。彼の車を爆破してやるようなことを。クレイグのお気に入りのマグカップが最初の標的になった。澄ましてシンクに鎮座しているカップの横には、もう一つ汚れたカップがある。どこその女が今朝コーヒーを飲むのに使ったに違いない。そうよ、見てごらんなさい。カップの縁に真っ赤な口紅がついてるじゃない。

メグはキッチンの向こうへカップを投げつけた。ガシャン、パリン。その音で気持ちがすっとはしたものの、おかげで壁にはこの記念すべき瞬間を未来永劫思いださせてくれるコーヒーの染みができた。気がきいてるじゃない、メグ。

彼女はぶつぶつ文句を言いながら、ゴミ袋を探してシンクの下をひっかきまわした。あの嘘つきの人でなしを、うちから追いだしてやらなくちゃ。

まず、クレイグが勝手にオフィスにしている予備の部屋から取りかかった。ラップトップ、モデム、マウス、人間工学に基づいたデザインのキーボードをゴミ袋に入れる。そのあとに手紙、業界紙、フロッピーディスク、データが保存されたCDが続く。デスクの抽斗(ひきだし)の奥で見つけた封をされた箱が袋の底にあたり、大きな音をたてた。

次。メグはゴミ袋をひきずって廊下に出た。いちばん重いものから始めるなんて浅はかだったけれど、もう手遅れだ。次は廊下のクロゼット。高価なスーツ、ドレスシャツ、ベルト、ネクタイ、靴、ローファー。寝室へ。クレイグのカジュアルウェアを入れるために空(あ)けてやった抽斗(ひきだし)。彼の低反発シリコン枕。彼の目覚まし時計。彼こだわりのデンタルフロス。一つ放りこむごとに、怒りがいっそうつのっていく。あのばか。

終わった。もう捨てるものは一つも残っていない。メグはゴミ袋の口を縛った。袋は持ちあがらないほど重くなっていた。彼女はやむなくごつんごつんと音をたてながらゴミ袋をひきずって玄関を出ると、ポーチを横切って階段をおり、パーソン湖の小石だらけの狭い岸辺へ向かった。石のように重い荷物を引きずっていくと、浮き桟橋に続く板張りの通路が危なっかしくぐらついた。

メグはうめき声とともに桟橋の端からゴミ袋を投げ捨てた。ごぼごぼとふがいない泡がいくつかあがり、それは沈んで見えなくなった。取り返したいなら、クレイグは凍えるような十一月の湖に入って回収作業でもなんでもすればいい。

ようやく少し楽に息ができるようになった。でも、子どもじみた腹いせの効果がごく短時間しか続かないのは経験からわかっている。動きつづけていなければ、またすぐ打ちのめされてしまう。いまの頼みは仕事だけだ。彼女はバッグをつかむと、車に飛び乗ってオフィスへ向かった。

〈キャラハン・ウェブ・ウィービング〉のガラスの両開きドアを猛然と入っていくと、受付係のジギーがはっとしたように顔をあげた。「ちょっと待って。たったいま彼女が来た」ジギーは受話器に向かってそう言うと、ボタンを押した。「メグ？　どうしたんだい？　ここには午後まで来ないのかと思ってた。ランチの約束が――」

「予定が変わったの」さらりと言い返す。「もっとましな用事ができたのよ」

ジギーはまごついた顔をした。「でも、クレイグが二番に電話をかけてきてるぜ。きみがランチの待ち合わせに来ない理由を知りたがってる。きみに話があるそうだ。急用で、できるだけ早く話したいって言ってるよ。生きるか死ぬかの問題だって」

メグはあきれたように天井に目を向け、自分のオフィスへ向かった。「いつものことじゃない、ジギー。クレイグの大事な用事は、いつだって生きるか死ぬかの問題じゃない？」

ジギーが眉をしかめた。「なんだか、今度はほんとに必死みたいだよ、メグ」

考えてみれば、面と向かって振ってやるほうが気が利いてるし、なにより決定的になる。それに、もし彼が厚かましく否定してきたら、パンティが入ったジップロックを顔に投げつけてやることもできる。そうすれば気分がすっきりするだろう。気持ちの整理とか、その手の有意義なものになるはずだ。

メグはジギーの不安そうな目を見つめ、安心させるように微笑んだ。「すぐ行くとクレイグに伝えて。そのあとは、二度と彼からの電話は取り次がないでちょうだい。伝言も受けないで。クレイグ・カルーソに対しては、わたしは今後永遠に会議中よ。わかった？」

ジギーは眼鏡の向こうでフクロウのように目をしばたたかせた。「大丈夫かい、メグ？」

メグは好戦的な笑みを浮かべた。「ええ。それどころかとってもいい気分よ。長くはかからないわ。彼と食事をする気はないから」

「じゃあ、ランチを注文しておこうか？　いつものやつでいいかい？」

メグは食欲があるとは思えず一瞬ためらった。だが、かわいそうにジギーはなんとか役に立とうと一生懸命になっている。「そうね、お願いするわ」彼女は受付係の肩をたたいた。

「やさしいのね。わたしにはもったいないわ」

「キャロットケーキと無脂肪のカフェラテのラージサイズも頼んでおくよ。きっと必要になるだろうから」ジギーはそう言うと、保留になっている電話にあわてて戻った。

メグはコートクロゼットの内側にある鏡をのぞいて口紅を塗りなおすと、鮮やかな赤毛をわざと乱れた感じに整え、たっぷりジェルをつけないと不恰好にはねる髪を押さえつけた。居候（いそうろう）に地獄で焼かれろと言ってやるときは、見栄えを上品にするべきだ。マスカラのことも考えたが、やめておいた。傷ついたり腹を立てるとわたしはすぐ泣いてしまうし、今日はその両方だ。マスカラをつけたりしたら、墓穴を掘ることになる。

バッグをつかんだとたん、財布や鍵や口紅と内側のスペースを分かち合っている九ミリベレッタの感触に毎度のことながら落ち着かない気分を味わった。この銃は、数カ月前強盗に遭ったあとクレイグからプレゼントされた。どうしても弾を装塡する気にはなれないし、携帯許可証も持っていないのだから、無意味なプレゼントだ。クレイグは、予備のマガジンと一緒にいつもバッグに入れておくようにしつこく言い張り、メグはその主張を受け入れた。感謝の気持ちを忘れない素直で人当たりのいい人間でいるために。ばかばかしい。

ほかの女なら、こんなプレゼントをしたことを彼に後悔させてやっただろう。彼に銃を向け、震えあがらせてやったはずだ。けれど、そんなふうに癇癪（かんしゃく）を起こすのはわたしの流儀じゃない。そして銃も。これは今日彼に返そう。違法だし、恐ろしいし、バッグが重くなる。それに、今日はすべてをすっきりさせて余分なお荷物を処分する日だ。

心の風水。ザブン、まっすぐ湖の底へ。

車に着いたときは、晩秋には季節外れの暑さのせいで肩甲骨のあいだを汗が流れていた。

よれよれで顔はほてり、感情的になっているのがわかる。疲れ果てたキャリアウーマンみたいな格好でこの対決に臨みたくない。冷淡な氷の女王のほうがいい。メグは氷の女王の温度までエアコンの温度を下げ、混雑した道路に車を乗り入れた。渋滞のせいで、いたたまれない展開ばかり繰り返しているおのれの異性関係を考える時間がたっぷりできた。

魅力的なクズに利用され、捨てられる。何度も何度も。もうすぐ三十歳になるのに、なんということだろう。こんな自滅的でろくでもない愚行は卒業していて当然なのだ。本来の自分を取り戻さなければ。

たぶんわたしは尻込みしているんだろう。すてき。よりによって自分のいちばんいやな性格を選び、それを強調するために他人に大金を費やした。やめなさい。内省なんてわたしの流儀じゃないわ。

メグはクレイグの新しい仕事場が入っている最近改装されたばかりのレンガ造りの倉庫の外に車を停め、彼のアシスタントが元気よく立ちあがって甲高い声で挨拶してくるのに備えて気を引き締めた。アシスタントはマンディ（Mandi）という名前だ。おそらく〝i〟の点をハートにしているのだろう。大きな茶色の瞳の奥には、空っぽの脳みそしかない。褐色の長い髪も持っている。すてきだこと。

仕事場には誰もいなかった。変ね。たぶんクレイグとマンディは奥の部屋で情熱に溺れているのだろう。メグは歯を食いしばり、ずかずかとフロアを横切った。タイルの床を打つハイヒールの大きな音が、静寂のなかでけたたましく反響した。

クレイグのオフィスのドアは半開きになっていた。メグは足音をいっそう大きく響かせた。やるのよ。退路を断つの、メグ。得意なことでしょう？　勢いよくドアを押し、息を吸いこんでしゃべりだそうと——。

彼女は息を呑んであとずさった。パンティが入った袋が手から落ちる。

クレイグが天井のパイプからぶらさがっていた。両手首をネクタイで縛られている。全裸で、鼻と口から血が出ていた。メグの脳は異常に冴え渡り、手当たりしだいに細かな点を識別していた。ネクタイはクレイグの手首にきつく結ばれている。金色が上品なアクセントになったベージュのシルク。彼のお気に入りの一つ。

クレイグの血走った目が彼女を捉え、大きく見開かれた。口が動いたが、声は出ない。裸の体から、細い髪の毛のようなものがいくつも突きだしていた。鍼《はり》。体じゅうに鍼が刺さっている。全身くまなく。

メグは人間のものとは思えない獣のようなかすれたしわがれ声をあげながら彼に駆け寄ったが、そこで唐突に立ちどまった。

床に大きく広げた細い脚が二本伸びていた。片足にだけ靴を履いている。ガーターベルトでとめたストッキング。むきだしの青白いやせた尻。マンディ。ぴくりとも動かない。

メグの怯《おび》えきった目がクレイグのそれと合った。彼は逼迫《ひっぱく》した視線を彼女の背後へちらちら走らせている。左側へ。メグはゆっくり頭をめぐらせた。

すさまじい痛み、焼けるような熱、それに氷が混じったものが首に突き刺さった。その感覚が片方の腕を駆けおりてから脳天へ達し、そこで炸裂する。

火花は闇に制圧され、世界が消えた。


「彼女を生かしておくわけにはいかないぞ、ファリス」

耳にあてた携帯電話から聞こえるマーカスの声は穏やかで遺憾がこもっていたが、その下に刃(やいば)が潜んでいるのをファリスは知っていた。

彼はホテルのベッドに裸で横たわっている若い女を見つめた。枕の上に赤銅色の髪が広がっている。ファリスはなだらかな曲線を描く女の腹や、へそのくぼみを撫でた。透きとおるような肌はとても柔らかくなめらかだ。

自分には際立った才能がある。このくらいの褒美を得る権利はある。彼女の愛は、マーカスから仕事をもらえないときに毎回感じる虚(うつ)ろな痛みを癒してくれるだろう。

「いやだ」ファリスはつぶやいた。

「あれは無理心中にするはずだったんだぞ、ファリス。おまえはカルーソがわれわれから奪ったものを取り戻すはずだっただろう。わたしの命令に背(そむ)いて、勝手なまねをするんじゃない」

「でも、ほぼ兄さんの筋書きどおりじゃないか」ファリスは抗議した。「カルーソが変態めいたセックスをしてる最中に、嫉妬深い恋人がいきなり現われた。恋人はカルーソと愛人を撃ち、パニックを起こした素人らしく手近のゴミ箱に銃を捨てて逃走した」

「ファリス」マーカスの声は薄気味悪いほどやさしかった。「そんなことを言ってるんじゃ――」

「型のありかはわかってるんだ」すかさずさえぎる。「すぐ手に入れるよ。この女が行方不明になろうが死のうが、どんな違いがある？　彼女は第一容疑者だ。警察がそれ以上勘ぐる理由はない。彼女を探して時間を無駄にさせておけばいい。警察に見つけられるわけがない」

「ファリス」マーカスの声にははっきりと非難がこもっていた。「そういう問題じゃない。わたしの信頼の問題だ。おまえを訓練するために、わたしは膨大な手間と金をかけた。おまえを最高の逸材に育てあげたんだ。それなのに、おまえは甘やかされた子どものようにいやだと言うのか？」そこでいっとき口を閉ざす。「どうやらおまえを買いかぶっていたようだな」

ファリスの指は、女のあばらの下にある魅力的なくぼみをたどっていた。主要な器官がやわらかな筋肉と皮膚のみで守られている場所。いつもなら、マーカスの怒りを買うと吐き気をもよおすほど不安になるが、赤毛の天使がそばにいると冷静でいられた。開放感さながらの感覚。「これまで一度も頼みごとをしたことはないじゃないか」彼はうっとりと話しだした。「いつだって兄さんの言うとおりにしてきた。いつだって」

マーカスはいらだたしそうに鋭いため息を漏らした。「そんなつまらないもののために、われわれの計画を危険にさらすわけにはいかない。女ならほかにいくらでもいる。そのぐらいおまえもわかっているはずだぞ。頭を冷やせ。その程度の女、十人は手に入れてやる。百人でもいい」

違う。彼女のような女は、この世に二人といない。赤毛の天使。ファリスの指は女の腰骨の周囲でそっと円を描いた。

「いったいどういうつもりだ？　そのキャラハンとかいう女など、道具にする以外なんの価値もない。仕事を終わらせろ。カルーソ／キャラハン物語の悲劇的結末を今夜十一時のニュースで観たい。失敗は許されない。わかったか？　ファリス？」

ファリスは電話を切り、女に視線を戻した。安っぽい合成繊維のベッドカバーは彼女にふさわしくない。彼女は深紅色のベルベットの祭壇に金色の布をかけて横たわっているべきだ。

ファリスは女の手首のやわらかい皮膚に指をあて、脈を調べた。あと二時間は意識を失わせておく量の薬を用意し、女の腕にそっと針を刺した。

予定より遅くなったときのためにベッドに縛りつけようかとも思ったが、怯えた彼女を相手に二人の関係を始めるのはためらわれた。

彼女にはやさしくしてやりたい。甘やかしたい。二時間あれば、マーカスのために型を取ってくるには充分だ。二、三本鍼を使っただけで、カルーソはきわめて協力的に型のありかを話した。

実際、こっけいなほど容易な仕事だ。沽券にかかわるほど。すべて順調にいけば、彼女を痛めつける必要すらないだろう。

そうだといいのだが。自分は拷問の達人ではあるが、彼女に愛されるほうがいい。もし彼女を痛めつけざるをえなければ、話ははるかに複雑になる。女はものごとを個人的に捉える。

ファリスは手に入れたばかりの女のそばを離れがたく、ベッドサイドにたたずんでいた。己の秘義の象徴である蛇のペンダントを手に取り、女の頭を持ちあげて首にかけてやると、非の打ちどころのない乳房の中央にくるように注意深く調整した。自分のいちばん大切な品。彼はやわらかな肌と官能的な曲線にそっと触れた。よし。このほうがいい。このペンダントは誓約の形ある証拠だ。自分が戻るまで、彼女を守ってくれるだろう。彼女は完璧に見える。

恍惚感でめまいを覚えた。マーカスの怒りすら打ち負かすほど強い恍惚感。ファリスは、自分が戻ってきたとき目を覚ました彼女がどれほどの感謝と賞賛を見せるか想像しながら部屋をあとにした。

彼女の命は自分にかかっている。いまやその一瞬一瞬が自分のものなのだ。彼女はひと呼吸するたびに、ぼくに感謝するべきなのだ。

彼女の感謝の表わし方に関する詳細でひどくセクシーな空想が、運転するファリスの心をずっと楽しませていた。

2

シアトル、ワシントン州。八カ月後

大海に潜る龍……。

デイビー・マクラウドの体は、無意識のうちに古(いにしえ)の一連の動きをたどって流れるように形(かた)を取っていった。龍が鉤爪でつかむ。おぞましい敵を水底に引きずりこむ。ゆっくりと深く呼吸し、主要な器官に気(き)を吸いこんで循環させる。体はリラックスしてなめらかに動き、意識が研ぎ澄まされて、心と体と精神が完璧に均衡する。気は目をとおして体外へ出る。

彼は龍。雲で生まれ、大海に棲(す)む。空に浮かび、宙を舞う。

道場のドアは音もなく開いたが、デイビーの研ぎ澄まされた五感は気温と空気の流れの変化を逐一感じ取っていた。振り返らなくても、彼女の生気がわかる。後頭部で感じる。無数の小さなベルが鳴り響いているように。

数秒後、彼女の香りが届いた。ぴりっとした生姜かクローブ。スギに似た森の香りに、オレンジが少し混じっている。えもいわれぬ香り。その香りは、彼が稽古をしている畳の上を彼女が近づいてくるにつれて強まり、穏やかに円を描くべき龍の鉤爪が上から下へいっきに引き裂く虎の爪の動きになってしまった。彼は誤りを修正し、速(すみ)やかに集中力を取り戻した。

龍が左の鉤爪を伸ばす……彼女は隣りにある女性専用ジム〈ウィメンズ・ウェルネスセンター〉でエアロビクスを教えたばかりに違いない。やかましい音楽がやんだのに気づいたのは時間を超越した無限の彼方だが、デイビーの脳内の追跡メカニズムはおよそ十五分前と断定した。その隔絶した無人地帯の奥深くで、彼はジムから出てきた女たちが、遊歩道を通って駐車場へ向かいながら楽しげにしゃべる声をかすかに聞き取っていた。

彼女がいる。目の前に。おれの場所に。

龍が右の鉤爪を伸ばす……彼女はいったいここで何をしているんだ？　デイビーはずっと必死で彼女を避けてきた。いまや彼の呼吸は乱れ、いつになく緊張した荒い息で胸が上下している。心臓が高鳴り、まるで怯えてでもいるようにあばらを打ちつけていた。

くそっ、集中するんだ。デイビーは呼吸を鎮めたが、そのせいで彼女の女らしい香りをいっそう肺に吸いこむはめになった。湿り気のある甘い香り。香りつきの石鹸かシャンプー。あるいはなんであれ、彼女が体に塗りつけた女用のべとべとしたものの香りが、運動したせいで強まっている。もし振り向いたら、傷一つない肌が真珠のような汗で光り輝いているのが見えるだろう。

デイビーは見なかった。見なくても、股間が硬くなっている。自分の体ながら怒りを覚えた。

龍が虹をつかむ……体の向きを変えた彼の視界の端に、彼女が着ている明るいピンク色のレオタードが入り、気持ちが揺らいだ。気の迷いは、立ち向かって打ち勝つべき課題にすぎない。彼は自分にそう言い聞かせた。理不尽な激昂もしかり。対処法なら心得ている。おのれの反応を冷静に観察するのだ。放っておけ。先に進め。

集中の邪魔は歓迎すべきなのだ。精神の鍛錬（たんれん）にすぎない。理想を言えば、頭の上に空が落ちてきても完璧な集中力を保てるべきなのだ。龍が左の鉤爪を伸ばす……。

ああ、だが落ちてくる空はあんな甘い香りはしない。徹甲弾のように彼の防備を突き抜けてくる刺激的な香り。

片足を伸ばして体の向きを変えると、ホットピンクのセパレート型レオタードに否応なしに目がいった。挑発的なハイレグカット。おれのお気に入りの一つだ。六週間前に彼女が隣りで働きだしてから、彼女のレオタードはすべて頭に入っている。一つ残らず。

われながらいささか変質者じみていると考えたこともあった。

だが、いまは何も考えるべきではない。現時点で、おれの集中力は二五パーセントしか形（かた）に向いていない。残りの七五パーセントは、薄暗い静かな道場で稽古する自分を見つめるマーゴット・ヴェッターを過剰に意識し、十代の少年のようにおれを自意識過剰にさせている。木綿の道着の上着を脱いでいるので、裸の上半身に汗がしたたっていた。この距離からでも彼女の香りがわかるなら、相手にもこちらの匂いがわかるはずだ。そして、空手のレッスンを続けて二つ終えた自分の匂いがいいはずがない。むっとする汗臭いオスの匂い。

やめろ。いい加減にしろ。考えるな。デイビーはふたたび最初のポーズに心を集中し、陰鬱な気分で稽古を進めることにした。飛び立つ鶴……ジャンプ、左の猫脚立ちで軽やかに着地、〝翼を冷ます鶴〟のかたちにした右手で左手の下をはらう……だが鳴り響く小さなベルの音の前にはその動作もまったく役に立たず、彼の集中力はずたずたになっていた。ひとたび始めたら途中で放りだすのをよしとしない質（たち）であるゆえに、デイビーは形を終え、巣を守る鶴のポーズに腰を落とした。

無駄な努力。

瞑想状態にある彼が平静さを失うなどありえないことだった。隣りのウィメンズ・ウェルネスセンターにマーゴット・ヴェッターがエアロビクスのインストラクターとして現われるまでは。三十八歳にして、彼はマーゴットに骨抜きにされていた。

ずっとその状態が続いている。彼のテナントで、センターの経営者であるティルダからマーゴットを紹介されたときからずっと。その日は一晩じゅうベッドで悶々と寝返りをうち、マットレスからはがれたシーツが汗まみれの体に巻きついた。自分と絡み合い、上になり、目の前でかがむマーゴットの姿が脳裏にちらついた。真夜中に彼は眠るのをあきらめてパソコンに向かい、まともな頭を持つ男が女とつき合おうともくろむときにやることをした。広範囲にわたる身元調査。

調査の結果は、彼を数週間不機嫌にするものだった。

デイビーは深く息を吸いこみ、ゆっくりと吐きだしてから振り返った。

「畳の上は土足禁止だ」彼は言った。

「裸足になってるわ」マーゴットが答える。「サンダルは入口で脱いできた」

かすれた低い声が皮膚表面の神経をかすめた。体毛が立って股間が脈打ち、彼は腹を立てている自分に怒りを覚え、きまりが悪い思いをしている自分が癪にさわった。すばやく彼女の全身に視線を走らせる——ほっそりした素足、かたちのいいくるぶし、筋肉質の長い脚をぴったり覆っているターコイズブルーのタイツ、官能的な曲線すべてに密着しているホットピンクのレオタード。彼女は長身で肩幅が広く、豊かなヒップをしている。うしろに突きだしている丸い尻。なまめかしく膨らむ柔らかそうな腹。やせすぎてはいない。昂然と胸を張り、姿勢がいい。高慢そうに腰を振って歩く姿は運転する男の目を奪い、男の車は歩道に乗りあげてパーキングメーターにぶつかるだろう。

それこそ、はじめて彼女を見たときデイビーがあやうくやりそうになったことだった。ハイレグのショーツとそろいのスポーツブラが、豊かで柔らかそうな乳房を支えている。近いうちに、さも隣人のよしみであるかのように装って隣りのジムを訪ね、彼女のエアロビクスクラスを覗いてあのブラの性能をたしかめることになるだろう。だが、あの胸が本物だと確信するには、裸の状態を見る必要がある。それまでは、神の存在には懐疑的でいるつもりだった。

いいや、だめだ。隣りには行けない。そんなことはできない。デイビーは数週間前にその可能性を一蹴していたが、想像はいまだに頭を駆けめぐり、いまや股間のこわばりは本物の勃起まで強まっていた。薄い木綿でできたカンフーの道着では、男の威厳を保てない。とんだ体たらくだ。

彼女の瞳は明るい色彩の寄せ集めだった。虹彩を縁取る藍色は中心へ行くにしたがって青みがかった緑に薄まり、瞳孔の周囲は金色になっている。その瞳はまっすぐ彼の目を見据えていて、デイビーは足元に視線を落としたい衝動と必死で闘った。ちくしょう。次はどもって赤面するに違いない。

張り詰めた沈黙で、頭がおかしくなりそうだ。

「なんの用だ？」デイビーは言った。狼狽のあまり意図したよりとげとげしい声になっている。

マーゴットはぽってりしたバラ色の下唇を噛みしめた。「あ、あの……お邪魔してごめんなさい」

彼は肩をすくめ、続きを待った。

「みごとな形ね」マーゴットが言った。「すばらしい腕前だわ。わたしは専門家じゃないけど、でもすごい。ほれぼれするわ」

この種の発言には愛想よく応えるのが礼儀だが、デイビーはむっつりとうなずくことしかできなかった。彼女はこちらが口火を切るのを空しく待っている。デイビーは歯噛みして生理的反応を抑えることに神経を集中した。幻覚を見まいとするのと同等の生体自己制御。

彼女の頬がいっそう赤く染まった。「わたし……その……じつは、ちょっと訊きたいことがあるの。あなたは私立探偵だって聞いたから――」

「誰から聞いた？」

ぞんざいな口調にマーゴットがびくっとした。「ここでキックボクシングを教えている金髪の人よ。その人が、あなたは――」

「ショーン」デイビーは言った。「弟だ。あのおしゃべりが」

彼女のまっすぐな褐色の眉のあいだに当惑の皺が寄る。おそらく、おれとショーンが兄弟であるはずがないと思っているのだろう。ショーンは典型的な男性モデルの外観と、いかにもそれにふさわしい軽薄な魅力を備えている。濃淡のある金髪と風変わりな生い立ちを別にすると、兄と弟に共通点はほとんどない。

「まあ」マーゴットがおそるおそる口を開いた。「じゃあ、兄弟なのは内緒なの？」

ショーンがなれなれしくマーゴットと話している場面を想像すると、歯軋りしそうだった。自分の反応が愚かで理屈に合わないという事実が、際限ないフィードバックループのようにいっそう怒りをつのらせる。「その仕事からは手を引こうとしてる。免許はまだ持ってるが、新規のクライアントは受けてない。ショーンもそれはよくわかってるはずだ」

「そうなの」沈んだ声で言う。「どうしてやめるの？」

デイビーはむきだしの胸の前で腕を組んだ。上着を着たい。上着は部屋の反対側にあるウエイトラックにかけてある。

「退屈。ストレスが多い」ぶっきらぼうにそっけなく答える。「ほかの仕事に移行中だ」

マーゴットが視線を落とした。がっかりしたように一歩あとずさる。

うまくいった。彼女の意欲をそいだ。戻ってくることはないだろう。おれの狙いどおり。

すべては作戦どおりだ。

それなのに、どうしておれはとんまになった気分なのだろう?

「わかったわ。お邪魔してごめんなさい」マーゴットはそうつぶやいて立ち去ろうとした。

「もう失礼する——」

「待て」思わず声が出ていた。

マーゴットがゆっくり振り向いた。夕闇が迫るなか、顔色が青白く見えた。クリップでまとめた髪が、頭のてっぺんから四方に突きだしている。高い頬骨の下のくぼみは最近できたものだ。この数日でマーゴットは体重を落とし、肌の色の薄さは最初に彼女を見たときからデイビーが感じ取った疑念を裏づけていた。あのくすんだ暗褐色の髪は偽物だ。名前や免許証や彼女に関するすべてと同じように。

今夜の彼女は、いつもとようすが違う。弱々しい。ケヴィンのイメージが脳裏をよぎり、鈍い痛みが疼いた。むかしトラックごと崖から転落した弟。デイビーは当時ペルシャ湾にいたが、知らせを受ける前夜ケヴィンの夢を見た。弟の顔には、翳が落ちていた。

今夜のマーゴット・ヴェッターにも、同じ翳が落ちている。

当初の筋書きから横道にそれてるぞ。この女は無用なトラブルのもとだ。歩き、息をするクエスチョンマーク。自分にはやるべきことが山ほどある。始めようとしている新事業の仕事が。

マーゴット・ヴェッターのうさんくさい過去にどれほど好奇心をかき立てられようと、おれとは無関係だ。彼女が何から逃げていようが、どんな問題を回避していようが、おれが知る必要はない。つねに自制心を保つように努力しているおれが、ペニスの言うままに他人の誤算やろくでもない判断に巻きこまれるなんて、もってのほかだ。

　人助けはもう御免だ。数年前、フラーのためにヒーローのまねをしてみたが、成果はゼロだった。

　傷が残っただけだ。

　マーゴットは長引く沈黙にしびれを切らし、肩をすくめた。「で？」と催促する。「何を待つの？　どうしてじろじろわたしを見るの？」

　デイビーは時間を稼いだ。「なぜ私立探偵が必要なんだ？」

　彼女はぽってりした唇を引き結んだ。「どうして答えなきゃいけないの？　あなたはもう探偵仕事はしてないんだから、関係ないじゃない。それに、あなたを退屈させたくないし」

「退屈などしてない。それから、関係ないかどうかは、おれが決める」

　マーゴットはいっきに一〇センチほど背が伸びた。「そうなの？　ずいぶん傲慢なのね」

　傲慢。ふん。何人もの女に同じ台詞を言われてきたが、デイビーはひたすら聞き流してきた。女が男に言う言葉には、もっとひどいものもある。

「話してみろ」デイビーは有無を言わさぬ視線で相手を見つめた。手に負えない三人の弟に対する唯一の権威者として、絶大な効果をあげるこの目つきはマスターしている。このテクニックは軍隊でさらに磨きをかけ、マーシャルアーツの達人として完璧の域まで研ぎ澄まされていた。ありったけの念をこめ、目から放出する。言い伝えによると、龍の形の真の達人はひとにらみで敵を震えあがらせるらしい。デイビーはまだその域には達していないが、たいていの場合はうまくいっていた。

だが、マーゴット・ヴェッターにはまったく効果がなかった。彼女は無造作に胸に両腕を巻きつけ、まっすぐに彼をにらみ返している。「くだらない好奇心につき合ってる暇はないの。ボディ・スクラプチャーのクラスを教えることになってるから」腕時計をチェックする。「三分後からね。だからあなたは空手の稽古に戻ってちょうだい。わざわざ心配してくれなくても――」

「カンフーだ」デイビーは言った。

彼女は人も殺せそうな目つきで彼をねめつけた。「なんですって?」

「おれがやってたのはカンフーだ。空手じゃない」

マーゴットはあきれたように天井に目をやると、背中を向けて憤然とドアへ向かった。デイビーは思わず彼女の前に跳びだし、戸口をふさいだ。マーゴットは驚いて身をすくめている。「ちょっと! 何よこれ?」とげとげしく言う。

さまざまな色合いを持つ瞳に、集中力が乱された。「これとは?」

「あなたが動いたのもわからなかったわ。なのに次の瞬間には目の前にいた」彼女はデイビーのみぞおちに指を突きたて、素肌の感触にびくりとして手を引いた。「びっくりするじゃない!」

「ああ……」返す言葉をさがす。「たぶん龍の魂のせいだろう」

しまった。言葉が口から出たとたん後悔に襲われた。

「龍の何？」マーゴットはいかにもうさんくさそうに彼を見ている。

「言い伝えによると、少林拳の始祖は、その、龍の魂を使って攻撃が逆の方向から来るように敵に思いこませたと言われている」しどろもどろに説明する。「理論上は」

マーゴットのとがった顎がつんと上を向いた。「へえ、そう。じゃあ、あなたはわたしを襲うつもりなの？　いつからわたしはあなたの敵になったの？」

「違う。そうじゃない」きっぱりと言う。「つい口から出ただけだ。すまない。別にきみを……いや、待ってくれ。まだ帰るな」脇をすり抜けようとするマーゴットをさえぎる。

彼女は眉をしかめた。「ねえ、わざとわたしを怖がらせて追いだそうとしてるの？　それとももともと変人なの？」

デイビーは思いをめぐらせ、即座に彼女を怖がらせて追い返したくはないと結論を出した。

「もともと変人らしい」

マーゴットはぐるりと目をまわした。「オーケイ、わかったわ」と言い渡す。「どいてちょうだい。仕事があるの」彼女はほっそりした手を居丈高に振り、デイビーをはらいのけた。

「レッスンのあと会おう。きみが抱えてる問題について話してくれ。もしよかったら、夕食を食べながら」デイビーは思わず口走り、息を詰めて相手の返事を待った。

マーゴットは驚きを隠しもせずに目を丸くしている。胸の上で腕を組んでいるので、胸の谷間が深くなっていた。赤いそばかすが散っている。デイビーは無理矢理そこから視線をそらせた。

「わたしが問題を抱えてるなんて、誰が言ったの?」喧嘩腰で訊いてくる。

「探偵をさがしてる人間は、問題を抱えているものだ」とデイビー。「言ってみろ。かいつまんだ説明でかまわない。さあ」

マーゴットは長いあいだ床を見つめていたが、やがてゆっくりと震える息を吐きだした。

「その……要するに、変質者につきまとわれていて怖いのよ」不安そうに早口で言う。「誰かに話したかっただけなの。ほかの人の意見を聞きたかった。一人で考えてると、堂々巡りになってしまうから」

「何があった?」デイビーが問い詰めた。「そいつは何をしたんだ?」

マーゴットは両手をもみしだいた。「最初は、玄関前の階段に赤いバラの花びらがまいてあった。変だけど、たいしたことじゃないわ。でしょう? 密かなファンかもしれないし、誰かがばか騒ぎをしたのかもしれない。そんなことが、この二週間のあいだに何度かあった。そうしたら、今度は六日前にうちに空き巣が入ったの。関係があるのかどうかはわからない。でもこのあいだ……」声が小さくなり、ごくりと唾を飲みこむ。

「なんだ?」

いらだちがこもる無骨な口調に、彼女が怯(ひる)んだ。「犬よ。ポーチに犬の死骸があったの。喉が切られてた。そこらじゅう血まみれだった」

体の奥深くで、冷たく暗い穴が口を開けた。「警察はなんと言ってた？」

マーゴットは口ごもり、首を振った。「ええと、警察には、その、通報しなかったのよ」

「なぜ？」そう訊いてはみたものの、デイビーにはその理由がよくわかっていた。

彼女の顔にかかった翳りがわずかに深まった。デイビーは視線をそらす。目の下にある青みがかったかすかな隈のせいで、辛そうに見えた。「ねえ、もう忘れて。そもそもあなたの邪魔をするべきじゃなかったわ。わたしは自分のクラスに遅れてるし、あなたはもう探偵の仕事はしてないんだから、時間を取らせて悪かったけど、そろそろ行かないと――」

「残りは夕食のときに話してくれ」デイビーは言った。

マーゴットは探るような目つきで長々と彼を見た。「なんとなくいい考えとは思えないんだけど」

しょうがない。体裁よく引き下がるチャンスはまだ残っている。何かを手に入れるためには何かを失うものだ。

「なぜだ？」デイビーは単刀直入に尋ねた。

マーゴットが困った顔をした。「ペットホテルに犬を引き取りに行かなきゃならないし――」

「待ってる」彼は言った。「メキシコ料理は好きか？」

「ええ、食べられるならね。でも、わたしの個人的な問題を話しても意味はないでしょう。もしあなたがもう――」

「気が変わった。新しい依頼を受けることにする」

啞然とした沈黙が流れた。彼女の淡い翳りがずっしりとデイビーにのしかかり、意識からするりと抜け落ちる切ない夢のように彼をさいなんで、不快な恐怖心を残していった。

この感覚には覚えがある。しくじった仕事のことはいつまでも頭を離れない。だが、普段はこれほどすぐに取りつかれはしない。

マーゴットがごくりと唾を鳴らした。「じつは、あなたを雇うつもりじゃなかったの。正直に言うけど、そんな余裕はないのよ。ただ誰かに話したかっただけ。わたしの犬はもう聞き飽きているから」

「じゃあ、おれに話せ。食事をしながら」

彼女は唇を嚙み締めた。不安そうに目を見開いている。「あなたにはなんとなく圧倒されるのよ、マクラウド。今日は長い一日だったから、今夜は犬とのんびり過ごしたいの。夕食に誘ってくれて嬉しいけれど、そういうわけだから遠慮するわ。だからどいてくれない？　いますぐ」

「圧倒しないようにする」デイビーは言った。「きみが犬を迎えに行っているあいだにテイクアウトを買っておくから、きみの家で会おう」

マーゴットはきっぱりと首を振った。「いいえ。そんなことはしないで」

拒絶されたせいで焦りを感じた。まるで自分が乗るべき船が岸から離れていくように。マーゴットは彼と壁のあいだをすり抜けようとしている。デイビーは彼女の前後に腕を出し、行く手をさえぎった。

「待て」切羽詰まったように言う。「ちょっと待ってくれ」

「なんなの?」

デイビーは自分を叩こうと彼女が振りあげた手を宙でつかんだ。「落ち着け。まじめな話だ。おれは――」

「さわらないで!」彼女が膝を蹴りあげた。

股間を守ろうととっさに体を反転させたせいで、彼女を壁に押さえつける格好になった。あっという間の出来事で、彼の鼻腔はだしぬけにマーゴットの香りで満たされた。柔らかな髪が口をくすぐり、しなやかな曲線を描く体が彼の全身に押しつけられている。

彼女は震えていた。おれをこわがっている。

デイビーはあわてて手を放し、愕然としながらあとずさった。「すまない。そんなつもりじゃなかったんだ。誓う」

マーゴットは息をはずませて彼を見つめている。片手をあげて口を覆い、それから赤く染まった頬に両手をあてた。どうか下を見ないでくれ、とデイビーは祈った。牽引ビームのように彼女の視線を捉え、必死で念じる――下を見るな、見るな――。

彼女が下を見た。ばれた。デイビーの顔がいっきに赤くなる。

「信じられない」マーゴットがか細い声を漏らした。「変態」

「すまない」両手をあげる。「いやらしいことをするつもりじゃなかったんだ。どうしてあんなことになったのか、自分でもわからない」

彼女はデイビーの股間に視線を走らせ、せせら笑いを浮かべた。「あらそう？　わたしには見当がつくけど」

デイビーはおのれの突飛な行動を正当化する理由を探し求めたが、何一つ思いつかなかった。「おれはただ、その、きみを怒ったまま帰したくなかっただけだ」

マーゴットは冷ややかに笑い飛ばした。「言うにこと欠いてよく言うわ、マクラウド。人づき合いのコツを一つ教えてあげる。今後は精神病の治療を定期的に受けること。わかった？」

彼女が力まかせにドアを閉めた勢いで、〈マクラウド・マーシャルアーツ・アカデミー〉と書かれたガラス窓が窓枠のなかでがたがたと揺れた。

3

マイキーはペットホテルに預けられた仕返しをするつもりなのだ。ポーチに続く階段を運びあげたとき、こわばった小さな体から傷心と怒りのほどがはっきり伝わってきた。マーゴットは怖気に備えて気を引き締め、玄関マットに気味の悪いものが載っていないか暗がりを窺った。

今日のところは、何もない。陰険な変質者〝スネーキー〟は一日休みを取ることにしたらしい。

玄関の鍵を開けるうちに、ゆっくりと肺に空気が戻ってきた。マーゴットは天井からぶらさがっているうら寂しい照明をつけた。水漏れやしっくいのひびがめだつように特別にデザインされた裸電球。目の下の隈や多種多様の顔の欠点は言うに及ばず。この照明は大嫌いだが、しゃれたランプは空き巣に割られてしまった。生活が軌道に乗るまで、この殺伐とした電球で我慢するしかない。けれど、最近あったことを考えると、そんな日が来るのはいっそう遠くなったような気がする。

彼女はマイキーをそっと床におろした。マイキーはぶるっと体を揺すり、少し戸惑ったようにあたりの匂いを嗅ぎまわった。まるで「ここはどこだ？　なんとなく覚えてるような気もするが。あんたのことも」とでも言っているように見える。それからマーゴットに背中を向け、脚をひきずる痛々しい足取りでゆっくりキッチンへ向かった。

別に意外でもなんでもない。マーゴットが見つけた日から、マイキーはいつも脚を引きずっている。七カ月前、カリフォルニアからの逃避行の末シアトルに到着したとき、道端で死にかけているマイキーを見つけた。後ろ脚は両方とも車に砕かれていた。獣医にはすぐ安楽死させるよう勧められたが、マーゴットはもともと分別のあるアドバイスにしたがうような人間ではなかった。彼女は犬用の理学療法と直感的に信じたものにしたがってマイキーを看病した。あたかもマイキーを救うことが、この世で救うべき価値があるものすべての象徴であるかのように。もし成功すれば、自分の人生もいずれもとに戻るかのように。

ばかばかしいし迷信じみているが、それでもかまわなかった。その甲斐あって、マイキーを手に入れることができたのだから。賢くて忠実で、見たこともないほど図々しくこちらの心を操るずるいやつ。ぎこちない歩き方を見ると、心が痛んだ。たぶんわたしの同情を買うためにわざとやっているのだろう。でも、痛みや苦しみは、誰にも顧みられず滅入っているときのほうが強くなることは経験から知っている。マイキーだって同じはずだ。

それに、たとえわざとやっているとしても、マーゴットは大目に見ていた。マイキーは体が小さいし、犬の年齢では年寄りでもある。利用できるものは利用して当然だ。いまのマーゴットにはその考え方も理解できた。

彼女は汗でじっとり冷たくなったレオタードを脱ぎながらマイキーを追ってキッチンへ向かい、たらいに水を張ってキャップ一杯の洗濯洗剤を入れた。マイキーは自分のバスケットにもぐりこみ、いつもどおり三回半まわってから物憂いため息を漏らしながら横たわった。マーゴットも物憂いため息をつきながら洗剤液にレオタードをつけた。このあと黴(かび)だらけのバスルームで手早くシャワーを浴び、だぶだぶのスウェットパンツとLサイズのスーパーマンTシャツに着替えたら、ようやくなんとか人心地つける。ドレッサーの上のかごをあさって櫛をさがしていると、ずっしりした金でできた蛇のペンダントに指が触れた。

彼女はペンダントを手に取り、それが発する禍々(まがまが)しい気配をにらみつけようとした。空き巣はラップトップでなくこれを盗んでくれればよかったのに。こっちのほうが高価だし、厄介払いができてほっとしただろう。こんなおぞましいものは、質屋に売ってしまうべきなのだ。汚れたお金だけれど、そんなこと気にしない。どうにかして獣医の治療費を払わなければならないのだから。

認めたくはないが、自分がこれを手放さない理由はわかっていた。このペンダントは、わたしの人生が悪夢になった謎を解く唯一の鍵なのだ。魔術の護符のようなもの。もし手放してしまったら、このどこことも知れぬ荒涼とした灰色の世界から脱けだせなくなってしまうかもしれない。万事休す。

ああ、だめよ。ほんのちょっとでも、そんなふうに考えちゃだめ。正気を保つには、いまこの瞬間に集中するしかない。息を吸って、吐く。そして生きていることに感謝するの。

マーゴットはキッチンへ行き、マイキーのご機嫌を取ってやろうとバスケットの隣りにしゃがみこんだ。マイキーは体を丸め、灰色の鼻先を前足のあいだに埋めている。目をきつく閉じ、しっぽを振りもしなければ、舐めたり吠えたりもしない。親愛の情を示す仕草ゼロ。冷凍の犬。

「ねえ、マイキー。何か食べない？」マーゴットは声をかけた。

マイキーはそんなあからさまな賄賂には屈しなかった。髭の一本すら動かさない。マーゴットは立ちあがり、戸棚をあさって犬用のおやつを出し、犬の鼻先で振って見せた。

マイキーは片目をうっすら開け、得意の〝ふん、どうだかね〟顔をして見せた。

「ずいぶんじゃない」彼女は言った。「わたしはスネーキーからおまえを守るためにペットホテルに預けてるのよ、恩知らず。そんなお金の余裕なんかないのに。このあいだおまえがやった喧嘩の治療費だって、まだ獣医さんに払ってない。あの犬はおまえの十倍も大きかったのに、吠えかかる前にそれを考えたの？」

マイキーは犬の専売特許である不機嫌な鼻息で意見を表明したので、マーゴットは自分の財布事情をあとまわしにすることにした。

「それに、あなたはわたしに借りがあるわ」と念を押す。「わたしがいなかったら、あのまま野垂れ死んでたのよ」

効果なし。今夜のマイキーは傲慢な態度を崩す気はないらしい。

マーゴットはバスケットの横に座りこみ、マイキーがいちばん好きなやり方で撫でることに精神を集中した。額から首筋へとやさしく撫で、耳のまわりを毛並みに逆らって上向きにそっと掻いてやる。マイキーは黙って撫でられていたが、頑として反応しようとはしなかった。マーゴットは傷の縫合痕がある毛を剃った部分を慎重に避けながら、なめらかな毛を指で梳いてやった。性悪な野良犬と公園で喧嘩をした名残り。

マイキーは喧嘩っ早いチビ犬だ。お金はかかるが、マーゴットは彼のそんなところを大いに買っていた。マイキーは喧嘩を吹っかけるべきではないときがわからない。わたしだって似たようなものだから、わたしに彼を責める権利はない。

疲れきってはいるけれど、なんとかウェブ・デザインの仕事をやってみるべきなのだ。あるいは、殺人事件の素人捜査を。

そう思ったとたん、もうラップトップがないことを思いだした。いまは卑劣な空き巣が持っている。

しょうがない、どうせ今夜はくたくただ。綿のように疲れきっている。夜明け前に起きてマイキーをペットホテルに預けてからウェイトレスの仕事へ行き、それから重い足をひきずってダウンタウンへ向かい、ヘルスクラブが勤め人向けに昼休みに行なっているボディ・スクラプチャーとエアロビクスを教え、そのあとでウィメンズ・ウェルネスの夜のクラスを教えた。それに、この一週間の急激なダイエットのせいで頭がくらくらする。ペットホテルと獣医の支払いが、もともと乏しかった食費を圧迫していた。

それなのに、わたしのお尻はちっとも小さくなっていない。びっくりだ。

そろそろ食料を調達しよう。ここのキッチンにあるもので何かつくるには、志とユーモアのセンスが必要だ。彼女は大儀そうに立ちあがって戸棚を開けた。箱の底にたまったコーンフレークのかけら。運がよければなんとか瓶からすくい出せる程度のピーナツバターの残骸。冷蔵庫には皮をむいたベビーキャロットが袋に三分の一残っていて、今夜は実際それを食べたいと思うほど腹ぺこだ。ああ、何も考えずに受話器を取って、罰当たりなほど高カロリーでおいしいものを注文できたらどんなにいいだろう。

そう思ったとたん、デイビー・マクラウドが申しでたメキシコ料理が脳裏に浮かんだ。ぞっとするような激しい寒気が背骨を駆けあがる。

ウィメンズ・ウェルネスでインストラクターを始めてから、彼のことはずっと意識していた。いわゆる厳(いか)ついゲルマン戦士タイプ。かっこよくてハンサムで氷のようにクール。わたしに関心がないのは明らかだけれど、すごく魅力的だ。とうてい手が届かない相手なのに、惹かれずにはいられない。なのに、あの、人を馬鹿にしたような態度。

マーゴットは黒こしょうとティーバッグを見つめたまま、想像をめぐらせた——投げ槍(やり)のように鬼気迫る素早い優雅な動きで畳の上を移動するマクラウドのたくましい体。その肉体は完璧に均整が取れ、目の前に来てようやくその大きさに気づく。そして、気づいたときは手遅れだ。

けれど、彼はわたしには大きすぎる。体格のいい男性には気おくれを感じてしまう。めったになかったものの、基本的な本能に身をまかせたとき——まだそんなことをやる度胸があった時代――は、自分を笑わせてくれる愛想のいい細身の男を選んでいた。いざというときは、腕を背中にねじあげてやれそうな男を。クレイグはまさにそのタイプだった。

　哀れなクレイグの姿は思いだしたくない。マーゴットはもっと心惹かれる半裸のデイビー・マクラウドのイメージに意識を集中した。誰にもマクラウドの腕を背中にねじあげることなどできない。彼が笑っている姿を想像するのもむずかしい。あの射るような眼を思い浮かべると、顔がほてった。そして、体のあちこちも。

　ほとんど知りもしない男に、こんなに生々しい反応をするなんて変な話だ。もう何カ月も男性には近づいていない。凄惨な殺人現場を目撃したあと、見知らぬホテルの一室で何が起きたかわからずに全裸の状態で目覚めると、女はそうなるのかもしれない。性衝動の崩壊。蛇口をひねるように、その種のホルモンは遮断される。

　そして、今夜は絶対に、絶対にあのことは考えたくない。さもないと体がべとつくような気がして、もう一度シャワーを浴びずにはいられなくなってしまう。

　デイビー・マクラウド主演の熱く激しいベッドシーンのイメージと、頼れるバイブレーターが、見事に気をまぎらわせてくれるだろう。けれど、彼は幻想に過ぎず、それを肝に銘じておく必要がある。いかめしい顔、険しい口元、短く刈りこまれて汗でこわばった髪。彼は軍人さながらだ。わたしの手には負えない。欲望が満たされたとたん、あの手の男はわたしの生意気な口に激怒するはずだ。

　正反対同士は引き合うという、お決まりのパターンに違いない。彼の厳格で高飛車な態度が痛にさわり、ひやかしてやりたくなる——ねえ、いつからあなたがこの世のボスになったの？と。

それからわたしは彼の服をはぎ取り、全身にオイルを塗りつけて仰向けに押し倒し、日が暮れるまで馬乗りになってやる。激しく腰を動かして。

やれやれ。マーゴットは冷蔵庫を開け、ベビーキャロットの袋を出してむしゃむしゃと食べはじめた。余分な唾液はまともな目的に使ったほうがよさそうだ。

少しぐらい自分を甘やかしてもいいはずだ。金食い虫のペットホテルに預けられるときのマイキーの大きな傷ついた目を思いだしてくよくよしたり、自宅のポーチの暗がりを窺うたびに吐きそうになるより、マクラウドへの煩悩に溺れるほうがずっと楽しい。暗がりでスネーキーが待ちかまえているのではないかと心配するよりはるかにましだ。あるいは、哀れなクレイグとマンディはどうなったのだろうと考えるより。

マーゴットはピーナツバターの瓶とにんじんの袋をつかみ、マイキーのバスケットの横に腰をおろすと、冷たく疼くみぞおちをかばうように体を丸めた。これが役に立つこともある。わずかではあるが。

瓶の縁ににんじんをこすりつけ、憤然と噛みしめた。自分には斬新な作戦が必要なのに、スネーキーが脳内の電波交信を妨害している。ハードドライブには、あっと言わせるような独創的な解決策を生みだす空きスペースは残っていない。数週間前、ベルタウンに最近できたグラフィックデザイン会社の仕事が決まったときは、この泥沼から抜けだすきっかけをつかんだと思った。新しい身元のために偽の問合せ先を購入したせいで乏しい蓄えを数カ月分失ったけれど、あのときはそれだけの価値があるように思えた。

夢心地の十日が過ぎたとき、デザイン会社は全焼した。まるでわたしが呪われてでもいるように。

負けてはだめよ。マーゴットは自分をこけにしている悪魔を追いつめ、手足にしろなんにしろ、引き抜けるものは引き抜いてやるつもりだった。そうしたらマイキーをあの汚らしい施設から出し、自分の汚名を晴らして人生を軌道に乗せるのだ。細かいところまではっきり決めていないが、それが計画だ。計画すること自体が第一歩になる。そうでしょう？　そうよ。

彼女は電話機を見つめ、数えきれないほどくり返してきた衝動と必死で闘った。ジェニーやクリスティンやピアに電話をしたい。以前の親友たち。わたしが生きていることだけでも知らせたい。みんなに会いたがっていることを。

恐怖と良心の呵責がその衝動を抑えこんだ。クレイグとマンディに起きたことを思うと、友人たちを危険にさらすわけにはいかない。寂しさは言い訳にならない。どれほど寂しかろうと。

母と話せたらいいのに。母が肺癌で亡くなってから八年、もうすぐ九年になる。きっと母は天空のどこかに浮かび、不運で愚かな娘を見守ってくれているのだろう。そう考えると、少し安心できた。物悲しい考えではあるけれど。

今日マクラウドのジムに行ったとき、わたしは正気を失っていたに違いない。自分の苦しみを、せめてかいつまんだものでも犬以外の相手に押しつけずにはいられなかった。マイキーは聞き役としては申し分ないが、フィードバックは苦手だ。キックボクシングのインストラクターのショーン（あのえくぼのある陽気なお調子者が、いかめしいハンサムのデイビー・マクラウドの弟なんて信じがたい）は、お金がないことなんか問題じゃないと軽くいなしてきた。それに、わたしはデイビー・マクラウドを近くでよく見るチャンスをずっと窺っていた。空想のネタ。それがほしくてたまらなかった。眠るのが怖い女にとって、夜は長い。彼があんなに大きいなんて、あんまりだ。少し頭のねじが足りないことも。彼は変なことを言っていた。龍の魂。

マイキーが頭をもたげ、うなった。マーゴットの全身の産毛（うぶげ）が逆立つ。次の瞬間、はっきりした高圧的なノックの音が聞こえ、体内を突き抜けた戦慄が弱まって力が抜けた。スネーキーはあんなふうにノックしたりしない。もっと言えば、ノックなどしない。悪臭のように下水管をすり抜け、バスルームの排水口からごぼごぼと出て来るはずだ。げえ、気持ち悪い。自分で自分をむかむかさせて、どうするのよ。

こつ、こつ、こつ。ふたたび事務的できっぱりしたノックの音。マイキーがもそもそとバスケットから出て、吠えだした。玄関へ向かう犬を追いながら、マーゴットは自分の姿を見おろした。スーパーマンTシャツの下でノーブラのバストが揺れている。湿った髪の毛はもつれてくしゃくしゃだ。隠したり強調したりする化粧をすべて落とした顔は、容赦ない裸電球の下でありのままの姿をさらしている。

わざとやろうとしても、ここまで不利な状況にはなれないだろう。

マイキーは、脚を引きずるのも忘れて爪の音をたてながらリノリウムの床の上を走りまわっている。マーゴットはバスルームに駆けこんで櫛をつかみ、ドアののぞき穴をのぞきながら髪を梳かした。やっぱり。彼だ。心臓がどくんと跳ねた。ふたたびのぞき穴から目を凝らし、彫りの深い口元を見つめる。いかついけれど、ひどくセクシーな唇。唇の両側に皺があるのは、彼でも笑い方を知っている証拠だ。きっと、まわりに誰もいない暗闇のなかでだけ笑うのだろう。感情が麻痺した男。間違いない。これまで会った屈強で寡黙なタイプは、たいがい退屈で鈍感だった。

わたしは彼にかまわないでくれと言った。彼は大きすぎるし、ひどく変わっているし、真面目すぎる。そして、わたしに興味を持ちすぎてもいる。信用して異様な話を打ち明けることなんかできっこない。

わたしは腹を立てて当然なのだ。でも、怒ったふりをすることになるだろう。そのためにはエネルギーがいるけれど、そんなものをどこで見つければいいのだろう。石の下？

こつ、こつ、こつ——聞こえないのか？　高貴な殿下は痺れを切らしていらっしゃるぞ。

そう思ったとたん気力がわきあがり、マーゴットは勢いよくドアを開けて彼をにらみつけた。

「断わったはずよ」

デイビーはポーチを見渡した。「犬を見つけたのは、ここか？」

装った怒りが霧散し、マーゴットはごくりと喉を鳴らしてうなずいた。

「ほかに何かあったか？」

歯切れのいいビジネスライクな口調。まるでスイッチを入れれば、大きな機械がばりばりと何かを砕きはじめでもするように。

「ちょっと」マーゴットは戸口から手を伸ばし、相手の顔の前で振った。「わたしが言ったことを聞いてなかったの？　せっかくだけど遠慮するわ。そもそも、どうしてここがわかったの？　うちは電話帳に載せてない……いやだ、まさか」

彼は大きな紙袋を掲げて見せた。いい匂いのする湯気が立ち昇っている。

「エンチラーダ」彼が言った。「タマーレ。チレス・レエノス。バーベキュー・ポーク・タコス。チキンのモレソース。エビのガーリックバター炒め。それから――」反対側の手をあげる。「冷えたメキシコビール（ドスエキス）六本」

マーゴットは玄関の側柱を握りしめた。香辛料がきいた食べ物の濃厚な香りで、気が遠くなりそうだった。でもだめよ。せめて自分の犬くらいのプライドは保たなければ。マイキーは食べ物のために自分の主義を曲げたりしない。

彼女はごくりと大きく喉を鳴らした。「ええと……」

完全な笑顔とは言えないが、かすかにからかうような笑みが細面の顔の表情を変えた。

「もしおれを追い返すつもりなら、きみの目の前でこいつをゴミ箱に捨てる」デイビーがいさめた。「単なるいやがらせとして」

「むかつく人ね」

「ああ、たしかに。きみが夕めしを食わないうちに来たんだ。続けて二つクラスを教えたあと、夕めしに対してどんな気分になるか、よくわかってるからな」

「正確には五つよ」

デイビーが目を丸くした。「五つ？　仕事熱心だな」

「二カ所のジムで」マーゴットは言った。「五クラス。もっと多い日もあるわ。静かにしなさい、マイキー。この人はメキシコ料理を持ってるのよ。咬みつくのは、少しもらったあとにしなさい」

マイキーは後ろ脚で立ちあがり、紙袋の匂いを嗅いでいる。それからマクラウドの靴と足首の匂いを嗅ぎ、せかすようにひと声吠えた。

「マイキーの許可が出たわ」マーゴットは言った。「この子はエビが好きなの」

デイビーの顔にゆっくりと笑みが広がった。何本もの魅力的な皺が寄って欲望がきらめくのを見て、マーゴットは息が詰まった。「マイキーの許可だけじゃだめだ。きみの許可がほしい」

マーゴットは無理矢理息を吸いこんだ。わたしはまんまと策にはまったのだ。

「いいわ、どうぞ入って」

マクラウドの背後でドアが閉まるやいなや、ファリスのみぞおちは不安にひきつった。フアリスは息を吐きだし、頭をはっきりさせようとした。先走ってはだめだ。彼女がどれほど追いつめられているか、どれほど無防備で孤独かを忘れるな。マーカスからは彼女の家を家捜しし、接触している相手を監視するために電話に盗聴器をしかけるように命令されたが、これまでのところそんな相手はいなかった。彼女はキャピタル・ヒルに建つ老朽化した貸家でいつも一人で過ごし、ぼくに仕上げをしてもらうのを待っていた。今夜までは。

ファリスはこっそりと暗闇を抜け、見通しのきくいつもの場所——マーゴットのキッチンの窓近くの伸びすぎたツツジの茂み——にもぐりこんだ。二週間前に茂みの中央を刈りこんで空間をつくり、視界をさえぎる枝を切り落としてある。デイビー・マクラウドが彼の目にとまったのは、これがはじめてではなかった。インストラクターをしているジムから帰って行くマーゴットを、マクラウドが見つめているのを見たことがある。マクラウドの顔は欲望でゆがんでいた。

だが、マーゴットの家に突入してマクラウドを切り刻んでやるわけにはいかない。こちらの匿名性が損なわれてしまう。あと先考えずにそんなことをしたら、マーカスは決して許してくれないだろう。

それに、マクラウドは地元で顔がきく。元軍人、評判のいい私立探偵。地元警察にコネがあり、弟はFBI捜査官。慎重に行動する必要がある。マクラウドには特別なものを算段してやろう。めだたず、痕跡を残さない特別なもの。そして、きわめて苦痛を伴うものを。

ファリスは窓ガラスの向こうに目を凝らした。彼はマーゴットが自分を待たずにホテルの部屋から逃げたことに、ひどく傷ついていた。

だが、彼女のことは許している。いろいろ手間はかけさせられたが。カルーソが隠した型はマーカスの計画の鍵なのに、自分は愚かにも型のありかを知りうる唯一の人間を逃がしてしまったのだ。マーカスは激怒した。あのときのことを思いだすと、いまだに体が震える。

マーカスは微妙な状況だ。彼女を見つけるまでうんざりするほど時間がかかったため、時間にいまは余裕がない。マーカスはいらだっている。また彼女にコケにされるわけにはいかない。彼女のことは愛しているが、自分は必要とあれば厳しくなれる。きわめて冷酷に。やり方はマーカスに教わった。

意識を失ったマーゴットを抱いて運んだときのことを思うと、感慨で息が詰まる。彼女は信頼しきった子どものように、こちらの胸に頭をもたれていた。誰かの命を救ったら、その相手が死ぬまで責任を負うことになるとどこかで聞いたことがある。

自分はマーゴットの命を救った。だから、血に惹きつけられるサメのように、彼女の甘美なか弱さに惹きつけられる捕食者から守るのはぼくの務めだ。

マーゴットがぼくから関心をそらすのを黙って見ているわけにはいかない。自分は彼女をじょじょに罠に追いつめているから、そのときが来れば彼女は疲れきっているはずだ。罠に落ちたときは、ほっとしてぼくに感謝するだろう。

彼女には仕事も金も必要ない。ぼく以外の人間も。危険な通りを運転したり、グラフィックデザイン会社でいやらしい男たちに囲まれる必要もない。夜中にコンピュータに向かい、どうせ無駄になるビジネスを始めるために美しい目を酷使する必要はない。あんなクズ同然の脚が悪い犬など必要ない。

自分はそういったものを彼女から奪っていくのだ。一つずつ。そしてすべてなくなったとき、彼女にもわかるだろう。ぼくに身をゆだねさえすればいいのだと。それで終わりだ。自分は彼女のすべてになる。彼女が存在する意味に。

それ以外はただの雑音とがらくただ。彼女もそれを悟るだろう。

4

マーゴットは狭い廊下の壁にぴったりと背中をつけ、押しつぶされそうなほど大柄なデイビー・マクラウドが通るスペースをつくった。

居間と寝室を兼ねている部屋をのぞいた彼の目が、ベッドの役割を果たしているたたんだキルトでとまった。ふとんは新しいソファ同様、空き巣にずたずたに切り裂かれてしまった。どちらも短命に終わったグラフィックデザイン会社勤めの最初の給料で買ったものだ。彼の物言いたげな沈黙に、マーゴットは居心地が悪くなった。

「引っ越してきたばかりなのか？」デイビーがそれとなく訊く。

マーゴットは彼の手から紙袋をひったくり、重さを確認しながらキッチンへ向かった。すてき、ずっしり重い。「七カ月になるわ」彼女は言った。「空き巣にめちゃめちゃにされたのよ」

「空き巣について、もっと教えてくれ」

くるりと振り向いたので、ぶつかりそうになった彼がすぐそこで立ちどまった。すごく近い。ボディシャンプーの香りと体温がわかるくらいに。

「関心を持ってくれるのは嬉しいけど、その話はしたくないの」彼女は言った。「気が滅入るから。いまは食べ物とビールがほしい。かまわない？」

相手の目から視線をそらさないようにしながら、数を数えて落ち着こうとする。だが途中で数がわからなくなり、あきらめた。

ああ、ほんの少し垂れ気味の彼のまぶたはすごくセクシーだ。外国人みたい。それに、金髪のくせに眉毛と睫毛が褐色なんて、どういうことだろう？　ありえない。たしか法則があったはずだ。

マーゴットは頭がぼうっとし、どこともつかぬ無限をさまよっていたが、デイビーがうなずくと同時に呪文が解けた。「いいだろう。とりあえず食事にしよう」

それでは論点がずれていると思ったが、頭が混乱して責める気になれない。マーゴットは食べ物が入った容器をテーブルにならべ、そのあいだマクラウドはビールを冷蔵庫にしまっていた。冷蔵庫の寒々とした白いライトがいつまでもキッチンを照らしているのを不審に思って振り向くと、彼がむっつりした顔で肩越しに彼女を見ていた。

「冷蔵庫が空っぽだぞ」マクラウドが言った。「ドッグフードの缶詰しか入ってない」

マーゴットは一方の眉をあげて見せた。「あら、ばれちゃったのね。ドッグフードはわたしの大好物なの。クラッカーに乗せると最高よ。ためしてみて。ビールはグラスなしでもいい？」

「ああ。きみの犬に豚肉をやってもいいか？」

「香辛料が入ってなければいいわ」

マクラウドがしゃがんで肉汁たっぷりの豚肉のかたまりを差しだすと、マイキーは大喜びでかぶりついた。小さな体が喜びで震えている。

「なによ」マーゴットは言った。「やっぱりお腹がすいてたんじゃない」容器からエビを一つつまみ、溶けたバターを振り落としてからしゃがんでマイキーに差しだす。

マイキーは顔をそむけた。完全無視のポーズ。

「いい加減にしなさい」ぴしゃりと言う。「もったいぶらないの。エビは大好きなくせに」

マイキーは頑として譲らない。マーゴットはマクラウドにエビを渡した。「ほら」むっつりと言う。「あなたからやって。わたしとは話さないから」

マクラウドがエビを差しだした。マイキーはいっきに呑みくだし、これみよがしに横目でマーゴットをうかがった。

デイビー・マクラウドの前で自分の犬にばかにされたせいで、いっきに気力が萎えた。マーゴットはどさりと椅子に腰をおろした。

「わたしは嫌われてるのよ」やりきれない気分だった。「犬の死骸を置かれてから、マイキーをペットホテルに預けてるの。彼はわたしがお仕置きをしてると思ってる。何も食べようとしないの。わたしを苦しめるために。それでなくてもこの子はがりがりにやせてるのに」

マクラウドがマイキーにもう一つ肉をやった。「こいつはきみを嫌ってなどいない」穏やかに言う。「自分の気持ちを伝えてるだけだ。こいつがきみを好きなのは、きみだってわかってるだろう。例のストーカーがこいつに危害をくわえるんじゃないかと心配してるのか？」

マーゴットは邪険に肩をすくめた。「もしいまみたいな妙なことがエスカレートしたら、論理的に考えて普通の変質者が次にやりそうなのはそれじゃない？」

彼は怪訝な顔をした。「普通の変質者なんてものがいるのか？　それに、こういうことに論理は通用するのか？」

マーゴットは彼の意見を一蹴した。「きいたふうなことを言わないで」げんなりして応える。「わたしはこれまでに山ほどホラー映画を観てきたし、変質者もたぶん同じものを観てるに決まってる。自分の犬に嫌われるより不愉快なことがあるとしたら、それは家に帰ってきたときマイキーが……あんなふうになってるのを見つけることよ」

マクラウドがビールの栓を抜く。「きみがやってることは間違っていない。問題が解決すれば、こいつも許してくれるさ。とりあえず、いまは食事だ」マーゴットの手にビールを押しつける。「食べよう」

料理はすばらしかった。二人は会話もせずにもくもくと食べつづけては空になった容器を袋に戻し、ついには当初は途方もない量に思えた食べ物も、余分のトルティーヤで拭い取ったソースの残骸だけになっていた。マイキーは豚肉とエビをたっぷりもらった。長い乾期のあと、脂肪とたんぱく質と香辛料をお腹いっぱい食べるほどすばらしいものはない。

マーゴットは長々とビールをあおり、唐辛子で気持ちよく焼けた喉を洗い流してため息をついた。「おいしかったわ。お腹いっぱいよ」

「よかった。じゃあ、空き巣の話をしてくれ。それと犬のことも」

マーゴットはやんわりと彼をはぐらかす方法を考えた。なんと言っても、彼はおいしい夕食をごちそうしてくれたのだ。「ねえ、もし仕事を探してるなら、昼間も言ったようにわたしにそんな余裕は――」

「きみを心配するくらいならいいだろう?」

マーゴットは罠を警戒して相手の冷静な顔を見つめた。「無料(ただ)のものなんてないわ」慎重に言う。「あなたにとって、わたしは他人も同然じゃない。どうして心配するの?」

彼が広い肩をすくめた。「そういう性質(たち)なんだ。おれは好奇心をそそられた。好奇心は、おれの唯一の欠点なんだ」

思わず苦笑が漏れる。「じゃあ、セックスも麻薬もロックンロールもやらないの?」

デイビーが穏やかな笑みを浮かべ、マーゴットは自分がくだらない軽薄な台詞を口走った気がした。まぬけだと思われたに違いない。こちらの反応を待ってじっと沈黙しているようすには、悠然とした辛抱強さがうかがえる。まるでそわそわしたり退屈したりせずに、何時間も待っていられる人間に見える。

たぶん洗いざらい話すより、黙っているほうが多くをさらけだしてしまうのだろう。マクラウドは細かいことまで気づくタイプだ。まぶたの震えや失言を脳内のデータベースにインプットし、かちかちとデータを処理したのち、こちらが予想もコントロールもできない結論をはじきだす。適当な事実をいくつか打ち明けて彼の気をそらしたほうがいい。肉片をいくつか与えて狼をかわすように。しょせんわたしは嘘は苦手なのだから。

「もうあらかた話したわ」相手と目を合わせずに言う。「バラの花びらは二週間前に始まった。空き巣は六日前。三日前に犬の死骸が現われた。それ以来、わたしは眠れないの」

「どんな犬だった？　見覚えのある犬か？」

マーゴットは首を振った。「なんとも言えないわ。血まみれだったもの。首輪はしてなかった。大きな犬よ。たぶんシェパードの雑種」

デイビーがうなずき、先を促す。

「朝起きたとき見つけたの」と続ける。「血の量から考えると、犯人が誰にせよ、うちのポーチで殺したのよ。わたしが眠っているあいだに。ぞっとするわ」

デイビーはうしろに手をのばし、冷蔵庫からもう一本ビールを出した。大きな手をひねって造作もなく栓を抜き、彼女の前に瓶を置く。

「なに？　わたしを酔わせようとしてるの？」

彼の口元がひきつった。「緊張をほぐしたほうがいい」

マーゴットはぐるりと目をまわし、ビールをあおった。「あいにくだったわね、マクラウド。わたしが緊張の糸をほぐしたら、そこらじゅう糸くずだらけになる。それでもいいの？」

彼の頬に一瞬えくぼが浮かんだ。それを見たとたん、もう一度微笑ませたくなった。抑えきれない満面の笑み。床を転げまわって大笑いしている彼を想像する。わたしにくすぐられて、息をあえがせながら笑っている彼。ばかげた想像をしたせいで、奇妙な切望が沸き起っていた。

「それで?」デイビーが促した。「空き巣の状況は?」

マーゴットは自分を現実に引き戻した。「夜、仕事から戻ってきたら、家のなかがめちゃくちゃにされてたの。家具が切り裂かれて、抽斗のなかのものが全部放りだしてあった。本、食器、冷蔵庫の中身、戸棚。でも盗られたのはラップトップだけ。それとスケッチブック」

「スケッチブック? 何が描いてあったんだ?」

マーゴットはぽかんとした。「ええと……スケッチ?」

彼の冷静沈着さはそんな皮肉では微動だもしない。「宝石はどうだ? 現金は?」

きっぱりと首を振る。「そんなもの持ってないもの」もちろんあの禍々(まがまが)しい蛇のペンダントは別だが、あの件に触れたら話せないことを話さなければならなくなるし、どうせあのおぞましいものは盗まれなかった。運悪く。

「犯人が何かを探していた可能性は?」デイビーが助け舟を出す。

当たりさわりのない口調だが、それでも罪悪感でみぞおちがざわめいた。ついに来た。ここから先は、半端な事実でごまかさなければ。「もしそんなものがあるとしても、わたしには想像もつかないわ。誰かに待ち伏せされたことはないし、ラブレターをもらったこともない。デートに誘われたことも。誰かを怒らせたこともない……わたしが知るかぎり」声の震えは怯えているせいだと思ってくれるといいけれど。罪悪感ではなく。

彼は冷静にうなずいた。「執念深い元夫は？」

「結婚したことはないわ」即座に答える。

「元恋人は？」

クレイグのことが思いだされ、固い唾を飲みこんだ。「ここまでわたしに腹を立てている男性はいない」

「腹を立てている女はどうだ？　最近不倫をしてたか？」

「やめてよ、わたしはマゾヒストじゃないわ」ぴしゃりと言い返す。

「誰かを脅迫してるか？」いたって無頓着な口調。

「なんですって？」マーゴットはさっと立ちあがり、玄関を指差した。「出て行って！」

マイキーがこのときとばかりに立ちあがり、マクラウドの膝にもたれた。体が揺れるほど尾を振っている。裏切り者。わたしの邪魔をする気なのね。

マクラウドはやさしくマイキーの毛を撫でている。「事務的に進めているだけだ」彼が言った。「個人的に取るな」

マーゴットはどさりと椅子に腰をおろした。自分の問題を誰かに話してしまいたいという衝動（いいえ、誰でもいいわけじゃない、デイビー・マクラウドに話したいのだ）が、抑えきれないほど高まっていた。

これまではつねに勘にしたがってきた。でも、いまわたしをけしかけているのは勘じゃないる。

い。恐怖と疲労が、おそらくは取り返しのつかない過ちになるものへとわたしをせきたてて

マーゴットはこわばった大きなため息を漏らした。「不倫はしてないわ」そっけなく言う。

「もうずいぶん男性とは縁がないの」

「どのくらい？」

「あなたに関係ないでしょう」

「いいや、ある。こういう状況では」

マーゴットはビール瓶のラベルをいじった。「もうすぐ九カ月になるわ」

「その恋人と別れた原因は？」

誰かが彼を惨殺して、その罪をわたしに着せたからよ。

事実を話したら、何を考えているのかわからない表情が変わるのだろうか。マーゴットは

精一杯冷たい視線で彼を見据え、嘘をつく覚悟を決めた。

「彼が浮気をしたのよ」そっけなく言う。

実際のところ、それは事実だ。まったく無意味だが、事実ではある。

マクラウドはあっさりとうなずいた。「この町には、いつから？」

「七カ月前。あまり知り合いはいないわ」

「以前はどこに住んでいた？」

「それにどんな関係があるの？」とやり返す。「ああ、そうよね。何が関係あるか決めるの

はあなたなのよね？」

マクラウドが微笑んだが、目つきは油断ない。「おれは、そんなことはひとことも言ってないぞ」

マーゴットは大きくため息をついた。「ロサンジェルスよ」と嘘をつく。

「ロサンジェルスの誰かが——」

「いいえ」首を振ったが、少し早すぎた。「それだけはないわ」

マクラウドの目が細くなった。「何か裏があるんだな」質問とも意見とも取れる口調。

ああ、あなたが知ってさえいれば。「たいしたことじゃないわ。むかしの話よ」マーゴットは表情を取りつくろい、つのるパニックとは裏腹に冷静を装った。これ以上は無理だ。わたしは無意味にこの人の時間を無駄にしている。

「きみは警察に通報しなかった。空き巣のときも、犬のときも」

責める口調ではない。とりあえずそれがわかり、顔が赤くなった。彼女は無言で首を振り、駄目押しが来るのを覚悟した。

沈黙のまま時間が流れる。マイキーはマクラウドに撫でられて幸せそうに仰向けに寝そべり、しっぽを振っている。マーゴットは心臓がどきどきしはじめた。

思わず口を開く。「もう、早く訊きなさいよ。通報しなかった理由を訊きたいんでしょう？」

彼の油断ない目がちらりと彼女に走った。「話してくれるのか？」

「いいえ」

「それなら、訊いてもしょうがない。だろう?」

ごく当たり前のように平然とマイキーを撫でている。「じゃあ……これで終わりなの?」

くちごもりながら訊く。「もう質問はないの?」

彼は軽く肩をすくめた。「警察に通報したほうがいい。きみは深刻なトラブルに巻きこまれている。警察はおれにはない情報源を持っている。いずれにしても、本当のことを話してくれなければ助けようがない」そこで口を閉ざして何か考えこんでいたが、やがてこう言った。「それは警察も同じだ。だから、なんだか知らないがもし話したいならおれに話せ」

「保証するわ」マーゴットは言った。「聞かないほうがいい」

「おれは聞きたい」

レーザー光線のような視線に見つめられ、頭が真っ白になった。「後悔するわよ」

「たぶんな。聞くのが賢明な行動だと言った覚えはない。さっきも言ったように、好奇心はおれの唯一の欠点なんだ。麻薬やロックより抵抗するのはむずかしい」

「セックスを忘れてるわよ」思わず口に出た。

彼の視線がすばやくマーゴットの全身を走る。「いいや、忘れてない」

マクラウドの目に値踏みするような表情が浮かび、背筋がぞくっとした。嘘をつくだけでは足りないとでもいうように。わたしったら、彼の気を引いている。やめなさい。内に潜むみだらな女が、大きく頭をもたげはじめている。

マーゴットは無理やり彼から視線をそらし、こわばった首筋をもみながらあわてて話題を変えた。「いつもうしろを気にしてると、首が凝っちゃうのよ」

「マッサージしてやろうか」マクラウドが言った。

マーゴットは笑い飛ばした。「そう来ると思ったわ」

「変なところをさわったりしない。まじめな話、おれはマッサージがうまいんだ」

裸電球の無骨な光が彼の顔の凹凸を際立たせ、くっきりしたレリーフのように細部まであますところなく輪郭を浮かびあがらせている。そうか。この照明の下できれいに見えるのは、おそらくデイビー・マクラウドだけなのだ。「下心なしにマッサージを申しでる人はいないわ」

彼が首を振る。「自分の経験でおれを判断するな。おれは普通の人間とは違う。おれの言葉に裏はないし、言ったことは守る」

マーゴットは目をしばたたいた。「まあ、あなたの高潔な資質と偉大なる道徳観念に気づかなくて失礼しました」

マクラウドは寛大にうなずいてみせた。「どういたしまして」

ふざけているのか見当がつかない。この男性は現実離れしている。さっきからまったく真顔を崩さない。誰も信じない強い女を演じるのはもううんざりだ。かまうものか。デイビー・マクラウドに触れられたら、このうえなく贅沢な気分だろう。いちかばちかやってみよう。

「まあいいわ」彼女は言った。「でも、あなたの手が胸椎から下へきたら、マイキーにお尻を咬ませるわよ」

その脅しにたいした効力はなかった。マイキーは仰向けに寝そべり、彼にお腹を掻いてもらおうと催促している。

マクラウドはしゃがんでマイキーを撫でた。その手が毛を剃った部分に触れる。「どうしたんだ？」

「ワシントン公園で性悪な大きな野良犬に吠えかかったのよ。この子は学習ってものを知らないの」

マクラウドはうなずいて立ちあがった。片手をマーゴットの髪の下に入れ、うなじに添える。その軽い感触だけで、全身にさざ波のように快感が走った。ほっとするような温もり、疲れが癒される冷たさ。

「横になったほうがいいか？」彼が訊いた。

マーゴットは訳知り顔で彼を斜にらんだ。「ええ、そうね。そしてシャツも脱ぐんでしょう？　よく言うわ」ポケットからヘアゴムを出し、一方の耳のうしろで髪を結わえる。

「さあ、やってちょうだい。強くていいわ。我慢できる」

彼はすごく上手だった。こわばった筋肉の表面をおずおずと揉むもどかしいマッサージでもなければ、力ずくの無神経なマッサージでもない。ゆっくりした確実で官能的な手つき。彼の両手はマーゴットの筋肉に緊張を解くように命じ、筋肉はそれにしたがって少しずつほぐれてやわらかくなっていく。とろけるように。

やっぱり横になればよかった。たしかに愚かな行為だが、彼をうちに招き入れたこと自体愚かだし、彼の食べ物を食べたことだって愚かなのだ。わたしに触れさせたのは、間違いなく浅はかだった。これ以上浅はかな行動があるだろうか？

時間の流れが緩慢になり、やがていくつもの大波となってゆっくりと崩れていった。苦労して目を開けると、彼がこちらの腰に手をあてていた。「胸椎より下におりてるわよ。さっさと放して」

彼が両手を放した。「すまない」

そのとたん、暖かい手の感触が恋しくなった。「そんなことしても無駄よ。どうなるかわかってる」ぼそぼそと言う。「背骨を少しずつおりていって、するとあら不思議、いつのまにか足をマッサージされてるのよ」

マクラウドは含み笑いを漏らしながら、ふたたび肩を揉みはじめた。「いつのまにか、ほかのことに気を取られていたらしい」

マーゴットは必死でうめき声をこらえた。最後に誰かに触れられてから、もうずいぶんたつ。ましてや、これほど優しくて上手なものは。

おそらく、これがはじめてなのだ。これほどとろけるような気持ちにされたことはない。だめよ、危険なことを考えちゃだめ。消去しなさい。「首の上で頭が浮いてる気分」彼女は言った。「こんなに凝ってるなんて気づかなかったわ」

「五つもレッスンをやって、凝らないほうがおかしい」彼の指が首をそっと撫でている。気持ちのいいぬくもりが、胸へ、みぞおちへ、太腿へと突き抜ける。「スタイルがいいのも当然だな」

「そっちこそ」マーゴットはぼんやりと応えた。「お金に困ったら、屋台を出して女の人に有料であなたの体をマッサージさせればいいわ」

「そうか？」慎重に訊く。

「ええ。そうね、二分撫でまわして一五ドルってところかしら。未成年お断わりで、もちろん上半身のみよ。分け前をくれるなら、わたしがチケットを売ってあげる」

彼の手がとまった。マーゴットはうっとりしたましゃべりつづけた。「ゲイの人たちも買うと思うわ。二人で大儲けができる」

「きみになら無料（ただ）でやらせてやる」

その声にはかけらも皮肉がなかった。マーゴットははっと目を開けた。

肩越しに彼を振り返る。彼の目に浮かぶ熱い輝きに、女としての本能が警報を出した。さっと身を引く。

わたしったら、なんてことを口走ったんだろう。よく知りもしない男にきわどい話をするなんて。それをフォローする勇気もないくせに。ばか。子どもじゃあるまいし。

「ご、ごめんなさい」おどおどと言う。「唐辛子とビールのせいね。ふざけるつもりじゃなかったの」

マクラウドはスウェットシャツの裾をつかみ、いっきに引きあげた。

「何」声が震える。「なんのつもり？」

彼がシャツを床に落とした。「自分で試しもしないで、どうやって二分撫でまわす料金を決めるんだ？」

マーゴットは棘のある反論に言葉を失った。「ふざけただけよ！　冗談が通じないの？　なんでも真面目に捉えるの？」

「おれは自分が捉えたいように捉える」

マーゴットは彼の言葉が意味するあらゆる可能性を検討しながら、目の前の体を見つめた。ふつう金髪の男性は肌の色が薄く、スキムミルクのように青味がかっている。マクラウドの体は淡い黄金色だ。

それは力をみなぎらせ、みすぼらしいキッチンで異彩を放っていた。オリンピックの体操選手のように、筋肉が際立ったたくましい体。筋肉一つ一つが己の仕事をわきまえ、見事にその務めを果たしている。何一つ欠けておらず、何一つとして余分なものはない。究極の完璧さ。

強烈な眼差しに見つめられ、マーゴットは金縛りになった。マクラウドが両手を背中にまわす。「きみにはさわらない。誓う」

それを聞いたとたん、女としての自分の体が意識された。みすぼらしい普段着に隠れた体が、どれほどむきだしで弱く無防備か。

下を向くと、じめじめと寒いアパートが褐色の乳首に与えている影響が目に入った。彼の体には鳥肌が立っている。いい兆候だ。少なくとも人間だという証拠だ。とても暖かそうで、力強くしなやかに見える。

ああ、この場で彼をスプーンで食べてしまいたい。

マーゴットは一歩あとずり、テーブルに腰をぶつけてよろめいた。

「オーケイ」彼女は言った。「おふざけはもう充分。見せびらかしても、何も出ないわよ。わたしが過呼吸を起こさないうちに、さっさとシャツを着て」

彼の険しい口元に笑みらしきものが浮かんだ。「さわってみろ」

低い命令口調が全身に反響した。マーゴットの片手があがり、二人のあいだの宙に浮かぶ。気づかないうちにマクラウドが近づいていて、気づくと自分の手が熱い胸にあたっていた。

その手が勝手に動き、ひきしまった輪郭や骨の隆起、柔らかな肌やその下でみなぎる筋肉を指先がかすめていく。固い乳首が手のひらをくすぐった。みぞおちに手をあてると、脈動が伝わってきた。ちらりと股間に視線を走らせた。猛ったものがジーンズを押しあげている。

彼の顔は紅潮して強張り、目は空ろだ。肩の分厚い筋肉が緊張で張りつめている。

「わたしにはさわらないのね?」ぼんやりと訊く。「ほんとうに?」

「変更したくなったら、いつでも言ってくれ」

息遣いが荒く速くなっている。高鳴る鼓動が手のひらに感じられた。彼はわたしには手に負えない力を秘めている。走りたくてうずうずしている競走馬に乗っている気がした。エンジン全開で発進しようとしているフェラーリの運転席にいるように、躍動するエネルギーで震動している。

マーゴットの手は彼の熱い肌に触れて震えていた。この人は未知の世界のように異質で独特だ。頭がぼうっとして、気おくれで体がすくんでしまう。そのとき、脳裏で皮肉な声があざけった――哀れなマーゴット、男のたくましい胸を無理やりさわらされて。なんてかわいそうなの。

そそるような首元のくぼみが、唇のすぐ先にある。少し乗りだしさえすれば、その感触を味わえる。そしてそれを続けるかぎり、自分の人生に訪れた不気味で忌まわしい混乱を忘れていられる。彼のことだけを考えていられる。われを忘れて。ああ、そうできたらどんなにいいだろう。

「わたしはあなたのことを知らないわ」消え入りそうな声で彼女は言った。「何一つ」

「ああ」マクラウドが応える。「知らない」

そう言ったきり口を開こうとしない。甘言も追従もしようとしない。おべんちゃらもない。その飾り気のない率直さに惹きつけられた。彼に抱きつき、彼のすべてを吸い取りたい。あらゆる熱を、あらゆる力を。

そして、そうなりかねない。わたしは、めったに笑わないことしか知らない見ず知らずの男に抱かれることになる。とてもじゃないが、賢明な行動とは言えない。

マイキーは彼を気に入ってるわ――内なるみだらな女がささやいた。

そうね。でもそれは無意味だ。マイキーはバーベキューポークをくれるカモなら誰にでも媚びる。哀れな飼い主以外なら。マクラウドはきっと、わたしは誰とでも簡単に寝る安い女だと思うだろうし、わたしはつけこまれた自分にあとで嫌悪感を抱くだろう。そんな目に会いたくない。いやだ。すでに細い糸一本にかろうじてぶらさがっている状態なのに。

マーゴットは手をのばし、彼のやわらかな温かい唇に人差し指をあてた。「ここまでにしましょう」

マクラウドが手のひらに頬をこすりつけてきた。黄金色に輝く無精髭がざらざらと手にあたる。獣めいたみだらな仕草に、狂おしいほどの切望で鼓動が高まった。「なぜだ？」彼が尋ねた。

マーゴットは無理やり手を放した。「どうしても」

彼女はマクラウドのスウェットシャツの上で眠っているマイキーをつま先でつつき、シャツを拾いあげて彼に突きだした。シャツは毛だらけになっている。「着て。すぐに。つべこべ言わずに」

マクラウドはため息をつき、頭からシャツをかぶった。マーゴットは無理に怖い表情を浮かべ、彼の頭がシャツから現われるまでのあいだにその表情を固定した。「ストリップをしてくれてありがとう。楽しませていただいたわ。でも、わたしもマイキーもそろそろ寝る時間なの。夕食のお金はいくら払えばいいかしら？」

彼の顔が強張った。「寝ぼけたことを言うな」

マーゴットは力まかせに冷凍室のドアを開け、製氷皿の下からジリ貧の一途を辿っている食費を引きだした。「素直に教える気はないようね」テイクアウトメニューの束をあさり、ルイザの店のメニューを取る。「ええと……タコス、エンチラーダ、チレス・レエノス、タマーレ、チキンのモレソース、エビ。これでだいたい五〇ドルね。プラス、ビールの分を八ドルとして、ひとり二九ドル――」

「きみから金をもらうつもりはない」

「男の人におごられたくないの」きっぱり言う。

「それは残念だ」

マーゴットは怯んだ。「ちょっと。わたしの前では言葉に気をつけてちょうだい」

彼は一方の眉をあげて見せた。「きみの言葉遣いだって、褒められたものじゃなかったぞ」

「そうね、そうかもしれない。でも〝F〟がつく言葉は使ったことないわ。絶対に。そうよね、マイキー？　わたしが〝F〟のつく言葉をつかったことがある？」マイキーは慎重に紙幣を数える彼女の横で嬉しそうにしっぽを振っている。二三ドル。やだ。彼女は無表情でマクラウドに紙幣を差しだした。「よく知らない男性に借りをつくりたくないの」

「そいつをしまえ」マクラウドがいさめた。「おれを怒らせる前に」

マーゴットはほっとしながら製氷皿の下に紙幣を戻した。それから振り向き、所在なげに手をもみしだく。「じゃあ、その、夕食をごちそうさま。とてもおいしかったわ」

「どういたしまして」

その次には〝さて、もう遅いから、そろそろ失礼しよう〟みたいな言葉が続くものと思っていたが、彼は無言のままそこを動かず、マーゴットは自分の顔に何かついているのかと不安になった。最後に見たときは、いたって普通に見えたけれど。「おやすみなさい」と水を向けてみる。

「なぜおれを追いだす?」純粋な好奇心から尋ねているように聞こえる。

マーゴットは険悪な目つきで彼をにらみつけた。さっきよりさらに努力が必要だった。

「ねえ、あなたのジムで夕食に誘われたとき、わたしが断わったのにはそれなりの理由があったのよ。同じ理由で、わたしは男の人におごられたくないの。食事でもお酒でもね。なぜなら、男はいまのあなたみたいな態度を取りはじめるから。わたしに貸しがあるみたいに」

マクラウドが首を振る。「おれはそんなつもりは――」

「そういうことよ。おやすみなさい。夕食をごちそうさま」

「でも、きみはおれに惹かれてるじゃないか」頑固に譲ろうとしない。

「だから? もしそうだったらなんなの?」声が大きくなった。「わたしは目がまわるほど忙しいのよ! お金の問題を抱えてるし、ペットの問題もある。頭のおかしい変質者のスネーキーはどこぞの地下室からプレゼントを贈ってくる。男の問題まで抱えこむなんてたくさんよ!」

「おれは――」

「わたしには、恋愛に割く時間もエネルギーもないの! 自分の犬との関係だってもてあましてるんだから!」

マクラウドがなだめるように手をあげた。「別におれは——」

「わたしはひと晩かぎりの関係も持たない。無条件のセックスの相手はできない。とすると、わたしたちができることは何?」返事をしようと彼の唇が動いたとたん、マーゴットは自分で答えた。「何もないわ! せいぜい話すくらい。わかった? じゃ、さよなら」

マクラウドは財布を出し、名刺を一枚引き抜いてカウンターに置いた。「また地下室からプレゼントが届いたら電話しろ」

そう言って玄関へ向かう。急いでもいなければ、面食らっても怒ってもいない。いっそドアを叩きつけてくれたらいいとマーゴットは思った。そうすれば、自分は彼のガードを崩していくらか優位に立てたと思えるだろう。

彼はやらなかった。マーゴットの期待はかなわなかった。ドアはマクラウドの背後で静かに閉まった。

アパートの窓の向こうに闇が貼りつき、小さくいびきをかいているマイキーだけが残された。

マーゴットは呆けた気分を引きずったまま歯を磨いて目覚ましをセットした。ひどく緊張していたせいで、がっくり疲れている。少し眠る以外手はないのに、彼女は間に合わせの薄い寝床の上で何度も寝返りを打った。

体がほてって眠れない。欲望の疼きがとまらない。

この悲惨な状況を終わらせることさえできたら。

ああ、どれほど以前の暮らしを取り戻したいことか。メグ・キャラハンに戻りたい。湖畔に建つ快適な小さな家に住み、何年も辛抱強く努力したあげくようやく軌道に乗りはじめたウェブデザイン事務所を経営するメグに。メグのしゃれた服、メグのワインラック、メグのステンドグラスのランプ、メグの低反発マットレス、メグの社会保障番号、メグのクレジットカード。メグの未来。

友だちに会いたい。ポテトチップとマルガリータをお供にふわふわの大きなソファに座り、ジェニーやクリスやピアと女性向け映画のDVDを観たい。以前の悩みさえ、いまは懐かしい。デート、デートの不足。パンティライン。カロリー。月経前症候群。税金対策。キッチンの蟻。バスルームのタイルの目地の黴（かび）。

頭のなかの忌まわしい記憶を消し去ってしまいたい。

ちっぽけな無力な存在になった気がする。こんなときにセックスなんて問題外なのに、誰かに触れられたいと思う気持ちをとめられない。

あまりに疲れきっているので、マクラウドのような男を相手にする自信を持つのがどういう気分かすら思いだせない。おそらく、これまでそんな気分になったことはないのだろう。とにかく彼は体格がよすぎる。ウルトラマッチョ。あの手のタイプには近づかないようにしていた。彼らは多くの問題をはらんでいる。

エロティックな想像は否応なしに加速し、デイビー・マクラウドとのセックスへとふくらんでいった。現実からかけ離れていればいるほど好ましい。たとえばこんなふうに……アマゾネスの女王と、捕らえられた敵の兵士。そう、このくらいばかげた奇抜な設定ならちょうどいい。彼が身につけているのは、剣帯と股間を覆うぼろぼろの腰布のみ。両手足を鎖でつながれ、瞳は抑えようのない怒りで燃えている。戦場から連れてこられたばかりで、興奮して自暴自棄になっている。すてき。これなら申し分ない。

そしてわたしは、胸の谷間もあらわなちっぽけな鎖かたびらのブラを身につけ、宝石が埋めこまれたベルトからさがる薄手のスカートには、太腿に達する深いスリットが入っている。空想のなかの自分の髪は以前の赤毛で、それを腰に届くまで伸ばし、顔はみだらな印象を与える淡いブロンズ色になっていた。むかしよくむさぼるように読んだファンタジー小説の表紙絵のように。唯一の違いは、頑丈そうな剣を振りあげているのは自分で、わたしの太腿をつかんでひざまずいているのは彼だというだけ。その空想のばかばかしさに、マーゴットは忍び笑いを漏らした。

大きな間違い。笑ったせいで、あやうく涙がこぼれそうになった。マーゴットは寝返りを打ってほてった顔を枕に押しつけ、パンティに片手をすべりこませた。もう濡れている。熱くかき立てられた場所が疼いている。バイブレーターなど必要ない。彼の目を思いだすだけで、声をあげるような絶頂を迎えそうだ。

ぎゅっと目を閉じ、二本の指でつぼみをはさんで太腿をきつく閉じる。この疼きを多少なりともやわらげなければ。怖い。自分の呪われた人生のすべてが怖い。

アマゾネスの女王は怖がったりしない。彼女はほんのささいな思いつきでも実行する力を備えている。彼女のひと声で応える軍隊を。うらやましいかぎりだ。

エキゾチックな空想が浮かんでは消え、ふたたび脳裏でまとまっていく。ひざまずくマクラウド。怒りに燃える瞳。貧弱な腰布はその下の興奮を隠しきれていない。マーゴットは自分自身に触れながら、彼に触れるところを想像した。固く張り詰めた筋肉や熱い顔に両手をすべらせる場面を。

マクラウドは汗でぬるぬるする体を震わせている。わたしは腰布の下に手を入れ、固いペニスをつかんで大胆にしごく。彼はびくっと痙攣して息を呑み、なすすべなく快感に体を震わせながらのけぞる。

空想は次つぎにふくらみ、無数の可能性があらゆる方向へ彼女を引きこんでいった。ふたたび脳裏にイメージが浮かんだ。わたしは全裸で彼をまたいで立ち、彼の顔を両手ではさんでいる。目でこう告げている——始めなさい。そして自分がかわいいなら、まともな仕事をするのね。

すると、そのとおりになった。まさにそのとおりに。これほど鮮明な空想ははじめてだった。全身の神経が研ぎ澄まされ、あたかも現実に起きているかのように刺激されている。彼の舌が力強く突きだされ、わたしを舐めあげ貪欲に吸っている。目もくらむような快感はどんどん激しく強くなり、もう少し、もう少しでイキそうに……。

あと一歩というところで高まりがとまり、マーゴットは宙ぶらりんのまま置き去りにされた。イケないまま。こんなのおかしい。かつてなかったほど気持ちが高まっていたのに。イケないはずがない。

もう一度、やりなおしだ。すみやかに次の場面へ——天蓋つきの豪奢なベッド、暖炉からちらちらと漏れる明かり。今回の彼は一糸まとわぬ姿で、彫刻のあるベッドポストに手足を絹ひもで縛りつけられている。手始めにわたしは変態めいた手を使い、アマゾネスの女官たちに彼をなぶりものにさせてメインイベントの下ごしらえをしよう。その場面の想像は一瞬で終わり、彼女はどうでもいい女たちを即座に追い払った。シュッ！　一瞬で女たちが消えた。

この男はわたしだけのものだ。頭の先からつま先まで。

静まり返った室内ですさまじいまでの緊張が高まっていく。聞こえるのは暖炉ではぜる薪の音と、わたしの下の男が漏らすこもったうめき声だけ。身をよじる彼の首筋には血管が浮き立ち、緊縛に必死で抗う筋肉が収縮して固くなっているが、わたしは情けを見せない。オイルを塗った手でペニスをつかみ、上下にしごいては膨れあがった先端で円を描いて握りしめる。リズミカルな動きで、自分も催眠術にかかったようになりながら。

いまだ。わたしは彼にまたがり、やわらかく膨れあがった自分自身に彼を誘う。そして脈動する太いペニスを受け入れた瞬間、頭をのけぞらせて悦びのうめきを漏らす。彼はわたしのもの。わたしはうつむいて彼の目を見つめ、こちらの優位を認めるように無言で彼に迫る。

彼は認めないだろう。身をよじって抵抗し、わたしを激しく突きあげる。けれどこちらを見つめ返す瞳は、不屈の意志にぎらぎらときらめいている。

そしてわたしはなかなか絶頂を迎えられない。もう少しのところまでのぼりつめ、心臓は早鐘を打ち、いつでもあの暗い忘我の泉へ跳びこもうとしているのに、唐突に泉が消える。それは跡形もなく掻き消え、気づくと彼がわたしを見あげている。いたずらっぽく目を輝かせながら。わざとやっているのだ。

ひどい男。こんなのばかげてる。これはわたしの空想で、わたしの頭のなかのことなのだから、彼に台なしにする権利などない。

けれど、すでに単なる空想ではなくなっていた。むしろ恍惚状態か、あるいは勝手に拍車がかかる白昼夢。わたしにはコントロールできない。わたしは豪奢な天蓋に隠しておいたナイフをさぐり、それを掲げて見せる。彼の目に浮かぶ狡猾な光が陰り、警戒がこもる半信半疑の色に変わるまで。

わたしはうしろに手を伸ばし、彼の足首をしばっている絹ひもを切っていく……一つ、二つ。それから彼の上にかがみこみ、目の前で乳房を揺らしながら手首の絹ひもを切る。そして上体を起こし、ペニスを向かえ入れる。目一杯奥まで。ナイフは枕元に置く。彼の手が届くところに。

ここから先は彼しだいだ。わたしは彼の驚愕した顔を見おろす。

渦巻く夢想の奥で、麻痺したまま閉じこもっている心の一部が怯えていた。わたしは頭がどうかしてしまったんだろうか？　ばかげた空想の世界で主導権を握る偽りの贅沢にふけることすら許されないの？

そのとき、いきなり空想の世界が戻ってきた。彼が大きな手でわたしの腰をつかみ、喉の奥でうめきながらわたしを仰向けにした。たくましい体でわたしを組み敷き、奥まで突きたてる。

解き放たれた彼の情熱がマーゴットの情熱をも解き放ち、彼女は空高く舞いあがった。われに返ったあとも、マーゴットは脈動する快感の余韻にしがみついていた。頭がぼうっとして、息があがっている。

そして、また一人ぼっちの寝床に戻っていた。破綻した人生で一人ぼっち。一度も手にしたことがないものへの切望に身を焦がしながら。

ばかみたい。空想で自分を苦しめるなんて。マーゴットはあふれそうになる涙をこらえた。涙なら、もう一生分流した。

5

マーカス・ワーシントンは誰かを血祭りにあげたい気分だった。何年もかけて弟のファリスに浸透させてきた周到な条件づけが、悪質なコンピュータウィルスの仕業のように消去されている。

すべてはキャラハンとかいう馬鹿女のせいだ。

あの女がつつがなく死んでくれたら喜ばしいかぎりだが、そうなったらファリスは失望のあまり気がふれかねない。ファリスの特異な能力に気づいている人間はほとんどいないし、弟は何をしでかすかわかったものではない。これまで意志の戦いではつねに自分が勝ってきたとはいえ、それでも不安は覚える。

いらだつ心を唯一静めてくれるのは、自分の研究室にこもり、亡父の四番めにして最悪の妻だったプリシラが皮肉めかして彼の〝おもちゃ〟と呼ぶものをいじることだった。まもなくプリシラは、わたしを誤解していたと思い知るだろう。父が悟ったように。プリシラの前の義母も悟った。最後には義理の母親全員が悟ったのだ。

だが、プリシラにはとっておきの方法で思い知らせてやる。

マーカスはドクター・ドリスコルのゼラチン状の手を慎重にケースから取りだした。死体のような青白い色は、気まぐれで選んだものだが悪くない。彼はいまの精神状態で可能なかぎりで悦に入った。指紋がよく見えるようにライトを調整する。蹄状紋、渦状紋、弓状紋がすべて細密に再現され、隆線上の微細な汗腺口まで複製されている。

完璧とは言えないが、センサーのパラメータの範囲内では充分だ。

彼はクレル社の生体認証センサーにゴムの手を押しつけた。彼自身のデータはケイリクス研究所と同じテンプレートで入力してある。クレイグ・カルーソのすばらしい才能に感謝。

拒否。センサーはビープ音をたてて拒絶した——該当データが見つかりません。

センサーは、クレルの営業担当者が保証したとおりに機能した。心電、血中酸素飽和度、体温、電気抵抗、表皮下検波探知を複雑に組み合わせた一連のマルチ〝生体〟感知システムによって、ごまかしは不可能。

この生体認証センサーをパスするには、五本の指すべてと複数の層を持つ皮膚が必要だ。それ以外のものは拒否される。クレル社に栄光あれ。これは現在市販されているなかでもっとも高価な生体認証システムだ。カルーソ本人が設計した。カルーソをさっさと始末したことが少々悔やまれる。生かしておけば役に立っただろう。すべての型からゴムの手をつくり、どれがいちばん鮮明に仕上がるかためしてみるように勧めたのはカルーソだった。マーカスはつねに彼の指示にしたがっていた。

だがカルーソは駆け引きを始めた。プリシラの手型でかくれんぼをしたのだ。〝全面提携〟

を口にして。

マーカスはゴムの手の内側に軽く潤滑剤をスプレーし、カルーソがつくった液体ゼラチンを薄く塗りつけた。そのまま少し放置したのちゼラチンに自分の手を押しつけて密着させ、ゆっくりと手を離した。真皮下の指紋を検出する超音波／電界センサーをごまかして指紋が照合されるように、入念に同じプロセスをくり返す。幸運なことに、ドリスコルと彼の手は同じくらいの大きさだった。手のひら側だけについたゼラチンは、ほとんどめだたない。

彼は何度か指を曲げ伸ばしし、それから認証センサーに手をあてた。

二秒後、モニターが点灯した。〝データが見つかりました。キース・ドリスコル博士　研究所所長　ケイリクス研究部門〟。モニターには、満面の笑みを浮かべた丸々と太った科学者の写真が映っている。

マーカスも微笑み返した。ドリスコルは最高レベルの機密情報にアクセスする権利を持っており、彼をしのぐ権限を持つのはプリシラ・ワーシントンのみだ。苦労するだけの価値はあった。マーカスは何カ月もじらしたあげく、年長の男を自宅に誘いこんだ。ドリスコルは三人の子を持つ既婚者だが、若い男を好む性癖はかねてから一部で有名だった。マーカスが生まれ持つ実用主義は、その仕事をやらせるために別の人間を雇うことを許さなかった。このマーカスさまにやり遂げるだけのセックスアピールがあるのに、どうして脳みそが足りない男娼に台なしにされる危険をおかす必要がある？

実際、彼は不愉快な務めを果たす必要さえなかった。そうなったところで問題はなかったのだが。ドリスコルの中年太りの体にも別に不快感は覚えない。マーカスの性欲は型にはまったものではなかった。彼は力に興奮する。二次的な要素——若さ、美貌、性別——には関心がない。

ドリスコルは睡眠薬を垂らしたマティーニを飲み、あっさりと気を失った。マーカスはのんびりとドリスコルの手型をいくつか取ったのち、縛りあげて車に積みこみ、意識不明の全裸のドクターを自宅の前庭に放置した。

うわさによると、それ以来ドリスコルの妻は年少の二人の子どもをつれてボストンに戻り、カリフォルニア大学サンフランシスコ校に通う長女は父親と口をきこうとしないらしい。あの晩から、ドリスコルは一度もマーカスと目を合わせない。顔色は青白く、以前よりやせた。かつてのピンク色の肌をした陽気なふとっちょは、灰色にたるんだ哀しげな男になっている。マーカスはモニターに映るドリスコルの笑顔を見つめ、自分が発揮した能力にえもいわれぬ満足感を覚えた。

ドアをノックする大きな音がし、あわててみずからの計画にプラスティックのカバーをかけた直後、勢いよくドアが開いた。

プリシラがさっそうと入ってきた。十年前にマーカスの父親のタイタス・ワーシントン——ケイリクス製薬のオーナー兼ＣＥＯ——に出逢ったころに比べると、腰や足首のあたりに肉がついている。プリシラはケイリクスの研究所の一つで研究員をしていた。彼女は美貌と知性と押しの強い性格でタイタスを惑わしたが、年を経るにつれて顔つきに険しさが増している。黒髪を束髪にした白衣姿のプリシラは、ゲシュタポの看守のようだ。図体の大きなボディガードのモーリッツを従えている。彼女はタイタスの死後まもなくモーリッツを雇い入れ、同時に自分だけの家に引っ越した。プリシラはあなどれない人間だ。彼女は軽蔑もあらわにマーカスのさまざまな研究をすばやく見渡した。「砂箱で遊んでるの、マーカス？」

マーカスは両手を握り締めた。ドリスコルのもろい手に爪が食いこむ。「新しい研究をちょっといじっていたんだ」

プリシラが鼻を鳴らした。「もう何年もいじってるじゃない。あなたはそこそこの頭はある人間でしょう。三つも博士号を持ってるんだから、そろそろいじるのはやめて役にたつことをしたら？」

おまえの失脚と破滅を画策するような？「このうちいくつかの特許を取ろうと思ってるんだ」彼はあいまいに答えた。プリシラには頭が空っぽなやつだと思わせておけばいい。別にかまわない。どうせこの女に未来はないのだ。

「内勤のスタッフはどこにいるの、マーカス？」プリシラが問い詰めた。「ここは豚小屋みたいじゃない。タイタスの遺言状にはあなたとファリスが生涯ワーシントン・ハウスに居住する権利が記されているけれど、だからってあなたたちにここの所有権があるわけじゃないのよ。それに、今後そうなることもない」

「わかってる」マーカスは言った。じつのところ、輝かしいイベントに備えてスタッフは何カ月も前に解雇したのだ。そのときが来れば完全なプライバシーが必要だし、これみよがしに武装したプロを数人同席させることになるだろう。あのころはこれほど長引くとは予想していなかった。自分でも埃とクモの巣にうんざりしている。これもマーガレット・キャラハンにかけられた迷惑の一つだ。いまいましい。

「ここが廃墟になったら、法的手段に出させてもらうわよ。さしあたって、もしあなたが少しおもちゃのことを忘れてくれるなら、やってほしい仕事があるの」

マーカスは胃がひきつったが、にっこりと微笑んで見せた。仮面をかぶるのは得意だ。

「なんだい？」

「ドクター・ドリスコルが所長を退任することになったの。健康上の理由でボストンに戻るのよ。後任のドクター・シーモア・ヘイトは、明日ボルチモアから到着する予定になっている。いったんシアトルまで飛んでそこで一泊してから、翌日の便でサンフランシスコへ来るの」

マーカスはうなずいた。プリシラは、地位の低い秘書にやらせるような仕事を与え、わたしを侮辱するのを楽しんでいる。わたしにはこの程度の仕事がふさわしいと思っているのだ。それと、ファリスの引き綱を握っていることが。

「あなたには、彼を迎える準備を整えてほしいの」プリシラが続けた。「ドクターの登録データをシステムにインプットして、研究所のセキュリティを調整してちょうだい。それからドリスコルのデータは即座に消去して」

「いいとも」ドリスコルと寝なくてよかった。結局は、効果も意義もない行為だった。

「住まいと、空港までの迎えのリムジンも手配してちょうだい」

「ドクターの搭乗データと連絡がつく電話番号を教えてくれ」

プリシラがいい加減に手を振る。「スタッフに訊いて。メリッサかフレデリコが電話番号を知ってるわ。明日の晩、わたしと夕食をとる手配もするように二人に伝えて。ホールジー・クラウンにある高級レストランがいいわ。ああ、それからもう一つ。いったいファリスはどこにいるの？　もう何週間も見かけないけど」

「あいつはカスケード山脈の北で山登りをしている」マーカスは答えた。「ファリスは山登りが好きなんだ。あいつにとっても効果がある。精神のバランスを保てるから」

「山登り？　監視なしで？」プリシラがきゅっと眉間に皺を寄せた。「タイタスとわたしは、あなたが二十四時間監視している場合にかぎってファリスがクライトン・ヒルズから出るのを許可したのよ！」

「ファリスは落ち着いてる」マーカスはなだめた。「定期的に薬を飲んでるんだ。ぼくは日に数回携帯で連絡を取っている」

「だから何？　さっさとあの子を呼び戻しなさい！　恥をかかされるのはごめんだわ。特に、ドリスコルが醜態を演じたあとではね！　ここでのあなたの唯一の役目は、ファリスから目を離さないことよ。もしその程度のこともまともにできないなら——」

「すぐに呼び戻すよ」

「そうしてちょうだい」きっぱりと言う。「わたしは今週中にフランクフルトへ行って、あちらの研究所で一カ月過ごすことになる。夕食のときしかドクター・ヘイトにあれこれ説明する時間はないの。あなたができるかぎりのことをしてあげて」

「わかった」マーカスはつぶやいた。「たいしたことはできないがね、誇張でなく。」


プリシラがドアを出ていった。モーリッツの巨体があとに続く。

ドリスコルは用済みだ。マーカスは手のひらからゼラチンをはぎとり、ぼろぼろになった半透明の残骸をゴミ箱に投げ捨てた。死体のようなゴムの手を取り、はさみをつかむと、それがプリシラの手だと想像しながら細かく切り刻んでいった。ひと裁ちするごとに、頭のなかで悲鳴が聞こえた。シャキン、シャキン、シャキン。

振り出しに戻ったも同然だ。神聖な場所の中核に侵入するには、プリシラ・ワーシントンと研究所所長二人のデータが必要だ。プリシラの手型は依然として行方不明だし、シーモア・ヘイトにはまだ会ってもいない。

それなのに、ファリスはシアトルにいる。とりあえず何かしなければ。それもすぐに。ドリスコルの手型を取ったときのように周到に計画している余裕はない。それに、プリシラはまもなく留守になる。チャンスはいましかない。

新しい手型を手に入れれば問題が解決するのは明らかだが、プリシラを誘惑するのは不可能だ。あの女はわたしを忌み嫌っているし、そもそもいくら実利本位といえわたしの性衝動にも限界がある。プリシラの凶暴なボディガードは、ファリスを彼女に近づかせはしないだろう。それに、たまに快楽にふけることがあるとはいえ、プリシラは雇われたジゴロにだまされるほど愚かでも自衛本能が低くもない。

クレイグ・カルーソは首尾よくやり遂げた。あの血も涙もない女と寝る勇気をどこから出したのかは謎だが。おそらくマーカスが約束した一〇〇〇万ドルが、務めを果たせるくらいにペニスを硬くしたのだろう。考えただけで、マーカスは怖気をふるった。

買い手は八カ月も待たされて痺れを切らしている。計画は彼の目の前で崩壊しつつあった。利益と復讐が完璧に融合した計画のために投じてきた年月と数百万ドルの自己資金。そのすべてが壁に突き当たっている。マーガレット・キャラハンのせいで。

ファリスの尻をたたかなければならない。こんなことには終止符を打たなければ。

私道のど真ん中にショーンのトラックが停まっていた。こちらの車を停める余地はない。これがはじめてではなかった。末の弟は軽率で注意力に欠けている。そして自分の存在を誇示するのが好きだ。たいていの場合、デイビーは悟りきったようにため息をつくだけで無視している。

今夜はいらいらし、無性に腹が立った。

彼は自宅前の通りを少し行ったところに車を停め、木立を透かしてワシントン湖の暗い湖面でちらちらと揺れるマーサー島の明かりを見つめた。必死で心を静めようとする。最後にセックスしてから、もうずいぶんたつ。

屈辱的な話ではあるが、彼は長く禁欲を保つ効果に関しては強固な現実主義者だった。ベスにきっぱりと別れを告げられてから半年（数えていたわけではないが）になる。ベスのことは愛していたし、いいところがたくさんあるのもわかっていたが、指輪を買ってやる気にはなれなかった。

当初からその点をはっきり告げていたが、ベスはわかろうとしなかった。女とはそういうものだ。女は決まってそれを個人的に捉え、傷つく。だから自分はセックスがらみのメロドラマは棚上げにしたいと思っているのに、体が言うことを聞かない。まだ体との停戦には至れずにいる。

その反面、これはいわゆる〝むらむらする〟というのとは違う。ウィメンズ・ウェルネスで以前エアロビクス・インストラクターをしていたステフィは、雑誌のグラビアを飾れそうな肉体を持つハニーブロンドだったが、デイビーは無駄口をたたいたり体にさわりたいとは思わなかった。なんとなくステフィと寝ることも考えたが（彼女が喜んで応じたのは明らかだ）、彼女は元気がよすぎた。それに鼻にかかったしゃべり方はおろしがねのように彼の神経を逆なでした。

ステフィはディナー・シアターにワンシーズン出演するために、少し前に西海岸へ発った。デイビーが彼女がいなくなったことに気づいたのは、しばらくたってからだった。

だが、ステフィの替わりに入ったマーゴットにはすぐ気づいた。マーゴットの声はおろしがねではなかった。上質のスコッチウィスキーのように、穏やかで豊かな煙った声。マーゴットは雌豹のようになめらかに動き、揺れ、ゆったりと歩く。騒々しくはねまわったりしない。

彼は車を降りて力まかせにドアを閉め、ずかずかと自宅へ向かった。開けっ放しの玄関がそよ風にあおられて揺れている。ショーンが冷蔵庫まで歩いた道筋のライトはすべてついたままだった。裏のポーチからこもった話し声が聞こえるから、マイルズ――二人の弟子であり、未来の社員である学生――もくわわって二人でおれのビールを飲み干しているらしい。

デイビーは荒々しくポーチのドアを開けた。「今度うちの私道にあんな停め方をしたら、タイヤを全部切り裂くぞ」

ビールを持つショーンの手が口へあがる途中でとまった。「なんだよ、デイビー。そんなの逆効果になりかねないぜ。あんたの厳密な指示どおりにトラックを停めるほうが、よっぽど時間がかかるんだ」

「おまえの分厚い頭蓋骨の内側に何かを焼きつけられるなら、遅刻させるだけの価値はある。わかったふうな口をきくな」

マイルズがビールを置き、おずおずと立ちあがった。「ええと……ぼくはそろそろ失礼しようかな。バスで帰るよ。邪魔しちゃ悪い――」

「座れよ、マイルズ」ショーンが言った。「いつものことだ」

マイルズは元の椅子に腰をおろし、兄弟がやめさせようとしているいつものハゲタカのような格好に背を丸めた。

ショーンがまじまじと兄を見つめた。眉間に皺を寄せている。「何カ月も女とヤッてない男みたいに、おどおどして目がくぼんでるぜ。まったくもう、ビールでも飲んで頭を冷やせよ。中華料理を買ってきた」

「もう食った」

「どこで?」ショーンが問い詰める。「デートなんかずいぶんしてないだろ」

デイビーは力まかせに網戸を閉め、冷蔵庫からビールを出した。いつもなら、気持ちを切り替えるためにアルコールにたよったりしない。知ったことか。彼はビールを冷蔵庫に戻し、グラスをつかんで緊急用のシングルモルトウィスキーのボトルを取りだした。

デッキチェアの一つに横になると、ショーンはまださっきの質問への返事を待っていた。兄がウィスキーを持っているのを見て、いぶかしそうに眉をしかめている。「ミスター高潔が強い酒を飲む? 堕落したもんだな。で? どこで食ったんだ? 誰と? 話せよ」

デイビーは息を吸いこみ、気を引き締めた。「マーゴット・ヴェッターだ」

にんまりしそうになるのをこらえたショーンの頰で、えくぼが浮かんで消えた。「そうか! そりゃいい! どうやらここへ来るときは前もって電話を入れなきゃならなくなりそうだな。そろそろそんなころだと思ってたよ。おれは心配しはじめて――」

「どうしてストーカーのことを話さなかった?」

ショーンが目をぱちくりさせた。「その口調だと、まだいい目は見てないみたいだな。みんながみんな、おれみたいに上手に誘惑できるわけじゃないらしい」

「話をそらすな」デイビーは一喝した。「質問にだけ答えろ」

「話したら、兄貴はそのことしか考えなくなるだろ」ぶっきらぼうに応える。「それに、彼女から直接頼んだほうがずっと効果があると思ったんだ。涙でうるんだ目、ぱちぱちさせる長い睫毛？　ぽってりしたわななく唇？　波打つおっぱい？　実際そのとおりになっただろ？」兄を見つめ、いっそう鋭い口調でくり返す。「なったんだろ？」

デイビーはグラスの縁越しに弟をうかがった。「そもそも、おまえは彼女のことをどのくらい知ってるんだ？」

ショーンの斜視ぎみの緑色の瞳はいつになく冷静だった。長々と沈黙してから応える。

「つまり、彼女を口説いたかってことか？」

デイビーは一瞬息が詰まった。数秒が経過した。マイルズは不安そうな顔をしている。

ショーンが長い脚を伸ばし、ポーチの手すりにブーツを履いた両足を乗せた。「ああ、口説こうとしたよ。女に興味のある生身の男なら、みんなそうするさ。もちろん兄貴は別だけどね。でもそれは意外でもなんでもない。兄貴は、まあ、特別だからな。とにかく、彼女はおれになびかなかった。高校のフランス語の教師にひとめぼれしたときみたいなもんさ。彼女は、よだれを垂らしてはあはあ言ってるおれの頭を撫でただけだ」そこでわざとなにげなく肩をすくめて見せる。「彼女が好きなのは兄貴だと思うな」

デイビーの胸が一笑に付すようにぴくりと動いた。「まさか」

「嘘じゃない。彼女が兄貴を観察してるのを見たことがあるんだ。おれより兄貴に魅力を感じる女がいるなんて謎だけど、女ってのは不可解なものだからな」

「からかうのはいい加減にしろ」とたしなめる。「彼女はおまえになんと言ったんだ？」

ショーンは自分のおしゃべりに兄がつきあおうとしないときいつもやるように、わざとらしく大きくため息をついた。「駐車場でばったり彼女に会ったんだ。鍵を車内に閉じこめていた。彼女、泣いてた」

デイビーはマーゴットが泣くという話に不意を突かれた。「彼女が？　たかが車の鍵のせいで？」

「おれだって変だと思ったよ。彼女はタイヤを蹴飛ばして車を怒鳴りつけるタイプに見えるからね。とにかく、おれは工具を持って助けに駆けつけた。ところがドアを開けてやっても、彼女は無表情にこっちを見ただけで、おれの圧倒的な魅力にはまったく反応を見せなかったんだ。どうかしたのかって訊くと、『いいえ、なんでもないわ』とだけ答えた。ほら、女が暗闇に座って特大サイズのアイスクリームを食いはじめる前によくそんなことを言うだろ？」

「あいにくおれは、女を特大サイズのアイスクリームを食いたいような気分にさせたことはない」忍耐を振り絞って言う。

ショーンはぐるりと目をまわして見せた。「兄貴に何がわかる？　注意をしてないだけさ。とにかく、おれは彼女をなだめすかして話を聞きだした。空き巣、犬の死体。ぞっとする話だから、兄貴に相談しろと言ったんだ。私立探偵の仕事から手を引こうとしてるのは知ってるけど、彼女は怯えてた。金に余裕もないけど、兄貴は金に困ってるわけじゃないし、新しいビジネスを始めるまで兄貴も退屈して通りでホイールキャップを盗むようなまねをしなくてもすむと思ったんだ。彼女の支払いを待ってやれるだろ。じゃなきゃ無料（ただ）でやってやれよ。そのほうがいいし、兄貴もかっこよく見える。女はそういうとこ見てるもんだぜ」

デイビーは薄目で弟をにらんだ。「おれと彼女をくっつけようとしてるのか？　やめておけ」

ショーンがむっとする。「自己中心的なやつだな。自分のことしか考えられないのか？　おれはマーゴットに泣きやんでほしかっただけだ。彼女は変態野郎が自分の犬に危害をくわえるんじゃないかと心配してた」

「へえ」不機嫌に応える。「それはおやさしいことで」

「ああ、そうだよ」ショーンは兄をにらみながらビールをあおった。「それに、兄貴と彼女をくっつけようとしてたらどうだって言うんだ？　それのどこが悪いんだよ。兄貴は足踏みしてるも同然じゃないか。あの氷のプリンセスにふられてから、すっかり生気がない。アップにしたブロンドをぜったいおろさなかった彼女、なんて名前だっけ？」

デイビーは顔をしかめた。「ベスだ。彼女は指輪をほしがった」

ショーンがおおげさに額の汗をぬぐうふりをする。「兄貴がふられてよかったよ。あの女がそばにいると、いつもへまをやったような気分にさせられたからな。そうだ、女と言えば、コナーと話したんだけど、結婚式にはぜひ女を連れてきてくれってさ。エリンには男をつかまえようとやっきになってるブライドメイドが山ほどくっついてるし、お袋さんは男女の仲を取り持つのが大好きなんだ。兄貴が一人で行ったりすると、恰好の餌食になるぞ。派手な色のタフタの竜巻に巻きこまれる。気をつけろ。タキシードを着て行くんだろ？　もみくちゃにされるぞ」

デイビーはげんなりした。弟のコナーの結婚式のことは努めて考えないようにしていたのに、その日は暴走列車のように目前に迫っている。「くそっ。おまえは誰か連れて行くのか？」

ショーンがにやりとほくそ笑む。「まさか。おれは何人だろうがいくらでも相手になるぜ。極楽だ。大勢のむらむらしたブライドメイドと無人島に置き去りにされるなんて、よだれが出そうだよ」

「シンディもブライドメイドをやるんだ」マイルズが口をはさんだ。「赤いドレスを着る。彼女は赤がよく似合うんだ。今夜ショーンのアパートに泊めてもらうのは、そのせいなんだよ。シンディは明日の朝八時から最後の仮縫いをすることになってるから、ぼくが店まで送って行くんだ」

デイビーとショーンは不憫そうに目を見合わせた。未来の義理の姉妹の妹であるシンディに対してマイルズが抱いているかなわぬ想いを見るにつけ、二人は落ち着かない気分にさせられていた。でも二人にできるのは、青年の筋肉と反射神経と自尊心を高めてやり、最終的にはそれに脳みその発達がついていくように祈るだけだった。

デイビーはウィスキーをすすり、喉を焦がす感触を甘受した。「ブライドメイドってのはトラブルのもとなんだ」考えこんだように言う。「ベスはいとこの結婚式でブライドメイドを務めた。将来のことをやたらと気にするようになったのは、その直後からだ。女はシャンパンを飲んで結婚のことを考えはじめる。すると、男はあっと言う間に苦境に陥る」

「兄貴こそ結婚を考えろよ」とショーン。「一族のDNAの務めを果たせ。若くなることはないんだぜ」

デイビーは目をつぶった。「その役目はコナーがかわりにやってくれる。ひょっとしたらもう子どもができてるかもしれない。あの二人のようすを見てると」

沈黙が流れ、弟も兄弟の結婚に関して同じように葛藤しているのがわかった。コナーを祝福していないわけではない。あいつは将来の花嫁に夢中になるあまり、筋がとおる話もできない状態だ。

それはかまわない。何よりだ。コナーには目一杯幸せでいてほしい。けれど、弟の結婚を考えるたびに、喪失の鈍い痛みを感じる。コナーは人生の新しいステップを踏みだそうとしている。兄と弟を残して。そう思うと漠然とした不安と空しさを覚え、だからこそそのことは考えないようにしていた。

ばかばかしい。それに勝手な言い草だ。おれもショーンもエリンのことは好きだ。彼女はコナーにぴったりだ。聡明で、勇敢で、美しくてやさしい。数カ月前のノヴァクがからむ狂気じみた一件で、彼女はその資質を証明した。マクラウド家の一員になる資格をりっぱに獲得したのだ。

いや、エリンが問題なのではない。問題は単に、変わるということなのだ。

ショーンが大きくため息を漏らした。兄と同じ気に入らない思いを押しのけるように。

「いいことを思いついた。マーゴットを連れて行けよ。そうすれば兄貴を守るバリアができる。それに、雰囲気がうんと華やかになる」

「だめだ」むっつりと応える。「無理だ。ありえない」

「なんで?」

デイビーは歯を噛みしめた。「この話はここまでだ。いいな?」

ショーンがいぶかしげに目を細める。「なるほどそういうことか、わかったぞ。しくじったんだな? せっかくおれがまたとないチャンスをつくってやったのに、それをふいにしたんだ。馬鹿だな。やれなかったのも無理はない」

デイビーはさざ波の立つ暗い湖面でまたたく明かりを見つめ、弟の挑発を無視した。ショーンに話せることは何もない。弟には、マーゴットの背景調査の結果は話していない。彼女の謎めいた秘密は、ショーンとは無関係だ。

むろんそれを言うなら、おれにも関係ない。デイビーはそんな役にも立たない思いを頭から払いのけた。「今夜はどこへも行かないのか?」と尋ねる。「女と出かけるとか?」

「マイルズと一緒にビデオショップでアクション映画を借りるかもしれない」ショーンが答

えた。「おれはふだんのエロティックな行動は少し控えてるんだ。結婚式までは清い体を保つ」

「あとたった二日じゃないか」むっつりと応える。

「永遠も同然だよ。ブライドメイドのためにエネルギーをためとかないと。レディたち、おれを押し倒してくれ。疲れ果てるまで責め立ててくれ」

「ビデオショップに行くのはどうかな」マイルズがためらいがちに言った。「明日はうんと早起きしなきゃいけないし、ぼくは――」

「シンディ・リッグズの僕になんなきゃならない。使い走りに、家庭教師に、お抱え運転手に。そうだろ」とデイビー。

マイルズは唖然としたように体を起こした。丸眼鏡の奥の目が丸くなっている。「違うよ！　ぼくらは仲がいい友だちだってだけだ。シンディには仮縫いに行く足がないから、ぼくが――」

「彼女がどんなにいい友だちかは知ってるよ」シンディのハスキーな浮わついた声をまねる。「マイルズ、あたしの新しいプッシュアップ・ブラは気に入った？　マイルズ、チャックをあげてくれる？　マイルズ、かわりに微積分の宿題をやってくれる？　マイルズ、あたし、誰とデートすればいいと思う？　ロブ？　リック？　それともランディ？」

マイルズの唇が不機嫌に引き結ばれた。「そんなのでたらめだ」

沈黙が流れ、ショーンが咳払いする。「ええと……おれとマイルズはそろそろ失礼するよ。

兄貴はゆっくり休む必要がありそうだ。食わないなら、中華料理は持って帰るぜ」

「ああ」マイルズがさっと立ちあがった。「行こう」

デイビーは立ち去るショーンとマイルズに向けて、謝罪がわりに無言でグラスを掲げた。静寂のなか、ポーチの下の砂利浜に規則的に波が打ち寄せている。いつもは心が休まる穏やかなその音が、今夜は生気のない気が滅入る音のくり返しに聞こえた。

自分が恥ずかしい。おれには不器用なマイルズを批判する権利などない。女に対しては、自分のほうが馬鹿なまねをしてきたじゃないか。実際、今夜もするところだった。一晩じゅう。もしマーゴットがさせてくれたなら。

夕暮れの時間は、信じがたいほどゆっくりと過ぎていった。デイビーは部屋から部屋へとさまよい歩き、本や雑誌を処分した。ネットサーフィンをしたりテレビのチャンネルを次つぎに変えたりしてみたが、何一つ関心を持てなかった。すべてが空しい。静寂はあまりに深く、頭を締めつけてきたが、どんな音楽をかけてもいらつくだけだった。

夕暮れは果てしない夜に変わり、彼はついにふらふらと寝室へ向かって硬くなったままのペニスを冷ますためにジーンズを脱いだ。ベッドに横たわると、眠るかわりにあっと言う間にマーゴットに関するエロティックな空想を思い描いていた。怒りと駆け引きによって増幅された変態めいた空想。こちらがどれほど無力か思い知らせている彼女の煌々(こうこう)と輝く瞳を、ロープで縛られてもがきながら見あげている自分。

突飛すぎる。なんだこれは。これまで、ベッドでのプレイとして緊縛ゲームを考えたことなど一度もなかった。そういうものは、鈍った感覚にショック療法を施す必要がある退屈した人間がやることだと思っていた。そして、おれは無力感を避けるためなら手段を選ばない人間だ。

おれの感覚は鈍ってなどいない。彼女の見事な体の下で身悶えするイメージは、苦痛なほど鮮やかだ。デイビーは片手で顔を覆い、欲求不満のうめきとともに石のように硬くなったペニスを握り締めた。ありありとよみがえる彼女のほっそりとした力強い肩の感触だけで、こんなふうに勃起するなんて理屈がとおらない。なめらかな首筋。おれをベッドに誘うことを考えたときの彼女の表情。

鼓動が高まり、心臓が爆発しそうだった。

もしキスされていたら、おれはあらゆる疑念に目をつぶっていちかばちか彼女と寝ていただろう。彼女のすべてにそそられる。下手くそな嘘にさえ。マーゴットは嘘がうまくない。愛しいほどに。自分の命を救うためでも、上手に嘘はつけないだろう。

その考えが暗に示す意味に背筋に寒気が走ったが、彼はそれを一蹴した。

多くの証人に会ってきた長年の経験で、自分はボディランゲージのプロになっている。マーゴットがいらいらしてすぐむきになるのは、怯えているからであって罪悪感からではない。彼女はペテン師ではない。感情がすぐ顔に出てしまうから、その手の仕事をやろうとしてもうまくいかないだろう。マーゴットは誇り高く、タフで信念を持っている。衝動的。死ぬほど怯えているが、血に飢えたストーカーより警察を恐れている。

彼女の過去には、予想以上に重大で厄介なものが隠れているのだ。あのイバラの壁を突破するのはやりがいがありそうだ。やりがいのある仕事には心をかきたてられる。もっとも、フラーでの大失敗のあと、恋愛生活でのやりがいは努めて避けてきたが。自分はものごとをシンプルに進めるように努力してきた。あっさりと。

〝努力〟は大きな意義を持つ言葉だが、女はあくまで女だ。

好奇心が酸のようにデイビーを焼いていた。これはおれの問題でも義務でもないが、彼女を怯えさせている人間のクズを捕まえてやりたい。考えれば考えるほど腹が立つ。サディスト野郎のタマを壁に串刺しにしてやりたい。

彼はベッドから起きあがり、いらいらしたままバスルームへ向かった。シャワーを出し、曇った鏡に映る自分を見つめる。自分の体を鼻にかけてはいない。そんなことは思ったこともない。体は維持すべき道具であり、財産にすぎない。強靱な筋肉とすばやい反射神経は役に立つ。おれに言い寄られた女はたいがいイエスと応えるから、好都合でもある。ある程度は。

デイビーは鏡を見つめ、マーゴットの目に映ったものを思い描いた。彼女におれを求めてほしい。鼓動が跳ねあがり、ペニスがいっそう高く屹立した。

慣れた手つきでそれをさする。マスターベーションによる表面的な充足は好きではない。エネルギーの無駄遣いだし、放出したあとのがっくりと気が抜けた感覚が嫌いだ。だが半年だと？　ちくしょう。

完璧な人間などいない。誰も見ていない。

彼は降り注ぐシャワーの下に入り、片手に石鹸をつけて自分自身を握り締めた。心のなかでリバースボタンを押し、マーゴットのほっそりした冷たい手が自分のむきだしの胸に押し当てられていた場面に戻る。うっとりしたように見開かれていた、いくつもの色が混じった瞳。濃紺から鮮やかな淡緑青色に薄れ、瞳孔は金色がかった茶色で縁取られている。あたかも彼女を創造した何者かが、心を決められずにあれこれためしたかのように。うっすらと開いていた、かわいらしくすねたような赤い唇。バラ色に染まった頬。すりきれた薄いTシャツを乳首がぴんと押しあげていた。

もし期待どおりに進んでいたら、彼女は口元になまめかしい笑みを浮かべ、Tシャツを脱ぎ捨てて裸体をさらしていただろう。これからどうするつもり？　と言いたげに輝く瞳を見て、おれの理性が吹っ飛ぶ。

一瞬のためらいもなく、おれはテーブルから料理を払いのけ、彼女をそこに押し倒してスウェットパンツを引き抜き、なまめかしい腰とヒップのぬくもりに両手を這わせる。彼女はもどかしげにおれのベルトをはずす。

マーゴットの言葉が脳裏でこだました――「わたしには、恋愛に割く時間もエネルギーもないの……無条件のセックスの相手はできない……わたしたちができることは何？」

いい質問だ。頭のなかで危険な考えが浮かび、連想が勝手に加速してみだらな空想へと際限なく広がっていく。

おれたちは完璧な取引ができるだろう。

マーゴットと同じように、おれも恋人がほしいとは思っていない。女の苛立ちにはうんざりしているし、罪悪感を抱かされるのも気が滅入る。おれもひと晩かぎりのセックスは好きじゃない。たいがい空しく惨めな思いをさせられるうえ、健康上の危険がつきものだし、目覚めたときセックス以外共通点のない相手が横にいるのも気に食わない。まるで盗みでも働いたように女が目を覚ます前にこっそり抜けだすのはいやなものだが、コーヒーや探りを入れるような会話や期待のこもった女の目つきにはもっと不愉快になる。

おれも無条件のセックスは求めていない。慎重に選び、明確な合意に基づき、きっちりと定められた条件がほしい。良識ある成人のあいだで結ばれた、まともで分別のある取り決めが。おれたちはどちらも独身だ。彼女はおれに惹かれている。助けと保護を求めている。おれはその役目を買って出ることができる。彼女には守らなければならない秘密があり、おれには保ちたい距離がある。彼女には包み隠さず真実を話せばいい。正直に、礼儀正しく。

そう思うと、セックス場面を想像するより興奮した。お湯が冷たくなりはじめたのでシャワーをとめて目をぬぐうと、携帯電話が鳴っているのが聞こえた。ガラスの引き戸を割りそうになりながらあわてて寝室へ突進し、電話をつかむ。「もしもし?」

沈黙。回線がつながっていることを示す空ろ。

「もしもし?」たたみかけるように問いかける。「誰だ?」

かちり。電話が切れた。

マーゴットの電話番号は、かける理由はないと自分に言い聞かせたあとも記憶に刻まれている。デイビーはその番号を打ちこんだ。呼びだし音が鳴る——一回、二回。つながった。

「マーゴット？　大丈夫か？」

またしても短い沈黙。「いいえ」消え入りそうな声が応えた。

みぞおちで、吐き気をもよおしそうな悪寒がうごめいた。「どうかしたのか？」

「さっきは電話を切って、ごめんなさい」声に精彩がなく、いつものように口答えをしようともしない。「勇気がくじけてしまったの」

「気にするな。何があった？」デイビーはじりじりと数秒返事を待ってから助け舟を出した。

「スネーキーがまたプレゼントを持ってきたのか？」

「そうみたい。怖くて外に出て近くで見る気になれない」

「くそっ」デイビーはばねが生えたように床のジーンズをつかんだ。下着を履くひまも惜しんで濡れたままの腰に引きあげる。「今度は何を持ってきたんだ？」

「あなたをわずらわせるつもりじゃなかったの。どうして電話したのかわからない。たぶん……パニックになってたんだわ」

彼女は尻込みして電話を切ろうとしている。デイビーは直感的に即座に彼女を黙らせるべきだと悟った。「すぐ行く」濡れた足をブーツに突っこみ、必死で靴ひもを結ぶ。「かかっても十五分だ」

口論を未然に防ぐために電話を切り、シャツをはおる。ガンキャビネットに入っている九ミリグロックのことが頭をよぎった。

やめておこう。丸腰のほうが趣味に合うし、いざとなればブーツの鞘（さや）に収めたナイフがある。彼は玄関へ走り、露に濡れた芝生を駆け抜けた。両手の震えを抑えるために、しっかりとハンドルを握る。

おれは馬鹿だ。予想もつかない波瀾に飛びこむなんて。だが、マーゴットが隠している秘密がなんであれ、それが彼女のせいでないことだけはわかる。そして、そうなれば話は別だ。現実と空想の違いは知っている。現実なら十歳のときいやというほど思い知らされたからよくわかっている。それなのに、いまのおれを見てみろ。緊急ボタンが押されたとたん、瞑想も超脱も無駄になっている。シュッ！　一メートルジャンプして走りだし、ケープをひるがえして巨大イカから美女を救いに駆けつけている。悲しい物語のラストを書きかえようとして。

別に自分をスーパーヒーローと思っているわけじゃない。それどころか、おれは計算高いろくでなしだ。自分に都合がいいように状況をあくどく利用しようとしている。

とはいえ、彼女には望めばおれを追い払う権利がある。だから、マーゴット・ヴェッターが謎めいた問題で救いを求めているなら、かまわないじゃないか。

それに、彼女はおれに説得されてこちらの助けを受け入れるかもしれないのだ。

6

ポーチは一面血の海だった。ペンキがはげた壁、窓、越してきたときからあった埃まみれの籐椅子。そのすべてに血が飛び散っている。玄関前のマットはねばねばしたものでびしょ濡れだ。

まるで、むかし大好きだったくだらないホラー映画の一場面みたい。人生そのものがホラーだとまだ気づいていなかったあのころ。血だまりを見おろしながら、マーゴットはブラクストン劇場で友人たちとくすくす笑ったり悲鳴をあげたりしながら侮辱的な言葉や警告を叫んでいた日々を思いだした――仲間と別れちゃだめよ、ばかね。仲間がばらばらになると、決まって誰か死ぬんだから！　そんな薄気味悪い地下室におりて行っちゃだめ、頭が足りないんじゃない？　あの不気味な音楽が聞こえないの？

警告するような不気味な音楽なんか流れていない。鳥のさえずりと、芳しいそよ風にそよぐ小枝の音しか聞こえない。風鈴が軽やかな音をたてている。不規則で空ろなその音色に心がなごんでもいいはずなのに、血だまりのせいでグロテスクに聞こえる。これまで聞いたどんなスプラッタ映画の音楽より身の毛がよだつ。ばらばらにされて狙い撃ちされる仲間もいない。わたしとマイキーだけ。そのマイキーは緊急停戦を宣言し、わたしの足首のうしろに縮こまって震えている。マイキーはピットブル十頭が相手でも果敢に立ち向かうが、スネーキーには歯が立たないし、それは彼も承知している。

それはわたしも同じだ。死ぬほど怖い。残された策は逃げることだが、非常用の貯えは偽の問合せ先のために使ってしまったし、就職したときお祝いのつもりで買ったソファやしゃれたドレスやちゃらちゃらした靴にもつぎこんでしまった。残りは獣医の治療費とペットホテルの代金で消えた。冷凍室にある二三ドルでは、ぽんこつ車のガソリンタンクをいっぱいにするのがやっとだろう。

ジョーのダイナーやあちこちのジムからもらう雀の涙ほどの給料の次の支給日まで、まだ一週間ある。マーゴットはいったんぎゅっと目をつぶってから開けてみた。血は消えていない。さっきのまま。このうえ頭までおかしくなったら、今度こそほんとうにまずいことになる。

そう思うと、泣き笑いが漏れた。いまはまずくないって言うの？ 殺人の濡れ衣を着せられて、警察から逃げているのに？ 謎の意図を持つ残虐な殺人鬼のことが頭を離れないのに？ 血に飢えた変質者のストーカーは、殺人鬼と同一人物なのかもしれない。血なまぐさい臭いで吐き気がする。胃がでんぐりがえる。

いっそ頭がおかしくなったほうが楽かもしれない。

逃げなければ。以前のように、行くあてもなく闇雲に逃げまわるのだ。厄災がギロチンの刃のように頭上にぶらさがっている。だめよ。こんなとき、よりによってギロチンのことなんて考えちゃだめ。

逃げるしかない。なのにわたしはなぜ朝の五時にマクラウドに電話をし、ここへ来て手を握ってほしいなんて頼んだんだろう？　馬鹿にもほどがある。

なぜなら、彼がいると安心できるからだ。最後にもう一度彼に会いたかったから。さようならを言いたかったから。

自分が発した問いへの答えにがつんと頭を殴られた気がして、涙が浮かんだ。ええ、そう。空想にさようならを言いたかったの。彼に感謝したかった……何への感謝なのかはわからないけれど。ばかみたい。状況が違ったら彼がしてくれたかもしれないことに対して。

ばかみたい。たった一度、ほんの短いあいだどきどきしただけで、胸を刺すような失恋の痛みに嘆き悲しんでいるなんて。しっかりしなさい。

さあ、計画を立てるのよ。残ったお金をかき集める。ダイナーにはチップをもらうために行く。無駄だとは思うけれど、しみったれのジョーにこれまで働いたぶんの給料の前払いを頼む。ヘルスクラブでも同じことをする。いまいましいペンダントを質に入れる。そして、逃げる。

逃げても網は現われます――感傷的な自己啓発本にはそう書いてあるけれど、あの手の本の著者は正体不明の犯罪者のことなど知らないに決まってる。

デイビー・マクラウドの黒いピックアップが縁石に停まった。喉から変な音が漏れ、マーゴットはこれ以上無意識のうちに声が漏れないように口に手をあてた。

生まれてから、誰かの存在がこれほど嬉しかったことはなかった。

彼は音もなく軽やかにステップを駆けあがってきた。マーゴットは鼻をすすり、ドアノブをつかんで体を支えながら血だまり越しに乗りだした。「裏口へまわって。さもないと、そこらじゅうに足跡がついてしまうから。まだ濡れてるの」

デイビーは血まみれのポーチを長々と見つめていた。「ひどいな」ひとことつぶやいてマーゴットに視線を戻す。「大丈夫か？」

マーゴットはこくりとうなずいた。大嘘だったが、訊いてくれただけで嬉しくて涙が出そうだった。わたしは大丈夫なんかじゃない。いますぐぎゅっと抱きしめてほしいのに、彼はすごく離れている。血の海の向こうに。「裏へまわって」彼女はくり返した。「さあ。お願い、急いで」

彼はうなずき、ステップを駆けおりた。

マーゴットは急いで玄関を閉め、裏口へ走った。そり返ったドアをこじ開けたとたん、胸に抱き寄せられた。顔がくしゃくしゃになり、喉がわななく。彼女は柔らかいシャツに顔を押しつけた。彼はとてもあたたかくてがっしりしている。いい匂い。彼のポケットにもぐりこんで、丸まってしまいたい。

デイビーは昨夜のメキシコ料理の残りのナプキンをカウンターから取り、マーゴットに上を向かせて涙をふいた。

彼女はナプキンを奪い取り、鼻をかんだ。「ごめんなさい。わたし——」

「言うな」

あっけにとられて彼を見る。「え？　なんですって？」

「謝るのはやめろ。うんざりだ」失礼な物言いに文句を言う間もないうちに、彼女は額へのキスで戦意を喪失し、ふたたび抱きしめられていた。「警察には通報したのか？」

マーゴットは答えようとせず、彼もそれ以上問い詰めてこなかった。

デイビーが彼女を椅子に座らせ、コーヒーを淹れはじめる。マーゴットはマイキーを抱きあげ、目をつぶってデイビーのやりたいようにさせておいた。

「何か聞くか見るかしたか？」デイビーが訊く。

「スネーキーがことを簡単にしてくれたかってこと？」皮肉めかして言う。「いいえ。わたしはうとうとしてたの。目覚ましで四時に起きた。そうしたら……窓ガラスに血が垂れてたのよ」ふたたび歯ががちがち鳴りはじめた。

デイビーが目の前に湯気のあがるカップを置いた。「ブラックでいいか？　砂糖とミルクが見当たらない」

マーゴットは微笑もうとした。「ええ。ありがとう」ひとくち飲むと同時に、彼が肩に手を載せてきた。気持ちのいいぬくもりと力強さが体内に注ぎこまれていく。彼女はむせてコーヒーを噴きだした。この人をわたしの貧弱な空想に登場させるなんて無理だ。落ち着かなければ。いますぐ。

「あなたが考えてることはわかってるわ」毅然と言う。「でも、そうじゃない」

「へえ、そうなのか?」おもしろがっているような声。「おれが何を考えてるか、教えてくれ」

「わたしはヒモから逃げてなどいない。誰かをペテンにかけたこともない。これまでに麻薬取引でしくじったこともない。借金もしてない。わたしは平凡な人生を送っている平凡な人間なの。わたしがしてるのは、仕事だけよ」

彼は向かいの椅子に腰をおろし、コーヒーをすすった。「きみがやってないことを話してくれてありがとう。だが、やったことを話してくれたほうがよっぽど役にたつと思う」カップの縁越しにこちらを見ている。待っている。ゆうべのように。

マーゴットは大きくため息をつき、口を開いた——。

電話が鳴った。びくっとしたマーゴットはテーブルにぶつかり、コーヒーをかぶった。「やだ。ごめんなさい。ちょっと電話に出てくるわ」邪魔が入ったことにかすかに感謝しながらあわてて寝室へ走る。

正気の沙汰とは思えない愚行から、電話が救ってくれた。もう少しで、彼に何もかも話してしまうところだった。

デイビーはマーゴットの声を聴き取ろうと耳を澄ませたが、その直後、わざわざそうする必要もないほど声が大きくなった。

「……ええ、でもほんとうに非常事態なのよ……ええ、ええ、それはそうだけど、わたしだってどこかの変質者がうちのポーチに血をまくって前もってわかってたら、誰かに交代してもらうように頼んでたわ。でも不意打ちだったから……そうね、驚いたのはわたしも同じよ……はいはい、同情とご理解に感謝するわ、ジョー。あなたって……いえ、もういいわ。さよなら」

受話器が架台に叩きつけられた。犬を抱いたマーゴットがキッチンの戸口に現われた。青白い顔がひきつっている。

「どうかしたのか？」デイビーは尋ねた。

彼女は顔をしかめ、マイキーを抱きしめたままどさりと椅子に腰掛けた。「なんでもないわ」

窓の外を見つめている。背筋を伸ばし、唇をぎゅっと噛み締めて。その端整な横顔を見つめていると、デイビーはふたたび抱きしめたくなった。だが触れたら壊れてしまいそうな気がする。「仕事で何かあったのか？」

マーゴットがつんと顎をあげた。なにげないふうを装う空しい努力。「パートタイムで働いているダイナーのオーナーからだったの。わたしは、この時間にはもう出勤して準備をしてるはずだった。どうやらクビになったみたい」両手に顔をうずめる。「こんなのあんまりだわ。これ以上状況が悪くなることがあるの？」

「ある」

彼女が呆然と顔をあげた。「ねえ、少しぐらいわたしの朝を明るくしてくれる気はないの？　いまのは大げさに言っただけよ、マクラウド！」

「答えを聞きたくない質問はするな」

「慰めてくれてありがとう」いやみたっぷりに言う。「お日さまにあたった気分だわ」

「いまは慰めなど役にたたない」デイビーは厳しい口調で告げた。「警察に通報しろ。プロに助けてもらう気がないなら、慰めなど求めるな」

彼女はマイキーを床におろし、鼻をかんだ。「通報する気はないわ。警察はわたしをよく思ってないのよ。その筋と揉めたの。大物と。わかるでしょ？」

デイビーは首を振った。「いいや、わからない。だが事実を話す気がないなら、ごたくをならべておれをコケにするのはやめろ」

マーゴットは眉をしかめ、ふてぶてしく彼をにらみつけた。「そういうの、やめてくれない？」

「何を？」

「他人をじろじろ見るのは失礼だって教わらなかったの？　いまはそういう目つきに耐えられないの。お化粧だってしてないのよ」

デイビーは自分のカップに目をそらした。「すまない」とつぶやく。「なんとなくきみから目を離せないんだ。きみは……おもしろい」

彼女は依然として気を許しかねる顔をしていたが、口元がひきつっていた。「おもしろい？　それってどうとでも取れるずるい台詞よね。どうおもしろいの？　人食いバクテリアみたいにおもしろいの？『Xファイル』みたいにおもしろいの？」

「別の言い方をする」すかさず言う。「魅力的だ」

マーゴットが鼻を鳴らした。「出て行って。魅力を感じてるのは、わたしのお尻にでしょ」

「それもある」自分でも気づかないうちに口から出ていた。

顔を覆った両手の奥で笑いが漏れている。「ふざけないで。いまの仕事を続けるのね、マクラウド。コメディアンには向いてないわ」

たとえ馬鹿にされたとしても、彼女が笑ったのが嬉しい。「デイビーと呼んでくれ」

「デイビー」彼女は味わうようにゆっくり口にした。

彼はテーブル越しに手を伸ばし、ほっそりした冷たい手を取った。「話してくれないか、マーゴット？　秘密は守る」

彼女は唇をわななかせながらためらっていたが、やがてゆっくりと手を引いた。「いいえ、いまはだめ。話せば長くなるし、もう仕事に遅れてるもの」そこで急に歯切れのいい口調になる。「とんでもない時間にベッドから引きずりだしてしまって――」

「おれはどうせ早起きなんだ」

「心の支えになってくれて、どうもありがとう。でも仕事があるのに引きとめては申し訳ないわ。最悪の気分はもう収まった。わたしもとりあえず一日を始めないと」

デイビーは欲求不満の雄たけびをあげそうだった。もう少しで話してくれそうだったのに。

「どこかへ朝めしを食いに行こう」

食べ物の話題に彼女は怯んだ。「無理よ。なんとかあの血をきれいにしたら、マイキーをペットホテルに連れて行って、それから仕事をクビにならずにすむかどうか職場に行かないと。だからあなたは——」

「ここのポーチをきれいにしてくれる清掃業者を知ってる」彼は言った。「それに、鑑識をやってる会社に知り合いがいる。血のサンプルをそこで分析させよう。なんの血かわからないからな。一人で全部やろうとするな。プロにまかせろ」

マーゴットは同意しかねる顔をした。「わたしだって自分で全部やる義務はないと思うけど、そんなことをする余裕は——」

「おれの知り合いだ」と食いさがる。「値段は交渉できる」

彼女の目には警戒と当惑があふれていた。「だめよ、デイビー」低い声で言う。「心遣いには感謝するわ。でも……放っておいて。帰って来たら自分で掃除するから」さらに何か言おうとしたが、口を閉ざして首を振り、そそくさと寝室へ向かった。

デイビーはポーチに歩みだし、暗くぎらつく血だまりを見つめた。無理をすればおれにも始末はできるだろうが、思いだしたくない記憶が揺さぶられて吐き気を催し、気が滅入るはめになるだろう。彼は落ち着くように自分に言い聞かせながら、ナイフの先でねばつく血液を少し取り、ビニール袋に入れた。

キッチンに戻ると、マーゴットはウェイトレスの制服に着替えていた。やぼったいデザインなのに、なぜかおしゃれでセクシーに見える。くすんだ茶色の髪は、うしろにひねりあげておくれ毛がはねるアップにまとめている。

彼女はキッチンに置かれた物干しラックから紫色のレオタードを取り、ジムバッグに押しこんで玄関を開けた。先に出るよう顎をしゃくって合図している。

「今夜一緒に夕めしをどうだ？」デイビーはうしろからポーチに出てくるマーゴットに尋ねた。「タイ料理か寿司でも。そのころには、きっと腹もすいてるだろう」

彼女の口元に心ならずも笑みが浮かぶ。「口がうまいわね、マクラウド」

「おれのことは――」

「ええ、わかってる。デイビー。でも今夜は無理。やらなきゃいけないことがいっぱいあるの。言うまでもないけれど」玄関の鍵をしめ、昂然と胸を張ってステップをおりていく。弱気になる時間は終わったのだ。

デイビーは助手席にマイキーを乗せている彼女に駄目押しをしてみた。「おれが勤め先まで送ってやる。手が震えてるじゃないか」鍵を持つほっそりした手を両手で包みこむ。「そうしろ」

包みこんだ手が震えていたが、彼女は引き抜こうとはしなかった。「いいえ、大丈夫。ウェイトレスの仕事が終わったら、すぐ移動しなきゃならないの。ジムでレッスンがあるから。でも、あの……デイビー？　もう一つ」

「なんだ？」

マーゴットは一瞬ためらってから、彼に抱きついて腰に手をまわし、ぎゅっと抱きしめた。荒々しいほどに。

デイビーは不意をつかれて思わず身を引いた。だが彼女はいっそう強く抱きしめてきただけだった。われに返った彼はマーゴットが力をゆるめる寸前に背中に腕をまわした。相手の鼓動が胸に響き、息が乱れる。彼女に触れている場所すべてがぞくぞくし、焼けるように熱い。

マーゴットがシャツに押しつけていた顔をあげた。「ありがとう、デイビー」消え入りそうな声で言う。「いろいろと」

「いろいろ?」彼は言った。「きみは何も話そうとしない。おれを信じようとしない。何一つおれの手を借りようとしないじゃないか」

彼女は首を振り、シャツに頬をこすりつけた。「あなたはやさしくしてくれたわ。わたしが電話をしたら、すぐ来てくれた。わたしが必要なときに抱きしめてくれた。あなたはやさしいわ。いい人よ」

「いいや、違う」彼は彼女の返事を唇でさえぎった。

マーゴットの顔は涙で濡れ、肌はとてもきめ細かくて柔らかい。甘さと塩辛さがまじったぽってり厚い唇が、こちらの唇の下で震えている。

彼女はおれを受け入れ、飢えたようにおれを吸収している。その瞬間堤防が決壊し、単なる性欲だと思っていたものが押し流されてもっと大きく熱いものが現われた。灼熱の溶岩の噴流のように、体内の奥深くから湧きあがってくる。

キスが狂おしいものになっていく。マーゴットの両腕が彼の首に巻きついた。デイビーはやわらかい唇をむさぼりながら彼女を車に押しつけ、太腿のあいだに片脚をねじこんだ。

マーゴットは小声で何かつぶやきながら彼の胸を押している。デイビーはようやくそれに気づき、わななく筋肉から無理やり力を抜いた。

よろめきながら身を引く。息があがっている。自分がどんな顔をしているか、想像したくもなかった。

マーゴットが唇をぬぐった。両目がきらめき、瞳孔が広がっている。唇は赤くなり、ふんわりむくんでいた。「ここまでにしましょう」震えるか細い声。「これ以上はだめ。わたしを苦しめないで」

「どういう意味だ、苦しめるって？ 電話をしてもいいか？」

マーゴットの顔がこわばった。そのまま車に乗りこみ、エンジンをかけると、両目を袖口でぬぐってから彼に小さく手を振り、こわばった作り笑いをして見せた。黒い排気ガスを噴きだして車が走りだす。

デイビーはしばらく彼女のうしろ姿を見つめていた。頭が真っ白になっている。

しばらくすると、彼女の家の脇をまわって裏のポーチへ向かった。伸びすぎた藪が隣人の視線をさえぎってくれている。両脚が震え、心臓はまだ早鐘を打っていた。トラックの工具箱にピッキングの道具が入っているが、裏口についた貧弱な錠はそんなものがなくても開けられるだろう。彼女に手を貸す前に、もっと事情を知る必要がある。そう自分に言い聞かせながら、キャッシュカードで裏口の錠を開けてキッチンに入った。冷凍室の現金を数え、カウンターに置かれた封筒をチェックする。光熱費の請求書、支払い期日経過通知。彼女宛てのものは一つもない。彼女の本名を知っているわけではないが。おそらくここは又借りしているのだろう。

デイビーはすべての抽斗を調べていった。買物リストに至るまで、あらゆる紙切れに目を通す。ゴミ箱の中身も入念にチェックした。手がかりなし。

室内をくまなく調べるのに、さほど時間はかからなかった。マーゴットはどう見ても物を溜めこむタイプではない。円筒形に巻いて壁に立てかけてあったポスターは、アールヌーボー風の絵と古典美術の写真だった。廊下にかかった花の妖精のカレンダーが、ひび割れ薄汚れた壁には不釣合いなほど華やかだった。今月は花びらのスカートをはいたバラの妖精だ。書きこみはない。約束も電話番号もなし。棚に置かれた数冊の本は地元の図書館で借りたものだ。恋愛小説、人気のベストセラー、感動的なエッセー、ウェブサイトデザインのマニュアル、美術史の本。そのうち一冊は写真に関するものだった。つまり、彼女は芸術に関心があるのだ。

デイビーはデスクの上を調べながら、自分の好奇心を正当化しようとした。だが長年内省を続けてきた彼には、自分をごまかすことはできなかった。自制の第一歩は自己認識から始まる。そのとおり。だがマーゴットのこととなると、自己認識が吹き飛んでしまう。その結果、自制も吹き飛ぶ。おれが彼女のプライバシーを侵害しているのは、自分を抑えられないからだ。厳粛な事実。それなのにやめられない。とんだお笑い草だ。

スケッチブックが一冊あった。数ページしか使われていない。いたずら書き、漫画。眠っているマイキー。仰向けに寝そべっているマイキー。力強いタッチで手早く描かれた人物のスケッチ。フリスビーをキャッチする男。公園のベンチのホームレス。デイビーは魅了されてそれらから目を離せなかった。彼女には才能がある。

ドレッサーの上のかごで、ようやく一つ興味深いものを見つけた。とぐろを巻いた蛇をかたどった、ずっしりした金のペンダント。古くて価値がありそうだが、ひどく醜い。彼女が身につけているところなど想像できないが、自分はアクセサリーに対する女の趣味を理解しているわけではない。

彼は手のひらでペンダントをひっくり返してみた。どうして空き巣の被害を免れたのだろう。たぶん、当日は彼女が身につけていたのだろう。

クロゼットと抽斗の中身は、これまで会ったどの女より乏しかった。下着の抽斗には、パンティの山の下に小さく控えめなバイブレーターが隠してあった。それを見つめているうちに、顔がほてってきた。

ちくしょう、こんなことをしている場合じゃない。さっきの狂おしいキスのせいでまだ半分硬くなったままなのに。彼女がこいつを使っているところを想像したりしたら、集中力が吹き飛んでしまう。

デイビーはマーゴットの寝床の横にしゃがみこんだ。メキシコ料理のブリトーのようにキルトが三つ折りにしてあり、半分に折ったシーツがかぶせてある。シーツは皺くちゃになったままで、枕には彼女の頭が残したくぼみができていた。

サディスティックなストーカーが外をうろついていたあいだ、彼女は一人で怯えながら床に寝ていたと思うと、怒りがこみあげた。マーゴットは鋼鉄で補強されたコンクリートの要塞にいるべきだ。有刺鉄線やガラスの破片や赤外線モーションセンサーやサブマシンガンに守られて。

そして、このおれに。

おい、集中しろ。デイビーは寝床に手を押しつけた。おれはもっと固い場所でも寝たことがあるが、この数年でやわになっている。もし運に恵まれたら、密会場所はおれの家にしよう。大きくて寝心地のいいキングサイズのベッドに。別にセックスするのにベッドが必要だというわけではないが。床でもかまわない。壁にもたれてでも、シャワーの下でもバスタブのなかでも。

とはいえ、横たわって自分に微笑みかける彼女を想像するのは悪くなかった。乱れた髪で顔を紅潮させ、おれのベッドでリラックスしている彼女。おれは彼女にのしかかり、おれを締めつけてくる熱く湿った部分にゆっくりと入っていく。

デイビーは、彼女の赤く染まった頬とうっとりした瞳を思い描いた。彼女は触られるのが好きだ。自分が信頼する男には、熱く燃えるに違いない。

そのとき、鍛えあげられた彼の目が幅木の脇にある隙間をとらえた。幅木の下に爪を入れ、押しあげる。

やっぱり。幅木がはずれ、浅いくぼみが現われた。らせん綴じの小さなノートが収まっていて、ページのあいだにフェルトペンがはさまっている。デイビーはノートを取りだし、内容が読み取れないほどすばやくページをめくった。

小さいが、力強いきれいな字だった。本能は読めと叫んでいた。これは唯一ここで見つけた情報源なのだ。読みたくてたまらず、手が震える。だがそこであることに気づき、彼は面食らったまま呆然と日記を見つめた。

おれは彼女に信頼してほしいと思っているのだ。

彼女の秘密をすべて知りたいが、それにもまして彼女に信頼してほしい。彼女は日記を盗み読むような男を決して許さないだろう。デイビーは見つけた場所に日記を戻し、慎重に幅木をもとに戻した。

その場で立ちあがり、あとずさる。追いつめられた気分で頭が混乱していた。鍵を破って彼女の家に忍びこみ、室内をうろついておいて、彼女の信頼を得る権利があると思ってるのか？　偽善者。どっちつかずのあほう。彼女の生活費を調べ、下着の抽斗をあさったくせに。それなのに、彼女の日記を読むのは尻込みしてるのか？

今日のおれの行動は、何一つ筋がとおらない。

7

ファリスはダイナーのランチカウンターに座り、まずいコーヒーを三杯飲まずにすむように二杯めをゆっくりすすっていた。視線はずっとマーガレットを追っている。チキンフライドステーキとミートローフが載った皿を持ってキッチンから跳びだしてきた彼女は目の下に隈ができ、きれいな顔はやつれて青ざめているが、それでもとても美しい。彼女がここで働いている日は、近くから目の保養ができるように毎回違う変装をしてまずい料理に耐えていた。

「マーゴット」キャッシュレジスターのうしろにいるでっぷりした男に声をかけられ、彼女はカウンターの端でくるりと振り向いた。「こっちへ来い。話がある」

「ちょっと待って、ジョー」彼女がせかせかと応える。「これを運んでしまうから――」

「あんたのかわりが見つかった」男がさえぎった。「三十分後のシフト明けで、あんたには辞めてもらう」

マーガレットはその場で凍りついた。あいにく、肩の上で遠心力がかかっていたトレイは違った。

皿と料理が跳びだしてやかましい音をたて、グラスやパン、肉汁、サヤインゲンが床に散らばった。

「気が変わった」その場に広がる沈黙を破ってジョー・パンターニが言う。「シフト明けまでいなくていい。そいつを片づけたら出て行け」

「自分で片づけたら？」彼女が震える声で言い返した。

ファリスは喝采を送りたかった。

「あんたの厄介事にはもううんざりだし、あんたはそいつを解決してるようには見えない。今週働いた分の給料は、あとから小切手で送ってやる」ジョーの声には独善がこもっている。

「割れた皿と料理の分は引いておくからな」

「わたしのせいじゃないわ」彼女が猛然と食ってかかった。「これっぽっちも」

「人生を踏み外したからって、他人のせいにするな、ハニー」ジョーが言った。「自分の胸に訊いてみるんだな、どうしておれがこんな目に会わなきゃならないんだ？」

「いい加減にして、パンターニ。わたしはあなたのハニーじゃないし、あなたに説教される筋合いもないわ」マーガレットはエプロンをむしり取り、脚についた肉汁をぬぐった。店内にいる全員がフォークを宙でとめたまま、目を丸くして見入っている。彼女はさっと向き直り、両手を高く振りあげた。「みなさん、ご注目ください」声も高らかに告げる。「今夜の余興をお見逃しなく！〈人生を踏み外した女〉です！」

全員が気まずそうに視線を落とすなか、ファリスはカップで笑みを隠した。じょじょに店内にざわめきが戻り、皿にフォークがあたる音が聞こえはじめた。

「おい、姉ちゃん、そいつはおれたちの料理かい?」サスペンダーにボウタイ姿の年配の男たちが、とがめるようにマーガレットを見ている。

彼女はジョーのほうへ顎をしゃくった。「彼に言って」

マーガレットがつかつかと店を出て行くと、ファリスは体内で熱くざわめく高揚感を抑えて無理やりコーヒーを飲み干した。

犬の惨殺死体は、彼女の好奇心をかき立てるためのメッセージだった。彼女はぼくを気にかけるようになり、ぼくに焦がれてぼくの夢を見るはずだ。ゆうべは血を捧げることで、マクラウドの汚れた欲望とぼくの神聖な崇敬の違いを伝えようとした。だが、彼女は理解できなかった。まだ準備ができていないのだ。パニックを起こしてマクラウドに電話をかけたことには失望させられたが、驚きはしなかった。

別にかまわない。こちらには予備のプランがある——マクラウドの家から必要なものを奪うのだ。パンターニのおかげですばらしいアイデアを思いついた。

ファリスはカウンターに金を置き、レジスターへ向かった。眼鏡の分厚いゆがんだレンズ越しに、おずおずとジョーを見る。「彼女に謝ったほうがいい」おとなしそうな外見に似合った声で言う。「あれじゃ、あんまりだ」

ジョー・パンターニが目を丸くした。彼は金の輪っかのイヤリングをいじくるのをやめ、がっしりした胸の前でたくましい腕を組んだ。「へえ、そうかい? そりゃどうも。ご忠告に感謝するぜ」

ファリスは相手の目を見つめた。鋭敏なもう一つの視界には、すでにそれが見えていた――ジョーの肉付きのいい顔を覆っている迫り来る死の仮面。見つめているうちに、その下にあるにやついた顔が不気味に表面に浮きあがってきた。

「あんたはたったいま常連を一人失ったんだよ。この店で最高のウェイトレスも」ファリスは言った。おまえの紙くず同然の命は言うに及ばず。

ジョーが耳障りな笑い声をあげた。「泣かせてくれるぜ。おれが泣きだす前に、出て行ったらどうだ？」

ファリスは彼に背中を向け、レストランを出て自分の車へ向かった。マーガレットはまだそこにいた。バッグを抱えこむように屈みこみ、口に手を押しあてている。涙をこらえているのだ。気丈な天使。ファリスは胸が痛んだ。猛禽のように急降下し、この混乱した世界から彼女を救いだしてやりたい。だが、恐怖と苦しみは彼女のイニシエーションだ。ぼくとの新しい人生に対する彼女の抵抗を焼き尽くす、清めの炎。

マーガレットが駐車場を出て行くと、ファリスは彼女の車に設置しておいた追跡装置のスイッチを入れ、慎重に距離を保って発進しながらラップトップとワイアレスモデムを起動させた。ジョー・パンターニの赤いカマロのうしろでいったん停車し、マーカスが入手した極秘ルートを使って手際よく自動車局のデータベースに侵入する。カマロのナンバーを入力してパンターニの住所を書きとめ、それから交通違反の履歴をチェックした。

ジョーにはスピードを出しすぎる悪い癖があった。こらこら、悪い子め。だが誘惑には逆らえないものだ。

ジョー・パンターニは選択をした。もう死んだも同然だ。

わたしのせいじゃないわ。これっぽっちも——わたしったら、めそめそ泣き言ばかり言ってる。

マーゴットは自分の頬をはたいてやりたかった。物心ついたときから口が達者だったのに、いまのわたしのハードドライブには当意即妙にやり返すプログラムすら組みこまれていない。別にそれでもかまわないけれど。本気で心配しなきゃいけない問題を抱えているときに、どうでもいい仕事で腹を立ててもしょうがない。

大きくて毛だらけで黄色い長い牙を持つ問題。

自宅前の通りに車を停めると、デイビーとの燃えるような荒々しいキスが脳裏によみがえり、スネーキーやジョーやもろもろのことを考える余裕がなくなった。唇の上で動くデイビー・マクラウドの情熱的なあたたかい唇や、体じゅうに響きわたる彼の低い声のことしか考えられない。しなやかでたくましい体がわたしの弱さに巧みに取り入り、全身がぞくぞくして力が抜けてしまう。

寝ぼけたことを考えてる場合じゃない。彼女は車をおり、力まかせにドアを閉めて歯を食いしばった。いまはそれどころじゃない。

ステップをにらみつけ、血を見る覚悟を決める。平気で盗みや詐欺をやれる性格だったらよかったのに。エンジンの点火装置をショートさせて車を盗んだり、特殊部隊なみの能力で警察の網をかいくぐれたらよかったのに。女ランボーとチャーリーズエンジェルを足して二で割ったような女。悪党をこてんぱんにやっつけ、ロープを垂らして摩天楼をおり、ジャングルで自分の傷口を縫う女。

でも、わたしにそんな能力はない。わたしは生まれながらの意気地なしだ。熱いお風呂やシルクのシャツやチョコレートトリュフが好きな。ウェブデザイン理論や二十世紀の芸術や建築、ウェブサイトツールのことならなんでも知っている。ウェブデザインやスケッチならプロにも引けを取らないし、優秀なセールスウーマンであるうえに、おいしいカルボラーナもつくれる。でも、点火装置をショートさせて車のエンジンをかける方法や、道路封鎖を突破する方法を教える授業があった日は学校をさぼってしまった。せめて護身術くらい習っておけばよかったのに、くだらないことばかりやってきた――エアロビクス、投げ釣り、社交ダンス。スネーキーと対決する羽目になったとき、タンゴのテクニックなどなんの役にもたたない。

法律上の保護を得られないアウトローでいるには心構えと手練手管が必要なのに、わたしにはそれがない。これっぽっちも。たとえば、わたしはうまく嘘がつけない。家賃や請求書を踏み倒して逃げるなんて、良心が痛む。忙しくて図書館に本を返しに行けないだけで、心が痛んでいるのだ。

でも、最後にわたしがどうなるかなんて、誰にもわからないじゃない？

いやだ。そんなことは考えないほうがいい。さもないと、叫びだしてしまう。

スネーキーの異様な行動は、サンフランシスコで起きたおぞましい事件とは無関係に決まってる。偽の身元と、ヒッチハイクや飛行機でたどったジグザグのルートが足取りを消してくれたに決まってる。二度も災難に遭遇したのは単に運が悪かっただけだ。けれど、八カ月前に起きた身の毛のよだつような奇怪な出来事には、犬の惨殺死体や大量の血液に通じる薄気味悪さがある。

マーゴットが理解に苦しむのは、スネーキーがわざわざネズミをもてあそぶ猫のようなゲームをしている理由だった。わたしはこれ以上ないほど簡単な獲物なのに。公式には存在すらしていない。スネーキーはいつでも好きなときにわたしを捕まえ、ばらばらに切り刻める。そうしたところで、この世にわたしを探す人間などいない。

デイビーを別にすれば。彼なら少しくらいわたしのことを考えてくれるかもしれない。

そうね、夢のなかではね。もうあきらめなさい。たぶんスネーキーは、追いかける楽しみを味わうためにわたしに逃げてほしいのだろう。ぞっとする。こんなことを考えても、なんの役にもたたない。こんな考えは押さえこんで動きまわっているほうがいい。怖がるひまもないほどせわしなく。とりあえずいまは、息を吸って、吐く。背中に寒気が走り、マーゴットはゆっくり振り向いた。誰もいない。彼女は首を振り、ポーチのステップを駆けあがった。そこでぴたりと立ちどまる。

ポーチはぴかぴかだった。ペンキがはげた壁も床も、松の香りがする強力な溶剤で磨きあげてある。きっとデイビーが清掃業者を呼んだのだ。高飛車なやさしい人。涙がこみあげた。でも、彼にお礼を言うチャンスはないのだ。

マーゴットは肉汁の染みがついたウェイトレスの制服を脱いでジーンズとタンクトップに着替えると、キッチンをあさってスーパーのビニール袋を何枚か見つけた。そのまま家じゅうを歩きまわり、次つぎに荷物を袋に放りこんでいく。ナイフやフォーク、食器、ドッグフード、ペット用おやつ。洗剤、スポンジ。マイキーの食器とバスケット、缶切り。洗面道具、タオル、ヘアカラー、キルト、枕、服。母親を思いださせてくれる花の妖精のカレンダー。この悪臭漂う穴倉の外にはあでやかで美しいものがあることを思いださせてくれるポスター。スケッチブック、日記。唯一持っているまともなドレスと靴。軽はずみなお祝いの結果であるドレスと靴は、ブランド名が印刷された袋に商品を入れてくれるような店で買ったので、それなりの値段だった。蛇のペンダントをポケットに押しこむと、ぴったりしたジーンズが不恰好にふくらんだ。かごに入っている櫛やヘアクリップやわずかな化粧品を最後の袋に放りこむ。以上。五つのビニール袋に収まるまで落ちぶれた暮らし。ここは片づいた。

次は質屋だ。マーゴットはこっそりあたりをうかがいながら、小走りで車へ向かった。たぶんいまもスネーキーはわたしを見ているのだろう。機知に富んだ策をつかって、彼の出鼻をくじかなければ。

そうよ。たとえば……たとえば何？

ああもう！　精一杯のことをやるしかないわ。

ファリスは強力双眼鏡をのぞき、キャピタル・ヒルにある質屋に入ったマーガレットが十分後に出てくるのを見つめていた。車に乗りこむ彼女の姿をむさぼるように目で追う。ちっぽけなタンクトップを着ているので、腹部がのぞいている。彼は不愉快だった。自分のものにしたあとは、絶対に下品な服装は許さない。

マーガレットが車を出した。ファリスは彼女の車が角を曲がるまで待ち、それから質屋に入っていった。曇った窓ガラスで薄暗い店内に目を慣らす。腕時計や貴金属や銃でいっぱいのガラスケースのうしろに、四十代のやせた男が座っていた。男は歯茎をむきだしにしてにやりと笑いかけてきた。「いらっしゃい。どんなご用で？」

ファリスは愛想笑いを浮かべながらカウンターに歩み寄った。「たったいまここを出て行った女性が質入れしたものを知りたい」

男が高笑いし、大きな黄ばんだ歯が見えた。「無理もない。おれも電話番号を教えてくれたら二〇ドル余分に払うと言ったんだ。でもああいうお高くとまった巨乳女はみんな同じさ。自分はつきに見放されてるくせに、まじめに働いてる男はコケにするんだ」ファリスの冷たい表情を見て、目を丸くする。「おい、あんたまさか、彼女のダンナじゃないだろうな？」

ファリスは無理に笑顔を浮かべて見せた。「まだ違う」

男は犬の吠え声のようなぎこちない笑い声をあげた。「ああ、なるほどね」

ファリスはしばらく口をつぐんでから、辛抱強くくり返した。「彼女が質入れしたものを見せてくれるか？」

男は背後に手を伸ばし、蛇のペンダントを取った。それをガラスケースの上に置く。「八〇〇でいい」恩着せがましい口調。

この男はマーガレットに五〇ドルそこそこしか払っていないに違いない。

「五〇〇ドル出そう」ファリスは言った。

男が心外そうな顔をする。「だめだね。こいつは純金だぜ。それにアンティークだ。こいつの価値は少なくとも……少なくとも……」

「じゃあ、六〇〇ドル」相手の目が貪欲な喜びに輝くのを見て、ファリスは心のなかでにやりとした。このへんで少し情けをかけてやってもいいだろう。死を間近にした男への最後の善意。この男は〈蛇の秘義〉のシンボルを目にし、触れたのだ。マーガレットの売却や自分の購入に証人がいてはならない。それに、これからやる困難な仕事のウォーミングアップにもなるだろう。

「受け取りを書く前に、よかったらあれを……」ファリスはうしろを振り返り、壁の高いところにかかった弦のない埃だらけのギターを指差した。「あのギターを見せてくれるかい？」

店主は腑に落ちない顔をした。「ああ、それはかまわないが、もっとましなやつがいっぱいあるぜ。もしよかったら――」

「あれを見たいんだ、頼むよ」

店主は充血した目をあきれたようにぐるりとまわし、しぶしぶ立ちあがった。ぶかぶかの服の下で細い体が泳ぎ、動くたびに汗とタバコの悪臭が漂ってくる。

男はカウンターの下から先が鉤状になった道具を出し、奥の壁際へ向かった。上に手を伸ばし、調律ピンの周囲に巻きつけてあるひもに鉤をひっかけようとしている。

ファリスは一本めの鍼を親指と人差し指で軽くつまみ、音もなく店主の背後に近づいた。時空が膨張し、相手の肉体に対する知覚力が強まっていく。血液やリンパや気の流れ、筋繊維、神経束、そして正確かつ確実な場所——首の横、二本の腱のあいだ……よし。

鍼は蛇のように素早く正確に突き刺さり、ファリスの生命力に衝撃が伝わった。わずかに下へ二本めの鍼。そして三本め。男は体をこわばらせ、床にくずおれた。

ファリスは男の横に膝をつき、最後にもう一度気を集中すると、相手の肝臓の上にある急所に二本の指を突き立てた。

鍼をすべて抜き、リストバンドにしまって男のまぶたをひっくり返す。完璧だ。ファリスは蛇の秘義の達人だった。弟子のなかで彼ほど必殺の一撃を直感的に理解した者は一人もいなかったし、殺しを行なうたびに正確さが増している。ファリスはカウンターに乗りだして受領書をあさり、マーガレットとの取引が記されたものを探した。目的の受領書をカーボン紙と一緒に取りだしてポケットに入れると、男がまぶたをぴくぴくさせて目を開くまで待っていた。「ああ？　何があったんだ？」店主が言った。

「気を失ったんだよ」ファリスは心配そうな声を装った。「ギターに手を伸ばしたときに。

何か持ってこようか？　それとも誰かに電話するかい？」

「いや」店主はぼんやりしている。「大丈夫だと思う。ったく、わけがわからん」

「よくあることだよ」なぐさめるように言う。「たぶんなんでもないさ。でも、医者に診てもらったほうがいい。低血圧なのかもしれない。チョコバーでも食べたほうがいい。それかコーヒーでも」

店主はファリスの手を借りて床に座りこんだ。「ありがとよ。怖がらせて悪かったな。とんだ恥をさらしちまったもんだ」

「いいさ」と請け合う。「救急治療室に連れて行こうか？」

「とんでもない」店主は顔をしかめ、鍼を刺された場所の一つを手のひらのつけ根でこすった。「ああいうとこには近づかないようにしてるんだ。まだあのギターがほしいのか？」

「え？　ああ、もういいよ」ファリスは言った。「ペンダントだけもらう」財布から六〇〇ドルを出し、指先に透明な液体ラテックスを塗っておいてよかったと思いながらカウンターに置く。

店主はよろよろと膝をついたが、そこでまたどさりと尻もちをついた。「受け取りを書かないとな」もごもごと言う。

「かまわないよ」ファリスは言った。「受け取りはいらない。しばらくそこにいたほうがいい。頭をさげて、膝のあいだに入れるんだ」

店主は困惑してぼんやりした目を一瞬あげ、ファリスと視線を合わせた。「悪いな。そうするよ」

「しばらく店は閉めたほうがいいんじゃないか？」と勧める。「どこかで横になれよ」

「ああ」店主が大儀そうに応えた。「それがいいかもしれん」

この男は敬意を払うには値しない。だが死は違う。気づくとファリスは戸口にとどまり、優しさとも取れる感情を抱きながら死期が迫る男を見おろしていた。

「さよなら」穏やかに声をかける。「お大事に」

彼は日差しのなかに踏みだした。やったことは撤回できない。まもなくあの男の腎臓と肝臓は機能を停止する。十二時間以内に死が訪れる。全身の穴から出血し、もだえ苦しみながら。

質屋のドアが背後で小さな音をたてて閉まった。ファリスはポケットにペンダントを入れた。あとは、マーガレットがペットにしているあの動物を始末するだけだ。それが終わったら、ジョー・パンターニの件を処理しなければ。ああ、愛のために男がやることときたら。

ふいに浮かんだそんな思いがおかしかった。彼は口笛を吹きながら歩道をゆっくりと車に向かい、すれちがう人びとににっこり微笑みかけた。

8

「動物の血？　間違いないのか？」デイビーは言った。

「ええ」とモニーク。「どの動物かはまだ特定できていない。それにはさらに検査が必要だけど、今日は手一杯なのよ」

「ふむ、おもしろい」デイビーはつぶやいた。「いくら払えば——」

「やめてよ」モニークが鼻で笑った。「たいした手間じゃなかったわ。最近のあなたがどうしてるか、夕食でも食べながら話してくれる？」

デイビーはくちごもった。「ええと、そうだな……」

「それ以上言わないで」残念そうだがやさしい声。「女から誘っても、ばちはあたらないでしょう？」

「急いでやってくれてありがとう」デイビーは言った。「きみはほんとうにいい——」

「友だちよね、わかってる。今夜は楽しんで。何をするにせよ。さよなら」

デイビーは携帯電話を切って道場の裏のいつもの場所に車を停め、愛情と後悔が混じる気持ちでモニークのことを思った。以前クライアントだった彼女は犯罪科学研究所の技師をしている。浮気をした夫は全財産を持って愛人と失踪し、モニークには二人の子どもと賃貸アパートと五万ドルの借金が残された。デイビーは自分勝手な人でなしの居場所をつきとめ、目の玉が飛びだすような金を払わせてやった。探偵稼業をしてきたなかで、心底満足感を覚えた数少ない仕事の一つだ。

たぶん、おれは弟のコナーのように法執行機関に勤めるべきだったのだろう。問題は、おれは規則や官僚制度や政治や駆け引きとうまくつき合えないことだ。その手の愚にもつかないことに対しては、コナーのほうが寛容だ。おれはチームプレーが得意だったためしがない。一風変わった生い立ちの結果だ。

モニークは魅力的な女性だ。彼女とつき合おうかと考えたこともあるが、考えただけで終わっている。考える。マーゴットが関わると、二つの明晰な思考を繋ぎ合わせることができない。おれはやみくもな衝動で突っ走っている。目をつぶってアクセルを床まで踏みこんでいるようなものだ。

彼は道場のドア越しに室内を見つめた。ショーンの騒々しいキックボクシングのクラスが佳境を迎えている。マーシャルアーツのクラスというより、路上の喧嘩か乱痴気騒ぎのパーティの音のようだ。彼はそのまま歩きつづけ、隣りのウィメンズ・ウェルネスセンターのドアを押し開けた。

圧倒的な女らしさが神経に障る。パステルカラー、観葉植物、果物と野菜ジュースのカウンター、ニューエイジの店から漂ってくるようなアロマセラピーの香料の香り。

テナントでありここの経営者でもあるティルダが、浅黒い顔に笑みを浮かべて軽やかにカウンターから出てきた。大げさな音をたててデイビーの頰にキスをする。「家賃はもう払ったわよ、ハニー。となると、わざわざお越しいただいた理由は何かしら?」

デイビーはティルダの鮮やかな赤紫色の口紅を見つめ、自分の頰にキスマークがついているのだろうかといぶかった。「マーゴットがいるかと思ってね」

ティルダのうるんだ茶色の目が、何かを察したように丸くなった。「ええ、いるわよ。もうすぐ〈ヒップをポップアップ〉が終わるところ」

「なんだって?」思わず笑みが浮かぶ。

「しゃれたタイトルでしょ? わたしが考えたの。そのあと彼女は夜のステップのクラスがあるけど、それで終わりよ。もうクールダウンに入ってると思うから、もうすぐ出てくるわ。カウンターに座ってたら? 小麦とビートとレモンのジュースをつくってあげる。すごく効くのよ。乾電池のコマーシャルに出てくるウサギみたいに疲れを知らなくなるの」

「いや、遠慮するよ」デイビーはあわてて答えた。「ここで待ってる」

まもなく音楽がとまり、疲れきって汗だくになった女たちがぱらぱらと出てきた。最後に現われたマーゴットは、見事なボディに第二の皮膚のようにぴったりフィットする紫色のレオタードを着ていた。緑とオレンジのストライプのタイツとは、完全にミスマッチだ。

彼女はデイビーに気づいてぴたりと足をとめ、目を丸くした。

おれに関心を持たれるのは、ぞっとするほど迷惑なんだろうか。そう思うとみぞおちが締めつけられた。彼は無理やり邪気のない笑みを浮かべ、自分のほうへしなやかに歩いてくる彼女を見つめすぎないように努めた。

「こんにちは」彼女が言った。「どうしたの？」

「いや……」一瞬気恥ずかしくなるほど頭が真っ白になったのち、なんとかめぼしい話題を探りだす。「研究所から予備段階の結果報告があった。あれは動物の血だった」

マーゴットの目が大きくなった。「まあ、変な話ね。その動物には気の毒だけど、よかったわ……その……わかるでしょ？」

「ああ」彼は言った。「清掃業者も昼間のあいだに来たはずだ。ちゃんときれいにすると言っていた」

「ありがとう。そこまでしてくれなくてもよかったのに。大丈夫だって言ったでしょう。でも、お礼を言うわ。おかげで助かった」

デイビーはちらりとティルダをうかがった。ひとことも聞き漏らすまいと耳をそばだてている。「一緒に夕食でもどうかと思って」彼は言った。「ステーキ肉がマリネしてある。なんだったら、中華かインド料理を取ってもいい。今後の方針を相談する必要がある」

マーゴットは片方の眉をあげて見せた。「あら、今後の方針なんてあるの？ 知らなかったわ」

冷ややかな口調が勘に障る。「このまま放っておくわけにはいかない」

マーゴットはきゅっと唇を引き結んだ。「あなたには関係ないでしょ。いい？ マクラウド、いえ、デイビー」と言い直す。「気にかけてくれるのはありがたいけど、わたしは今朝血をまかれ、午後はレストランの仕事をクビになった。もう限界で、やんわり話す余裕はないの。だから、偉そうにあれこれ指図しないで」

ティルダがカウンター越しに乗りだした。「何言ってるの」と責める。「あなたを助けようとしてくれてるのに、その態度は何？　よく考えなさい」

マーゴットはデイビーの顔から目を離さない。「ティルダ。あなたはいい人だけど、いろいろ込み入った話なの。だから口出ししないで」

デイビーは深呼吸して気持ちを落ち着かせ、ありったけの忍耐をかき集めた。「ちょっと外に出ないか？」

彼女がティルダに視線を走らせる。「これからレッスンが――」

「ステップのクラスだろ、わかってる。長くはかからない。頼む、マーゴット」

彼女がうなずき、デイビーは彼女のあとから外のポーチに出た。マーゴットは唇を引き結び、あきらかにぴりぴりしている。「あまり時間がないのよ」

「もう一度言う」デイビーはあらたまった声で言いなおした。「当面の問題に話を戻そう。ステーキ、中華、インド料理、タイ料理。どれがいい？」

「でも、ゆうべもご馳走になったわ」

「別に大げさに考えることはない。これは一つの手なんだから、なおさらだ。おれは、きみが頼みを聞いてくれるように懐柔しようとしてるんだ」

マーゴットが目を見開いた。突然あたりの緊張が高まっている。

「勘ぐらないでくれ」あわてて言う。「下心のない普通の頼みだ」

彼女はぐるりと目をまわした。「あなたの言動に、下心のない普通のものなんて一つもないわよ、デイビー・マクラウド」

「明日の弟の結婚式に一緒に行ってくれる人を探しているんだ」思い切って切りだす。

マーゴットはぽっかり口を開け、しばらく言葉を失っていた。それから赤くなった頬を両手で隠した。伏せた睫毛が目を覆っている。「わたしを？　そういう場に？」

「結婚式が退屈になりがちなのはわかってる。でも今回のはきっと楽しめる」彼はあわてて続けた。「ショーンだけでも一人芝居みたいなものだ。それにコナーは無礼講にしたいと言ってる。だから、その……」

「家族の集まりに？」信じられないと言いたげに声が小さくなっている。「わたしを？」

「仰々しいものじゃない」とたたみかける。「いいところだ。エンディコット・フォールズ・リゾート。きみはおしゃれをしておれと一緒にいてくれさえすればいい。あちこち歩きまわって、弟の新しい義理のお袋さんが、おれと誰かをくっつけようなんて気を起こさないようにしてほしい。ダンスが嫌いじゃなければ何度かおれと踊ってもらわなきゃいけないかもしれないが、それだけだ」

「ダンスは好きよ」マーゴットがささやいた。

「よかった。何よりだ」そっけなく言う。「じゃあ、一緒に行ってくれるか？」

マーゴットの瞳が涙で光っていることに気づき、デイビーははっとした。「わたしから目を離したくないから誘ってるんでしょう？」彼女が訊いた。

「それはついでだ」と否定する。「ほんとうに連れを探してるんだ。ショーンはなんの役にもたたない。あいつは向こうに着いたとたん、身悶えするブライドメイドたちに押しつぶされる。頼む、マーゴット」彼は思わずマーゴットの手を引き寄せ、手のひらにキスをした。

「おれを一人で行かせないでくれ」

「すごく嬉しいわ」一人ごとのようにつぶやく。「ありがとう、デイビー」

憂いを含んだぼんやりした口調が気になった。「で？」と促す。「行ってくれるのか？　いいのか？」

マーゴットが首を振る。「残念だけど無理よ。そんな——」

「どうして？」

彼女はぎゅっと目をつぶった。「もう、あなたには手を焼くわ。マイキーを置いて行けない。まずそれが一つ」

「連れて行けばいい」すかさず言う。

「結婚式に？　おしゃれなリゾートに？」マーゴットが賛成しかねると言いたげに答えた。

「無理よ」

「ペットを預けられる施設があるはずだ」そんなものがあるのか予想もつかないが、先方を脅してでもつくらせる覚悟だった。

マーゴットが首を振る。デイビーは別の理由に気づいた。「ローズガーデンで開かれる午後のフォーマルパーティだ。おれは新郎の付き添いをやるから、タキシードを着なきゃならない。もしドレスを買う必要があるなら――」

「それ以上言わないで。おたがい後悔することを口にだす前に」ぴしゃりと言う。

デイビーは残りの台詞を呑みこんだ。「すまない」もごもごとつぶやく。

「いいえ、謝るのはわたしのほうよ。誘ってくれてありがとう。みんなが何かを祝福しているおめでたい席に行きたい気持ちはやまやまなのよ。ほんとうに行けたらどんなにいいかと思う。でもだめなの」口を開きかけたデイビーを片手で制し、顔を曇らせる。「理由は訊かないで。あなたには、無理に説明を求める権利はないわ」

デイビーはこみあげる欲求不満の怒りを必死で押さえこんだ。「せめて今夜一緒に夕めしを食べてくれるか?」ひとことひとことを振り絞るように冷静に口にだす。

マーゴットがさっと両手を振りあげた。「デイビー、お願いよ。もう放っておいて。わたしはまだ仕事が残ってるし、そのあとはマイキーを迎えに行かなきゃならないの」

「もう犬用の食器とドッグフードの缶詰を買ってある。マイキー専用だ。あいつをパーティに連れて行っても問題ない。簡単なことだ」

マーゴットはぽっかり口を開け、つかのま言葉を失っていた。それから長いあいだ彼をにらみつけていたが、やがてあきらめたように微笑んだ。

彼女は手を伸ばし、デイビーの頬をこすった。「陰でこっそり画策するなんて、悪い人ね。

大きなキスマークをつけてる男性が言うことを、まじめに取るのはむずかしいのよ」

デイビーはかっと顔が熱くなり、拳で頬をごしごしこすった。「消えたか?」むっつりと訊く。「これでまじめに取ってくれるか?」

「ええ」マーゴットが穏やかに答えた。「それから、もう一つの答えもイエスよ。ステーキがいいわ」


マーゴットへの好意の印に、ファリスは今夜行動を起こす前に彼女の犬とその死骸の処理をすませるつもりだった。過酷な変転をやわらげるために、彼女にあの犬を飼いつづけさせてやることも考えた。だがさらに考えた結果、そんな意志の弱い妥協をしても、彼女のためにならないと結論を出した。長い目で見れば、馴染みのあるものすべてから切り離したほうがいい。生ぬるいことはできない。

まもなく彼女が住む世界には、生ぬるいものなどない。

彼女が新しい暮らしに馴染んだら、褒美に別の犬を与えてやろう。彼女の美貌にふさわしい、高級な純血種を。

ファリスはマーゴットが犬を預けているペットホテルがあるブロックを一周し、それからじょじょに周回の直径を広げていった。この仕事にふさわしい人間が、もうじき現われるはずだ。彼は歩道にたむろする黒い革服姿の若者たちの前を通過し、角を曲がってもう一度見に行った。自分はペットホテルの従業員に見られるわけにはいかないが、ここにいる使い捨てにできる連中の一人なら見られても問題ない。

ひとめで目星がついた。よれよれにカールした白っぽい金髪の少女。顔にピアスをつけ、目のまわりに隈のような化粧をしている。まだ愛くるしさが残り、裕福な郊外で育った雰囲気が完全には損なわれてはいない。ファリスは車のスピードを落とし、少女が彼に気づくまで見つめていた。少女は顔をしかめ、中指を立てて見せた。

少女の青白い顔には、ジョー・パンターニと同じようにうっすらとしゃれこうべのマスクが重なっていた。探していた相手はこの少女だ。

ファリスは窓をさげ、精一杯の邪気のない笑みを浮かべた。彼は人好きのするおとなしそうなハンサムな顔に恵まれていた。人目を引かないように、筋肉質のたくましい体はゆったりした服で隠している。以前マーカスに、首から上だけ見ると会計士に見えると言われたことがある。ファリスの視力は申し分ないものだったが、効果を高めるためにしばしば細いメタルフレームの眼鏡をかけていた。

「ちょっといいかな?」彼は少女に声をかけた。

少女が立ちあがり、尊大に近づいてきた。「何さ?」

「頼みたいことがあるんだ」

少女は不快感もあらわにあとずさった。「あたしは金のためにそんなことはしないよ。あっちへ行きな。変態」

「いやいや。セックスしたいんじゃない」となだめる。「ちょっとした用事をしてほしいだけなんだ。危険はないし、むずかしいことでも違法なことでもない。時間はせいぜい五分ぐらいしかかからない」

少女はうさんくさそうに顔をしかめた。「何をすんの?」

あんなふうに顔をしかめると、眉の上にずらりとならんだピアスが痛まないんだろうか。ファリスはぼんやりそう思いながら、ポケットに手を入れてマーカスからもらった覚醒剤(エクスタシー)が詰まった包みを取りだした。

包みを掲げると、少女の目が丸くなった。「きみの好みは知らないが、これは――」

「最高だよ」少女が手を差しだした。「ちょうだい。あんたの頼みを聞くから」

ファリスは手を引っこめた。「まだだ。きみには頭をすっきりさせておいてほしい。これはあとで渡す」

少女は短い革ジャケットのポケットに両手を突っこみ、いらだたしそうにつんと顎をあげた。「で? 何をすりゃいいの?」

「ハードウィックとソレンソン・アヴェニューの角にあるペットホテルに行ってほしいんだ。そこでぼくのかわりに犬を引き取ってくれ。黒い小型の雑種だ。プードルが混じってる。名前はマイキー。自分はマーゴット・ヴェッターの姪だと言うんだ。言ってごらん」

「あたしはマーゴット・ヴェッターの姪」少女がおとなしくくり返す。

「きみはマーゴットのために内緒で誕生パーティをやろうとしてるから、早めに彼女の犬を引き取りに来た」と説明する。「あくまでこれで通してほしい。説得力があるように、愛想をよくするんだ」

少女の顔を覆うしゃれこうべの下を、不安な表情がよぎった。「その犬をどうするつもり？　いじめるつもりなの？」

「心配するな」ファリスは言った。「きみには関係ない。きみが考えなきゃいけないのは」包みを振って見せる。「このことだけだ」

ファリスは少女を乗せてペットホテルの数ブロック手前まで行き、そこで指示をくり返してから少女と申し合わせた待ち合わせ場所——建築現場の裏にある砂利敷きの駐車場——へ向かった。

二十分後、金網塀の向こうに少女が現われた。犬は連れていない。ファリスは胃が落ちこむのがわかった。悪い兆候。彼は車を降り、目で問いかけた。

少女はびくびくしていた。「あのおいぼれ犬は、何があろうと飼い主以外の人間に渡さないように言われてるんだって。あたしは一生懸命やったんだ、ほんとだよ。大騒ぎして、パーティが台なしになるって言ってやった。でもだめだったんだ。あいつら、耳を貸そうともしなかった」

「気にするな」マーガレットがここまで先を読んでいたとは思わなかった。そのくらい予想するべきだった。

「だからさ、あの……」少女の目にはまだ期待がこもっている。「あたしのせいじゃないよ。あたしは言われたとおりにしたんだから」

「きみのせいじゃないよ」ファリスはやさしく言った。包みを出し、少女に差しだす。「ほら、あげるよ」このくらいわけはない。マーカスは薬物の無尽蔵の供給源を持っている。

少女は彼の手から包みをひったくり、中身を一つ出して口に突っこんだ。空ろな魂の必死な行動。幼いが、中身はすでに死んでいる。自分が与えた覚醒剤が、いくらかの情けになるだろう。さらに堕落する前に彼女をとめてやる情けに。哀れだ。ほんの刹那（せつな）、ファリスは心底少女が不憫になった。自分は少女の救世主なのだ。唯一の希望。

少女は勢いよく頭をのけぞらせ、薄昏の空を見あげた。大きく見開いた目が期待に輝いている。「これってすごい」うっとりと言う。「ああ、あんたを愛してるよ」

「ぼくも愛してるよ」ファリスは本心からそうつぶやいた。

そして、少女の背骨の三カ所に指を突き立てた。一瞬の動きに少女は悲鳴やあえぎを漏らす間もなかった。鍼の必要はない。それぞれの状況にふさわしい方法がある。回を追うごとに、狙いはより確実になっていく。死そのものが自分の手を導くのだ。死はおのれの務めを心得ている。

金髪の少女が地面にへたりこんだ。どさりと尻もちをつき、横向きに倒れこむ。地面についた黒革のカンマ。黒い土と砂利の上で髪が青白い炎のように光り輝き、両目はかっと見開かれている。包みが地面に落ちて、土の上に錠剤が散らばった。

ファリスはあたりを見まわして誰もいないことを確認すると、少女の横にしゃがみこんだ。忍耐と敬意をこめて痙攣が始まるのを見守る。

やがて彼は立ちあがり、自分の足跡をチェックした。幸い、砂利の下の地面は乾いて固くしまっている。ファリスは軽く頭をさげ、地面でうめきながら痙攣している物体に会釈した。

そして車に乗りこみ、走り去った。

わたしったら、頭がどうかしてるに違いない。いまごろは、どことも知れぬ土地に向かって八〇キロほど車を走らせていなくちゃいけないのに、強引な夕食の誘いを受けてしまうなんて。

9

マーゴットはワインをすすりながらデイビーの家のなかをぶらぶらと歩いていた。彼のいわく言いがたい威圧と魅力が組み合わさった強力な個性を前にすると、わたしはいつも屈服してしまう。今夜はそれでなくてもこんなことをしてる場合じゃないのに。

でも、最後にもう一度彼に会えたのは、切ないけれど嬉しい。

マイキーが居間に駆けこんできた。尻尾を盛大に振って、デイビーにもらった骨を見せびらかしている。すっかりお祭り気分だ。マイキーは自分の幸せぶりをしっかり伝えると、小走りでメインイベントの会場へ戻っていった。

キッチンからはすばらしい香りが漂っている。思ったとおり、デイビー・マクラウドは腕のいい料理人だった。テーブルの上ではデカンタに移された上質のカベルネワインが空気にさらされ、コンロのフライパンではマッシュルームとガーリックがバターのなかでおいしそうな音をたてている。ポーチのバーベキューグリルに火が入り、真下のワシントン湖はさわやかな風を受けて湖面にさざ波がたっていた。マーゴットはふたたびワインをすすり、気をゆるめないように自分に言い聞かせた。ガードを下げたら、そのとたんパンチを食らう。もっとも、わたしはガードの上げ下げとは無関係にパンチを食らう人間だけれど。でもたとえ愚かな行動であろうと、ここにいると安心できる。

デイビー・マクラウドの美しい家は広々して居心地がよかった。マドローナの湖畔の一軒家。私立探偵はかなり儲かる仕事らしい。大きなオフィスをこっそりのぞくと、ずらりとならんだ本と二台のコンピュータ、ラップトップやいくつもの見慣れない電気機器が見えた。床から一段さがった広い居間には、シルバーグレーの織り地でできた柔らかなソファとアームチェア、モロッコの淡い色のラグ、傷のあるどっしりした木のコーヒーテーブルが置かれ、大きな窓からワシントン湖が見晴らせる。その景色は、サン・カタルドのパーソンズ湖畔にあった自宅への郷愁をかきたてた。ああ、わたしはあの家が大好きだった。黴も、蚊も、なにもかも。

見事なオーディオ・ビデオシステムが揃っている。壁にかかった額はほとんどがペン画か白黒の風景写真で、そのなかに二つ、印象的な筆づかいがいくつか見て取れるだけの控えめな絵があった。くつろげて、しゃれていて、とても男っぽい。でももう少し色を使ってもよさそうだ。マントルピースの上に写真がいくつか置いてある。マーゴットは暖炉に歩み寄った。

一つめは、白黒の家族写真だった。デイビーそっくりのがっしりした顎をしたいかめしい顔の長髪の男性が、かなり年下と思われる明るい色の髪の女性を守るように背後に立っている。二人の周囲に四人の少年が群がっていた。マーゴットはすぐに九歳か十歳のデイビーに気づいた。がりがりにやせているし、長い髪がモップのように顔にかかっているが、憂いを帯びた鋭い目つきはまったく同じだ。彼の次に背の高い少年は笑顔で母親の顔を見あげ、残りの二人は双子らしく、カメラに向かっておどけたポーズを取っている。このうち一人がコナーに違いないが、誰かはわからなかった。

もう一枚は、大人になったデイビーとショーンともう一人の兄弟の写真だった。おたがいの肩に腕をまわし、にこやかに笑っている。三人とも、ものすごいハンサムに成長したものだ。こんな確率はどのくらいあるのだろう？ 四人めはどうしたのだろう。婚約の記念に撮られた写真もあり、三人兄弟の真ん中にあたる髪の長い男性が、褐色の髪の愛らしい女性をいとおしそうに見おろしている。すごくロマンティック。

マーゴットはワインをあおり、胸を突く羨望の念を噛みしめた。わたしには、写真を飾るような兄弟も姉妹もいない。父親とは生まれてこのかたほとんど絶縁状態だが、それはよかったと思っている。母親はタフで愉快で機知に富んだすばらしい人だったが、ずいぶん前に亡くなった。わずかに残った母の大切な写真の行方は知りようがない。あれのあと、荷物を取りに自宅へ戻る気にはなれなかった。

間借り人が失踪したら、借家の荷物はどうなるのだろう？ 引き取ってくれるような親戚はいない。市がどうにかしたのだろうか？　それとも、家主がすべてゴミ袋に押しこみ、救世軍に寄付したのだろうか？

　夜になると襲ってくる疑問がまた一つふえてしまった。

　そうね。家族の一員になりたいと思うのは弱点じゃない。けれど、他人の家族をうらやましがるのは、明らかに弱点だ。マーゴットは必死にその思いから抜けだそうとした。かわいそうな哀れなマーゴット。この世に一人ぼっちで哀しみに暮れている。はいはい、もういいでしょう。かわいそぶりっこはもうおしまい。わたしには、やるべきことがある。

「オードブルの準備ができたぞ」デイビーが声をかけてきた。

　その言葉に胃が反応し、彼女はキッチンへ向かった。マイキーは犬の天国にいた。すでに自分の夕食を平らげ、デザートに生の牛肉のかけらをもらっている。意地汚いやつ。

「イタリアン・デリで買ってきた焼きたてのバケットとオリーブのペースト、ハーブ入りゴートチーズとサンドライドトマト」デイビーが言った。「自由にやってくれ」

　マーゴットはキッチンカウンターにずらりとならんだ色とりどりのおいしそうな料理を見つめた。「あきれた。これがオードブル？　一食分はあるじゃない」

「時間をかければ違う」彼は身悶えしながら待ちかまえているマイキーの口にもう一つ牛の脂身を落とした。「メインディッシュはあとだ。これはほんのウォーミングアップさ。それに、きみは今日〈ヒップをポップアップ〉を教えた。美食三昧する権利はある」

　マーゴットの口元がひきつった。「ばかばかしい名前よね？」

彼が一瞬笑みを浮かべ、両頬にきれいな深いえくぼができた。「覚えやすい」

マーゴットは痛そうにお尻をこすった。「ほんとうに効くのよ。すごくきついの」

デイビーの視線が賞賛をたたえながら彼女の全身を走る。「そのおかげでパンサーウーマンの体を保っているなら、おれは大賛成だ」

マーゴットはびっくりして彼を見つめた。「パンサーウーマン？」

彼が照れくさそうに視線をそらす。「きみの歩き方だ。とても優雅で、ゆったり歩いている雌豹に似ている。しなやかで、あでやか。一種近寄りがたい」

体の芯があたたかく柔らかくなっていく。まるで全身が紅潮しているように。「一種近寄りがたい？　わたしが？」マーゴットは笑おうとした。「だといいけれど。パンサーウーマン。気に入ったわ。女の子が大喜びするお世辞の言い方を心得てるのね」

「お世辞じゃない。事実じゃなければ、言ったりしない」

マーゴットは手を鉤爪のかたちにして空を切り裂いた。「パンサーウーマン参上」威嚇するように言う。「彼女はお腹をすかせてるから要注意。ひとくちで丸呑みされるわよ」

デイビーの瞳に考えこんでいるような表情が浮かんだ。「ゆうべ、きみがパンサーウーマンになっている夢を見た」

マーゴットはいやな予感で唇を嚙みしめた。「どんな夢か聞いても大丈夫なのかしら？」

「さあ」淡々とした返事。「聞きたいか？」

「セクシーな夢？」

「ああ」

警戒心と好奇心を量りにかけ、警戒心が勝った。

「じゃあ、言わないで」

「わかった。いいさ。これをためしてみろ」かりかりに焼いてオリーブオイルを塗ったバケットに、ゴートチーズとふた切れのサンドライドトマトが載ったものを紙ナプキンに載せて差しだす。「きみの疲れた尻に」

「お尻がありがとうって言ってるわ」マーゴットは澄ましてお礼を言うと、がぶりと嚙みついた。えもいわれぬ風味にうめき声が漏れそうになる。彼女は至福の気分で嚙みしめた。

好奇心が耐えがたいほどにつのっていく。「ああもう、降参するわ」ぴしゃりと言う。「夢の話をして。ずるい人ね」

デイビーが得意げに微笑んだ。「きみはSMのクイーンだった。おれと緊縛ゲームをしてる。ロープ、鎖。どちらがボスか、おれに思い知らせていた」

よりによって、予想もしなかった話だった。マーゴットはオリーブオイルが腕にしたたるのにも気づかず、その場に釘づけになった。ゆうべのわたしのみだらな空想に、彼はチャンネルを合わせたの？　自分が透明になったようで恐ろしい。

「信じられない。どうして……あなたはそういうのが好きなの？」

デイビーはオリーブオイルが肘に届く前にナプキンでぬぐった。「いいや。おれは主導権を握るのが好きだ。きみももう気づいてると思うが」

「ええ」と認める。「気づかないほうがむずかしいわ」

「だが奇妙なことに」彼は肩をすくめた。「夢では効果があった。目が覚めたときは……いや、なんでもない。とうもろこしは好きか？」

マーゴットはほっとして話題の変化を受け入れた。「嫌いな人なんかいる？　皮をむきましょうか？」

「ああ。お湯はもう沸いてる。右側の野菜室に入ってる。おれの分の四本と、きみが食いたいだけ頼む。すごくうまいとうもろこしなんだ」

冷蔵庫のなかはいっぱいだった。当然だ。彼のような体は大量の高品質の燃料を必要とする。とうもろこしの皮をむくと、なめらかな真珠のように透明感のある白い粒が現われた。お湯がぐつぐつ沸く音、マッシュルームがジュージューいう音。マリネ液のガーリックとエシャロットの香りが鼻腔をくすぐる。デイビー・マクラウドの設備の整った広々したキッチンは、見たこともないほど魅力的だ。

たぶん、デイビーのキッチンだからだろう。

マーゴットは沸騰したお湯にとうもろこしを入れ、オリーブペーストを味見した。おいしい。ゴートチーズを混ぜてみる。さらにおいしくなった。彼女はゆっくりとそれを嚙みしめながら、レッドオニオンをスライスしているデイビーをうっとりと見つめた。料理をしている男性はセクシーに見えるものだけど、デイビーはそもそもとびきりセクシーなのだ。相乗効果で見事な結果になっている。彼がフライパンにスライスしたオニオンを放りこみ、おいしそうな音がしはじめた。

「どういうこと?」マーゴットはぼやいた。「勘弁してほしいわ。タマネギを刻んでも、涙一滴流してない。あなたは何者なの? スーパーマンか何か?」

彼がにやりと浮かべた笑みを見て、息が詰まった。まるで彼の顔からひと筋の光線がきらめいたみたいだった。「ステーキをグリルに載せよう」

二人は肉が焼けるあいだに豪勢に料理が載った皿をポーチのテーブルに運び、それぞれの皿に料理を盛って食べはじめた。マイキーものんびりくつろいでいる。ぱんぱんのお腹を抱えてテーブルの下でぐっすり眠りこみ、幸せな夢を見て体をひきつらせている。

こんな普通の幸せはほとんど忘れかけていた。戸外の食事、上等なワイン、おいしい料理、水面(みなも)を渡るそよ風。そして、テーブル越しに見える息を呑む光景。彼はジーンズとゆったりした白い麻のシャツを着て、胸の筋肉がじらすようにのぞいている。ものすごくゴージャスだ。

何カ月も生きるためにつましく暮らしてきたあとでは、よだれが出そうな光景だった。

夕食はすばらしかった。ステーキはやわらかく、揚げたオニオンとじっくり炒めたマッシュルームが添えてある。甘いとうもろこしは口のなかではじけ、本物のバターがしたたっている。ポテトは刻んだローズマリーで香りを添えてあり、新鮮なサラダはトスカナ地方のオリーブオイルできらめいていた。

しばらくしてようやく彼女の食べるスピードが落ちはじめたころ、デイビーがテーブル越しにワインのお代わりを注いだ。「そろそろ相談を——」

「この先どうするかね？　ええ」マーゴットは言った。「わたしもその話をしようと思ってたの。わたしにはそんな余裕はないと何度も言ったのに、あなたはいつも聞く耳を持たなかった。わたしは今日仕事をクビになったばかりだし、家賃を滞納しているうえ請求書も山ほど抱えてる。なのにあなたは次から次へと出費をふやしてるわ。清掃業者とか研究所とか。もうやめてちょうだい」

どうせわたしに会うのは今夜が最後なんだから——その陰鬱な思いは、時間の経過とともにどんどん心に重くのしかかっていた。

デイビーはゆっくりとワインをすすり、グラスの縁越しに彼女に目を向けた。「まず、犯罪科学研究所の料金はゼロだ。友人が無料で検査してくれた。それから、清掃業者はおれからの引越し祝いだ。この地域への歓迎とか、その他もろもろの」

「だめよ」首を振りながら言う。「そんなことしてもらうわけにはいかないわ。あなたには知らないことがたくさんあるのよ」

「偽の身元のことなら知ってる」

出かかった言葉が喉で詰まった。「どうして……」ごくりと喉を鳴らし、唇を舐める。「どうしてわかったの？」

彼はたいしたことじゃないと言うように肩をすくめた。「それがおれの仕事だ。おれが調べないと思ってたのか？　ティルダに紹介された日から知っていた」

マーゴットは震える指から落ちないうちにグラスをテーブルに置いた。「はっきり言って、普通の世界の男性は、電話番号を交換する前に女性の背景調査をしたりしないものよ」

デイビーは大皿に載った黄金色に焼けたポテトに悠然とフォークを突き刺し、口に入れて呑みこんだ。「普通とは？」こともなげに訊く。「それに、それは男の関心の度合いしだいだ」

マーゴットは胸の上で腕を組んだ。ちっぽけなタンクトップを着てきたことが悔やまれる。裸で無防備な気分だった。「わたしは、男の偏執の度合いしだいだと思うわ」

「偏執と常識的な用心は、見る人間の考え方しだいで同じに見える。いずれにしても、きみのＩＤは素人仕事だ。奥行きに欠ける。誰がつくったか知らないが、そいつは商売から手を引くべきだ」

自分の粗末なＩＤをけなされ、むっとした。「あれが精一杯だったのよ」と言い返す。「わたしのことをどこまで詮索する権利があると思ってるの？　ほかに何を知ってるの？」

「ほんとうに知りたいことはまだわかってない。おれに最後まで言わせてくれ、マーゴット」

容赦ない口調で、ふつふつと煮えたぎる緊張した怒りの泡がつぶれた。デイビーは慎重に言葉を選んでいるように、眉をしかめて自分の皿を見つめている。マーゴットの背筋に寒気が走った。

たぶん、気を抜くべきではなかった理由がまさにこれから明らかになろうとしているのだ。

「無理に過去の話を問い詰めるつもりはない」彼は言った。「これまでにおれがやったことは、プレゼントだと思ってくれ。これからやろうとしていることは、そうだな、取引だと思ってほしい」

鳥肌がいっそうひどくなる。ワインを飲まなければよかった。「どういう取引の話をしてるの？」

「まず、きみにはいっさい隠しごとはしないつもりだ。誤解を生みたくない。女に持ちかけるべき話とそうじゃない話はわかってる。おれはすべて包み隠さず話したい。ごまかしはしない」

「いやだ」両手を頰にあてると、燃えるように熱くなっていた。「ちょっと待って。セックスの話をしてるの？　いつの間にセックスの話になったの？　ぜんぜん気づかなかったわ」

「頼むから、最後まで言わせてくれ」

心臓がどきどきしている。マーゴットは口に手を押しつけた。

「きみはきれいだ」彼が言った。「はじめて会ったときから目を奪われた。心に焼きついて離れない。おれはきみと寝たい」

マーゴットは湖に目をやった。それからサラダに、半分空になったワインボトルに。彼の瞳以外のあらゆる場所に。こんな言い方、すごく……あけすけだ。

「まあ」かすれた声で言う。「そ、そうなの」

「きみはゆうべ、自分には恋愛に割く時間もエネルギーもないと言った。無条件のセックスはしないとも。おれも同じだ。おれは不特定多数の相手と寝るのは好きじゃないが、責任や結婚にも関心はない。相手が誰であろうと同じだから、個人的に捉えないでくれ。おれは自分の時間や空間やプライバシーを重視している。だが、きみとは寝たい」

「そう」肺を満たせるほどの空気を吸いこめない。

「きみはストーカーからの保護が必要だ」デイビーが続ける。「警察に届けるかどうかに関わらず、必要になる。おれはこの問題を解決する手助けをする。きみにいやがらせをしているろくでなしを道路の油染みにしてやれたら、おれにとってもかなり満足できる仕事になるだろう」

「それはありがとう」何か気の利いたことを、意見の一つも言ってやりたいのに、気の利いた意見など一つも思い浮かばない。頭のなかは、デイビー・マクラウドと寝るという恍惚とするようなイメージでいっぱいだった。

「きみの財政問題の解決にも喜んで手を貸す」彼が言った。「おれは金持ちじゃないが、金には困ってない」

「そしてその見返りに、あなたと寝ろと言うの?」思わず口に出た。

デイビーはゆっくり息を吐きだした。忍耐を振り絞っているのがわかる。「その見返りとして、おたがいに充実した肉体関係を堪能するんだ」彼が言った。「将来への幻想抜きで」

わたしも彼のように冷静で他人事のようにいられたらいいのに。でも、セックスに無頓着でいられたためしはない。どれほど努力しようと。胸の奥で動揺と怒りがかき乱れていた。

「どうして高級なデートサービスに電話しないの? そのほうが簡単よ」

彼の瞳を一瞬よぎった怒りは、すぐにいつもの冷静な自制の陰に隠れた。「それじゃその気になれない。きみにはなれる」

「あら、それはどうも」

デイビーがグラスを手に取り、なかのワインをまわした。「おれの申し出を考えてみてくれ。おれは誠意を持って対処する」

「責任を伴わないセックスに誠意はないわ」

彼の眉があがった。「それは取り組み方しだいだ」

湖からの一陣の風が髪を舞いあげ、彼女は身震いした。「あなたはすごく冷静なのね」消え入りそうな声で言う。「わたしは違う。どうすればそうなれるのかわからない。これっぽっちも。やろうとしても無理だわ」

「わかってる。だからきみがほしいんだ。冷静なセックスをしたいと言った覚えはない」

マーゴットは理屈を超えたところで悟った。彼はわたしを吹き飛ばすほどのすさまじい力を発散している。エロティックなイメージが、脳裏とむずむずする全身で渦巻いた――全裸でデイビー・マクラウドといるわたし。キスをし、彼に触れ、わたしのなかで動く彼のたくましい体をつかんでいる。ベッドでも彼は威圧的なのだろう。すべてにおいてそうであるように。それは彼の全身の毛穴からにじみだしている。

彼の申し出を受けるわけにはいかない。わたしはつねに威圧的ではない男性を選んできた。威圧的なマッチョタイプはわたしの好みじゃないし、好きだと思ったこともない。無数の衝突。厄介なことになるだけだ。

事実、普段なら息が詰まりそうなパニックに陥ったのち、これ以上話が進まないうちにぎこちなく言い訳をしてウサギのようにさっさと逃げだしていただろう。

いまわたしのなかを駆けめぐっているパニックは、ぜんぜん違うものだ。皮膚の上を熱風が吹き抜け、焼けるようにひりひりしている。体の奥で、明るく光り輝く認識がまとまっていく。まるで体内で何かが目覚めているようだった。自分でも気づかなかった動物的欲求。それが胸のなかで熱くゆっくりと脈動し、喉や目の奥で震えている。両手をぞくぞくさせている。

冷静沈着な目つきとは裏腹に、デイビーはみだらなエネルギーを波動のように発散していた。おそらくわたしと同じことを想像しているのだろう——主人として主導権を握り、身悶えしすすり泣く奴隷のわたしを好きなように扱っている自分。それを切望している。

マーゴットは勢いよく立ちあがり、そのはずみで椅子がポーチの壁にぶつかった。彼女は彼と目を合わさずに椅子をもとに戻した。

逃げだしたい。そして彼にとめてほしい。きっと気持ちが顔に出てしまっている。彼のひねくれた申し出に、気恥ずかしいほど興奮していることが。マーゴットは彼に背中を向けてポーチの手すりに寄りかかり、ほてった顔を湖から吹く冷たい風で冷やした。

わたしを利用しようとしている男とつき合ういつもの癖が、最悪のタイミングでその忌まわしい頭をもたげている。

けれど、少なくともデイビー・マクラウドはわたしを利用したいと正直に話したじゃない──内なる悪魔がささやいた。耳あたりのいい心にもない約束など言わない。口を開いたときは、厳然たる事実を話す。

そこが好きでもあり、嫌いでもあった。そして彼はわたしも彼を利用しろと言っている。それはそれで容易なことではない。

彼に腹がたつ。いまの異常な状況すべてに腹がたつ。そして自分にも腹がたつ。切羽つまって混乱して興奮するあまり、実際もう少しで……。

よく考えるのよ。

背後に迫る彼の体温を感じた。「きみを動揺させるつもりはなかった」穏やかな遠慮がちな声が聞こえた。

「動揺なんかしてないわ」と嘘をつく。「ちょっと……むずかしいだけ。それだけよ」

デイビーが一瞬言いよどむ。「逆だ。おれはものごとを簡単にしようとしているんだ」

マーゴットは首を振った。「わかってないようね。あなたにとっては簡単になるでしょうけど、わたしは違う。あなたにとっての簡潔さは、すべてわたしの犠牲のうえに成り立ってるのよ」

彼が横で手すりにもたれた。「意味がわからない。どうしてそう思うんだ?」

マーゴットは歯がゆい思いでちらりと彼をにらんだ。「なぜなら、あなたは男だからよ！最初からあなたが優位だから。力関係がおかしくなるわ。あなたはわたしがそんな気分じゃなくてもセックスを強要できると思うかもしれない。あるいは、わたしがしたくないことをやらせるかも。でなければ――」

「問題ない」

マーゴットは彼をにらみつけた。「あら、そうなの？　で、あなたはわたしにとって何が問題で何がそうじゃないか、どうやって知るつもり？　あなたは超能力者か何かなの？」

「違う」彼はマーゴットのうなじに触れ、指先に髪を巻きつけた。軽く触れられただけで、背中がぞくぞくした。「きみの喜びがおれの喜びでもあるからだ」そう言うと屈みこみ、うなじにキスをしてきた。

マーゴットは危うくへなへなと膝をつきそうになった。彼の唇はとてもやわらかい。彼女はぐっと手すりを握りしめた。「デイビー、だめよ」かすれ声で言う。「そんなことしないで」

彼の吐息が肩にかかっている。「おれがほしいのはそれだ、マーゴット。きみの喜び。おれはきみが傷ついたり不愉快に思うことは絶対にしない。信じてくれ。それはおれの流儀じゃない」

彼の言葉、それが意味するもの、豊かな低い声。そのすべてがセーブルの毛皮かシルクのようにやさしく全身をかすめている。

「おれを見ろ、マーゴット」デイビーが穏やかに言った。

マーゴットは彼を見た。目に浮かぶ自制した欲望を見ると、彼につかみかかり、蔓（つる）のように血がとまるほどきつくしがみつきたくなる。

まったく。自己嫌悪への近道があるなら、これがそうね。

マーゴットは身を引いた。それにはありったけの精神力が必要だった。

肩に載ったみだらな悪魔が欲求不満の雄たけびをあげている——どうしてそんなに堅物であまのじゃくなの？　まったくもう、セクシーで魅力的な解決策が目の前に差しだされてるのよ？　彼に触れられたときの安らぎと気分転換をひどく求めているくせに、そして彼はとんでもなくゴージャスで魅力的なうえ、スネーキーから守ってくれるとまで言っているのに、何を考えてるの？　ばかじゃない？

できるうちに手に入れろ——古い歌の歌詞にはそうあった。いいアドバイスだけれど、あれは愛に関する歌だ。そしてデイビー・マクラウドは愛を求めてはいない。その気はない。受け入れるつもりはない。そのせいで、たとえ非凡なカリスマ性やたくましい筋肉がなくても彼は圧倒的に有利な立場になる。

そしてわたしはゼロ以下だ。ゴミ同然。圧倒されて目がくらみ、すでにかなり彼が好きになっている。強硬で寡黙で謎めいた彼の言動に、わたしはすっかり興奮してしまう。それになんと言っても彼は男であり、それはつまり、彼は自分にその気がなくてもわたしを混乱させることが可能で、何をどうしたかいっさい手がかりを残さないことを意味している。

なにより大切なのは、デイビーはわたしが実際にどれほど深刻なトラブルに巻きこまれているか知らないことだ。もしそれを知ったら、いずれかならず来るそのとき、彼はわたしと縁を切りたいと思うだろう。正気な男なら誰でもそう思う。わたしは疫病神だ。そしてそれに気づいた彼の瞳で表情が一変するところなど見たくない。考えただけで涙があふれそうになる。

マーゴットはあとずさって彼から離れた。「だめよ」毅然と告げる。髪に触れていた彼の手がゆっくりとさがった。何も言わないが、瞳と沈黙の深さが説明を求めている。

マーゴットは支離滅裂な自分の理屈を言葉にしようとあがいた。少なくとも彼に話せる部分だけでも。「無理なの」手当たりしだいに口に出す。「わたしはぼろぼろなの。強い風が吹いたら吹き飛ばされそうなほど。あれやこれやにくわえて、あなたにまで対処するのは無理なのよ、デイビー。手に余る。限界を超えてしまう」

「きみは強い」彼はふたたび声のトリックを使ってきた。うなじがぞくぞくし、背中を伝って下半身に響く声。「おれがきみに魅力を感じる理由の一つは、それだ」

マーゴットは彼に背中を向け、組んだ腕にほてった顔をうずめた。「あなたはわたしを知らない。見たいものをわたしに投影しているだけよ。わたしは自分が強いとは思えないもの。これっぽっちもね」

「きみにはわからなくても、おれにはわかる」低い声が思いつめたように震えている。「きみのなかでは、ものすごい力が燃えたぎっている。光り輝くほどに。ゴージャスなパンサーウーマン」

マーゴットはいっそう強く腕に顔を押しつけた。ふたたび顔が赤くほてっている。「やめて」もごもごと言う。「ふざけないで」

甘言がうまいしたたかな男。いまの言葉を信じられたらどんなにいいだろう。すべてはわたしの秘密の弱点をためすために巧妙に仕組まれたものかもしれない。セクシーでたくましい男が、恐ろしい悪人からわたしを守ると言っている。見返りとして彼が求めているのは、一晩じゅうエロティックな悦びでわたしを燃えさせる権利だけ。無理な相談だ。

考えただけで、汗が噴きだす。

無責任な言動をしないうちに、さっさと帰ったほうがいい。「夕食をごちそうさま」彼女は言った。「それから、今日はいろいろ手を貸してくれてありがとう。おかしな申し出にお礼を言う気はないけれど、でも口説いてこなかったことには感謝するわ」

デイビーは肩をすくめた。「答えはノーなんだな」

「まあね。そういうことよ。あなたの自制には敬意を払うわ」後悔してるのと同じくらい――内なるみだらな悪魔がむっつりと言い添える。

「寿命が縮みそうだ」

「あらそう?」いぶかしそうに尋ねる。「苦しんでるの? ほんとに?」

「地獄の苦しみだ」彼がまじめくさって答えた。

マーゴットは落ち着き払った横顔をまじまじと見つめた。「氷みたいに冷静沈着に見えるけど」

「これは、煮えくり返る火山のような欲望を隠す巧妙な策略にすぎない」彼が言った。「きみの警戒を取り除いて考え直させるための」

彼がゆっくりとセクシーな笑みを浮かべると、決心が揺らいだ。こんなふうにえくぼができると、びっくりするほどキュートだ。「煮えくり返る火山のような欲望について、前もって警告するのはあまり巧妙とは言えないわ」

「おれは敵にいちかばちかのチャンスを与えようとしてるんだ。あくまで公平に」

彼がまき散らすセクシーな魅力は危険このうえない。「もう行くわ」マーゴットは言った。「あと片づけをしないでごめんなさい。でも――」

「だめだ」えくぼが消えた。「あの家に一人でいるのは危険だ」

それに異論はない。でも、安全な場所などないのだ。マーゴットは微笑もうとしたが、空しいあがきに終わった。「わたしは大丈夫よ」

「ここにいろ。予備のベッドで寝ればいい。スペースはたっぷりある。きみをくどいたりしないから、安心しろ。約束する」

マーゴットはぐるりと目をまわした。「ええ、そうでしょうとも」

「何が言いたいんだ？　おれが無理じいするとでも？」

憤慨した顔を見て、頬がほころぶ。「すぐ腹をたてたり独善的な態度をとったりしないで。女を囲いものにするなんていう奇妙な申し出をしたんだから、あなたは微妙な立場にいるのよ。それに、わたしが心配してるのはあなたじゃなくて、自分なの」

彼が困惑の表情を浮かべた。「どういう意味だ？」

「誘惑に耐えてるのは、あなただけじゃないのよ」マーゴットは言った。「哀れな人間のなかには、強固な自制心に欠けている人もいるの。しかるべく行動するために、別のテクニックを使わざるをえない人もいるのよ。わたしはあなたの家には泊まれない。あなたはセクシーすぎる。わたし、頭が爆発してしまうわ」

彼はいらだたしそうな声を出した。「そんなまわりくどい戯言は聞いたことがない。おれがほしいなら、そうすればいいじゃないか！　おれはここにいるんだぞ！」

マーゴットはマイキーを抱きあげた。うたた寝から起こされて、不満そうに鼻を鳴らしている。「ごめんなさい。もう説明はしたわ。これ以上手間はかけさせないで」

デイビーがテーブルをたたいた。皿や大皿がはねあがり、やかましい音をたてた。「どうして女ってのは、こうややこしいんだ？」とわめく。「簡単なことなのに、女はわざとややこしくする！　おれには理解できない！　一生理解できっこない！」

怒ったデイビー・マクラウドは、予想したより恐ろしかった。両目で燃えさかる制御された激情が、マーゴットを網戸まであとずらせた。彼女はかんぬきを探して背後をまさぐった。「その問題には協力できないわ」もごもごと言う。「おやすみなさい。頭を冷やしてね」彼女はバッグをつかんで家を駆け抜け、憂いと不安がまじる涙をこらえながら車に乗りこんだ。

デイビーに癇癪を起こさせたら痛快だと思っていたが、ぜんぜん違った。いささか落ち着かない気分にはなるけれど、彼を微笑ませるほうがずっといい。声をあげるほど笑わせることができたら、すばらしい気分だろう。

そう思うと、怖いほど喉が詰まった。

こんなふうに彼に別れを告げるつもりはなかった。あんなにやさしくわたしを守ると言ってくれた人に。これから迎える過酷な日々のなかで、思い返して慰めにするような心にしみる穏やかな場面になればいいと思っていた。ふん。そんなふうにいくわけないじゃない。わたしの人生は決してシナリオどおりには進まない。

お別れのキスができたらすてきだっただろう。けれどいまの気持ちを考えると、キスをした瞬間、わたしの運命は決したに違いない。わたしはあっと言う間に裸で彼と汗にまみれていたはずだ。

ようやく車がしぶしぶ息を吹き返したとき、デイビーが勢いよく玄関から現われ、ドアを叩き閉めた。つかつかと車に近づき、窓ガラスをたたく。マーゴットは窓を開けた。みぞおちがひきつっている。

「家まで送って安全を確認する」

反論の余地のない有無を言わせぬ口調。マーゴットは狼狽しきって彼を見つめた。自宅まで戻っていたら時間と貴重なガソリンが無駄になるし、何よりもスネーキーが待ち伏せしているかもしれない。「デイビー、お願いよ」彼女は口を開いた。「そんなことは――」

「ごちゃごちゃ言うな」むっつりと言う。「おれは機嫌が悪いんだ」

マーゴットはため息をつき、彼がトラックのエンジンをかけるのを待った。

暗い通りを走るあいだ、うしろのデイビーのヘッドライトにずっと気を取られていた。彼の怒りと憤懣が、強風のように背後から吹きつけてくる。それにエンジンはノッキングまではじめている。すてき。車の故障は最後のしあげになるだろう。

もしデイビーが家のなかに入ると言い張ったら、どうすればいいのかわからない。もし荷物がなくなっているのを見られたら、隠し事がばれてしまう。そんな会話を彼としたくない。わたしには、そんなエネルギーはない。

マーゴットは運転に意識を集中した。マイキーは半分開けた窓から顔を出し、なんの気苦労もなく舌をはためかせている。幸せな子。満腹、うたた寝。幸せの絶頂だ。

なんて厄介なんだろう。高圧的で独占欲の強い恋人を持った場合の問題はすべてそろってるのに、役得は一つもない。彼が無理強いしてくれたほうがよっぽどましだ。そうすれば、彼とベッドに倒れこむ完璧な言い訳になる――あらやだ、彼があんまり強くて横柄だから、わたしは彼のすてきな魔力にかかってぼうっとしちゃったのよ。女の子に何ができるの？　そんな運には恵まれない。彼は高潔敬虔でいなければならないのだ。まったく。

マーゴットはすぐに出発できるように通りに車を停めた。デイビーは私道に入り、伸びすぎた藪が落とす濃い影のなかに停車した。車を降り、街灯の明かりの下で彼女を待っている。たくましい腕を胸の上で好戦的に組み、唇をきつく引き結んだようすにマーゴットは早くも不安になった。面倒なことになりそうだ。彼女はマイキーを車内に残して車を降りた。ついに大詰めだ。

少し前から雨が降りはじめている。マーゴットはじっと彼の目を見つめた。怒りと憤懣の影に、何か名状しがたいものが隠れている。胸を突くほどの渇望を覚える何かが。「あ……雨が降ってるわ」無意味な言葉が口をついた。「家のなかに入らないと。あなたはもう帰って。おやすみなさい」

彼がうなずくと、彫りの深い顔で光と影が動いた。「まずは家のなかをチェックさせてくれ」

「いいえ。あなたを家に入れるつもりはないわ」彼女は言った。「あ……あなたは気持ちが高ぶりすぎてる」

「仕方がない。きみが相手では」

二人はじっと見詰め合った。どちらもこの瞬間を終わらせたくなかった。スネーキーはわたしたちに目を凝らし、チャンスをうかがっているのかもしれない。そんな思いが浮かび、マーゴットは身震いした。「帰って」とくり返す。

「じゃあ、おれはここで野宿する」彼が言った。「きみの家を見張ってる」

マーゴットはあわてて首を振った。「だめよ。だめ」

「へえ？」彼の瞳が皮肉っぽくきらめく。「どうやってやめさせるつもりだ？　警察に通報するのか？　やればいい。おれの携帯を使え」

「卑怯だわ！」マーゴットは彼の胸を突いた。「わたしを困らせないで！」

彼の体はぴくりともしない。まるでその場に根が生えてでもいるように。「卑怯なのは、きみのほうだ」彼が言った。「おれをむずかしい立場に陥らせているのは、自分だとわからないのか?」

雨足が強くなり、マーゴットのむきだしの肩で音をたてていた。「自分で勝手にそんな立場になったんでしょ」

デイビーが目を閉じた。口元がこわばっている。「ちくしょう、なんでこう面倒なんだ」彼がつぶやいた。「ちょっとおれのトラックに乗れ。話をしよう。スネーキーがそのへんをうろうろしてるのに、きみを一人にしたくない。絶対に」

それはまずい。どう考えても。けれど、自分が思い描いていた別れのシナリオにふさわしい穏やかな時間を彼と過ごす新たなチャンスには抵抗できなかった。

ほんの少しだけ、彼のぬくもりを満喫したい。そうすれば、見知らぬ土地へ空しくやみくもに逃げる覚悟ができるだろう。

「いいわ」彼女はそっと答えた。

10

デイビーは助手席のドアを開け、マーゴットを座席に押しあげた。おれは好感が持てる紳士であろうと努めた。ユーモアと道理と慇懃な態度をためし、強要も脅しも脅迫もためした。そろそろセックスをためす頃合だ。

彼は運転席に乗りこみ、座席のあいだにあるコンソールボックスをあげた。彼女は暗闇でじっと動かず、押し黙ったまま緊張している。当然だ。彼女はばかじゃない。頑固でへそ曲がりで道理がわからない女だが、ばかではない。

このままエンジンをかけ、彼女を家に連れ帰ってしまいたいが、そういう強引な手は絶対に通用しない。フラーとのことで、たとえ善意から出たものであっても、援助を受けるように他人に強要するのは不可能だと学んでいる。誰でも自分なりの辛苦を味合わなければならない。こつは距離を置くことだ。修羅場に巻きこまれないように。

だが今回は無理だ。我慢できない。こらえきれない。彼は助手席に手を伸ばして彼女の手をつかんだ。「マイキーと歯ブラシと寝巻きを取って来い。そしておれのうちへ来てくれ。頼む」

マーゴットが手を引っ張ったが、彼は放そうとしなかった。「そんなに単純な話じゃないのよ」彼女がささやく。

「単純だ。おれはきみに危害をくわえたりしない」

「あなたの態度じゃないの。あなたといるときのわたしの気持ちが問題なの。そもそも、あなたはまともに考えてないわ。自宅に女を連れこんだら、自分のスペースを守りようがない。わたしみたいな女ならなおさらよ。気づいていないかもしれないけど、わたしは控えめなおとなしいタイプじゃない。わたしは邪魔になる。目障りになるわ」

「ああ、気づいてたよ」

「だったら、もし自分の暮らしを単純なまま保ちたいなら、そんなことするべきじゃないわ」

「いまはそれは重要じゃない」彼は言った。「きみは危険にさらされてるんだ、マーゴット。これは緊急措置だ」

彼女は長いあいだ黙りこんでいた。「わたしは誰かの緊急措置になんかなりたくない」やりきれない気持ちが声にこもっている。

いいだろう。第一手は失敗だ。早くも振り出しに逆戻り。彼はマーゴットの頰に触れた。彼女はさっと顔をそむけたが、やわらかい肌に熱い涙が伝っているのがわかった。

デイビーはうめき声を嚙み殺した。「ちくしょう、やめてくれ」とつぶやく。「マーゴット、勘弁してくれ。泣いてる女を慰めるのは得意じゃないんだ」

彼女がつかまれていた手をもぎ取った。「あなたに慰めてほしいなんて思ってないわ。だからそんなびくついた顔はしないで。ひどい人」

「真っ暗なのに、どうしておれの表情がわかるんだ？」

「わたしに生意気な口をきくのはやめて」いらだたしそうに言う。

何を言っても裏目に出る。口をつぐんで神から与えられた才能を使う頃合だ。彼はマーゴットのほうへ手を伸ばした。

「え？ ちょっと！ 何するの？」さかんに抵抗する彼女をすくいあげ、膝に乗せた。

「きみを抱きしめる」きっぱりと言う。

「だめよ！」マーゴットは彼の腕のなかでもがいた。「動機が不純だわ！」

「動機なんかどうでもいい」彼女の頭の上に顎を載せ、しっかりと抱きしめる。「少しのあいだ、黙って誰かを信頼するのがどんな気分か思いだしてみろ。いいからじっとしてろ」

マーゴットははっとしたように黙りこんだ。こちらの肩で顔を隠している。薄手の麻のシャツに、熱い涙が染みこむのがわかった。

デイビーは彼女を抱きしめる腕にいっそう力を入れ、髪に鼻をうずめた。花と果物。彼女の官能的な体温で温められた香り。汗の塩の香り。彼は背中に沿って手をおろした。なまめかしいヒップが股間に押しつけられている感触で、勃起したものがずきずき疼く。彼はそこから意識をそらそうとした。楽しみを先送りにするのは得意だ。

少なくとも、マーゴットに出会うまでは得意だった。

彼女は身を引いて彼の肩を両手でつかみ、暗闇のなかで読み解こうとするかのように顔を見つめてきた。

彼女は慰めを求めているのだ。彼女のなかで、何かが軟化している。

おれがいつでも慰めてやる。そしてその見返りに、このセクシーな女の滋味を奪いつくすのだ。単に彼女の体だけではなく。はっきりとかたちを成さない馴染みのない感情を把握するのはむずかしかった——彼女の頭のなかに入りこみ、異郷の女の世界をさまよいたいというわけのわからない憧れ。美しさと得体の知れない危険と隠された謎に満ちた世界。すばらしい未知の世界。

彼女のことを知りたい。当惑しながら慎重に、失敗しないように願いながら当て推量をめぐらせ、そのあげくそもそもどうしてこんなに気にかかるんだと首をひねりながら周辺を歩きまわるだけでなく。

ベッドでのテクニックには自信があるし、それが問題になったことは一度もない。だが、それと女の頭の中身を理解することはまったく別物だ。大半の女は不可解な存在なのだ。

一人の女をここまで理解したいと思ったのは初めてだった。

マーゴットは両手で彼の顔をはさみ、顎や口元の皺、額や唇にそっと触れた。顎の無精髭を手の甲でこすっている。午後のうちに髭を剃っておけばよかったとデイビーは思った。

「どうしてわたしにあなたが信じられるの？」静かなささやき声は、一人ごとのように聞こえた。

デイビーは彼女のもつれた髪に手を入れた。「なぜ信じられないんだ？」

「あなたはわたしの下着のなかに入りたいのよ」簡潔に言う。「こんな状況で男が言うことやることには、疑いの目を向けないと」

デイビーは指先を彼女の顔に走らせ、表情を読み取ろうとした。「きみと寝たいと思うことと信用に、どう関係があるんだ?」

マーゴットが笑い声を漏らし、そっと額を合わせた。彼女の髪が頬骨をくすぐる。「あなたの世界はとても単純なのね、デイビー。すごく収縮されている。ほかのものと繋がっているものはない」

「どうして勃起しているせいでおれを信用できないのか理解できない」彼は言った。「きれいな女に対する無意識の体の反応にすぎない。少し厳しすぎるんじゃないか?」

彼女はふたたび小さく笑った。「ええ、厳しい。それがわたしよ、デイビー。警告しなかったとは言わせないわ」前に屈み、軽くキスをする。羽根のように軽いキスの疑問符。

顔全体がぞくぞくする。彼はマーゴットを引き寄せ、髪に手を入れてキスを返した。今朝からずっとそうしたいと焦がれていたように。彼女が応えるように唇を開く。

彼はタンクトップの下に手を入れ、慎重に彼女の唇を味わいながらあたたかくなめらかな腹に手を這わせた。

マーゴットがいきなり唇を離し、ブラジャーの上までタンクトップを引きあげた。「さあ、やりなさいよ。せいぜいやってみればいいわ」彼女は言った。「そうしたいんでしょう?」

デイビーはぽかんと彼女を見つめた。「え? おれはただ――」

「ごまかさないで。わたしの胸やお尻をさわろうとしてるくせに。気づかないとでも思ってるの？　笑わせないで」

彼女の強がりにデイビーは笑い声をあげた。だがその笑いは、泣きたくなるような不安定な場所で生まれたものだった。

ケヴィンが死んでから、泣いたことはない。今夜は泣きたくない。

「襲いかかったほうがいいのか？」彼は尋ねた。「狡猾な前置きはいらないのか？」

「昨日からあなたがやってる〝押してもだめなら引いてみな〟的誘惑で、前置きはもう充分よ」

「オーケイ」デイビーは素直に応えた。「仰せのままに」自分の言葉を裏づけるようにブラジャーのフロントホックをはずす。

ブラジャーがはずれたとたん、彼女のようすが変わった。棘のある毅然とした態度が警戒へと研ぎ澄まされていく。蓮っ葉を装ってはいるが、内心は違う。慎重にやらなければ。ペースを落とし、細心に。

彼は木立を透かして届く町の明かりにぼんやり浮かびあがる形のいい乳房を見つめ、畏敬をこめて指先で触れた。彼女はぶるっと身震いしたが、緊張で息を詰めながらも身を引こうとはしなかった。デイビーの指先が、あがめるように豊かなカーブと固い乳首の上をつぶさにたどる。「ほんとうだな」彼は言った。

「なにがほんとうなの」緊張と不安で声が震えている。

「神は存在する。これまで結論を出すのは控えていた。だがいま、おれの疑念は消え去った」

マーゴットがひきつった笑い声を漏らした。「冗談言わないで。裸のおっぱいだけで納得するの？　地球上には三十億の女性がいるんだから、ざっと六十億のおっぱいがゆさゆさしてて、その大半はわたしのより印象的なのよ。だからわたしのブラジャーのサイズをもとに、あなたの神学理論を決めないで。こんな貧弱なバストには荷が重過ぎるわ。垂れはじめたらどうするの？　改宗するの？」

「神の完璧性の前に、時間は無意味だ」

マーゴットがいっそう激しく笑う。「ばかみたい」

その笑い声で気が軽くなった。「だが、これはただのおっぱいじゃない」腰を前にずらし、乳房が目の前に来るようにする。「これはマーゴット・ヴェッターのゴージャスでなまめかしいおっぱいだ」

「でもわたしは――ああ……」デイビーが香りのいいあたたかな胸の谷間に顔をうずめると、彼女の言葉がとぎれた。

あらゆる感覚がいっきに研ぎ澄まされていた。こんな経験は初めてだ。まるで頭からフィルターがはがれ、彼女のやわらかい肌に触れている場所すべてがむきだしになって震えているような気がする。彼は固くとがった乳首に頰をすりつけ、唇ではさんでそっと引っ張り軽く嚙んだ。それから舌で大きな円を描いていく。

彼女の味に酔わされる。自制を失いそうだ。

彼女の腕が首に巻きついた。信頼した仕草に謙虚な気持ちにさせられた。彼女が隠そうとしている怯えを取り除き、ありあまるほどの悦びを与えたい。

自分が彼女から得るものに見合うものを返したい。わななきやあえぎ一つ一つがおれへの報酬だ。打算的なテクニックや手練手管は消え去っている。彼はその存在を忘れ、マーゴットに溺れた。これまで女のなかにあることすら気づかなかったものよりさらに多くがほしい。幾重にも重なった降伏と新発見。花びらがほころび、彼女の優しさと信頼が、あふれるほどの豊かさが、力と強さすべてがさらけだされる。

おれのパンサーウーマン。

デイビーは彼女のジーンズのボタンをはずし、太腿へ引きおろした。ちっぽけなレースのパンティが、あたたかくなめらかな肌を覆っている。

海と花が混じった香りで耳鳴りがした。彼女が漏らす小さな声が同意なのか抵抗なのかわからないが、どうせここではやめられない。彼女をイカせたい。どうしても。

太腿のあいだにある熱い場所の上をそっと指先で円を描くと、じらすように指先が触れるたびにマーゴットがはっと短くあえいだ。「デイビー」かすれた声で言う。「こんな……こんな、すごい」

「やめてほしかったら言ってくれ」そう言うなり彼女の唇を自分の唇で覆って途切れ途切れの声を呑みこみ、間違っても意味をなす言葉にならないようにした。彼女のジーンズは太腿の半ばでとまり、両脚を押さえこんでいる。彼はパンティのなかに手を入れ、湿り気を帯びた巻き毛の奥をさぐり、柔らかく潤った襞を捉えた。熱く潤って開いている。おれを待っている。

時間をかけた執拗な責めに、マーゴットは身をよじって鼻を鳴らし、彼の手をつかんで自分自身に押しつけた。「ひどい人」彼女がささやいた。「ずっとこうするつもりだったのね？」

「おれとおれの信頼できないペニスと車に乗りこんだりするからだ」

こらえきれずに漏らした笑いで彼女の体が震えた。いっそう奥へ入れた指がきつく締めつけられる。わななく太腿が彼の手をはさみこみ、デイビーは彼女の口に舌を差しこみながら硬くふくれあがったつぼみを親指でころがした。

マーゴットが腰を震わせ、あえぎ、指をしめつけてくる。デイビーはそのかすかな合図に合わせてゆっくりといとおしむように指を出し入れした。太腿を閉じているので、奥にある敏感な場所まで指が届かない。脚を開かせたい。四つんばいにさせて、奥まで貫きたい。彼は彼女の顔を横切るようにキスを移動させ、耳元でささやいた。「ジーンズを脱がせてもいいか？」

マーゴットは答えようとしたが、言葉にならなかった。

「きみのなかに舌を入れたい」耳たぶをくわえ、舌でころがしてそっと嚙む。「きみを味わいたい。いいだろう、マーゴット？　いいと言ってくれ」

「だめよ」彼女があえぎながら答えた。「いまはだめ。いまは……もっと強く。そこよ。そう。ああ……もっと。お願い……ああ、デイビー……」

彼女はいっそう強く腰を押しつけてきた。デイビーの手首に爪を食いこませ、しなやかな体をこわばらせている。指を出し入れするたびに、デイビーはこれが自分のペニスだったらどんな気分だろうと想像した。彼女はおれに両脚をからませ、背中に爪を立てている。彼女はすごくセクシーで、とても反応がいい。愛欲で燃えあがっている。

マーゴットが大きな声をあげ、ひくひくとわなないた。彼女の全身を走った奔流の激しさに、デイビーも危うく道連れになりそうになった。

マーゴットは彼の膝でぐったりしていた。動くのが怖い。ほんの少し動いただけで、敏感になった体に甘美な衝撃が駆け抜ける。

彼はすごくじょうずだった。怖いほどに。まるでマインドコントロールでもされた気分だ。愛撫されただけなのに。わたしは厄介なことになっている。

心に焼きつくようなお別れのキスだけでは我慢できない。お別れのセックスがしたい。何時間も続く情熱的で激しいセックスが。デイビー・マクラウドとの荒々しいセックスを経験しないまま、暗闇のなかへ立ち去ることなどできない。二度と眠れなくなってしまう。

彼がそっと両脚のあいだから手を抜こうとすると、マーゴットは太腿に力を入れて押し留めた。

「心配するな。いつでも望むときにまたやってやる。きみを味わいたいだけだ」デイビーは顔の前に手をあげ、指先を舐めた。「最高だ」声がかすれている。「きみの脚のあいだに顔をうずめて、死ぬまでそうしていたい」

マーゴットはブラジャーのホックをまさぐるふりをして返事をはぐらかした。うまくホックがとまらない。彼の無精髭でこすれた胸が、大きく膨らんで敏感になっている気がした。ようやくなんとかめくれあがっていたタンクトップを引きおろすと、大きく深呼吸をして思い切って口に出した。「あなたは、その、わたしと愛し合いたい?」

調子はずれの震えた声が気まずい。それに〝愛〟という言葉を使った自分にも腹がたつ。セックスしたいかと訊くべきだったのだ。いやらしいことをしましょうと。ファックでもいい。もっと的確な言葉は一つも口から出てこない。そんな現実的であからさまな言葉を使うには、今夜の自分は隙だらけの気がした。感傷的で女々しくて甘ちゃんな意気地なし。絶対に懲りないんだから。絶対に。

デイビーがむきだしになっている太腿の上のほうを撫でた。「いっしょにおれの家に来るか?」

マーゴットは首を振った。「いいえ。ここがいいわ。いまから。このトラックのなかで。わたしはしたい。もしあなたが……わたしをほしければだけど」

彼が笑い声をあげた。「もちろんほしいさ。だがせめてきみの家のなかへ――」

「いやよ」きっぱりと言う。「あそこだと落ち着かないの」

彼は長いあいだ黙りこんでいた。悪い兆候だ。マーゴットはそわそわして気弱になってきた。切羽詰まったように欲望をむきだしにしたのが恥ずかしい。

「問題が三つある」ようやく彼が口を開いた。「まず、おれはコンドームを持ってない。きみは？」

ああ、そのこと。長いあいだ尼さんのような暮らしをしていたので、現代社会におけるセックスの基本を忘れていた。「いいえ」

「次に、スネーキーがそのへんにいるからには、たとえ多少ガードを甘くするとしても、おれはあいつと自分のあいだに上等の鍵が二つほどあるほうがいい。そして三つめは……」マーゴットの頬にかかった髪をはらった。やさしい仕草に息が詰まる。「さっききみは『ノー』と言った。あれは本気に聞こえた。おれは今夜きみにセックスを強要するつもりはなかった。きみと一つになれたらどんなにすばらしいか、わかってほしかっただけだ」

「すばらしかったわ。とっても」マーゴットは意気ごんで言った。「わたしはめちゃくちゃになった」

「きみはおれの奇妙な申し出に本気で腹をたてていた。もしいまセックスしたら、きみはいやな思いをするかもしれない。次におれに腹をたてたとき、その気持ちをぶつけてくる。近いうちにきっとそうなる。この点ははっきりさせておきたい」そこで一瞬口をとざし、続ける。「それでも、きみはうちへ来るべきだと思う。その気持ちは変わらない」

いまを逃したら、もうチャンスはないのよ。マーゴットはそう叫びたかった。

わたしは抑えがたい欲望で身悶えしているのに、彼は硬くいきりたったものの真上にわたしの裸のお尻を乗せたまま、自制について話している。わたしを感心させようとしている。ばか。

状況が違えば、わたしは感心していただろう。立派な言葉にうっとりと魅了されていただろう。でも今夜は違う。破滅の縁に踏みとどまっている今夜は。わたしは生まれてから最高に胸躍る経験になりそうなものを、単にデイビー・マクラウドがなんとしても正道を貫く気取り屋でいたいという理由だけでつかみそこねそうになっている。

なんとかしなければ。そんなの耐えられない。

マーゴットは彼の膝から助手席へとすばやく移動し、ずり落ちていたジーンズを引きあげた。手を伸ばしてズボンの上から硬くなったものをそっとさすると、デイビーがどきりとしたように息を呑んだ。長くて硬い。すてき。

オーケイ。一歩前進だわ。デイビー・マクラウドをどきりとさせるなんて、たいしたものじゃない。わたしがことを終えたころには、どきりとするどころじゃないだろう。マーゴットはしゃにむに彼のベルトのバックルをはずし、ボタンに取りかかった。

「マーゴット」声がかすれている。「おい。待て。そんなことをしなくても――」

「お願いだから黙っててくれない?」ジーンズをおろし、下着のなかに手を入れて彼自身をつかむ。

すごい。とても硬くて熱いものが手のなかで脈打っている。かなり大げさに想像していたけれど、実物はさらに大きい。

ずいぶん久しぶりだし、こんなに大きなものを持つ男性を相手にするのは初めてだ。でも今夜のわたしは奮い立っている。

「ジーンズをおろせるように腰をあげて」と指示する。

彼はおとなしく腰をあげた。「マーゴット――」

「いいわよ、やめてほしいならそう言えば？」と挑発し、太腿の途中までジーンズを引きおろす。「言えるものなら言ってごらんなさい」

彼が発した皮肉な笑い声は、太いペニスをしごかれるにつれて震えるうめきに変わっていった。太くて大きく、ビロードのようになめらかな表面に血管が盛りあがっている。暗闇のなか、マーゴットはその感触の記憶を手に刻み、まともに見られるだけの明るさがあればいいのにと思った。

「ずいぶん過激だな」デイビーが言った。

体の奥で何かが冷えた。「過激だといや？」

彼はマーゴットの手に自分の手を重ね、脈動するものをいっそう強く握らせた。「いやがってるように見えるか？」

「いいえ」彼女は言った。「でも男って得体が知れないわ。繊細な生き物で、何にぞっとするか誰にもわからない」

「おれは繊細な生き物じゃない」マーゴットの手をつかんだ手を乱暴に上下に動かす。「だが、過激なのはおれも同じだ。きみはぞっとするか?」

「もしそうだったら、わたしはずいぶん不利ってことになるわよね?」マーゴットは言った。

「わたしたちがベッドでしょっちゅう揉めるだけの話だと思うわ」

「おれのほうがでかい」息切れして声がかすれている。彼は膨れあがった先端でマーゴットの手をまわし、そこからあふれだしている露を広げてすべりをよくした。「おれが勝つ」

「力以外にも武器はあるのよ、思いあがらないことね」見くだすように言う。「体の大きさだけがすべてじゃないわ」

「だが大きいのはいいことだ。きみも大きいのは好きだろう?」

マーゴットは笑いながら前に屈み、温かな彼の香りを吸いこんだ。「うぬぼれないで」とつぶやく。「見苦しいわよ。まあ、デイビー。いやだ、ちょっと大きすぎるんじゃない?」

「すまない」彼の声はマーゴットが大胆にしごきはじめると同時にあえぎに変わった。「し、自然に……そうなったんだ」

マーゴットはさらに屈みこんだ。「ううん、別に不満を言ってるんじゃないの」太い根元をしっかりと握り、あたたかな舌で先端からあふれだす塩辛い露を舐め取る。彼が身震いし、かすれた快感の声を漏らしたのが嬉しい。

すべてを口に含むのは無理だったが、だからと言ってやめようとは思わなかった。彼女はシートの上で腰を動かして楽な体勢を取ると、彼に正気を失わせる作業に取りかかった。根元から先まで大きくしごきながら、先端を唇と舌で舐めまわす。ゆっくりと、激しく濃厚に。

過激がどういうものか、教えてやるのだ。彼は二度と同じ態度は取らなくなるだろう。

デイビーが息を呑み、彼女の頭をつかんだ。手も足も出せずにいる。アマゾネスのクイーンの空想のなかと同じだ。デイビー・マクラウドのように屈強で冷静な男を、自分の愛撫で身悶えさせるのはこのうえなく刺激的だった。

「やめろ」デイビーがきつい声で言った。「少しペースを落としてくれ。さもないとイッてしまう。まだ終わらせたくない。もっと続けたい」

ふうん、卑しい奴隷にしてはずいぶんな言いようね。でもどうでもいいわ。わたしはすごく興奮していて不満を言う気分じゃないし、彼の自制心も好きだ。彼がわたしを悦ばせるためにこの見事なものを使うときを暗示する吉兆だもの。もしわたしがこれを受け入れられればだけれど。

わたしは今夜発つのよ。忘れないで。今日で終わり。次のチャンスなんかない。

マーゴットはふと浮かんだ切ない思いを憤然と振り払った。トラックの運転席はひどく窮屈で狭い。激しく動きたい。もう一度イキたい。裸で彼を迎え入れたい。

こんなのひどすぎる。こんなことしかできないなんて。それが無性に腹立たしかった。

「頼む、ペースを落としてくれ」デイビーがふたたび言った。「マーゴット……ああ――」

もう耳を貸すもんですか。彼女は拳に力をこめ、いっそう強く動かした。大きく、激しく。主導権を握っているのはわたしよ。ペースはわたしが決める。

デイビーが体をこわばらせ、マーゴットの口のなかに絶頂がほとばしった。熱い液体がくり返しあふれでる。彼は全身を駆けめぐる快感に身を震わせながら、マーゴットの髪を握りしめて彼女の頭を押さえつけていた。

デイビーがシートの背にもたれた。肩であえぎ、声も出せずにいる。

マーゴットはゆっくり体を起こし、塩辛い熱い液体を飲みこんだ。喉が焼ける苦味のある生々しい味。本気で相手に惚れこんでいなければ飲みこむ気にならないもの——そして、これからセックスをしようと思っていなければ。なぜなら、この二つは切り離せないのだから。

彼女は口をぬぐった。もうあれこれ考えるのはやめよう。

デイビーはジーンズをあげて自分自身をしまい、ボタンをとめてベルトをしめた。静まり返った闇のなかで、その音がやけに大きく聞こえた。彼がマーゴットに顔を向けた。表情は見えないが、まだ見つめられるのには耐えられない。自分が少しずつ縮んでいくような気がする。

「マーゴット？ 大丈夫か？」彼の声は低く、不安と警戒がこもっていた。

ということは、見え見えなのだ。わたしは押しつぶされそうな気持ちを隠しきれていないのだ。怯えと羞恥心。胸が悪くなりそうなほどの怒り。

わたしは人生にありきたりのものを望んでいた。特別なものではない。好きなように働くこと。意欲が燃える仕事。いい友人。楽しい時間。自分を大切に思ってくれる男性とソファで寄り添うこと。そしてうんと運がよければ、普通の家族生活も送れるはずだった。クッキーのかけらが散らばる車のシート。面白みのないミニバン。現実的で深みがあってすばらしいものの一員になること。脇に押しやられて永遠にのけ者になり、窓から大きな悲しげな瞳でのぞきこんでいる子犬になるのではなく。

そういうものを手に入れようと必死で頑張ってきた。ひたすら夢見ていた。

そのあげく手に入れたものは何？　マイキー。みすぼらしいちっぽけな又貸し物件。頭のねじがはずれたスネーキー。眠りをさまたげる身の毛のよだつ記憶。簡単な調査であっさりばれてしまうようないい加減な偽の身元。低賃金で退屈でつまらないくせに、長続きもできそうにない仕事。ひどく燃費が悪くてノッキングを起こすぽんこつ車。

それでもまだ足りずに、ようやく好きになりそうな男を見つけたら、相手が求めているのは退屈したら捨てられる、便利で多くを求めないベッドの相手と来ている。それなのに、わたしは孤独で思いつめられた気分のあまり、彼の申し出を受けそうになっている。彼が走り去るのを見るのが怖くて、彼に襲いかかってトラックの車内でフェラチオをした。自分が情けない。これじゃまるで娼婦じゃない。きっと彼もそう思っているだろう。

ひんやりと疼く傷のように自己嫌悪が膨れあがった。マーゴットはドアを開け、車を降りた。

「これで、これまで立て替えてもらった分は帳消しよ」彼女は言った。

そして力まかせにドアを閉め、マイキーの待つ自分の車へ走った。

11

怒りが頂点に達して金縛りが解けるまで、たっぷり三秒かかった。

デイビーは憤然とトラックを降りた。体の奥で何かが大きく口を開けていた。自分が何をしようとしているのかわからないし、わかろうとも思わない。玄関の鍵穴に鍵を差しこもうとしているマーゴットの腰をつかみ、くるりと振り向かせる。

彼女は大きな声で抵抗し、逃れようと身をよじった。「デイビー、何をす――」

「さっきのはどういう意味だ？」

マーゴットはみぞおちに肘鉄を食らわせようとしたが、その手を押さえつけると彼女はさっと顔をあげた。目に恐怖が浮かんでいる。「放して！」

「だめだ」デイビーは怒鳴りつけた。「説明しろ。あんなことを言われる筋合いはない！」

「あらそう？　お世話になったお返しにフェラチオをしてあげたからって、こんな傲慢な態度――」

「ちくしょう、その話はもう終わったはずだぞ。それに、おれはきみを娼婦と思ってると言った覚えはない！」

「オーケイ、そうね。わたしが悪かった。謝るわ。生意気な言い方をして。撤回する。だからあばらを押さえつけるのはやめてくれない？」

「そんなうわべだけの中途半端な謝り方ですむと思ってるのか？　おれのガードを壊してめちゃくちゃにしたあげく、顔に向かって手榴弾を投げつけておいて。おれはこんな扱いを受ける筋合いはない！」

彼女がうつむき、紅潮した顔に髪がかぶさった。「謝ると言ったでしょう」声が小さくなっている。「ごめんなさい」

「でもおれはまだ腹の虫がおさまらない」

マーゴットは逃れようともがいたが、やがて正面から彼を見つめた。「どうすれば腹の虫がおさまるの？」

デイビーはわななく唇を見おろした。自分に押しつけられているせいで、襟ぐりの深いタンクトップからのぞいている胸のふくらみを。「そうだな、きみとベッドで六時間ほど激しくもつれあったら、少しおさまるかもしれない」

マーゴットが大きく身を引き、彼の手をふりほどいてうしろによろめいた。「けだもの！　あなたなんか、手榴弾を投げつけられて当然よ。帰って。帰ってよ！」

彼女は玄関を開けてマイキーを追いこんだ。デイビーの目の前でドアを閉めようとしたが、彼は片足でそれを阻止した。「待て」

「何を？　もう一度侮辱されるのを？」スニーカーのつま先でデイビーのブーツを蹴飛ばし

ている。「ばかでかい足を引っこめて消えて。永遠に。ばか」怒りで声が震えている。デイビーはドアにもたれ、反対側から押している彼女の体重にさからってゆっくりと押し開けた。「マーゴット、やめろ。あんなことを言って悪かった」

家のなかに踏みこむと、彼女は無力感のこもるいらだたしげな声を出した。デイビーは二歩で彼女をつかまえ、力強く引き寄せて首筋に唇を押しあてた。「あんなことを言って悪かった」とくり返す。「きみを怖がらせるつもりはなかった」

「じゃあ、怖がらせないで！」マーゴットが怒鳴る。「放して！」

無意識に腕に力が入った。「その前に、おれを許してくれ」

「よくぬけぬけとそんなことが言えるわね？ あなたはわたしが謝っても許してくれなかったじゃない」

「きみの謝罪は本気じゃなかった。嘘だった。だが、きみが許してくれたらおれも許す」

「そう、物々交換っていうわけね。何かを渡せば見返りがもらえるってこと？ 力ずくであれこれ指図しないで、ろくでなし！」

「マーゴット、頼む。おれは精一杯譲歩してるんだ。もしきみが――」

「どこが精一杯よ。これっぽっちも譲歩してないじゃない、変態。さっさと放して」デイビーの腕を叩いたが、腕はびくともしない。「オーケイ、わかったわ！ 許せばいいんでしょ！ さあ、手を放して！ 早く！」

彼は腕をおろした。なぜか手を放すのが怖かった。放したら、暗闇のなかへ彼女が消えてしまいそうな気がする。彼はホールの天井のライトをつけ、不吉な闇を追い払った。すぐに変化に気づいた。写真のような記憶力は、この部屋の細かい点まで脳裏に刻みこんでいる。何かがない。

花の妖精のカレンダー。カレンダーがかかっていた釘が、傷だらけの壁から突きだしている。寝室をのぞいてみた。玄関ホールから漏れる光で、寝床がなくなっているのがわかった。床にはくしゃくしゃになったウェイトレスの制服があるだけだ。彼はずかずかと寝室に踏みこみ、クロゼットを開けた。抽斗を開ける。空っぽ。

おさまりかけていた怒りがふたたびふくれあがった。くるりと彼女に振り向く。「どこへ行くのか？」

マーゴットの顔が辛そうにこわばった。「デイビー――」

「別れの挨拶をしてくれるとは、親切なことだ」そう言った口のなかに苦味が走る。

彼女は体に腕を巻きつけた。「わたしたち、知り合ってからまだ二十四時間ぐらいなのよ」彼女が言った。「あれこれ言われる筋合いはないわ」

「ああ。何も言うつもりはない。ほんとうだ。おれにはわかってる」

フラーのときと同じだ。そう気づき、デイビーはうんざりした。おれはまた同じ罠にはまっている。フラーは破滅する決意を固めていた。誰にもとめることはできなかった。おれにも。

憤怒が惨めさに取ってかわり、その強さと深さに恐怖を覚えた。この感情に対しては心のなかに砦を築いてあったのに、マーゴット・ヴェッターは苦もなくその砦を穴だらけにしてしまったのだ。

それは彼を打ちのめした。救いようがない相手を救おうとする無益な試み。無意味。絶望。一メートルの積雪にはまり、空回りするタイヤ。空しい指示を怒鳴る父のかたわらで、命の灯火が消えるにつれてどんどん青ざめてゆく母。

やめろ。だめだ。いまはやめてくれ。頼む。いまはだめだ。

自分の小さな白い手はハンドルをきつく握り締め、クラッチへ必死で足を伸ばしている。血の海。シート、床、シフトレバー。一面血まみれ。

ちくしょう、やめてくれ。もう大昔の話なのに、いま思いだしてどうする。デイビーは両目に痛むほど手を押しつけた。まぶたの裏側で赤と黒が交互にまたたくなか、必死で痛烈なフラッシュバックを押しのける。

静寂、虚無、ゼロ。北極の目がくらむほど真っ白な虚無。宇宙の凍てつく漆黒の虚無。記号、数字、論理。

ゆっくりとフラッシュバックがおさまり、ふたたび息ができるようになった。心臓はまだ早鐘を打ち、顔は汗ばみ冷たくなっている。

デイビーは両手をおろしたが、しばらく目を開ける気にはなれなかった。疲れ切っている。それに恥ずかしい。彼女はもう充分問題を抱えているのだ。こちらの悪夢まで背負いこませるのはフェアじゃない。

「すまない」彼はぼんやりと言った。「怖がらせて悪かった」

マーゴットは目を丸くしている。「気にしないで」おそるおそる言う。「わたし――」

「言うな」自分の言葉の激しさに、デイビーは怯んだ。「頼む。聞きたくない。おれは帰る。もうきみをわずらわせたりしない。幸運を祈る……何にせよ」

マーゴットはふたたび泣きだした。そして、それはおれのせいなのだ。だがもう慰めてはやれない。デイビーは彼女を見もせずに脇をすり抜けた。

玄関を開けたとたん、ポーチのライトを受けて輝いているそれに気づいた。軽やかな音をたてる風鈴の下で前後に揺れている。金の蛇のペンダント。おれには関係ない。おれの問題じゃない。だがあまりに予期せぬ異様さに、何か言わずにはいられなかった。彼はうしろを振り向いた。

「風鈴に蛇のペンダントをかけたか?」

マーゴットはぎょっとしたように玄関に駆け寄った。戸口で足をとめ、ドア枠をつかんで体を支えている。顔が蒼白だった。

ファリスの血液は強烈な多幸感で湧き返っていた。いいことだ。なにしろパンターニの死体は重くて扱うのが厄介だったのだ。死体を持ちあげて小型の冷凍庫に押しこむには、少なからぬ力が必要だった。だが不可能ではない。死体は全身の骨を砕いてあるので、大きさのわりにはどうとでも形を変えられた。

冷凍庫へ続く血の痕には、ところどころマクラウドの家から取ってきた毛髪やカーペットの繊維が置いてある。マクラウドの指紋がついたウィスキーのボトルとグラスが、完璧な仕上げになってくれるだろう。

ファリスはずっと気分がよくなっていた。ここ数カ月の鬱積した怒りは、この行動に注ぎこんだ。冷凍ピザやアイスクリーム、ステーキ肉やさまざまな脱法ドラッグが入ったビニール袋は、溶けかかったまま血みどろのキッチンの床の向こう側で湿った塊になっている。

携帯電話が震動した。マーカスだ。ファリスは血まみれになったビニールの手袋をはずした。鼓動が速まる。もしこれからやろうとしていることを知ったら、マーカスは激怒するだろう。どれほど用心しても、マーカスは弟の殺しをみずから指示したがる。「もしもし?」ファリスは応えた。

「新しい仕事をやってほしい」兄が言った。

ファリスの目に安堵の涙がこみあげた。マーカスはぼくを責めるために電話をしてきたんじゃない。少なくともいまのところは。「わかった」彼は言った。

「ドリスコルはもう用なしだ。プリシラが新しい研究所長を雇った。そいつは今夜シアトルに着く。聞いてるか?」

「うん、聞いてるよ」力強く答える。「続けて。復唱するから」

「よし」マーカスがつぶやいた。「いい心がまえだ、ファリス」

マーカスは自分の用件を説明した。ファリスは細大漏らさず記憶した。幼いころに受けた記憶訓練で学んだとおりに。マーカスはファリスに記憶力を高める方法を教えた。以前、ファリスがまだうまく覚えられなかったころは電気ショックを使ったが、いまはそんなものがなくても覚えられる。マーカスの説明が終わると、ファリスは細大漏らさず復唱した。

「すぐ帰ってこい」復唱を聞いたマーカスが言った。「少しペースを速める必要がある。プリシラは今週発つが、おまえにしっかり首輪がついてるのを確認したがっている」

「くそ女」ファリスはののしった。「どうしてぼくをそっとしておいて――」

「なぜなら、わたしの計画のほうがずっと大事だからだ」冷ややかな声。「わたしの計画は、あの女を破滅させ、その過程で大金を得ることだ。もっと視野を広げろ。些細なことにこだわるな」

ファリスは血まみれの手袋を見おろした。忍び笑いが漏れる。「わかった。でもあの女には血を流させてやりたい」

「許可なく殺しをやって楽しんでるのか？」マーカスが不審げに訊いた。

ファリスはぶかぶかのビニールのレインコートのなかで縮みあがった。マーカスはなんでもお見通しだ。ときどき、マーカスは人の心が読めるのだろうかと考えて眠れないことがある。兄はなんでも知っている。サンタクロースのように。リストをつくって二度チェックしても、自分はいつもいたずらっこになる。いつも罰を受ける。

ファリスは息を吸いこみ、泣かないようにそのまま息を詰めた。子どものころからやっているいつもの方法。「慎重にやってるよ」

「慎重だけじゃだめだ」マーカスが言った。「わたしは何年もかけてこの計画を練ってきたんだぞ。これまでおまえが勝手に脱線したとき、どれだけ手間と金がかかったか忘れるな」

兄の非難の声に、殺戮がもたらした多幸感が掻き消えた。「ごめん」幼い少年のような声で応える。

「わかればいい。それはそうと、キャラハンのほうは進展があったのか?」

「監視はしてる」あわてて答える。「計画があるんだ」

「まだ捕まえてないのか?」兄の声は、ファリスの膀胱をゆるませる穏やかな口調になっていた。「ファリス、なにをぐずぐずしてるんだ。プリシラが発つ前にあの手型を手に入れないと、どうなるかわかってるだろう。失敗するんだぞ」

「失敗は許されない」ファリスはロボットのようにつぶやいた。

「今夜捕まえろ。ヘイトの始末をする前かあとに。どちらでもかまわない。前回のように、あの女を野良猫みたいにみすみす逃がすなよ。今夜だぞ。そしてわたしのところへ連れてこい。すぐにだ」

「今夜」ファリスは言われるままにくり返した。「失敗しないよ。彼女を捕まえる」

「もし今夜おまえの携帯でキャラハンの声を聞けなかったら、おまえはこの仕事にふさわしくないと考えるからな。すでにリロイとカーレルに準備させている。おまえにできなければ、キャラハンの面倒はあの二人に見させる。彼女はとても美人だろう? きっと二人は協力するように彼女を説得する役目を楽しむに違いない。カーレルは特にな。それは間違いない。

あいつは性欲の塊だ、そうだろう？」

汚らしくおぞましい男たちが毛だらけの手で自分の天使に触れると思うと、パニックに襲われた。「そんな、だめだ！　カーレルとリロイは――」

「口答えは許さない」マーカスが言った。「仕事にかかれ」

電話が切れた。ファリスは喉にこみあげた胆汁を飲みこんだ。前後に体を揺するうちに落ち着きを取り戻し、口のなかの味がわかってきた。苦い、金属的な味。血とビニール。

まだビニールの手袋をはめたままの親指が、口のなかで血まみれになっていた。彼はそれをしゃぶっていた。

12

マーゴットは自分が床に尻もちをついていることに気づいた。頭がくらくらし、悪夢のジェットコースターのように急降下を描いている。金の円盤は物憂げに揺れていた。きらめき、回転しながら。風鈴が奏でるぞっとするような空ろなテーマソングをバックに、微風を受けてくるくるまわっている。

「……か、マーゴット？　息をするんだ。あのネックレスがどうかしたのか？」すさまじい耳鳴りを貫いてデイビーの声がした。

マーゴットは腕を伸ばし、彼の手をつかんだ。長く温かな指が握り締めてくる。「今日質に入れたの」かすれたしわがれ声が出た。「ジムのクラスの前に。六〇ドル。足元を見られたけど、あれを手放せるならこっちがお金を払いたいくらいだった」マーゴットは唾を飲みこもうとした。喉が詰まってひりひりする。「わたしを追いかけてるんだわ」

デイビーが手を貸して立たせてくれた。彼女は催眠術のように気味悪く揺れる動きをとめようとしたが、デイビーに手をつかまれた。

「指紋がついているかもしれない」穏やかに言う。「さわらないでおこう」

マーゴットはだらりと腕をおろした。デイビーの腕が腰にまわり、彼女はありがたく彼にもたれた。

「どうしてあのネックレスが嫌いなんだ?」

「話せば長いのよ」消え入りそうな声で答える。

「ああ、だろうな」とデイビー。「そろそろ話してくれてもいいんじゃないか?」

マーゴットはポーチの電球が落とす丸い光の向こうに広がる漆黒の闇をうかがった。「あいつが見てるかもしれないわ」

デイビーは彼女を家のなかへいざない、ドアを閉めた。「確認させてくれ。きみは今日あのネックレスを質に入れた。謎のファンがそれを買い戻し、ここの風鈴につけた。そういうことか?」

こくりとうなずく。歯ががちがち鳴りはじめていた。

「じゃあ、これで手がかりがつかめた」デイビーが言った。「いい兆候だ。だがこの時間も う質屋は閉まってるだろう。店主に話を聞くのは明日になるな」

「携帯電話の番号がわかると思う。わたしを口説こうとして受け取りの裏に書いたの」ジーンズのポケットをあさり、くしゃくしゃになった紙切れを出す。バート・ウィルクスと走り書きされ、その下の携帯番号に太い下線が引かれていた。

デイビーは自分の携帯を出し、ウィルクスの番号にかけた。マーゴットが電話に手を伸ばす。「あなたよりわたしのほうが話してくれるわ」

彼は無言で電話機を差しだした。マーゴットは呼びだし音に耳を澄ませた。十回、十二回……十八回。「出ないわ」

「電話帳を調べてみよう。シアトル周辺にバート・ウィルクスという名の男はそれほどいないはずだ」

ウィルクスの番号は載っていたが、呼びだし音が鳴るだけだった。マーゴットは電話帳に書かれていたセントラル地区にある住所をメモした。「自宅に行ってみるわ。彼が帰ってくるまで近くで待ってる。じっとしていられないもの」

デイビーは一瞬反論したそうに見えたが、うなずいた。「おれが運転しよう」

頭が真っ白で逆らう気になれなかった。彼女はマイキーを抱きあげ、ゾンビのようにぎこちなく玄関に向かった。

デイビーがキッチンで見つけたビニール袋を持って、すぐあとから出てきた。慎重にチェーンだけに触れてペンダントをはずし、袋に入れる。「さわらないようにしろ」袋を差しだしながら言う。「指紋検査をする人間を探してみる」

「心配いらないわ。さわらないから」マーゴットは怖気を振るいながら袋をバッグにしまい、彼のあとからトラックに向かった。

車内の押しつぶされそうな沈黙が、思考回路を妨げていた。彼女は話の糸口になりそうなとっかかりを見つけようとしたが、どの糸口もその先は複雑にもつれ合っている。妥当な糸口が見つからない。明快な中盤も。そして予想される結末も。

「それで？」デイビーが言った。

その口調に反論する気力がわいた。「〝この成績はどういうことだ？〟みたいな言い方はやめ——」

「これはもうりっぱにおれの問題でもあるんだ」とデイビー。「おれに警察に行ってほしくないなら質問に答えろ。いますぐ」

厳しい目つきが真剣さを示している。マーゴットはマイキーのなめらかな毛に指をすべらせて心を落ち着かせ、最初に頭に浮かんだ糸口をつかまえた。「九カ月前、クレイグ・カルーソという人とつき合っていたの」と口火を切る。「彼は生物測定(バイオメトリクス)技術企業の研究員だった」

「バイオメトリクス。生体認証のことか？ 指紋や網膜識別みたいな？」

「ええ」とマーゴット。「わたしはクレル・バイオメトリクス社のホームページ刷新を依頼された。もっといまふうで気の利いたものにするために。それがきっかけでクレイグと出逢ったの」

「じゃあ、それがきみの仕事だったのか」デイビーが言った。「ホームページのデザインが」

「話してなかった？」

「きみは何一つ話してない」かすかに非難がこもっている。

マーゴットは自分の膝を見おろした。「ああ、そうね。とにかく、しばらくはけっこううまくいってたのよ。でもそのうちようすがおかしくなった」

デイビーがどうとでも取れる声を出した。「『おかしい』とは？」

「クレイグは、すごくぴりぴりして神経過敏になったの」彼女は言った。「仕事を辞めると言いだした。会社は自分を利用していて、見張ってるって。結局、独立してオフィスやいろんなものを借りたわ。そんなある日、わたしが会議から早めに帰宅すると、わたしのベッドに見覚えのない女性用のパンティがあったの」腕の背で目をこする。「わたし、頭に来てクレイグの新しいオフィスへ行った。どんなに卑劣な人間か責めてやろうと思って。そうしたら……」うわずったため息が漏れる。「血を流した彼が天井からぶらさがっていたのよ。全身に鍼を刺されて」

デイビーが横目で彼女を一瞥した。「なんとまあ」とつぶやく。「そいつはキツいな」

「アシスタントのマンディは、半裸の状態で床に横たわっていた。もう死んでたと思う。わたしはクレイグのほうへ一歩踏みだした。そうしたら、ぱっ！　それで終わりだった」

デイビーが眉をひそめた。「終わりとはどういう意味だ？」

みぞおちの吐き気を押し殺す。「目が覚めたらモーテルの部屋にいたのよ。何時間もたってた。わたしは裸だった」

彼は冷水を浴びせられたような声を出した。

「頭がずきずきした。薬を打たれてたの」ぼんやりと続ける。「椅子の上にわたしの服があった。バッグも。銃がなくなってて——」

「銃で何をするつもりだったんだ？」

マーゴットはたじろいだ。「どうかしてたのね。その銃はクレイグがくれたものだったの。

わたしはああいうものは大嫌いだった。彼を振るついでに返すつもりだったのよ、でも……。とにかくわたしは服を着て、ふらつく脚でフロントへ行って誰がその部屋を取ってるのか訊いてみた。誰もチェックインしていなかったわ。モーテル側が知るかぎり、その部屋は空室だったの。誰も問題の人物を見かけていなかった。誰も名前を記帳していなかったし、その人物に鍵を渡した人もいなかった。わたしはそこまで幽霊に運ばれて裸にされたのよ」

「妙な話だな」デイビーが考えこんだようにつぶやく。

マーゴットは悲痛な笑い声をあげた。「妙なのはそのあとよ。わたしは受付係のジギーに電話した。彼はヒステリーを起こしてたわ。ジギーは心配になって数時間後にクレイグのオフィスへ行ってたの。そして気の毒なことに、そこで死体を見つけた。二人とも撃たれてたわ。何発も。至近距離から。ジギーは警察に通報した」

「それで?」

マーゴットはマイキーの毛をいじる自分の両手を見つめた。「警察は彼に、わたしとクレイグの関係に関する鋭い質問をたくさんしたそうよ。クレイグの浮気について。わたしが銃を持っているかどうか。わたしは短気かどうか。ジギーは利口な子だから、用心しろと言ってきた。警察は、わたしが二人を殺したと考えてるって」両手で顔を覆う。「このわたしがよ。二人の人間を惨殺できる人間とでも思ってるのかしら。信じられない。飼ってた猫を安楽死させなきゃならなかったときは、一週間泣き暮らしたのに」

マーゴットは彼からの合図を待った。何も来ない。

大きく息を吸いこみ、話を続ける。「そういうことよ。わたしはパニックを起こして逃げだした。警察から。誰だか知らないけど、わたしに濡れ衣を着せて服を脱がせ、あの部屋に運んだ人間から、あらゆる人から。途中で銀行に寄って、小切手で預金をすべて現金に変えた。それがメグ・キャラハンの最後だったわ。意気地のない行動だったけれど、すごく怖かったのよ」

「おれが同じ立場でもそうだっただろう」

マーゴットは彼に疑いの目を向けた。「あなたが？　まさか」

「ほんとうだ」

「弾道検査の結果、二人を殺害した銃はわたしのものだと証明された。わたしは警察に行くべきだったかもしれない。でも、姿を現わしたらクレイグを殺した犯人に捕まると思ったの。わたしは指名手配されてる自分のニュースを追ったわ。ちょっと老けた写真だった。現代版リジー・ボーデン（惨殺犯）」ふっとため息を漏らす。「わたしには家族はいない。友だちには連絡しないことにした。危険な目に会わせたくなかった。ジギーに迷惑をかけただけでも申し訳ないもの」

デイビーが彼女のむきだしの肩をそっと撫でた。「あのネックレスはどうしたんだ？」

「ああ、あれ」うんざりして言う。「モーテルで目が覚めたとき、つけていたの。犬の首輪か何かみたいにね。図書館やインターネットで出自や意味を調べてみたけど、何もわからなかったわ。わたしがいちばんぞっとするのは……」身震いが出る。

「なんだ？」彼の声はやさしかった。

「わたしは、犯人が戻ってくる前に目を覚ますはずじゃなかったのよ」マーゴットは言った。

「もし目覚めるのが一時間遅かったら？　きっと犯人は強盗かガソリンを入れるかしに出かけていたんだわ。わたしが残忍なモンスターから逃げられたのは、まったくの偶然だったのよ。そう思うと悪夢を見るの」

「偶然なんてものはない」デイビーが言った。「きみが逃げられたのは、モンスターに食われる運命じゃなかったからだ」

マーゴットは意を決して質問を口にした。「じゃあ、わたしを信じてくれるの？」

彼は長いあいだ返事をしなかった。マーゴットは息を詰めないように懸命に努力した。

「ああ」とデイビー。

簡潔な言葉に誠意がこもっている。涙がこみあげた。

不安定で無防備な自分の世界以外に評価の基準を得られたのは数カ月ぶりだった。それを彼がくれた。それだけで彼がいとおしい。マーゴットは鼻をすすり、きまずい場面をやりすごす話題をさがした。「じゃあ、クレイグを殺した犯人とスネーキーは同一人物だと思う？」

彼の顔が雄弁に語っていた。「きみは疑ってるのか？」

「そうでなければいいと思ってるの。疑いじゃなく」と首を振る。「だって、わたしは自分の足取りを消すためにあらゆる努力をしたのよ。重要指名手配犯というわけじゃないけど、ずっとヒッチハイクで移動したし――」

「なにをしたって？」怒ったように言う。「それがどんなに危険かわかってるのか？」

マーゴットの笑い声には、おかしさなど微塵も含まれていなかった。「何言ってるの。あんな経験をしたあとなら、ヒッチハイクなんて怖くもないわ。それに、わたしは運がよかったの。何も問題はなかった。みんないい人だったわ。相対的に言えば、怖い思いはしなかった」

デイビーが不満げにうめいた。

「ほんとうよ」と強調する。「わたしは完全に運に見放されてるわけじゃないの。ほら、マイキーを見てよ。この子よりすばらしい生き物がいる？」

自分の名前を聞き、マイキーはさっと立ちあがってマーゴットの膝に前足をかけた。デイビーがちらりとマイキーに目をやる。「その質問への返答は辞退する」

「得策ね」彼の冷静な超然とした口調を真似る。「それが得策だわ」

「話を戻そう」デイビーが言った。「ストーカーが始まったのはいつだ、二週間前か？　最近、それ以前の数カ月間と違うことをしたか？」

「そういえば、仕事関係の偽の照会先を買ったわ」ためらいがちに答える。「でもむかしの名前は使わなかった。ベルタウンにあるグラフィック会社に就職したの。ただ、その会社は十日後に全焼してしまったけれど。そのすぐあとだったわ、あれが……いやだ、まさかそんな」

「照会先だ」とデイビー。「それが向こうのアンテナにひっかかったんだ」

「でも、むかしの名前は使わなかったのよ」

彼は首を振るとトラックをバックさせて走りだし、マーゴットが衝撃的な新情報に慣れる時間を与えた。

「わけがわからないわ」やるせない思いでつぶやく。「わたしは誰も怒らせていない。何も盗んでない。お金持ちじゃないし、重要人物とのコネもない。地球を爆発させるコードが入ったマイクロチップを歯に埋めこんでもいない。ホームページをデザインしてるだけよ。そんなわたしがどうしてここまで誰かの関心を引くの？　わたしはそんなに特別な人間じゃないわ」

「おれは理解できる」

マーゴットはさっと彼を見た。「どうして？」

「おれははじめて会ったときからきみのことを考えていた」デイビーが言う。「きみは関心を引くために、歯にマイクロチップを埋めこむ必要はない」

マーゴットは乾いて膨れた唇を舐めた。「あら」とささやく。「まあ」

「自分の経験から、その男がきみに病的に執着するのに外的理由など必要ないと断言できる。マーゴット・ヴェッターという人間そのものが、充分な理由になる」

一分以上、何一つ返す言葉が思いつかなかった。「その、なんと言っていいか、ひねくれた褒め言葉にお礼を言うべきなのかしら。それともここで吐くべきなのかしら？」

彼の口元がひきつった。「おれのトラックのなかで吐くのだけは勘弁してくれ」

くすくす笑いが漏れた。「いやだ、なんで笑ってるのかしら？　おかしくなんかないのに。それに、やっぱり理解できないわ。なぜこんなふうにわたしをもてあそぶの？　犯人はいつでも好きなときにわたしを捕まえるなり殺すなりできるのに。邪魔する人間なんかいないのよ」

「いまはいる」デイビーが言った。

マーゴットは目をそらした。胸の奥で希望がふくらんでいく穏やかな感覚を味わうのは、まだ早すぎる。危険だ。わたしの人生におけるほかのすべてのように、いつなんどき突然変身して襲いかかってくるかわからない。

「医者には診てもらったのか？」やさしい口調でデイビーが訊いた。

「ええ」とマーゴット。「レイプされた形跡はなかった。それでもレイプされた気分なの。犯人といるあいだに、何があったかわからない。自分が何をしたか、何をされたかも。自分がそれをどう感じたかも。それがいやでたまらない。ぞっとするわ。そして無力感を覚える」

デイビーが木立の下で車を停め、彼女の手を握った。「そのモーテルの部屋で何があったにせよ、きみは精一杯やったさ」穏やかに言う。「きみは自分に忠実だった。間違いない」

一瞬、息ができなかった。笑おうとしたが、息が詰まっただけだった。「まあ、やさしいのね、デイビー。ミスター冷静沈着と話してると思ってたのに、突然すっかり感傷的になったのね。女に平静を失わせる悪魔的なテクニックじゃない？　男性向けの学校で教わったの?」

デイビーは彼女の手をさすった。「いいや。自分で考えたんだ」

マーゴットは彼に握りしめられている自分の手を見つめた。「あれ以来、男の人と一緒にいることすら考えられなかったの」消え入りそうな声で言う。「HIVやあらゆる性病の検査を受けたけれど、問題ないと言われたわ。少なくとも、肉体的には」

自分がたったいま口にした言葉が示すあからさまな意味に、動揺が走った。「別に、だからどうというわけじゃないけど」と言い添える。

デイビーがうなずいた。「この話題が出たついでに言っておくと、おれも最後に女性と関係を持ったあと検査を受けた。健康上は何も問題ない」

心地よいぬくもりに包まれた手が震える。

「だからどうというわけじゃないが」彼がぎこちなくつけくわえた。

「もちろんそうよ」あいまいに応える。

「タイミングが悪かったな。だがこの手の話を切り出すきっかけを見つけるのは簡単じゃない。きみがきっかけをつくってくれたから話しただけだ。気まずい思いをさせるつもりはなかった」

「気にしないで」マーゴットは言った。「気まずい思いなんかしてないわ。ちょっと驚いただけ」

「何に?」

「その……」声が割れ、ごくりと唾を飲みこむ。「あまりにも突飛な話だもの。あなたはシンプルな暮らしをしたいんだと思ってた。もしすべてを話したら、あなたは気が変わると思ってたの、もうわたしと……一緒にいたくないと」

彼は片手をあげ、マーゴットの下唇をそっと指でたどった。キスのように。「あてがはずれたな」彼が言った。「気は変わってない」

氷山を燃やせそうな熱いまなざし。マーゴットは赤面して顔を伏せた。

「無理強いはしない」とデイビー。「ほんとうだ。肩の力を抜け」

「肩の力を抜け？」彼女は言った。「もしほんとうに肩の力を抜いてほしいなら、そんなふうに熱いまなざしを向けるのはやめて」

彼の顔がゆっくりとほころんだ。「熱いまなざしを向けているつもりはない」

「ああもう。わざとやってるのね。承知のうえで」ぴしゃりと言う。「さあ、わたしがおじけづく前にウィルクスに会いに行きましょう」

デイビーはマーゴットを無条件で信用した理由を自分でも説明できなかった。ひょっとするとペニスのなせるわざかもしれないが、彼はそうは思わなかった。これまでペニスがこんな細工をしたことはない。

彼はつねに自分を信じてきた。それが彼の流儀であり、判断の基準だった。思考や感覚、感触すべてを魔法の機械に投入すると、反対側から本能的な結論が吐きだされる。それを信じることもあれば、信じないこともある。どういう仕組みになっているのかはわからない。彼にわかるのは、そうなるということだけだ。そしてこれまで唯一の大失敗は、結論を信じなかったときに起きた。

マーゴットはとんでもない厄介事に巻きこまれているが、彼女には援助を受ける資格がある。

バート・ウィルクスは、セントラル地区にあるなんの変哲もない小さなバンガローに住んでいた。雑草混じりの伸びすぎた芝生にはゴミが散らばり、二メートルほどの金網フェンスが周囲を囲っている。私道におんぼろの白いクライスラーが停まっていた。家のなかの電気がついている。

デイビーはマーゴットを自分の背後につかせ、芝生を横切ってポーチへ向かった。玄関をノックして耳を澄ませる。返事はない。

窓からのぞいてみたが、厚いカーテンがおりている。「裏にまわってようすを――」ずかずかと玄関を入って行くマーゴットを見て言葉が途切れた。

「ああ、くそっ」と毒ずく。「待て。マーゴット。やめろ」

彼はドアノブをぬぐって彼女を追いかけた。散らかり放題の室内はすえた臭いが漂い、ふぞろいな家具のなかで大画面テレビが妙にめだっている。低いテーブルとカーペットには、吸殻でいっぱいの灰皿やつぶれたビールの空き缶、ファーストフードの包みが散乱していた。

「バート?」マーゴットの声が震えている。彼女は大きく息を吸いこみ、大きな声で言いなおした。「バート・ウィルクス？　いるの？」

静寂の深さと重さに、デイビーの肌が粟立った。タバコと腐った食べ物のすえた臭いをしのぐかすかな悪臭を感じる。もっとおぞましい臭い。血なまぐさい臭い。

「何もさわるな。何か変だ」彼は言った。

「変じゃないことなんかあった？」マーゴットはぐるりと目をまわした。いつもの空威張り。だがウィルクスの居間の貧相なライトを浴びた顔は蒼白だ。彼女は毅然と胸を張り、颯爽とキッチンへ向かった。

デイビーはとっさに彼女を引きとめた。「待て。マーゴット。やめ――」

「嘘」何を見たのかマーゴットはあとずさり、壁にはね返ってデイビーにぶつかった。「そんな」

デイビーは彼女を支え、背後にまわらせてキッチンをのぞきこんだ。

ひどい。バート・ウィルクスと思われる男が、汚れたリノリウムの床で長身の体を胎児のように丸めている。まるで床で悶え苦しんだように、体の周囲には血をこすりつけた大きな筋がいくつもついてた。血まみれの片手を哀願するように差しだし、指は曲がったままこわばっている。

目を見開き、顔は黒ずみ、口は苦悶を浮かべて大きく開いていた。口と鼻から出たどす黒い血が、頭のうしろで血だまりになっている。

「質屋の店主か？」彼は訊いた。

「そうよ」マーゴットがかすれ声で答える。「ああ、気の毒に。ひどすぎる」

デイビーはウィルクスの横にしゃがみこみ、指先を喉にあてた。脈はない。当然だ。死んでいるとしか思えない。だがまだ冷たくなってはいなかった。彼は薄汚れたキッチンを見まわした。壁に取りつけた電話がはずれている。受話器は男から数フィート離れた場所に落ちていて、発信音が聞こえていた。哀れな男は助けを呼ぼうとしたのだ。

血まみれになっているぶかぶかのシャツの下をチェックし、周囲の血が傷からの出血か確かめたい衝動にかられたが、何も触れないことにした。それを確認するのは警察の仕事だ。地元警察と仕事上の円滑な関係を保つには、相手の気持ちを損ねないよう慎重に行動する必要がある。

「出よう」彼は言った。「どうやらここは犯罪現場のようだ」

マーゴットはおとなしくトラックまでついてきた。口に片手を押しあてている。デイビーが警察への通報を終えると、彼女が腕をたたいてきた。「わたしたちが家のなかに入った理由をどう説明するの？」

「説明しない」そっけなく答える。「おれたちは裏口をノックしようとして、窓から彼を見たんだ。他人の家に無断で入るわけがない。とんでもない話だ」

マーゴットはへらず口を返してこなかった。どうもおかしい。街灯のほうを向かせると、唇が青ざめてわななき、目に涙が浮かんでいるのがわかった。彼女は限界だ。ガス欠。

「トラックに乗っていろ」デイビーは口調をやわらげた。「警察の相手は、おれがやる」

例によってしばらく時間はかかったが、現われた二人の警官は感じがよかった。最近特定の盗品を扱ったかウィルクスに訊きに来たのだと説明すると、警官たちはその話を信じた。当然だ。まさにそのとおりなのだから。必要に迫られればポーカーフェイスで嘘をつけるが、あまり好きではない。たとえ半分真実が混じった嘘でも。

ようやくマーゴットを自宅へ連れ帰ったときはほっとした。不安そうに鼻を鳴らしてついてくるマイキーを従え、彼は家のなかへ彼女をいざなった。毛布でくるんでやってから紅茶を淹れ、砂糖とミルクをたっぷり入れてかきまぜた。彼女にカップを持たせ、中身を膝にこぼしそうになっている手を支えてやった。「少しでいいから飲め」

だが、彼女の手はしっかりカップを支えられなかった。マーゴットはすまなそうに微笑み、テーブルにカップを置いた。「呪いを信じる?」

彼はじっくり考えてみた。「きみが呪いをどう考えているかによる」彼は言った。「だが、はっきりしていることが一つある。おれは偶然は信じない」

マイキーがマーゴットの膝で鼻を鳴らした。彼女が応えずにいると、デイビーに顔を向けてソファに跳び乗り、期待をこめて黒い瞳を輝かせた。お調子者め。デイビーはマイキーの長い黒い毛と、自分の淡いグレーの家具に目をやった。

「やめろ」

マイキーはあっさり床に跳びおり、あきらめたようにデイビーの片足の上に体を投げだした。彼はマイキーを撫でてやり、まだ喧嘩の傷口が見えている毛を剃ったところに指を這わせた。マイキーがそれに応えて手を舐める。頭のなかで、ゆっくりとある考えがまとまっていった。「マーゴット？　スネーキーがきみのポーチに置いた犬はシェパードの雑種だと言ってたな？」

彼女が彼に目の焦点をあわせた。「たぶん」不安そうに答える。

「公園でマイキーを襲ったのは、どんな犬だった？」

じっと彼を見つめるマーゴットの口がわななきだした。「そんな、まさか。そんなことあるはずないわ。スネーキーはわたしのためにやったと思ってるの？　わたしの……気を引こうとしてると？」

口をつぐんでいたほうがいい。だが気づいたときは言葉が出ていた。「メッセージだったんだ」彼は言った。「たぶんラブレター。そう考えれば、バラの花びらの説明もつく」

マーゴットは膝に顔をうずめた。「わたしだけね」かすれ声で言う。「こんなラブレターをもらうのは、わたしだけだわ」

「これは糸口になる」デイビーは言った。

「ひどい糸口だわ」嚙みつくように言う。「ひどすぎる」

彼女がカップに手を伸ばした。カップのなかで紅茶がはね、デイビーは震える手を自分の両手で覆ってやった。「明日はきみも一緒に来るんだ」彼は言った。「おれは弟の結婚式に出ないわけにいかないが、きみを一人にしておけない。おれをろくでなしにしないでくれ。そうなりかねない心境なんだ」

彼女の青ざめた唇に笑みらしきものが浮かぶ。「信じるわ。今夜は逃げたくてもできないもの。そして逃げるつもりもない」そう言って彼に目を向ける。「ただ……」不安そうに声が小さくなった。

「なんだ？」尖った声で尋ねる。

「弟さんの結婚式に、ストーカーに狙われてる逃亡者を本気で連れて行きたいの？　わたしはお母さんに紹介できるような女じゃないわ」

デイビーは彼女の背に腕をまわした。「おれの両親には会わないよ。二人とも亡くなった。でも、紹介できたらよかったと思う。お袋はきみを気に入っただろう。そして親父は……」一瞬くちごもる。「親父は、立派でいわゆる普通の人間よりも、法律から逃れている逃亡者に敬意を払っただろう」

マーゴットは戸惑ったように眉間に皺を寄せた。「何？　どういうこと？」

「証拠だったんだ、親父にとっては」と説明する。「体制と戦っている確たる証拠。きみは邪悪な機械に燃料を供給している洗脳された愚鈍な働き蜂じゃない。きみは選ばれた反逆集団の一員だ。親父は大喜びしただろう。親父は……ユニークな人間だった」

マーゴットが首を振り、「まあ」とつぶやいた。「わたしが何より望んでいるのは愚鈍な働き蜂に戻ることだと知ったら、お父さまはがっかりなさったかしら？　それがいちばん大きな夢だと知ったら？」

デイビーは肩をすくめた。「そこまで話さなければいいのさ」

「わたしの母も亡くなったの」懐かしそうに言う。「母が恋しいわ」

「お父さんは？」

彼女はやけに長いあいだためらっていた。「よく知らないの。わたしが小さいころに亡くなった。さほど被害を及ぼす前に。あなたの家族に会いたかったわ」

「いまはおれと弟たちだけだ」

「それでも恵まれてるほうよ。弟さんがいるんだもの。わたしも弟がほしかったわ。大柄でたちが悪くて強面の弟が」

「おれの弟を使えばいい」と勧める。「二人とも必要とあればたちの悪い強面になる。それに、おれがやれと言ったことはなんでもやる」

彼女の笑みはあまりにやさしく無防備で、それはデイビーの心を貫いた。妙な痛みを覚えたが、不快ではない。「ありがとう、デイビー。やさしいのね」マーゴットが言った。「気の毒な弟さんたちは、あなたが影で、厄介事に巻きこまれている見知らぬ女に自分たちを下請けにだしたことを知ってるの？」

「二人とも他人を助けるのが好きなんだ」彼は言った。「そういうやつらなのさ。それに、きみはもうおれを手に入れてる。弟たちは援軍にすぎない」

マーゴットはじっと彼の目を見つめていた。哀しげな顔をしている。「わたしはあなたを手に入れてるの？」

デイビーは息が詰まった。「ああ、しっかりと」

二人は見つめあった。あたりの空気が緊張で震えている。デイビーの頭のなかで、やめろと言う声がした。頭を冷やせ、と。耳鳴りがひどくてその声が聞き取れない。マーゴットと戸口にたたずみながら、彼はあと戻りはできないと感じた。前進しかできない。彼女と一緒に。

そっと彼女を抱きあげ、ソファと低いテーブルのあいだの床に膝をついた。ソファに座らせて両脚を開かせ、お尻に手をあてて自分のほうへ引き寄せる。マーゴットの両脚が巻きついてきて、それに両腕が続いた。

彼は彼女の腰に手をまわし、胸に顔をうずめた。彼女の曲線が、自分の体の凹凸にぴったりフィットする。胸の奥が柔らかく不安定になっているのがわかる。ステレオキャビネットやテレビの画面に映る自分の顔を、ちらりとでも見る気になれなかった。

マーゴットは彼に手足を巻きつけ、筋肉が震えるほどきつく抱きついていた。彼の腕のなかでわななき、涙も出ないほど激しく震えながらこちらの顔に顔を押しつけて、首筋や肩にやさしくキスをしてくる。

とてもいい気分だった。このままずっと続けてほしい。

しばらくするとようやく彼女は落ち着き、デイビーの肩に頭をもたせかけた。彼は両手で抱きあげ、寝室へ運んだ。そっとベッドに横たえ、ふとんをかけてやる。

そしてベッド脇の椅子に腰をおろした。自分の慢性的な不眠はよく承知しているから、今夜眠れないのはわかっている。全身の細胞が覚醒し、興奮してうなりをあげていた。

オフィスへ行ってコンピュータの電源を入れ、役に立つ仕事をするべきなのに、どうしても彼女から目を離せなかった。自分のベッドほど安全な場所はないが、保証はない。十歳のときから、安全な場所など存在しないのは知っている。物は溶け去り、姿を消し、盗まれる。前触れも規則も法則もない。

バート・ウィルクスの得体の知れない死は、彼を心底ぞっとさせた。あれとマーゴットの野蛮な流血事件の話が合わされば、一晩じゅう目が冴えて当然だ。あれこれ考えたり、気をもんだりしながら。

運命はおれのベッドに彼女を導いた。そしておれは絶対に彼女を守る。今夜は怪物でいっぱいだ。

運にたよるわけにはいかない。

13

ファリスが乗った車はハイランド・パーク周辺の高級住宅街を走っていた。マーカスに教えられた住所は、ドクター・ノゾミ・タケダ――ワシントン大学で研究と講義を行なっている四十六歳の日系アメリカ人――のものだった。

やるべき仕事があるのがありがたかった。マーカスの怒りを思うと不安がつのり、自分の体をまともにコントロールできない。マーゴットを見失ってしまった。またしても。車につけたGPS発信機は彼女が自宅に戻ったことを示していたが、家は真っ暗でもぬけの殻だった。

マーゴットの粗末な小さな家のがらんとした室内を歩きまわっていたときは、水染みのついた薄っぺらい壁を拳で突き破りそうになったが、もっと拳を生かせる機会がじきに来るのはわかっていた。いまアザをつくらないほうがいい。

赤毛の天使はマクラウドの罠にはまってしまった。彼女は思ったより弱かった。ファリスはひどく失望した。猛烈な傷心と嫌悪感。彼女はもう清らかな存在ではなくなった。自分たちの愛は汚されたのだ。自分を変身させたあの光り輝く完璧性は、二度と取り戻せないだろう。

そして、彼女の愛で満たされていると思っていた悲鳴をあげる空ろな場所が、ふたたび悲鳴をあげている。黙らせなければ。なんとしても。

その方法は一つしか知らない。

ファリスはドクター・タケダの家から数ブロック離れた場所に車を停め、こっそりと徒歩で近づいた。建物は周囲の家から離れ、木立が格好の影をつくっている。彼は警報装置や番犬を警戒し、螺旋を描いて慎重に近づいていった。何もない。ばかめ。どんな目に会おうが自業自得だ。

テレスティックの先についた赤外線カメラを起動させ、松の枝のあいだにそっと通して二階にあるいくつかの寝室をはっきり捉えると、すぐに主寝室が見えた。ベッドに二つふくらみがある。よし。

裏のキッチンのドアにはピッキングもドリルで穴を開けることもできない錠にくわえ、かんぬきとチェーンもついていたが、どうせピッキング用工具をつかうつもりはなかった。音が大きすぎる。彼はドアの下から差しこんだ特注の工具を上に伸ばし、ほんの数分で内側からすべての鍵を開けて家のなかへ入った。

つかのまそこにたたずんで状況を把握する。テーブルにはキャンドルディナーを食べたあとがあった。脱ぎ散らかした服が廊下から階段へと続き、寝室が近づくにつれて素肌に近い服になっている。主寝室のドアは半開きになっていて、ノブからちっぽけなパンティがぶらさがっていた。ファリスは部屋をのぞきこみ、ベッドにふくらみが二つあるのを確認すると、影のように移動してほかの寝室をチェックした。タケダに子どもはなく、離婚条件で手に入れたこの家に一人住まいをしているが、念のために確認しておいても損はない。

闇のなかの影。死の陰。ファリスは幼いころ日曜学校で聞いたフレーズを思いだした。マーカスは弟が聖書の言葉を暗記できるように、彼独自の記憶法を教えてくれた。その言葉をファリスは一度も忘れたことはない。それは夢に織りこまれている。死の陰の谷。自分のなかの。

自分は死の陰だ。ひっそりとして目に見えない。避けられない。

ベッドのファリスに近い側に、ドクター・ヘイトの恋人であるドクター・タケダが全裸で横たわっていた。彼はそっと歩み寄り、廊下から漏れるかすかな光でドクターの裸身を見つめた。年齢のわりには見事なスタイルをしているが、自分の好みからするとやせすぎているしヒップも小さすぎる。もっとも、赤毛の天使に比べればどんな女も色褪せて見えた。

タケダの黒髪が枕に広がり、夢のなかで細胞生物学の謎を解こうとでもしているように眉間に皺が寄っていた。ファリスは持参した小瓶の栓を抜き、彼女の鼻の下で数秒瓶を支えていた。

それからベッドの反対側へまわり、ケイリクス研究所の新しい所長であるドクター・シーモア・ヘイトを見おろした。口を開けて熟睡している。五十代半ば、白髪混じりの髪、短く刈りこんだ顎鬚。密集した灰色の胸毛。開いた口が枕に押しつけられてゆがんでいる。体はずんぐりしているが、筋肉質だ。

父親のタイタスに似ている。郷愁が掻きたてられた。父が心臓発作を起こしたとき、ファリスは声をあげて泣いた。彼が鍼でしたことには、誰も疑いを抱かなかった。目に見えない死の陰。

彼は別の小瓶の栓を抜き、ヘイトの鼻の下にあてた——その瞬間、隠密に静かに行動する必要はなくなった。望めばヘビメタ音楽をかけながら仕事をすることもできる。これからは、どんなまぬけにもできる簡単な作業だ。リロイやカーレルにも可能なほど。

二人のことを考えたとたん、怒りと嫉妬が燃えあがった。どうしてマーカスは、自分を見捨ててあんな下っ端の豚どもに肩入れするのだろう？　自分は長年にわたって兄を喜ばせようと必死で努力してきたのに。それを思うと殺戮の欲求が芽生えた。ずたずたに引き裂き、嚙みついてやりたい。飛び散る血しぶき。

ファリスはなんとか自制を取り戻した。もし大事な計画を台なしにしたら、マーカスは決して許してくれないだろう。だが、マーカスの計画にはずっと前からいやけがさしていた。何か不手際があるたびに、自分が責めを負わされる。代償を払うのは、いつも哀れなファリスだった。

彼はライトをつけると、バックパックを下ろして三つの金属ケースを取りだした。どのケースにも柔らかい速乾性の成形用樹脂が詰まっている。ファリスはヘイトのぐんにゃりした毛深い右手を持ちあげ、封印紙をはがした樹脂に押しつけた。

くっきりした手形がついた。洗剤をひたしたティッシュでヘイトの手をぬぐい、樹脂が乾くのを待ってから同じ手順を二度くり返す。造作もない仕事。

それから荷物をまとめ、忘れ物がないことを確認した。仕事は終えたが、その場にたたずんだままベッドで気を失っている男女を見つめる。悲鳴をあげている穴を埋めるものがもっと必要だ。その欲求は性欲に近いが、口を半開きにして眠りこんでいるやせ細ったタケダにはそそられない。カーレルはケダモノだ。もしこの任務を与えられたのがカーレルだったら、きっと楽しんでいただろう。

だがファリスは違った。低俗なケダモノのようなセックスには嫌悪を抱く。自分の欲望は、もっと高度なものに反応する。ヘイトは殺せない。そんなことをしたら、マーカスの大切な計画が破綻する。だがマーカスは、ヘイトの恋人に手を出すなとは言わなかった。騒ぎを起こさないかぎり、自分の道楽にふけってもかまわないはずだ。誰にもわからない。タケダ本人にすら。

彼は眠っている女の横に座り、いとおしそうに体を撫でた。なめらかな肌。彼女は横向きになり、片手を頭の上に伸ばしている。とてもやせているので、あばら骨の一本一本がわかる。乳房は胸についた余分の肉の皺にすぎず、先端に褐色の乳首がついていた。

すぐにアイデアが浮かんだ。ファリスはリストバンドから鍼を引き抜いた。女の喉の両側に一本ずつ。一カ所の気の流れをせきとめ、ほかの場所の流れを高める。それから指先でのすばやい突き。第八肋骨と第九肋骨の中間。

タケダはびくりと体をひきつらせ、小さくあえいだが、目は覚まさなかった。女の体にはほとんど触れていないし、指先で突いた痕もほとんど残らないだろう。だが女の体に送りこんだ外傷エネルギーの衝撃波は、脾臓を破裂させるには充分だ。およそ三日で脾臓を覆う被膜が血液でいっぱいになる。その後は体内出血、急激な血圧低下、そして一巻の終わり。若くして謎に満ちた死を遂げる。気の毒に。

気分がよくなった。これでリラックスし、筋道だてて考えられる。ファリスは鍼を回収し、ライトを消して家を出ると、鍵をかけなおした。

次はマーゴットに関心を向けなければ。彼女の弱さに腹が立ち、マーカスが彼女に尋問することも以前ほど気にならなかった。彼女は罰を受けるべきだ。

彼女への尋問は自分がやろう。鍼を使って。裏切るとどうなるか思い知らせてやるのだ。自分は彼女にやさしくしようとしてきたし、そのせいで苦しんでもきた。彼女がすべてを台なしにしたとしても、自分のせいではない。

愚かな雌犬。自業自得だ。

マーゴットは混乱しながら目覚めた。ここがどこかは言うに及ばず、自分が誰かもはっきりしない。唯一わかるのは、疲れきってぐったりしていることだけだった。体がふわふわ浮いている。それに妙に居心地がいい。手足を伸ばして横たわる体の下には、柔らかい……え？　ベッド？　本物のベッドだ。とてもすてきなベッド。

彼女は寝返りをうってあたりを見まわした。ベッドはやけに大きくて、迷子になりそうだった。あっさりと家具がしつらえられた広々した部屋の大きな窓から月明かりが差しこんでいる。外には月光を浴びて輝く湖が広がっていた。そのとき、長身のデイビーの体が見えた。ベッドの近くにある背もたれがまっすぐなシンプルな椅子に腰掛けている。顔は影になっているが、緊張が感じ取れた。まんじりともせずに見張っているのだ。

冷たく暗い波のように、いっきに記憶がよみがえった。ペンダント。バート・ウィルクスの死体。戦慄が走る。

「眠れ」デイビーが言った。「何も心配ない。おれはきみを見守っているだけだ。もう一度寝ろ」

へえ、そう。わたしは命令には従わない主義なの。でもデイビーはまだ理解していないのだ。彼女は体を起こし、彼の表情を読み取ろうとした。何か言いたいが、胸のなかで渦巻いている支離滅裂な気持ちを言葉にするのは危険すぎる。

「きみに何かしてもらおうとは思ってない」彼が言った。「何一つ。だから少し寝ろ。おれが見張ってるから大丈夫だ」

その言葉で心がなごんだ。マーゴットは上掛けをはがし、ベッドをおりた。「ねえ、デイビー？　男の人からそんなにセクシーでやさしいことを言われたのは、生まれてはじめてよ」

彼の顔に一瞬笑みのようなものが走った。「そうか？」

「ええ。かっこよくて勇ましくて利他的。すてきだわ」タンクトップの裾をつかみ、引きあげる。「その台詞は、いつもこんなに効果を発揮するの?」タンクトップを頭から引き抜く。「そう言うたびに、女の子は服を脱ぎはじめるの?」

「いいや。これは特別だ。きみにしか言わない」

「すてき」大きくうなずき、ジーンズのボタンをはずしていく。「とってもすてきだわ。自分が特別な存在になった気分。女はそういうのに弱いのよ」

「お世辞を言ってるんじゃない」そっけない口調。「言いたくても言えない。今夜は無理だ」

ボタンにかけた手がとまった。「からかっただけよ」とためしに言ってみる。「なんの話をしてたんだったかしら? 変ね、忘れちゃったわ」

「おれは調子がいいときでも冗談を言うのは苦手だ。ましてや今夜は無理だ。妙な気分でアドレナリンが出まくっている。きみはベッドに入って目を閉じたほうがいい。そして口も」

厳しい口調に寒気が走った。両腕があがって胸を隠す。「ごめんなさい」彼女は言った。「あなたに気まずい思いをさせるつもりはなかったの。もしいやなら――」

「いやなわけないだろう」デイビーが怒鳴った。「きみを抱きたい。両手が震えてる。だがいまはひどく神経が高ぶっていて、リラックスできない。きみを傷つけたり怖がらせたりしたくない。だからおれを追いつめないでくれ。頼む」

まあ、やさしいこと。自分の欲望からわたしを守ろうとしている。ほれぼれするようなお馬鹿さんだわ。わたしへの欲望で彼の手が震えていると思うと……ああ。下半身がぞくぞく疼いてしまう。強烈な野生動物の感覚。パンサーウーマン。自分の咆哮が聞こえる。

抑えのきかない笑みが浮かんだ。マーゴットは腰を振ってぴったりしたジーンズをおろした。「わたしの秘密を教えてあげる」からかうような軽い口調を保とうとしたが、昂奮のわななきは隠しきれなかった。「普段はシンプルな白い綿のビキニブリーフを穿いてるのよ。でもあなたが周囲にいるようになってから、こういうちっちゃなレースのパンティを穿いてるの」

「そうか」彼が言った。

「どうしてかしら」わざと不思議そうな口ぶりで言う。「とっても穿き心地が悪いのよ。ちくちくするし、うしろの部分がずりあがって、いつもお尻の割れ目にはさまっちゃうの。セクシーなパンティって、悪魔の発明品だわ。ハイヒールと同じように」

「じゃあ、脱げばいい」

マーゴットはブラのホックをはずし、脇に放り投げた。パンティに指をかけ、腰を揺らす。左右に、前後に、まわすように。男のためにストリップをしたことはない。これまでセックスのことは淡々と捉えていたので、馬鹿げたゲームにする気にはなれなかった。でもいまは違う。

髪からクリップをはずし、胸を最大限に強調するプレイボーイ・バニーのポーズを取った。頭を振って髪をほぐす。ぞんざいにカットした髪のいちばん長い先端が肩に触れた。

「わたしもアドレナリンが出てるの」彼の脚に太腿をかけ、膝にまたがる。「でもあなたを傷つけたり怖がらせたりしたくない」

デイビーはかすれた短い笑い声を漏らし、両手でマーゴットのウェストをつかんだ。力のこもったその感触に、マーゴットは体をのけぞらせ、わなないた。「言っただろう」彼が言う。「おれは繊細じゃない」

「知ってるわ。わたしは好きよ。わたし、ときどき男の人を萎縮させることがあるの。一方的にしゃべりまくって、男性のやさしい気持ちを傷つけてしまうのよ。わかるでしょう？」

「こんなことをしてる場合じゃ――」ジーンズの上から彼を握り、硬くなったものをさするとあえぎ声で言葉が途切れた。

「でも」彼女は穏やかに続けた。「ここは萎縮してないみたいね。これっぽっちも」前に乗りだして唇を重ね、じっくりと濃厚にキスをする。舌を差し入れ、彼の舌を軽くはじいた。

「あなたのそういうところも好きよ」と続ける。「あなたはなかなか萎縮しない。わたしが好きなだけ小突きまわしても、あなたは平然と起きあがって、もっとやってくれとせがんでくる」

デイビーが体を引いて唇を離した。「ほかには？」

一瞬わけがわからなかった。「え？」

「おれのそういうところも好きだと言っただろう。ということは、ほかにもあることになる。それはなんだ？」

マーゴットは呆気に取られて言葉を失ったが、すぐに笑いだした。

「何がそんなにおかしいんだ？」

彼女ははデイビーの麻のシャツのボタンをはずしはじめた。「自分ではわからないみたいだから」彼女は言った。「これから教えてあげるわ」

「おい。本気なのか？」

麻のシャツを肩からずらし、袖口のボタンに取りかかる。「言葉にしないと伝わらないの？　どうすればわかってもらえるのかしら。縛りつければいい？　力ずくで襲う？　なんでも言ってちょうだい。なんでもできそうな気分だから」

「単刀直入に答えてくれればいい」彼はマーゴットの手から袖口を引きぬき、自分でボタンをはずして床にシャツを放り投げた。「それだけでいい」

マーゴットは一瞬くちごもった。「そんなに厳しくしないで。このところ、わたしの人生はすごく悲惨で厳しいのよ」

「あきらめろ」とデイビー。「気を楽にしたいなら、おれに求めても無駄だ。特に今夜はな。さあ、言ってみろ。単刀直入に。決意のほどをはっきり聞かせてくれ。今夜おれとセックスしたいのか？」

「コンドームを持ってる？」

「サイドテーブルの抽斗にある」

「じゃあ、イエスよ」彼女は言った。「わたしをいい気持ちにさせて」

「オーケイ」デイビーがつぶやく。「それならまかせろ」

ああ、ついにやってしまった。わたしは渦に飛びこんだのだ。

彼の両手が腰にまわり、ヒップのふくらみを辿るように素肌の上をすべっていく。そのやさしい感触に全身がぞくぞくし、彼に触れられたあらゆる場所が火花を散らしているようだった。マーゴットは彼の顔を両手ではさみ、いつものように自分から大胆にキスをした。それに応えてデイビーも口を開き、二人の舌が触れ合う。

軽い触れ合いの思いがけない濃密さに、マーゴットは虚をつかれた。全身がかっと熱くなり、身震いが走る。

けれど震えたりしたくない。おどおどしたり赤面するのはいやだ。デイビーのような男性が相手のときは、全身全霊で打ちこむ必要がある。彼に大きな声を出させたい。恐れを知らないアマゾネスのクイーンのように彼を圧倒し、われを忘れさせたい。いくばくかの満足感を得たい。自分の思いのままに。

でもそんなことにはなりそうにない。最初はただのキスだった。そのときは裸で彼の膝に乗り、暖かくセクシーな唇を奪って無敵のセイレーンになった気分だった。でも次の瞬間、わたしは彼に唇を奪われ、キスの主導権を失っていた。彼に対する主導権も、自制も何もかも。彼はあっさりとわたしを支配している。楽々と、完全に。

彼の片手がヒップの割れ目をおりてゆき、大切な場所を隠している巻き毛の上を辿っている。そのかすめるような軽い感触に、えもいわれぬ快感が全身を駆け抜けた。こちらの腰にあてた彼の手に力が入り、潤った襞を押し分けて指が入ってくる。

巧みな指が動くたびに、快感が解き放たれてゆく。マーゴットはなすすべなくうっとりと身を震わせた。デイビーが立ちあがり、マーゴットも立たせると、ベルトをはずしながら彼女をうしろに押した。マーゴットはバランスをくずしてベッドに仰向けに倒れこんだ。わたしは露骨に彼を挑発した。けれど彼がこちらの言葉を真に受けたとたん、恐ろしくなっている。こんなのばかげてる。こんなことはしたくないし、わたしはこんな人間じゃない。そこまで考えたとき、ベッドの上であとずさっていた彼女の背中がヘッドボードにあたった。マーゴットは胸に膝を引き寄せて縮こまり、怯えた処女のように身を震わせた。

デイビーがジーンズを脱ぎ、ベッドにあがって近づいてきた。暗闇のなかに大きな体が浮かびあがっている。彼が両膝に手を置くと、ぬくもりと快感が太腿を駆けおりてあえぎ声が漏れた。彼はすばやく横に移動し、なめらかな動きでサイドテーブルの抽斗からコンドームを出すと、ぱちりとライトをつけた。

制止するひまもなく、マーゴットは眉をしかめて両手で顔を覆った。「電気はつけないで」

「だめだ」そっけない拒否の言葉に彼女はたじろいだ。「きみのすべてを見たい」

わたしはすべてを見られたくない。血走った目も、わななきがとまらない青ざめた唇も。電気がついていたら、アマゾネスのクイーンを演じたりできない。真に迫った演技はできない。

それに、何より彼の大きさに馴染めない。デイビーはものすごくゴージャスだ。たくましい厚い肩、きらきらした胸毛に覆われた、どこまでも続いていそうな広い胸。あの腰の筋肉の隆起を、指先や唇や舌で隅々までさぐりたい。そして、濃い金髪の茂みからなんのてらいもなくそりたっているペニス。マーゴットは顔を赤らめて視線をそらせた。もう触れたことがあるのに。味わったのに。彼女はヘッドボードを背にいっそう縮こまり、彼から隠れようとした。恐れてでもいるように。

でも彼を恐れてはいない。過剰なカリスマ性はさておき、彼は悪い人間ではない。それには確信がある。

わたしが恐れているのは、自分の気持ちだ。これほどのめりこんだことはない。クレイグのときは断じて違ったし、それ以前の相手に対してもそうだった。

少女時代に失恋してから、男性を真剣に受けとめたことはない。だいたいにおいて、男は滑稽な生き物と捉えていた。ろくでもないことを考えたときはいささか面倒で、ときにはちょうどいい気晴らしとして、ときにはとても楽しい相手として。それでも、いつか心から愛せる人を見つける希望を捨てたことはなかった。

けれど、男に夢中になりすぎるのは過ちだ。なんとも気の滅入る悲しい事実だが、こちらが求めれば求めるほど、男の気持ちは冷める。残酷な公式ではあるが、わたしはそれと折り合いをつけるすべを学んできた。

デイビー・マクラウドは、その公式をくつがえしている。

「何を怖がってるんだ？」彼が訊いた。「きみが望んだことだろう」

マーゴットは微笑もうとしたが、唇がわななないて笑みにならなかった。「恥ずかしいの」

かすれ声で言う。「それだけよ」

デイビーが一方の膝にキスをしてきた。それから反対の膝にも。唇はとても暖かくて柔らかい。膝に置いた手が太腿へとすべりおりてゆく。その手が通ったあとに、とろけるような激しい快感が走った。

「震えているのは怯えてるからか？　それとも感じてるからか？」

「両方よ」正直に答える。

潤った襞を指先がかすめ、マーゴットは突然の快感にびくっとした。「怖いと興奮するのか？」

またただ。彼はわたしの頭のなかをのぞきこみ、自分でもその存在に気づかなかった秘密をさぐっている。そう思うと息が詰まり、動揺で胸が高鳴って息ができなくなりそうだった。

「違うわ！」彼女は鋭く言い返した。「さっきの言葉は撤回する。怖がってなどいない。ぜんぜん。あなたなんか怖くない。そんなふうに考えるのはやめて」

「わかった。もう考えない」彼の両手は太腿の上のほうを撫でている。「やめてもかまわない。きみがそうしたいなら」

かすかに不安が見て取れる。マーゴットは気が楽になった。少なくとも彼も葛藤しているのだ。彼女は首を振った。「やめたくないわ」

デイビーが目をつぶった。「ありがたい。あんなことを言うのがどれほど大変だったか、きみには想像もつかないだろう」膝をしっかり抱えこんでいるマーゴットの手を引き離し、自分の唇へ持っていってキスをする。手のひら、手の甲。「肩の力を抜け」

マーゴットはうなずいたが、しゃべる勇気がなかった。彼の手が膝の下に入ってきて、脚が伸びるまで引っ張られた。そして、脚を押し開く。

マーゴットは息をあえがせながら彼を見つめた。両脚のあいだにひざまずく彼の鋭い視線に秘密の場所をさらしていると、かつてないほど自分がむきだしになった気がした。太腿のあいだが熱く疼いている。彼の視線を浴びていると、これまで男にされたどんな愛撫より体がほてった。

「すごい」彼がつぶやく。「きみは完璧だ」

以前のわたしなら、おべんちゃらには皮肉を返していただろう。でもデイビーの声は張り詰めている。場慣れした浮気者の台詞ではない。真剣な声。おののいていると言ってもいいほどの。

デイビー・マクラウドがおののく？　思わず笑いが漏れそうになる。「ありがとう」マーゴットは思いきって口に出した。「完璧にはほど遠いわ。でも褒めてくれてありがとう」

デイビーが腹のふくらみや脇腹をそっと撫でてくる。彼女は彼の汗ばんだ熱い胸に両手をあてた。両手で乳房をつかんで乳首を転がされると、むずむずする感覚に体がのけぞり、ため息が漏れた。

彼はまたがるように両手両膝をつき、みぞおちや脇腹にやさしくキスをしてくる。そのまま舌が乳房に移動し、やさしく、けれど飢えたように舐めてゆく。マーゴットは彼の背中に爪を食いこませた。貪欲な口が移動したあとの乳房がきらきらと輝き、彼の口はあらゆる場所へ向かってめまいがするような快感の渦を巻き起こしている。

マーゴットは彼の背中に手をまわし、なめらかな豊かな髪に鼻をこすりつけた。「変な気持ち」とささやく。「あなたといると」

「どうして？」デイビーが太腿のあいだに手をすべりこませてきた。

無礼な動きをする手に片手をあててとめ、もう一方の手を彼の頬にあてる。指先に紙やすりのようなセクシーな無精髭が触れたとたん、言おうとしていたことが頭から掻き消えた。それを無理やり引き戻す。「あなたがすごく大きいからだと思う」彼女は言った。「わたしは背が高いし、やせっぽちでもない。でもあなたといると、華奢（きゃしゃ）で小柄な小娘になった気がするわ。そういう気持ちには慣れてないの」

デイビーはマーゴットの広げた脚のあいだにくつろいだようすで横たわった。「おれといれば安全だ」

「へえ、安全？　それで、安全ってどういう意味？　安全なんてものはないのよ。あなただってわかってるでしょう。普通がないのと同じよ」

彼は体を下にずらし、太腿への濃厚なキスで彼女の質問に答えた。それから茂みにキスをし、ゆっくりと確実に円をせばめながらいちばん敏感な場所に近づいていく。思うままに時間をかけ、マーゴットが不安になるほど切羽詰まるまでじっくりと長引かせてから、ようやく襞のあいだに舌を差し入れ、やさしくつぼみをはじく。やわらかく円を描く動き、かすかに触れる歯、軽くはじく舌先、そして……ああ、すごく感じる。押さえつけられて震えていた快感が沸きあがり、あっと言う間に激しいオルガスムが訪れた。とてつもない快感で体が痙攣する。わたしは安全なんかじゃない。すごく怖い。想像もしたことがないほどむきだしにされ、彼の唇や舌や手に触れられるたびに悦びの悲鳴をあげている。

もうだめ。これ以上耐えられない。マーゴットは懸命に彼を押しのけ、必死で逃れようともがいた。

デイビーがその手をつかみ、震える太腿を大きく広げたまま肘で押さえこんだ。「どうした？」厳しい口調で訊く。「痛いのか？」

「いいえ……違うわ」声が割れた。「無理なだけよ……無理」

「感じるのが怖いのか？　なぜだ？」

「わからない」息が詰まり、唇を舐めて話し方を思いだそうとする。「どうしようもないの」

「でも、よかったんだろう？　きみはイッたじゃないか」

「ええ」あえぎながら答える。「ええ、そのとおりよ。ただ……よすぎるの」

デイビーは何か考えているように目を細めて彼女を見つめていたが、やがて体を上にずらし、震えるマーゴットに覆いかぶさった。

「もしそれできみがイクなら、やめる気はない」

まともな返事を返そうとしたが、感電したように体が震え、自分では抑えられない。理不尽、不条理。

「きみは抵抗したいんだな」ゆっくりと彼が言った。「違うか?」

マーゴットは容赦ない彼の重みを押しのけようとした。「わたしにわかるわけないでしょう?」と怒鳴る。「ベッドで怯えたことなんか一度もないんだから。あれこれ問い詰めるのはやめて。わたしを分析しないで。手を放してちょうだい」

「だめだ」彼が言った。「好きなだけ抵抗すればいい。だが勝つのはおれだ」彼はマーゴットの両手首を押さえつけ、ふたたび唇を重ねてきた。

たしかにそうだ。どれだけ抵抗しても、わたしはたくましい彼の体にあっさりと押さえこまれ、ばらばらにされてしまう。

時空が渦を巻いて官能の霞になっていく。熱いキャラメルシロップが溶けたアイスクリームにからまるように。そして彼は飽くことなく貪欲にそれを舐めている。快感の衝撃はどれもかつて経験したことがないほど強く、それでいて毎回いっそう甘美になっていた。果てしなく続くわななくような悦び。筋肉が震えるほど抵抗しているのに、快感のうねりが次つぎと押し寄せてくる。リラックスなどできない。ほんの一瞬でも力を抜いたら、体がばらばらになってしまうだろう。この世から消えてしまう。

デイビーは汗ばんでわななくマーゴットの体にのしかかり、キスをしながら長い指を彼女のなかに入れてくると、彼女すら知らなかった場所を押した。びくっと体が痙攣し、彼の指を締めつける。

「そこまで抵抗して、何を守ろうとしているのか知らないが」彼が言った。「抵抗すればするほど、おれはほしくなる」

マーゴットは首を振り、彼の言葉の意味を理解しようとした。「何がほしいの?」

「わかってるはずだぞ。すべてだ。きみのすべて。きみがこれまで男に与えなかったすべて。おれはそれがほしい」

彼の指が押しこまれ、まさぐり、奥へと突き進む。リズミカルなセックスの動きのように。腰を突きあげてあらゆる動きを受け入れるうちに、やがてマーゴットはふたたび絶頂へとのぼりつめ、延々と続く身震いの波に襲われた。

「きみをほんとうに手なずけた男はいなかったはずだ」考えこんだようにデイビーが言う。「きみは山猫だ。パンサーウーマン。長いあいだきみを押さえつける体力がある男はそうはいない。きみとのセックスはワークアウトだ」

「得意にならないほうがいいわよ」とぴしゃりと言い放つ。「調子に乗ってると、身の程を思い知らせてやるから」

「いいとも、どうぞやってくれ。おれをひざまずかせてみろ。おれはきみを手なずける方法を知ってる」デイビーが体を下へずらした。

マーゴットはなんとか両肘をつき、彼の髪に指を入れた。「少し休ませて」息切れしながら言う。

「休む?」からかうように舌で襞を撫でられ、彼女は息を呑んで彼の顔を押しのけようとした。「いいや、だめだ。まだ終わってない。おれに抵抗する力が残っているあいだはな」

「そんなの変態じみてるわ」

「ああ、なんとでも言ってくれ。おれはこれまで変態じみたことは一度もしたことがない。きみがそうさせてるんだ」

「でも、頭がおかしくなっちゃうわ！」

デイビーはにやりとほくそえんだ。「そうなりたくないみたいな言い方だな」

「いやじゃないわ。抑えがきかないだけ。きみはすごい。とめられないんだもの、その……」

「イクのを？」笑みが広がる。「きみはすごい。おれは途中で回数がわからなくなった。これほど反応がいい相手ははじめてだ。すばらしい」クリトリスを舌ではじく。「さあ、もっとイクんだ」

マーゴットは身悶えし、甘美な感覚にあらがった。「いつもはこんなじゃないのよ」と言い返す。「こんなふうになったのははじめて。自分でするときだってならなかった。あなたのせいよ。あなたの何がそんなに違うのか、わからない――」

「きみを味わってるんだ」茂みに熱いキスをし、念入りに唇をすりつける。「じっくり時間をかけて。きみを丁寧にもてなす。それがそんなに変か？　どうして腹を立てることがある？」

適切な返事は一つも思い浮かばなかった。マーゴットはただそっと彼の頭を押しのけた。「お願い」かすれ声で言う。「ほんとうに。ちょっと待って。これ以上は無理よ」

デイビーが顎をぬぐった。「いま?」耳を疑っている声。「いまやめたいのか? まだ序の口だぞ」

「いいえ。ううん、そうよ」とくちごもる。「少し落ち着く時間がほしいだけ。あなたを中途半端な状態で放りだす気はない。ちゃんとイカせてあげる。あなたをイカせるのは好きだもの。でもこれ以上ばらばらになるのは耐えられない」

デイビーはあたりを探ってコンドームを手に取ると、包みを噛み切って口に残った破片を吹き飛ばした。「絶対だめだ」

彼の口調にマーゴットは目を見開いた。「怒らないで。わたしはただ——」

「言ってる意味はわかる。そんな戯言をおれが信じると思ってるのか? ここで手を引いて、きみが砦を築き直すチャンスを与える?」コンドームをつけている。「そんなことをしたら、きみはまた強気の女に戻って、自分は何も必要としていないふりをする」

ぽっかりと口が開く。「でも別に……わたしはただ……」

「きみのことはよくわかってるんだ、マーゴット」彼はマーゴットを枕に押しつけた。「おれは手を引いたりしない。きみには気が変わったと言うチャンスがあった。おれが何度もチャンスを与えた。だからもうあきらめろ」

「考えすぎよ」と言い返す。「わたしは頼んだ覚えはないわ。あなたに——」柔らかい襞に大きなペニスの先端が押しあてられ、言葉が途切れた。するりと入ってくる。「ああ、デイビー」

「おれはきみがよくわかってる。ここでみすきみを逃がすほどばかじゃない。だから黙っておれを受け入れろ」

マーゴットは自分にのしかかる大きな熱い体に圧倒されていた。太いペニスが抵抗をはねつけて押し入ってくる。すっかり潤っているにもかかわらず、蹂躙されているような気がした。

デイビーが動きをとめ、体を浮かせた。「やれよ」挑発するように言う。「抵抗しろ。したいんだろ？」

彼の口調が気に障る。「いじわる」マーゴットは胸に手をついて押しのけようとした。その瞬間、彼の作戦に気づいた。もがけばもがくほど、彼は奥まで入ってくる。マーゴットは怒りと快感の激流に息を切らした。自分の体が彼を締めつけ、その一つ一つの動きに彼が応える。いつしか彼女は抵抗することも忘れ、彼の動きに合わせて腰を動かしていた。

デイビーの勝ち誇った笑顔に、マーゴットはかっとした。「好きなんだろう？」彼がこっそりと耳打ちする。

「陰険で、押しつけがましい、卑怯者」息を切らしながら言う。「得意げな顔をしないで」

「やめてほしがってるとは思えないぞ」

マーゴットは彼の胸をたたいた。デイビーは彼女の両手をつかみ、頭の両側に押さえつけた。「おれを殴るのは、なんの合図だ？　もっと激しく責めてほしいのか？　こんな……ふうに？」

絶え間ない快感の疼きを炸裂させる不思議な場所にペニスを押しつけられた感触に、マーゴットは叫び声をあげた。「あなたなんかきらいよ」

「おれはきちんと決着をつけたいだけだ」声がかすれている。「きみもわかってるはずだ。おれはぴったり合ってるのがわかるからな。根元まで全部。きみはおれを包みこんでる。すごく熱くて潤っている」

絶対おかしい、いつもと逆だ。こんなセックスはわたしの流儀じゃない。下に組み敷かれるなんて。わたしは上になるほうがずっと好きだし、いつもそうしてきた。押しつぶされてあえいでいるのは腹立たしいし、そもそもまっとうなクライマックスを迎えたかったら、自分でペースや角度をコントロールするしかない。

けれどデイビー・マクラウドが相手だと、クライマックスを迎えることはこれっぽっちもむずかしくない。むずかしいのは、まともなことを考えられるようにクライマックスを我慢することだ。彼の角度は完璧で、ペースは申し分ない。大きなものに激しく貫かれるのは、このうえなくエロティックだ。

突かれるたびに、体がとろけてゆく。彼女は自分の変化に気づきもしなかった。数え切れないほどくり返されたさざ波のような快感の揺らめきからゆったりとわれに返り、身動きできないほどぐったりと横たわったとき、自分が消えてしまいそうな恐怖が消えていた。もう抵抗はしていなかった。いつやめたかも覚えていない。彼の勝ちだが、疲れと恍惚感からそれにこだわる気にもなれなかった。

デイビーがじっと見つめていた。どんな顔をしていいかわからないような変な表情をしている。マーゴットは手を伸ばし、彼の背中に腕をまわした。「ねえ、あなたはイカないの?」

「イクとも」彼はキスをし、マーゴットのぽってりした下唇をゆっくりと愛撫した。「おれに脚を巻きつけろ」

マーゴットはおとなしく指示に従い、しっかりと抱き合って前後に揺れながら悦びのため息を漏らした。「いつ?」と尋ねる。

「きみが満足したら」彼があっさり答えた。

「あら」彼の顔を引き寄せてキスをする。「そういうことなら、わたしは満足したわ。あなたが言ったとおりだった。すばらしかった。あなたはすごいわ。これでいい?」

デイビーがうなずいた。そしてマーゴットの腕のなかからするりと身を引くと、彼女が戸惑っているうちにベッドに膝をつき、マーゴットの両脚を持ちあげて大きく開かせた。

「デイビー?」マーゴットは腕を差しだした。「戻ってきて――」

「だめだ」そっけなく言う。

そしてぐっと貫いてきた。超然とした険しい顔をしている。つかのま見せた無防備な雰囲気は掻き消え、マーゴットは置き去りにされていた。

彼女は肘をついて起きあがり、執拗に責めてくる彼の腕をつかんで体を支えた。首筋の筋肉が浮きあがり、顎をこわばらせているデイビーは、苦痛をこらえているように見えた。きつく目をつぶって腰を前後に激しく動かしている。わたしを見たくないし、自分を見られたくもないのだ。それを見ると、孤独感に襲われ裏切られた気がした。これほど密接に繋がっているのに、ひどく距離がある。彼は息が詰まったような声を出すと、さっと頭をのけぞらせて身をよじるオルガスムに達した。

マーゴットは彼を引き寄せてしっかりと抱きしめた。でもデイビーは、すでに彼女の手が届かないはるかかなたに遠ざかっていた。

14

あわやというところで崖っぷちで踏みとどまる。そんな気分だった。めまいがするほどのパニック、いったいおれは何をやってるんだという思いが脳裏で炸裂する。デイビーはきつく締めつけてくるマーゴットのなかからゆっくりとペニスを抜き、彼女の目を見ないようにしながらしなやかな手足から抜けだした。

いまの気持ちは悪く言うには幸福感に近く、よく言うには恐怖に近かった。これに対処するには、自分をしっかり掌握するまで口をつぐんでいるしかない。

彼は寝返りを打ってベッドを出ると、マーゴットに背中を向けたままコンドームをはずした。

背後でマーゴットが起きあがった。気まずさから訊けずにいるのはわかったが、彼はどう答えていいかわからなかった。自分は最後の瞬間に退却し、彼女を傷つけたのだ。故意にやったことではないものの、それでも自分にいやけがさす。

「デイビー?」彼女が言った。「あなた——」

「こいつを始末してくる」大丈夫かと訊かれる前に、急ぎ足でバスルームへ向かう。大丈夫だと嘘をつくしか手はないが、言葉とは裏腹な表情で見えすいた嘘を言うのはむずかしいし、どうせ態度でばれてしまうだろう。それにこの気持ち。こういうものは苦手だ。何も言えない。こんな気持ちにならない方法を長年かけて習得してきたのに、すべての努力が無駄になっている。

バスルームから出て行くと、マーゴットがベッドの縁に腰かけて待ちかまえていた。乱れ髪で頬を紅潮させた全裸の彼女は、たまらなくゴージャスだった。腹を立て、おれをこっぴどく責めようとしている。当然だ。おれのワイルドキャット。

いっきにペニスが屹立した。

彼女の目が丸くなる。「まあ、ずいぶん早いのね」

デイビーは肩をすくめた。

彼に答える気がないとわかると、声が喉に詰まる。マーゴットは柔らかそうな喉を大きく動かしてごくりと唾を飲みこんだ。「ベッドに戻る気はあるの？」

デイビーは引き締まった豊かな胸を見つめた。彼女の体の曲線と影、キスでぽってりと膨らんでいる赤い唇を。もし彼女とベッドに入ったら、あっと言う間にまたのしかかってしまうだろう。今夜はもう度を超している。退却したほうがいい。おたがいのために。

「おれは仕事をしてくる」彼は言った。「きみは寝ろ」

「寝ろ？」マーゴットの爛々と光る目が細くなった。「頭がどうかしてるんじゃない？　わたしを放っておくつもり？　このまま？」

「きみは満足したと言ったじゃないか。もうセックスはなしだ。おれは――」

「つべこべ言わずにここへ来て。さあ」彼女が尊大に片手を差し出すと、デイビーは磁石のように引き寄せられた。まぬけなペニスに引きずられるように。マーゴットが片手でペニスをつかみ、もう一方の手を彼の腰にまわして自分のほうへ引き寄せる。

「怖気づいてるの？」マーゴットがとがめた。「わたしには、砦を築かせないとかさんざん自分本位なことを言ったくせに」

「そうじゃない」むっつりと答える。「おれはここにいる」

「へえそう？　何万キロもかなたにいるわ。ここがりっぱに硬くなってても、あなたの態度は氷みたいに冷たい。わたしをばらばらにしておいて、自分がイッたら置き去りにしたじゃない。気づかないとでも思ってたの？」

「おれは別に――」

「受けて立とうじゃないの」きっぱりと告げる。「このまま黙って見過ごすもんですか」彼女は両手でペニスをつかみ、前に屈みこんだ。膨れあがった先端に舌が巻きつき、強烈な快感が巻きおこる。

デイビーはあやうく床に膝をつきそうになった。「くそっ、マーゴット。やめろ。そんな――」

「なぜ？」彼女はいたずらっぽく輝く目でちらりと彼をうかがい、すぐにまた先端をこまやかに愛撫しはじめた。

デイビーは彼女の肩に手をかけて体を支えた。マーゴットはさらに彼を引き寄せると、両手で乳房を持ちあげ、暖かいビロードのような谷間にペニスをはさんだ。乳房のあいだから紅潮した先端が突きだし、にじみだした露で光っている。

薄のろのペニスは大喜びしている。自分以外の体の意見には無頓着で。

「このままイカせてあげましょうか」彼女が言った。「それともベッドに横になって、わたしにしてくれたようなことをしてあげてもいいわ。あなたはなんて言ってたかしら？　味わう？　ゆっくり時間をかけて、丁寧にもてなすのよね？」

「きみがどれほどオーラルセックスが上手かは、もうわかってる」

「あら、あれはもうむかしの話よ。あなたはもう一度、五つ星のオーラルセックスを受ける権利があるわ。あなたはすばらしいもの、デイビー。わたしだってそれをはっきりさせなくちゃ」

「これは勝ち負けを決めるゲームじゃない！」

マーゴットははっとしたように身を引き、「まあ」とつぶやいた。「ユーモアが苦手だと言ったのは、嘘じゃなかったのね」

彼は洗濯物の山からスウェットパンツをつかみ、憤然と脚をとおした。「おれは冗談は言わない」

「そう、わかったわ。ごめんなさい。笑顔はなし、冗談もなし、笑い声もあげない。真剣にやるわ。断じてあなたをからかったりしない」

デイビーは無性に腹が立ち、思わず両手を振りあげた。「ちくしょう!」

「ゲームじゃないとは言わせないわよ」勢いこんで言う。「あなたは言葉巧みにわたしを油断させ、そのあげくさっさと姿を消そうとした。色男のデイビー・マクラウド。女を夢中にしておいて、自分は汗一つかかない」

デイビーはそそり勃つ自分のものと震える両手を見おろした。「汗はかいた」むっつりと言う。「それは間違いない」

「まったく。さっきの行動で多少は影響を受けたと認めてくれて、うれしいわ」

「きみに影響されるんだ」彼は言った。「きみはおれの判断力に影響を与える。さもなければ、こうなってはいなかった」

「『こう』って?」マーゴットが問い詰めた。「わたしみたいな哀れな女と関わるはめになったのは、狂乱するほど猛烈な欲望で判断力が狂っただけだと言いたいの?」

正直に答えるしかなかった。「そういうことだ」

彼女の顔に起きた変化は、胸が痛むものだった。怒りの紅潮が薄れて青白い顔になり、爛々と輝いていた美しい瞳に突然ベールがかかった。あたかもライトが消えるように。みぞおちが疼き、冷たいしこりになっていく。

マーゴットはシーツを引きあげ、彼から目をそらせた。「わかったわ」押し殺した声で言う。「好きなだけ仕事をしに行きなさいよ。ルールはわかってきたから。二度とあなたの狭い快適空間に踏みこんだりしない」

デイビーは窓から椅子を放り投げたかった。「おれはただ状況をしっかり……」ふさわしい言葉をさがして声が小さくなる。

「コントロールしたいだけ」マーゴットが彼のせりふを締めくくる。「あなたが主導権を握っているかぎり問題はない。でもわたしが勝手に行動するとあなたはいらいらする。あなたは――」

「もういい」

命令口調もまったく効果がなかった。彼女は苛立ちをつのらせる彼をよそに猛然とまくしたてた。

「あなたは自分の気持ちはコントロールできるかもしれないけど、わたしの気持ちまでコントロールできないのよ。わたしは距離を保とうとしてたのに、あなたはこっちの頭がおかしくなるほどわたしを追いかけまわした。言葉巧みにわたしをベッドに誘いこんだ。キャンディがほしいかい、お嬢ちゃん？　ってね。そしていざわたしが誘いに乗ると、あなたは自分がほしいものを手に入れて、バイバイ、マーゴット、お休みって言うのよ。まるでわたしがスイッチで電源を入れたり切ったりできる人形みたいに」

「黙れ！」デイビーは彼女にのしかかってマットレスに押さえつけた。耳の奥で血液が激しく脈打っている。彼女と同じくらい、彼も驚いていた。

二人は呆然とその場に凍りついた。

「ねえ」マーゴットがささやいた。「落ち着いてよ、デイビー」

彼はもぞもぞと起きあがった。「ちくしょう」とつぶやく。「すまない」

「い、いいのよ」彼女の声は小さく、目は丸くなっている。

「おれはもう行ったほうがよさそうだ」これ以上醜態をさらさないうちに。

マーゴットはベッドに横たわると、シーツを目の下まで引きあげ、シーツの縁のすぐ上にある影になった大きな瞳で彼を見つめた。「マクラウド？」

「ああ？」

苗字に戻っている。まずい兆候だ。

「二度とわたしに黙れと言わないで。そういうのはきらい」

「わかった」

約束を守れるか自信はなかった。何一つ保証できない。彼はその場にたたずみ、ただ呆然と彼女を見つめていたが、やがてマーゴットがいらだたしそうに手を振った。

「何？　何か用？　出て行くんじゃないの？　それともそこで切り株みたいに突っ立ってるつもり？」

デイビーはずかずかと寝室を出ると、力まかせにドアを閉めた。

自分に何が起きているのか理解できない。これは退行現象だ。進化の逆行。ほかの男たちがやるのをいつも嫌悪の目で見ていたネアンデルタール人まがいの言動。腕力で女との口論に勝とうとする行為。典型的な愚行。気に入らない感情をアルコールで弱めようとする衝動。これもよくある愚行だ。無駄に終わるだけの無意味な近道。

だが考えてみれば、今夜は無意味な行動も悪くなく思えた。

キッチンへ向かい、戸棚をあさる。トマトソース、ピクルス、オイル、スパイス、豆。ウイスキーはない。いつもここにしまっているのに。おかしい。きっとショーンだ。このあいだの晩帰る前に、よりによって別の場所にしまったのだろう。考えにくいことではあるが、ほかに説明のしようがない。

別の戸棚を確認し、ほかの部屋を調べてから裏のポーチもチェックした。念のために冷蔵庫のなかまでのぞいてみた。

アルコールでいらだちを紛らわせようという望みはついえた。ビールならあるが、こんな身を切るような剣呑な気持ちにビールはそぐわない。

デイビーはオフィスへ行ってパソコンを起動し、インターネットでマーガレット・キャラハンとクレイグ・カルーソを検索した。二時間後、彼はまだ疲れてひりつく目で保管されたニュース記事を熟読していた。状況はマーゴットにとって不利に思えた。

マーゴットにまつわる謎を解くには、スネーキーをつかまえるのがいちばんだ。自分の勘では、スネーキーはそういつまでもおとなしくしてはいないはずだ。あの変質者は恋をしている。なんとも滑稽な話じゃないか。おれは女関係で厄介なことにならないように重々気をつけてきたのに、いつのまにか頭のおかしい殺人鬼が恋のライバルになっている。グロックに弾をこめたほうがよさそうだ。

別の部屋から携帯電話が震動する音が聞こえ、彼はキッチンへ向かって画面をチェックした。ショーン。

通話ボタンを押す。「こんな時間まで、何をやってるんだ？」

「どうしてこの五時間、兄貴が家の電話にも携帯にも出ないのか不思議に思ってたのさ」ショーンが応えた。「心配してたんだ」

「ボリュームをさげてたんだ」デイビーは言った。「マーゴットには睡眠が必要だ」

「そうか！」はしゃいだ声を出す。「じゃあ、結婚式のリハーサルをすっぽかしたのはそのせいだったんだな！　やってくれるよ。今夜ばかりは出来の悪い兄弟は兄貴だったぜ、おれじゃなく。ひと休みできて、いい気晴らしになったよ」

啞然とするあまり、ぽっかりと口が開いた。どさりと椅子に腰掛ける。「リハーサル……ちくしょう、まさか。嘘だろ。今夜だったか？」

「結婚式は明日だぜ？　そもそも、おれは兄貴から今夜がリハーサルだって聞いたんだ」ショーンはいかにも嬉しそうだ。「このあいだうちに来たとき、兄貴が自分でおれのヌードカレンダーに書きこんで行ったじゃないか。兄貴は知ってた。少なくともセックスホルモンに脳みそを空っぽにされるまではな。ミスター・パーフェクトもこれまでだな。嬉しいぜ」

デイビーは顔をこすってうめいた。「信じられん」

「ああ、誰も信じられないだろうな。でも、文句を言ってたのはエリンのお袋さんだけだったから、安心しろ」ショーンが口調をやわらげた。「バーバラにはおれから言っといたよ。中東の紛争地域で軍の情報調整ができる男なら、結婚式にもやすやすと対処できるってね。でも彼女はあまり納得してなかった。兄貴の立場を余計悪くしてないといいんだけど。にらまれる覚悟はしておけよ」

デイビーは小さくうめいた。「なんとかなるさ。おれたちは二時までにはそっちへ行く。式の前に式次第を教えてくれ」

一瞬、間があいた。「おれたち？」

「ああ。彼女も連れて行く」ぶっきらぼうに答える。「だが変に勘ぐるな。彼女をここに一人で置いていくには妙な状況になってるんだ」

「妙って？　どんなふうに？　言えよ！」

デイビーはいっときくちごもった。「いま一人か？　それともベッドに誰かいるのか？」

「彼女は眠ってる」ショーンが断言した。「大丈夫だ」

「ふざけるな。さっさと服を着て外へ出ろ。ブライドメイドの前で、こんな話はしたくない」

ショーンがなだめるような小さな声で説明しているのが聞こえた。それに応える眠そうな女の声がする。

「いいぜ」数分後、ショーンが言った。「あったかいシーツとなめらかでしなやかなレディのボディにおさらばしてきた。いまは兄貴の誇大妄想ぎみなアイデアに合わせて、半分裸のかっこで濡れた冷たい芝生に素足で立って震えてる。だからさっさと話してくれ」

「ところで、ブライドメイドたちとはうまくいってるのか？」

ショーンは低くうめいた。「もう、よりどりみどりさ。ブライドメイドのバイキングだ。

こっちでひとくち、あっちでひとくちってね。マリカって子は大きな灰色の目をした金髪で、ラピスブルーのドレスを着る。アメジスト色のドレスを着るベルは、ぽっちゃりしたキュートな巨乳の赤毛なんだ。彼女たちをポケットに入れて、うちに連れて帰りたいよ」

思わず笑みが浮かんだ。「いまベッドにいるのはどっちなんだ？」

「ああ、あれはクレオだ。彼女はトパーズ色のドレスを着る。彼女はすごくホットだぜ。どの子もホットだ。でも要点に戻ろう。夜中にこんなとこにいると、えらく寒いんだ。マーゴットのほうはどうなってるんだ？　ただのストーカーなのか、それとももっと奥があるのか？」

「銃は持ってるか？」

「あ……ああ、まあね」ショーンが慎重に答えた。「シグザウアーを持ってきた。なんで？」

「明日はタキシードの下に隠しとけ」

弟の口笛が聞こえる。

デイビーはマーゴットの話とスネーキーの蛮行についてざっと説明した。マーゴットと相談せずに弟に話すのは気まずかったが、援軍が必要だ。それに、なにごとにも大げさに反応するショーンにまじめに取り組ませるには、現状をきちんと説明するしかない。

「ヒュー」兄の簡潔な説明が終わると、ショーンは大きく息をついた。「兄貴がうらやましいぜ」

デイビーは鼻を鳴らした。「何が？」

「おれがここで元気なブライドメイドたちといちゃついてるあいだ、兄貴のベッドには謎めいた命知らずの美女がいる。ちぇっ！　おれがかわりたかったよ。きわどい問題を扱うのが好きなのはおれだぜ。兄貴は主導権を握るのが好き。だろ？」

デイビーは弟が選んだ表現に眉をしかめた。「たまたまこうなっただけだ」

「交代しようか？」

「いい加減にしろ。生意気な口をきくな」

ショーンが勝ち誇った笑い声をあげた。「やきもきしてる兄貴を見てみたかったよ」

「殺人がからんでなければよかったんだが」というのがデイビーの陰鬱な感想だった。

「おれもそう思う。今夜のうちに、彼女をここへ連れてくればよかったのに」不満げに言う。

「怒り狂った変態野郎がうろうろしてる町に兄貴が一人でいると思うと、気に入らない」

「明日には行く。ああ、それから、式のあいだマーゴットの犬の面倒を見てほしいとマイルズに頼んでくれ。まだおれに腹を立ててなければ。礼はすると伝えてくれ。いつでも好きなときに無料（ただ）でコーチをしてやるってな。それから、コナーには何も言うなよ。あいつはこれまでさんざん苦労した。少し休憩させてやりたい」

ショーンがせせら笑いを漏らす。「言いたくても言えないさ。リハーサルのあと、コナーはエリンと姿を消しちまった。おおかたどこかの鍵を閉めた部屋のなかで、おたがいのDNAを合体させてるんだろうよ」

「ならいい」デイビーは言った。「そっちはそのままにしておけ。セスとニックには、ストーカーの話だけしておいてくれ。明日は疑い深くて猜疑心の強いやつらに油断なく目を光らせていてほしいからな。おまえはブライドメイドのバイキングをむさぼるのに忙しいだろうから、なおさらだ」

「見くびってもらっちゃ困るぜ」ショーンがやんわりと言い返した。「おれは生まれたときから複数のことを同時にできるんだ。かわい子ちゃん十人といちゃつきながら、爆弾の信管をはずすことだってできる。兄貴には注意力散漫に見えるかもしれないけど、実際は兄貴にはとうてい理解できないほど高度に集中した姿なんだ」

「はいはい、そうか」デイビーはあきれて目をまわした。

「兄貴は、集中するってのは目の形の焼穴ができるほど何かを見つめることだと思ってる。そんなのただの執念なんだよ」

「こういう話は別の機会にしないか？」

「わかったよ。逃亡中のセクシーな美女にしっかりふとんがかかってるか、さっさと見に行けよ」とショーン。「おれのかわりに、濃厚なキスをしといてくれ。ああ、それから逃亡中の件だけど……明日の結婚式にはＦＢＩ捜査官がうようよしてるってことは彼女に話してないんだろ？」

「彼女が殺人鬼につきまとわれてることを考えると、そのほうがむしろ都合がいい」

ショーンがうめいた。「彼女はそうは思わないかもしれないぜ。女ってのは、ひねくれてるからな。覚悟しといたほうがいい。防弾ベストでも着たらどうだ？」

「ああ、アドバイスをありがとうよ。そうだ、一つ訊き忘れていた。おまえ、おれのスコッチをどうかしたのか？」

「いいや」戸惑った声。「なんでおれに訊くんだ？　スコッチなんか大嫌いだ。舌がしびれちまう」

「ちょっと訊いてみただけだ。どこにも見当たらないんでね。妙な話だ」

「きっと兄貴が寝てるあいだに、天使がトイレに流してくれたのさ」つねに協力的な弟が予想する。

デイビーはため息を漏らした。「またな、ショーン」

彼は電話を切って居間へ向かった。

ウィスキーのボトルがなくなったのは凶兆だ。ホームセキュリティシステムを設置しろと勧める友人セスの言葉に従っておけばよかった。あのときは一笑に付してしまった。この家の錠はどれも一級品だし、自分の手足は凶器になるうえ、隣人たちはおれが私立探偵であると同時にマーシャルアーツの達人だと知っている。この家に忍びこもうとするのは阿呆だけだ。これまではそう思っていた。だがきちんと整理された静かな室内を見渡していると、防壁が突破されたような寒気を感じる。

ああ、そうだ。半分空になったウィスキーのボトルを狙い、数万ドルの価値はある最新のコンピュータやオーディオ／ビデオシステムには目もくれない悪意の権化によって。

彼は頭に浮かんだそんな思いを振り払った。ほんの一瞬でも、ろくでもない誇大妄想に屈したことが腹立たしい。誇大妄想は、周囲に知られないようつねに注意するべきわが家の弱点だ。それでも明日はプライドを捨て、セキュリティシステムに関して気が変わったとセスに伝えよう。マーゴットがここにいるとなれば、新たな防御策が必要だ。

その前提が意味するものがとつじょ脳裏にひらめき、ほてりと冷や汗に襲われた。くそっ。おれは何を考えてるんだ？　この家にはめったに女を入れない。こちらから相手の家へ行くほうがいい。そうすれば自分が好きなように情事のタイミングを左右できる。終わったら立ち去るほうが好きだ。

そして何よりも、居心地の悪い気まずい状況からすみやかに退散できるようにしておきたい。さっきマーゴットと寝室で経験したような状況から。

考えれば考えるほど、苛立ちがつのった。思考が駆けめぐり、息があがって筋肉がこわばる。

カンフーの稽古が必要だ。落ち着くには、動く瞑想をするしかない。悪夢や不眠にとらわれたときは、二、三時間カンフーの稽古をするほうが数時間の睡眠より心を静めてくれる。脳波の問題か何かは知らないが、効果はある。

彼は裏の稽古場に向かった。以前はテラスだったところにガラスを張り、自分用のマーシャルアーツの稽古場にした。壁には香りのいい赤杉が張られ、いくつもの窓から床を覆う畳に月光が差しこんでいる。彼は畳の中央に立った。

飛びたつ鶴……左脚を伸ばす鶴……翼を冷やす鶴……体が形（かた）を覚えているので、動きを意識する必要はない。頭を空っぽにしようとしたが、次つぎに思考が浮かんできた。それを一つずつそっと払いのけてゆく。

その直後、別の思考がぱっと現われた。

後ろ肢を伸ばす物憂げな虎……フラーとつき合っていたころでさえ、こんな気分にはならなかった。フラーはとても繊細で、傷つきやすかった。彼女には保護本能を強く刺激された。感情的に未熟だった当時、自分はそれを愛だと思った。警戒する鶴……跳びあがってうしろを蹴る鶴……巣を守る鶴……フラーも美しかった。華奢な女性なりに。彼女とのセックスにはとても気をつかったのを覚えている。吹きガラスを扱うように、彼女を抱いた。

振り返る野生の虎……。

さっきマーゴットと寝室で起きたようなことは、何一つなかった。ワイルドキャット。パンサーウーマン。危うくばらばらにされるところだった。

〝頭をもたげる野生の虎〟に戻れ……だが、ふたたび勃起している。くそっ。黄金の龍が左の鉤爪を伸ばす……。

居間に続くドアが開いた。マーゴットの体が戸口でシルエットになっている。デイビーの大きなバスローブをまとっていた。

「ああ」彼女が言った。「ここにいたの」

「ここにいた」とくり返す。まともな台詞は何一つ思い浮かばない。

マーゴットが稽古場に入ってきて背後でドアを閉めた。月明かりが差す二人だけの稽古場で、マーゴットはデイビーが〝海面へ浮上する海蛇〟を終えるのを見つめていた。彼は動きをとめ、その場にたたずんだ。

「いつも真夜中に練習するの?」マーゴットが訊く。

「よくやる」彼は答えた。「あまりよく眠れないんだ。これは睡眠のかわりになる」

「わたしも眠れないの。わたしもそれを試したほうがいいかもしれないわね」じっと彼を見つめる瞳は、月光を浴びて不気味な黒い淵(ふち)のようだ。「さっきは生意気なことを言ってごめんなさい。あなたを怒らせるつもりはなかったの」

「怒ってなどいない」

「怒ってたわ」とマーゴット。「ものすごく。嘘をついてもだめよ」

「もうきみと口論する気はないから、蒸し返すのはやめてくれ」

マーゴットが目を伏せる。「またやっちゃったのね」とつぶやく。「あなたの邪魔をやめられないみたい。いらいらさせずにはいられないの」

「なんともありがたいことだ」

マーゴットがかわいらしく小さく笑い、そのあとにぎこちない沈黙が流れた。

デイビーは限界までそれに耐えた。「おれに何か用があるのか?」

言ったそばから後悔した。ベッドに誘ってるみたいじゃないか。その覚悟だけはできていない。

彼女が歩み寄ってくる。「ゆうべ、ジムでカンフーをしてるあなたを見たとき……」

「なんだ？」腹立たしいほどもどかしい数秒がたち、彼は催促した。

「あなたはとってもすてきだった」消え入りそうな声で言う。「突拍子もない空想の世界から出てきたみたいだった。現実とは思えなかった」

どう応えていいかわからない。顔が熱い。疼く股間以外の場所にこれほど大量の血液が流れていることが信じられなかった。暗くて顔が隠れているのがありがたい。

「それは……どうも」もごもごと応える。

マーゴットは体に両腕を巻きつけた。「すごくセクシーだった。わたしは自分の心配事を忘れて、想像したの、その……」

「なんだ？」ふたたび鼓動が高まっている。激しく。「頼むからじらさないでくれ。はっきり言え」

「自分がマーシャルアーツの達人になったところを。『マトリックス』のヒロインのトリニティみたいに。ぴったりした黒い革のスーツを着てる自分を」夢見るような、うっとりした声になっている。「わたしはあなたに跳びかかって、床に組み伏せるの。見事な技をつかって、マットに」

「ふむ……なるほど」

彼女が自虐的な笑いを漏らす。「でも、わたしはカンフーの達人じゃない。それ以上想像が続かなかった」

「きみには秘密兵器がある」

「わたしに?」彼に歩み寄り、手を差し伸べてむきだしの胸に触れる。その手がみぞおちまでおりてとまった。先へ進んでいいのか迷っている。

デイビーは彼女の手をつかんで下へ引っ張り、スウェットパンツをおろしてペニスに冷たい指を巻きつけた。「そういう話をすれば、羽根一本でおれを倒せる」

「ほんとう?」疑っているのか、声が小さい。

「ためしてみろ」思わず言ってしまった。「さあ、やってみろ。自分の腕をためすんだ」

月明かりのもとで見る彼女の笑顔は、妖(あや)しいまでに美しかった。「いいわ」彼女はささやいた。「わたしの指を羽根だと思って」

力強いほっそりした手がペニスをつかみ、官能をそそる大胆な愛撫を始めると、デイビーの全身を切ないほどの快感が駆け抜けた。もう一方の手は胸に伸び、人差し指の先端が繊細なレースのような柄を描いている。胸毛に触れるか触れないかの軽い感触は、そっと息を吹きかけられているようにくすぐったいものだったが、乳首が固くなり、息遣いが聞き取れるほど荒くなっていく。

「羽根の先で触れてるだけよ」彼女がささやいた。人差し指が肩へとあがり、喉から顔へと動いていく。もう一方の手は、彼をつかんでやさしくしごいていた。

羽根の拷問には、これ以上耐えられない。彼はペニスから手を引きはがすと、彼女をつかんだまま畳に仰向けに倒れこんだ。彼の体の上に倒れたマーゴットが、驚いて息を呑む。

「デイビー? 何を――」

「きみは、おれを倒したんだ」彼は言った。「羽根で。おれは手も足も出ない」自分の体にマーゴットをまたがらせる。「こういうのが好きなんだろう？　主導権を握って、自分の思いどおりにするのが。そのほうが気が楽なんだろう？」

マーゴットの体がこわばった。「自分のことを棚にあげて、よく言うわ！　あなただってそのほうが気が楽なんでしょう？　違うのは、あなたのほうが二〇センチ背が高くて体重は五〇キロくらい重いだけよ。不安になるのはわたしだけじゃない――」

「怒るなよ」となだめる。「おれのほうがでかいのは、おれのせいじゃない。それに、おれは精一杯努力してる。きみの勝ちだ。おれは仰向けに倒されて、きみのなすがままだ。身動きできない。これ以上、おれにどうしろって言うんだ？」

マーゴットが胸の上を指先でたどった。「わからない」おずおずと言う。「せめて、交代でやるって約束して。そうすれば、おたがいにうぬぼれずにすむわ」

「わかった」デイビーは即座に受け入れた。「なんでも言われたとおりにする。きみがボスだ」

「まあ、あまり度を超さないで。台なしになっちゃうわ」

「まさか」わざと穏やかな声で言う。「そんなことはありえない」

マーゴットはわざと怒った顔をして、バスローブのポケットからコンドームを出した。ローブを肩からずらし、背後のデイビーの太腿の上に落とす。

彼女は信じがたいほど美しかった。この裸身を目にする機会に何度恵まれても、それは変わらない。そこには曲線としなやかさと官能がすべてそろっている。マーゴットはことさら大げさな身振りでコンドームの封を開けると、膝だちになり、ゆっくりとそそるようにペニスにかぶせた。

「月明かりで見るあなたは、きれいだわ、デイビー」彼女がそっとささやいた。

デイビーは虚をつかれ、決まりが悪くなった。「あ……きみは、いつもきれいだ」ぎこちなく応える。

マーゴットはふたたび無防備な愛らしい笑みを浮かべると、ペニスの位置を整えて柔らかい襞のあいだに迎え入れた。深さが増すにつれ、背中をそらしていく。

デイビーの口からうめきが漏れた。「ああ、きつい。すごい」

「すごいのは、あなたのほうだと思うわ」笑いがまじる声で彼女が応える。

マーゴットは彼にまたがったまま、小さな筋肉でむさぼるように彼を締めつけながらゆっくり腰を動かしていたが、やがてじょじょにペースをあげはじめた。両手と瞳で彼をあおりたててくる。狂おしく上下する腰の動きで。デイビーは激しく腰を動かし、彼女が求めているありったけのものを与えた。征服欲、快感、勝利感、なんでもかまわない。何から何まで。

彼は月光に身をゆだねた。マーゴットの激しい熱情に。おれはなすすべなく床に横たわり、身悶えしている。彼女になされるがまま。そしておれはそれに満足している。汗まみれになって、弱々しく鼻を鳴らすセックスの奴隷。

マーゴットは彼の上で身を躍らせていた。体が上下するたびに、体のラインが月の光を浴ぴたり影になったりしている。デイビーは必死で昂まりをこらえた。そして彼女が絶頂を迎えたとわかったと同時に胸に引き寄せ、みずからも解き放った。

頭がのけぞり、脳裏で渦巻く嵐のなかで、自分がかすれ声をあげていることがかろうじてわかった。全身が引き裂かれている。体内に光が注ぎこむ。とてつもない快感が体を突き抜けていた。

おれの完敗。

目を開けると、マーゴットの柔らかい髪が顔をくすぐっていた。頬に、目に、キスをしてくる。そのとき気づいた。熱い液体。まさか。ありえない。おれがそんなことをするはずがない。デイビーは恐慌をきたしそうになりながら体をこわばらせ、その場に凍りついたまま涙を拭き取るキスを受けていた。

彼女が濡れた塩辛い唇を押しあててくる。何度もくり返されるえもいわれぬ優しい感触が、もう一度心を開けと迫っている。

「ありがとう」彼女がささやいた。

デイビーは首を振り、ごくりと唾を飲みこんだ。「これを片づけないと……」

「わたしがやるわ」そっとつぶやく。「あなたはここにいて。ゆっくりしていて」マーゴットはコンドームをはずして立ちあがった。居間のライトを受けた裸身が、一瞬戸口でシルエットになった。

デイビーは身じろぎもせずに横たわっていた。疲れと驚きで体が動かない。たったいま起きた前例のない出来事を、どう説明すればいいのかわからなかった。マーゴットはすぐに戻ってきて、隣りに横たわって肩に寄り添った。バスローブを引きあげ、彼の胸にかける。

「眠りなさい」赤ん坊をあやすように、彼女がそっとつぶやいた。

デイビーは自分の胸に載っているほっそりした手を見つめた。肩に触れている柔らかそうな唇を。怯えた子どもにするように慰めてもらう必要はないと、自分は大丈夫だと言ってやりたかったが、言葉にならなかった。マーゴットの手、唇、やさしい声。それらは彼が定義したいとも思わない古傷の疼きを癒す薬だった。

それがありがたかった。もっともっとほしい。

彼は無言で月を見あげ、ゆらめく水面（みなも）で輪郭を失って揺れ動く光になる月を見つめながら、彼女のやさしさを享受した。

15

彼女は牡の野生馬にまたがり、風を切る高揚感に恐怖も忘れて草原を疾走していた。鮮やかな緑に輝く草原はところどころで突然大きく陥没し、岩だらけの峡谷になっている——霞が渦巻く底知れぬ亀裂。広漠たる空いっぱいに純白と不吉な灰色の積乱雲が広がり、雲間からまばゆい青空がのぞいていた。いびつな穴から光が斜めに差している。あまりのまぶしさに、涙があふれて視界が揺らぐ……。

マーゴットはまばたきして目を細めた。窓から差しこんだ日差しがまぶたにあたっている。暑い。汗をかいている。

自分の下には、大きくたくましい男の体があった。ゆっくりと力強い鼓動が耳に響く。彼女はデイビーの上に横たわっていた。彼は物思いに沈んだ真剣なまなざしでこちらを見つめている。

「おはよう」デイビーが言った。

マーゴットは笑顔を返した。ゆうべの激しい情事の記憶が細かい点まで鮮やかによみがえり、顔が赤くなる。

「おはよう」かぼそい声で応える。「いつから起きてたの?」

「二、三時間前から」彼が言った。「眠っているきみを見ていた」

マーゴットはぱっと跳びのいた。「いやだ。何時間もずっとわたしを載せたままでいたの? 信じられない!」

「きみには睡眠が必要だ」淡々とした返事。「きみは疲れていた」

「いま何時?」

「けっこう遅い。たぶん昼ごろだろう。太陽がかなり高い」

マーゴットは目をこすって太腿をぎゅっと閉じ、いつになくすばらしいセックスの名残りで疼く場所を押さえつけた。彼の上からすべりおりながらバスローブを引っ張ると、はちきれそうに紅潮したものが屹立した。

彼女の視線を追った彼の口元に、にやりと笑みが浮かぶ。「ゆうべ、そのローブのポケットに入れたコンドームは二個か?」

「いいえ」正直に答える。「一つだけよ。少し迷ったけれど」

「ふむ。まあ、どうせいまは時間がない」事務的に言う。「おれが朝食を準備しているあいだに、シャワーを浴びろ」

彼はしなやかな身のこなしで立ちあがった。マーゴットはめまいを覚えた。日差しを浴びてペニスをそそり立たせている彼の裸身は、わたしの貧弱な神経には刺激が強すぎる。ショートしそうだ。耳から煙が出てしまう。

彼女はバスローブを投げつけた。「それをしまってちょうだい」

デイビーが素早くスウェットパンツを穿き、にやりとする。「つきあいきれないか？」

そう言うと、呆然とするマーゴットを美しい無人の部屋に置き去りにして居間へ姿を消した。

なるほどね。つまり彼はふざけたい気分なのだ。セックスできすぎすしたところがきれいに拭い去られている。わたしもそうなっていると信じたい。頭がぼうっとして、穏やかな気分だ。外の湖面で輝く日差しの美しさに、涙がこみあげる。

二十分後、彼女はおそるおそるバスルームを出た。髪から雫をしたたらせたまま、うっとりとテーブルを見つめる。彼は食事に手を抜かない男なのだ。コーンフレークもベーグルも手早くつくれるインスタント食品もない。それは腹ぺこの木こりの朝食だった――メープルシロップがしたたるパンケーキ、スクランブルエッグ、グリルドベーコン、イチゴ、オレンジジュース、トースト、フレンチローストの濃いコーヒーとクリーム。すごい。

ふわふわのパンケーキのふた山めを半分平らげたところで、ようやくマーゴットはペースを落とした。「結婚式に行くんじゃないの？　食欲を抑えておいたほうがよくない？　披露宴は着席と立席、どっちなの？」

「たぶん両方だ。気にすることはない」デイビーが言った。「食欲とはそういうものだ。いつまでも落ちたままではいない」

マーゴットは彼の上半身に視線を走らせた。「あなたみたいな筋肉と代謝機能を備えていれば、そんな理屈もとおるかもしれない。でもわたしがいつもこんな食事をしていたら、ザトウクジラぐらいの大きさになってしまうわ」

デイビーは大きなバスタオルを巻きつけている彼女の体を満足そうに見渡した。「カロリーを消費する絶好の方法がある」

マーゴットはコーヒーにむせそうになった。「ええと……その話だけど」

口に運びかけたフォークが途中でとまる。「なんだ？」

「話し合ったほうがいいと思うの……その、ゆうべのことについて」

「やめたほうがいい。それに、そのことはもう話し合った」とデイビー。「その話をするたびに喧嘩になる。肩の力を抜いて、なりゆきにまかせよう」

「つまり、野生のサルみたいなセックスを続けて、ほかのことは忘れたふりをしようって言うの？」

デイビーが肩をすくめた。「申し分ない考えだとおれは思うがね」

単純すぎる男の理屈をもう少しで笑い飛ばしてやりそうになったが、朝から彼を怒らせたくなかった。いまのように弱気になっているときは、精神的に耐えられない。「そんなふうに簡単に考えられたらいいと思うわ」

「どうしてできないんだ？」カップの縁越しに挑戦的な目つきで見ている。

「言ったでしょう」彼女は言った。「わたしは曖昧なのは我慢できないの」

デイビーがカップを置いた。「おれはきみに対して曖昧な態度を取ったことはない」と言う。「きみにはすべて包み隠さず話してる。そのたびに責められてきた。今朝は責められたい気分じゃないし、きみが聞きたいことを言ってやろうとも思わない」

「わたしは一度も――」

「おれの望みは、おれを一晩じゅう夢中にさせてくれる刺激的な美人と朝めしを食うことだ。望みはそれだけ。それ以上でも以下でもない。簡単に考えてくれないか。頼む」

マーゴットは両手で顔を覆った。笑いたいのか泣きたいのか、自分でもわからない。「わたしだって努力してるの、ほんとうよ。でもあなたみたいな男性が相手だと、昨日言われたみたいな条件は――」

「おれみたいな男とは？」出し抜けに訊いてくる。

マーゴットはくちごもった。「ええと、つまり……そうね。ゴージャス？　頭が切れる？　経済力がある？　ベッドで最高の相手？　このくらいでいいかしら。それとももっと続けましょうか？」

彼は困惑した顔をしている。「どうも」

「別にお世辞を言ってるんじゃないのよ。いい気にならないで。わたしは自分の言い分をはっきり伝えようとしてるのに、あなたが褒めてほしがるから――」

「悪かった」デイビーが素直に応えた。「きみの言い分を聞こう」

「さっきも言ったように」彼女は言った。「たとえ責任や花束や愛情なんかがなくたって、あなたみたいな男性とセックスのためだけのセックスをするのは悪い話じゃないわ。ただ

「……」

「ただ？」不審そうな顔。

「ただ、わたしがセックスと感情を分けて考えられなければ、意味はない」と続ける。「そうできたらいいと心から思うわ。そうできたら、どんなに楽しいだろうと思うもの。でもできないの。特に……あんなセックスは」

「どんなセックスだ？」デイビーが問いただす。

マーゴットは彼をにらみつけた。「また詮索？　いい加減にして」

彼の口元がゆっくりほころぶ。「じゃあ、きみもよかったんだな？」

マーゴットはあきれたようにぐるりと目をまわした。「もう、やめてよ。どんなによかったか、あなただってわかってるでしょう。わたしは二度と回復できないかもしれない」

「あれはほんの序の口だ」彼がつぶやく。「まだまだ先がある」

全身がかっと熱くなった。

デイビーは自分の皿の上のイチゴをナイフで小突きまわしている。「あまり深く考えるな。おれは危機に瀕しているきみを一人にしておけない。セックスとは別の問題だ。ゆうべも話しただろう。おれはきみに何も期待していない。もしおれとセックスがしたいなら、すればいい。したくなくてもかまわない。きみを脅して愛欲の奴隷にする気はない」

デイビー・マクラウドの愛欲の奴隷。考えただけでぞくぞくと身震いが走り、マーゴットは太腿をきつく合わせた。

「もしわたしがあなたを脅して愛欲の奴隷にしたらどうするの？」と食ってかかる。

「やれよ。おれはいつでもオーケイだ」即答が返ってきた。「いつでもな」

ふと視線を落とすと、いつのまにかスウェットパンツを押しあげているものが目に入った。

「あきれた。いつもすぐに準備態勢が整うの？」

「それをたしかめる方法は一つしかない」彼が言った。「挑戦だと思え、マーゴット。おれをくたくたにしてみろ。驚かせてみろ。どっちが先に降参するか、たしかめよう」

口に出す前から言うべきではないとわかっていたが、自分をとめられなかった。「情熱的なセックスでわたしの頭がおかしくなって、あなたを本気で愛してしまったらどうするの？そうなったら、あなたはどうするの？」

彼の笑みが消えた。瞳に浮かんでいたからかうようなぬくもりが、氷河のように冷たくなっている。「そうならないほうが身のためだ」

これは自業自得だ。ばかげた質問をした自分のせいだ。ゆうべ、カンフーの稽古場で甘くとろけた経験も、彼の鎧にへこみ一つつけることはなかったのだ。わたしたちのあいだに深遠なものが存在する可能性はゼロ。あれは月の光に増幅された、希望がまじったおろかな空想だったのだ。

ああ、わたしはなんてばかなんだろう。

「わかってるんでしょうね」マーゴットは明るい口調を装った。「火遊びをすると、火傷するのよ」

デイビーはコーヒーを飲み干した。「時間に遅れてる」そしらぬ顔で言う。「十五分後に出るぞ。準備をしてくれ」

朝の食卓で、イチゴとメープルシロップにまみれた破廉恥なセックスをする幻想もこれまでだ。〝愛〟という言葉が彼の気分を台なしにした。予想はしていたものの、やはり悲しい。自分が愚かな気もした。みすみす拒絶されるような台詞を口にした自分が。

「うちに寄って、よそゆきの服を取ってこないと」彼女は言った。「そのあとでマイキーをペットホテルに預けなくちゃ」

デイビーが顔をしかめた。「マイキーは連れて行くんじゃないのか」

きっぱりと首を振る。「犬を連れていなくても、わたしなんかがおしゃれな結婚式に行ったらめだってしまうのよ。マイキーをペットホテルに一泊させるのはいやだし、あの子だっていやだろうけれど、しょうがないわ」

彼は返事がわりにぞんざいにうなずき、寝室のほうへ悠然と去って行った。マーゴットが服を着て食器を片づけていると、ジーンズと黒いTシャツ姿のデイビーが石鹸とアフターシェイブの香りをさせながらキッチンへやってきた。ガーメントバッグを持っている。彼はマーゴットを見て眉をしかめた。「あと片づけなんか、しなくていい」

彼女は肩をすくめた。「朝食はすばらしかったわ。これはお返しよ」

〝うちに寄る〟というのは、車のトランクに入っているビニール袋をあさり、化粧品とヘアピン、下着、洗面道具、そして唯一のよそゆきを手早くかき集めることだった。一着でもよそゆきを持っていてよかった。すでに充分妥協しているのに、このうえデイビー・マクラウドに服まで買ってもらうわけにはいかない。

次に寄ったのはペットホテルだった。デイビーは、まるで誰かが駐車場で彼女に襲いかかってくるとでも思っているように、左右をにらみつけながらうしろからついてきた。マイキーは例によってわざとらしく身を震わせて鼻を鳴らしつづけている。

「わたしを苦しめるのはやめてちょうだい」マーゴットはマイキーをたしなめ、受付デスクの向こう側にいるぽっちゃりした少女に微笑みかけた。「わたしのせいじゃないし、できるだけ早くなんとかするから。こんにちは、エイミー。元気?」

エイミーがにっこり笑顔を返した。「うん、元気よ。そういえば、お誕生日だったんでしょう? おめでとう。パーティは楽しかった?」

マーゴットは目をしばたたかせた。「パーティ? なんのパーティ?」

「だって、あなたの姪っていう子が……」戸惑ったようにくちごもっている。「ちょっと待って」マイキーに目をやり、それからマーゴットを見る。「マイキーの飼い主よね?」

「ええ、そうよ。なぜ? パーティって、なんのこと?」

エイミーはそわそわしていた。「その、昨日あなたの姪が来て、サプライズパーティがあるからマイキーを迎えに来たって言ったの。断わったけど――」

「わたしに姪はいないわ」マーゴットは言った。「この町に家族はいない。それにわたしの誕生日は十二月よ」

「やだ、ごめんなさい。きっとあたしの勘違いね」エイミーが困り果てたように応える。「でも、その子はたしかにあなたの姪って言ったのよ。ゆうべのうちに伝えるべきだったけど、サプライズパーティを台なしにしたくなかったの」

みぞおちがこわばり、吐き気がこみあげる。

デイビーが前へ出た。「その子の外見を教えてくれるか？」

「あたしぐらいの年だったわ」とエイミー。「髪をプラチナブロンドに染めてた。ゴシックファッションで、いっぱいピアスをつけてた。黒い革の服。首の横に刺青があったわ。たぶんサソリだと思う。もちろんうちはマイキーを渡したりしなかった。あなたが書類にそう書いてたから」

「よかった」マーゴットはマイキーを抱き寄せた。「気が変わったわ。マイキーはやっぱり預けないことにする」

デイビーはトラックに向かいながらラウル・ゴメスに電話をかけた。シアトル警察殺人課刑事のゴメスは、砂漠の嵐作戦当時の戦友だ。二人は長年にわたって協力し合い、いくつもの事件を首尾よく解決してきた。数年前、デイビーはゴメスの未亡人の妹を狙ったケダモノの正体を暴いたことがあり、ゴメスはそれを恩義に感じている。デイビーとゴメスしか知らないことだが、そのケダモノはおのれの獲物の選び方を大いに後悔するはめになった。

「ゴメスだ」電話の向こうでラウルの低い声が応えた。

「マクラウドだ」デイビーは言った。

「よお、ちょうど電話しようと思ってたんだ。おまえが通報した死体の件で」

「何かわかったのか？」首筋がちくちくする。

「検死はまだこれからだ。だがモルグの連中から、奇妙なふざけた話を聞いた。死体には、まったく外傷がない。切り傷もアザも皆無だ。なのに内臓からの出血多量で死んでいる。上下両方からな」

「気の毒に」デイビーは言った。「ひどいありさまだった」

ゴメスがうめく。「あの男は自分が病気にかかってるのを知らなかったのかもしれない。だが妹に連絡を取ったところ、自分が知るかぎり兄は元気だったと言っていた」

デイビーは、ラウル・ゴメスのまわりくどい説明が要点に入るのを辛抱強く待っていた。

「何を考えてるんだ、ラウル？」

「薄気味悪い異様なことだ。むかし、バクダッドで秘孔について話してくれた夜のことを覚えてるか？」

秘孔。死の経穴。ウィルクスのよじれた死体を見た晩から、それは幾度となくデイビーの脳裏をよぎっていた。正確な一突きによって、遅延性の死をもたらす中国の僧兵たちの昔話。死は数時間あるいは数日、場合によっては数カ月後に訪れることもある。

「おれもそのことは考えた」デイビーは言った。「検死の結果が出たら教えてくれ。とりあえず、いまは訊きたいことがあるんだ。最近、ゴシックファッションの少女について何か聞いたか？　プラチナブロンド、顔にピアス。黒い革の服を着て、首の横に刺青がある」

ゴメスは長いあいだ黙りこんでいた。「その子について、何を知ってる？」

「何も」デイビーは答えた。「だからおまえに訊いてるんだ」

ゴメスが低くうめいた。「今朝ヒックスがその容貌に一致する少女の話をしていた。ライラ・シモンズ。十七歳。タコマ出身。家出人だ。三月から路上生活をしていた。覚醒剤の取引で、二度逮捕されている」

「彼女と話したい」デイビーは言った。「拘留されてるのか？」

ゴメスはくちごもった。「正確に言えば違う。彼女はモルグにいるんだ。今朝、工事現場で遊んでいた子どもが発見した。麻薬の過剰摂取らしい。おれの担当じゃない。たまたま今朝ヒックスが彼女の話をしてるのを耳にはさんだだけだ。家族への連絡はあいつの役目だったんだ」

「ああ」みぞおちの寒気がどんどん強くなっていく。「なるほど」

「ヒックスの役に立ちそうな手がかりを知ってるのか？」ゴメスが問い詰める。「そんな感じだぞ」

「いまは何も言えない」デイビーは返事をはぐらかせた。「わかりしだい連絡する」

「ほお」怪訝そうな声。「忙しいのか？」

「忙しい」

「どこかで会って、おまえがたくらんでることについて話し合ったほうがよさそうだな。おまえの最近の行動に、ひどく興味を引かれる」

「いずれな」デイビーは請合った。「だが今日は無理だ。エンディコット・フォールズに行かなきゃならない。コナーが結婚するんだ」

「ほんとうか？　コナーにおめでとうと伝えてくれ」声がやさしくなっている。「戻ってきたら、すぐ連絡しろよ」

「わかった」デイビーは電話を切り、しばらくフロントガラスの向こうを見つめてからマーゴットに目を向けた。「ゴシックファッションの少女が死んだ」仕方なしに伝える。「警察は麻薬の過剰摂取と見ている」

　マーゴットの顔から血の気が引き、そばかすが浮き立った。

「別人かもしれない」彼は言った。「あるいは、ただの偶然だろう」

　マーゴットはマイキーを撫でながら呆然と前を見つめている。「あなたは偶然は信じないと言ったわ。わたしもそう。もう信じない」

　みずから蒔(ま)いた種。くそっ。「いずれにしても」彼は言った。「おれたちは町を出るから大丈夫だ」

「ねえ、デイビー？」声で逡巡しているのがわかる。「ほんとうにわたしを結婚式に連れて行きたいの？　もし手を引きたいなら……つまり、わたしが通ったあとには死体の山ができはじめているわ」

「言うな」

彼の口調にマーゴットが怯んだのがわかった。

沈黙が流れる。デイビーは、怯えている彼女を怒鳴りつけた自分を恥じた。「きみのせいじゃない」

彼女は髪で顔を隠した。「どうしてわたしを信じるの？」

「信じるって、何を？」

彼女はむっとしたようににらみつけてきた。「もう！　わたしがクレイグとマンディを殺してないことをよ！　なんだと思ったの？」

「ああ、そのことか」彼は自分の考えをまとめなおした。頭のなかは、質屋の店主やゴシックファッションの少女についてあれこれ考えるだけで精一杯だった。「簡単だ」

「そうなの？　へえ。話してみて」

「まず、スネーキー本人とあいつの奇っ怪な行動が、きみの話をある程度裏づけている」と話しはじめる。「次に、おれは尋問の経験はかなりある。罪を犯した人間と話したことがある。罪悪感の見てくれや感触や臭いは知っている。たとえ相手がプロでもわかる。きみはプロじゃない。罪を犯してもいない」

マーゴットはぎこちない笑みを浮かべた。「あなたをわたしの厄介事に巻きこんだ罪だけね」

「おれは自分から飛びこんだんだ」彼は言った。「みずから進んで。巻きこまれたわけじゃない」おれのペニスは巻きこまれたのかもしれない。だがそんな下世話な意見は口に出さずにおこう。「ゆうべ、インターネットできみに関する新聞記事を検索した」

彼女がはっとしたように彼を見た。「そうなの？　それで？」

「きみに会っていなかったとしても、胡散臭いものを感じたと思う」それは本心だった。

「それに……」

「何？」目に不安があふれている。

「赤毛のきみは美人だった」

彼女がくすくす笑いだすのを見て、デイビーはいくらか気分がよくなった。涙ぐんではいるが、笑っている。何もないよりはましだ。


長いドライブだった。静まり返った車内の雰囲気に、マーゴットは頭がおかしくなりそうだった。沈黙は苦手だ。いまはなおのこと。自分の身辺でふえていく死体のことをどうしても考えてしまう。ゆうべ床に横たわっていたバート・ウィルクスの姿。あんなふうに死ぬなんて、どれほどの苦痛と恐怖を味わったのか。たった一人、絶望しながら。

それを思うと寒気と悲しみに襲われ、真っ逆さまに穴に落ちてしまう。

いますぐ気を紛らわせなければ。会話をしようとした試みはデイビーのそっけない返事でもみ消されてしまったけれど、この状態が続いたら、ホテルに着くころにはヒステリックにべらべらしゃべりまくってしまう。

「一つ訊いてもいい？」彼女は言った。

デイビーは曖昧な表情をしている。「質問による。ためしに言ってみろ。おれが答えるかどうか」

「ずるい人」とぼやく。「どうしてずっとわたしと一緒にいられるの？　普通の人みたいに仕事をしなくていいの？」

彼は変な顔をして見せた。「おれは至極普通の人間だ」

マーゴットはぐるりと目をまわした。「そうね。そうでしょうとも」

「いまは別のケースには関わってない。道場で教えてはいるが、いまは夏休みだ。それに私立探偵の仕事はじょじょに減らしている」

「じゃあ、あれはあくまでわたしを追い払おうとして言ったんじゃなかったのね？」

彼は首を振った。「おれはショーンと友人と一緒にセキュリティ・コンサルタントの仕事を始めようとしている。友人のセス・マッケイには、きみも結婚式で会える。私立探偵の仕事にはもう熱意が持てなくなっているんだ。それに、これ以上夫や妻の不貞の証拠を探しているやつらを相手にしたくない。気が滅入る退屈な仕事だ」

「でしょうね」

「だが、スネーキーのようなろくでなしを捕まえるのは」彼が続ける。「楽しそうだ。こういう仕事には夢中になれる」

「でも収入になる仕事じゃないのに、生活費はどうやって稼ぐの？」いやだ、わたしったらなんてことを訊いてるんだろう。「ごめんなさい。言葉のあやだと思って。わたしには関係ないわよね」

「かまわない」彼が言った。「おれは気にしてない。数年前、株の売買を始めた。市況がいいときに。かなりうまくいった。何度か運に恵まれて、利益を再投資して賃貸物件をいくつか購入した」

「ティルダのジムみたいな？」

「あれもその一つだ。私立探偵の仕事も、経済的な面ではけっこううまく行っていた。いまは商売を転換するのにちょうどいいタイミングなんだ」

「うらやましいわ」マーゴットは言った。「じゃあ、もう株の取引はしてないの？」

「ああ、おれは——」

「言わなくていいわ。想像はつく。あなたは株取引の困難を乗り越え、制覇し、そして飽きた。そうでしょう？」

デイビーが肩をすくめる。「いったん仕組みがわかったら、続ける理由はない。金だけのために、忙しいだけでなんの進歩もない生活を続ける気にはなれなかった。新しいことを始める時期だったんだ」

「そして、あなたは恋人に対しても同じ考えなの？」

彼の顔から笑みが消えた。

「いやだ、ごめんなさい」あわてて言う。「失礼なことを言ったわ。聞かなかったことにしてちょうだい」気まずい沈黙が流れ、マーゴットはあたふたとその空白を埋めた。

「実際すごいじゃない。お金のことよ。あなたは経済の仕組みを呑みこんで、そのくせ自分は仕組みに呑みこまれなかった。わたしもそんなふうにできたらいいと思うわ」

「できるさ」彼が言った。「いつかきみにも天職が見つかる」

「見つけたと思ってたわ。以前の暮らしをしていたときは」しみじみと言う。「仕事はとても順調だったの。自分がやったことがすごく誇らしかった。なのにある日突然すべて失ってしまって、いまは母が亡くなったときみたいに絶望してる」彼女はデイビーの横顔を見つめた。「あなたは絶望するのがどんな気持ちか、知りもしないんでしょうね。生まれたときから、自分の行動をしっかり把握しているように見えるもの」

デイビーの笑顔には皮肉がこもっていた。「親父が死んだとき、おれは十八だった」彼は言った。「収入はなく、稼ぎになるような技術もなく、食わせなきゃならない弟が三人。絶望するのがどんな気分か、おれにはわかってる」

絶望している十代のデイビー・マクラウドの姿を想像すると、胸が締めつけられた。「ごめんなさい。馬鹿なことを言ったわ」

「かまわない。気にしてない」

そっけない口調が癪にさわる。「そうよね。あなたは何を言われてもいっこうに気にしないみたいに振る舞ってる。でもそれは見せかけよ。わたしにはわかる」

デイビーが口笛を吹いた。「なるほど。言いたいことがわかった気がするぞ。逃げも隠れもしないから言ってみろ」

「そのほうがいいわ」彼女は言った。「怒ったり皮肉を言ってるあなたのほうがましだもの。少なくとも、そういうときのあなたはそばにいる気がするから。くだらなすぎてどうでもいいみたいに超然と距離を置いてるあなたは嫌い」

彼はむっつりと道路を見つめている。「距離を置けば、どう対処するか判断する余裕ができて、やみくもに反応せずにすむ。いいことだ」

「あなたがやってるのは、それとは違うわ。あなたは混乱した状況に飛びこむのが怖いのよ。上に浮かんでいるほうが好きなの。距離を置くなんて言い方は、ただの言い訳だわ」

デイビーはウィンカーをつけ、出し抜けに高速道路をおりた。無言のまま走りつづけ、未舗装道路に入る。大きな針葉樹に囲まれた暗い道をがたがたと進み、本道から見えなくなったところでブレーキを踏んでエンジンを切った。

「ゆうべのことを言ってるんだな?」彼が問いただす。「きみはまだおれに腹を立てている。セックスのことで。おれの申し出のことで。そうだな?」

マーゴットは彼から視線をそらし、落ち着きなくごくりと喉を鳴らした。

「きみはわざとおれを怒らせている。なぜだ?」

たしかにそうだ。自分でも理由はわからない。そしてやめられるとは思えない。

デイビーが車をおりて、助手席にまわってきた。勢いよくドアを開け、マーゴットの腰に手をまわして引きずりおろす。マーゴットは彼の顔を見つめた。

「おれは自分からきみの問題に飛びこんだ」彼が言った。「スネーキー、殺人、法の手から逃げている謎の女。充分混乱した状況じゃないか？　これでもまだおれの意図は伝わらないのか？」

「そうじゃないけど、わたしが――」

キスをされ、その先の言葉はどうでもよくなった。すべてを忘れさせる激しいキス。彼にしがみついた瞬間、自分が彼をあおった理由がわかった。こんなふうになってほしかったのだ。わたしだけに没頭し、のめりこみ、わたしのことだけを考えてほしい。激しく、貪欲に、怖いほどに。よそよそしい抱擁も、いつもの冷淡な態度もなく。怒りとセックスは密接に結びついている。

彼はわたしだけのものだ――もしわたしの手に負えれば。

ジーンズが引きおろされ、彼の手が柔らかな赤い巻き毛にすべりこんできた。力まかせにパンティがおろされる。生地が割けてパンティが落ちた。太腿のあいだに指が忍びこみ、すでにキスで火がついていた疼きを撫でる。

「この赤毛が地毛なのか？」彼が訊いた。

「赤銅色よ」震える声で応える。

「この色の髪のきみが早く見たい」彼はマーゴットの乱れた茶色の髪にもう一方の手を入れた。「はじめてきみを見たときから、地毛は何色なんだろうと思っていた」

マーゴットは狼狽した。「染めてるのがそんなに一目瞭然？」

「おれだけだ。おれは隙さえあればきみを見つめていた」彼が言った。「きみを観察していた。あれこれ想像していた」マーゴットの向きを変え、むきだしの尻が挑発するように突きだすように腰を引っ張る。「最初から、きみがこんなポーズを取っているところを想像していた。ああ、すごくセクシーだ」

マーゴットは息を呑んだ。「だめよ、デイビー。待って。こんな――」

「おれを信じろ」かすれた小声で彼が言った。ベルトをはずす音がする。「コンドームは持ってる。きみを楽しませてやる」

「だめよ」声に力をこめた。「待って、デイビー。こんな体勢はきらい。人間扱いされてない気がするの。やめて、お願い」

腰をつかんでいた彼の手の動きがぴたりととまり、やがてくるりと振り向かされた。デイビーの顔は怒りでこわばっている。

「おれをコケにする才能があるな、マーゴット。さんざんおれをあおっておいて、こっちがそのあおりに乗ったとたん、すくみあがっておれを悪者にする。人間扱いされてないだと？おれをなんだと思ってるんだ？」

「コケになんかしてないわ」もつれる舌で言う。「悪者にもしてない」

彼女はジーンズを引きあげたが、チャックをあげないうちにデイビーに腕をつかまれて車に押しつけられた。「だが、きみはおれを信じてない」

「何を信じるの？」と言い返す。「いい加減にして！頭を冷やしてちょうだい。ただ、あいう体位は好きじゃないと言ってるだけじゃない！個人的に捉えないで。わたしには自分の好みを言う権利もないの？　それに、力ずくもやめて。そういうのは嫌い。だから大柄な男とはつき合わないの。あなたみたいに図体の大きな男と親しくなるなんて、わたし頭がどうかしてたんだわ」

「それでもおれを信じることはできる」彼があっさりと言った。

筋肉から力が抜け、手足がぐったりして震えだした。顎がわななく。デイビーが憎たらしい。わたしを車に押さえつけて、こんな台詞を言う図々しい彼が。

「何を根拠に信じるのよ？」吐き捨てるように言う。

「なんとなく」

マーゴットはかっとして彼を突き飛ばした。「そんなの貧弱すぎるわ。なんとなく？　わたしのことはわかってるでしょう。わたしははっきりさせるのが好きなの。黒か白か。ちゃんと説明して」

デイビーの眉間に皺が寄った。「おれが真実を話していることは信じていい」

「ああそう、それはどうも」マーゴットは大きな声を張りあげた。「そのせいでわたしがものすごく傷ついてもね」

彼はじっと口をつぐんでいる。

真実。ふん。何もないよりはましだ。これまでつき合った男たちが与えてくれたものよりは。それでも、彼がもう一歩踏みこんでくれたらと思わずにはいられなかった。彼は味方だと、わたしのために、わたしを応援するためにそばにいると信じられたらどんなにすばらしいだろう。彼もわたしを信じ、さらに言えば……愛してくれていると信じられたら。わたしは馬鹿だ。こんな甘ったるい愚かなことを考えるなんて。

「放して、お願い」彼女はつぶやいた。

「どうして大柄な男が嫌いなんだ？　殴られたことがあるのか？」

顔が赤くなる。「デイビー、そういう話は――」

「言ってみろ」

今世紀中にはあとへ引く気はなさそうだ。「父が母を殴っていたの。わたしが子どものころ」

デイビーの目が集中力で細くなった。続きを待っている。

「父がわたしにも手をあげるようになると、母はついに父に見切りをつけた。わたしが八歳くらいのころよ。わたしたちは逃げだした。それ以来父には一度も会ってない。そういうことよ。これで満足？」

デイビーが屈みこみ、額が触れそうになるまで顔を近づけてきた。握った両手でマーゴットの頬をそっとこする。「そんな目に会ったなんて、気の毒に」

「この話はもうしたくないわ」ぴしゃりと言う。「話題を変えましょう」

彼は固く握り締めたマーゴットの拳を持ちあげ、両手にそっとキスをした。「おれは絶対にきみを殴らない。それは信じて大丈夫だ」

「まあ」ヒステリックな笑いが漏れた。「それはすてきだこと」

彼が肩をすくめる。「こんなわかりきったことを口に出すのが馬鹿げてるのはわかってる。だが、言っておくべきだと思った」

羞恥心や感情の高まりを感じると、マーゴットはいつも生意気な口をきかずにはいられなかった。「わかったわ。わたしもあなたを殴らないと約束する」

デイビーがにやりとした。「ありがとう。安心したよ」

「うぬぼれないで」

彼は首を振った。「そうじゃない。おれは殴られるのは好きじゃないんだ。なんのために長年マーシャルアーツの修行をしてると思うんだ？」

「じょうずなのはそのせいなの？　その……わかるでしょう？」

「さあ、わからないね」慎重に言う。

マーゴットはふたたび彼の胸を押した。「とぼけないで。わかってるでしょ。ベッドでのことよ。あなたはよく知ってる。わたしの体のことを。自分でも知らなかったようなことを。頭がおかしくなりそうだった」

「ああ、そのことか」彼は嬉しそうな顔をすると、チャックがおりたままのジーンズのなかに手を入れてきた。「何を望んでいるか、きみの体が教えてくれるのさ。あんなふうにしっくり馬が合う相手ははじめてだった。そして、きみも同じように感じてるはずだ」

「え、ええ、たしかに」とつぶやく。

デイビーが唇を重ね、マーゴットの下唇を軽く嚙んだ。「もう頭は冷えたか？」

「頭が冷えてるとは言えないわ。わたしのジーンズを引きずりおろしたくせに。こんな状況で冷静になれる?」

「おれのジーンズもさげようか? もしそれで気が楽になるなら」

ひきつった笑いで息が詰まる。「結婚式に遅れてるんじゃなかったの? あなたは新郎の付き添いをするんでしょう?」

デイビーは自分のジーンズを押しあげているふくらみを見おろした。腕時計に目をやり、大きくため息を漏らす。「くそっ。熱いセックスもできたのに、無駄な口論で時間を無駄にしてしまった」

彼は不本意そうに身を引いた。マーゴットは乱れた服を直した。安堵するのと同じくらい、失望も感じていた。彼とのセックスはとてもすばらしいけれど、そうなったらシャワーを浴びる必要があるだけでなく、わたしはわなわなと体を震わせたまま動けなくなってしまう。デイビーの家族や友人が大勢集まる正式なパーティに、そんな状態で行きたくない。

遅刻していて、むしろ好都合だったのだ。

16

デイビーのトラックが停まると、黒いタキシード姿で派手に男前があがったショーンが車寄せに飛びだしてきた。片耳でダイアモンドがきらめいている。彼は助手席のドアを開けてマーゴットを降ろし、熱烈に抱きしめた。

「そろそろのんびり屋たちが着くころだと思ってたよ。二人のために、しゃれたスイートを取っといたぜ。バー、バスタブつきの専用バルコニー、その他もろもろ。ホテル側のレディたちを説得するために、一時間あれこれご機嫌を取らなきゃならなかったけど、なんとか成功した。おれに感謝してくれよな」

マイキーが後部座席から飛び降り、ショーンの磨きあげたドレスシューズの匂いを嗅ぐと、彼の膝に前足をかけて嬉しそうに吠えた。わたしの犬はマクラウド家の男が好きらしい。

「その部屋はペットが泊まれる部屋なの?」彼女は訊いた。

かがんでマイキーの頭を撫でていたショーンが顔をしかめた。「しまった。犬のことはうっかりしてたよ。でも、事前に許可を求めるよりあとで謝罪するってのが、おれのモットーなんだ。おれがこのちびすけを見てるあいだに、チェックインしてこいよ。兄貴はさっさとタキシードに着替えろ。式次第をざっと説明してやるから」

豪華なロビーに入ったマーゴットは、色褪せたジーンズとちっぽけなタンクトップ姿で服と洗面道具がつまったビニール袋をさげている自分がひどく気まずくなった。だがくよくよする間もないうちに、ウェーブのある長い金髪に銀色がかった瞳をした美貌の女性が近づいてきて、にっこり微笑みながら遠慮がちに腕に触れた。アイスブルーのタフタのロングスカートとビスチェで鮮やかに装っている。

「マーゴットでしょう？　わたしはレイン。ショーンから噂はいろいろ伺っているわ」

マーゴットは緊張したが、レインのやさしそうな笑顔に思わず微笑み返していた。「ショーンがそんなにわたしのことを知ってるなんて知らなかったわ」

レインが笑い声をあげた。「まあ、ショーンのことは知ってるでしょう？　彼はたいして知らないことでもたっぷりしゃべれるのよ。デイビーの謎の新しいガールフレンドというだけで、わたしたちには充分。みんな興味津々よ。デイビーはなかなか正体がつかめない人だから、彼がつき合う女性はどうしてもみんなの注目の的になるの。覚悟しておいてね」

マーゴットは震えあがった。「いやだ。今朝は注目に耐える薬を飲み忘れたの。たいへんだわ」

レインがおもしろそうに笑う。「シャンパンを何杯か飲めば大丈夫よ」

「でも、ショーンは勘違いしてるわ」と食い下がる。「わたしはデイビーのガールフレンドじゃないの。まだ会ったばかりだし、特別な関係とか、そういうのじゃないのよ」

レインはマーゴットの肩をつついた。「わたしには、あなたは特別に見えるわ」彼女は言った。「どうやらデイビーは作戦を間違えてるみたいね。男ってほんとにお馬鹿さんだわ。意外な面を見せてくれることもあるけれど、何もしないこともある」

「いえ、そうじゃないの。デイビーはよくしてくれているわ」と強調する。「彼はただ、間違った希望を持たせないようにはっきり言ってるだけ。そのほうがいいの。わたしはどうせ希望は持ってないから。わたしはパーティに来ただけよ。そして、彼がここへ連れてきてくれたのは、あくまでもわたしがストーカーにつきまとわれているからなの」

レインの笑みが消えた。「間違った希望ですって？　ひどい言い草ね。デイビーを叱ってやらなくちゃ。ストーカーの話はショーンから聞いたわ。でもそのことは心配しなくて大丈夫。ＦＢＩ捜査官がそこらじゅうにいるんだもの。だからリラックスして楽しんでね」マーゴットの頰に軽くキスをする。「あなたに会えてとても嬉しいわ。続きは披露宴でゆっくり話しましょう」

マーゴットは氷の柱になっていた。相手の好意的な態度に応じることもできない。「ＦＢＩ？」そう訊く声がかすれていた。

「よお、レイン」デイビーが金髪の女性の頰にキスをし、マーゴットの腰にこれみよがしに手をまわした。彼女の緊張に気づき、不審そうに顔をのぞきこんでくる。「どうかしたか？」

マーゴットは彼の目をにらんだ。「ＦＢＩ？」

「デイビーったら、コナーが捜査官だったことを話してないのね？」レインがデイビーの腕をたたく。「新婦のお父さまもそうだったの。ここは彼らでいっぱいよ。あなたにつきまとってるろくでなしのストーカーに勝ち目はないわ。二人とも、早く準備をしていらっしゃい。エリンにはゆっくり準備するように言っておいてあげる」

そう言うと肩越しに天使のように微笑み、アイスブルーのタフタの長いすそを引きながら優雅に歩き去った。

マーゴットはその場に立ち尽くしていた。「FBI?」呆けたようにくり返す。

デイビーがばつが悪そうに視線をそらした。「その話はあとにしよう。ちゃんと説明する。そろそろ式が始まるから、急がないと――」

「正気なの?」マーゴットが噛みついた。

「デイビー、いけないハンサムさん」外国なまりのある、けだるい女性の声がした。「もうレディのお友だちを怒らせてるの? まだ今日は始まったばかりなのに」

デイビーがくるりと振り向いた。黒いタフタを身にまとった目が覚めるような美女が微笑んでいた。きれいに切りそろえた前髪が額にかかり、結いあげた黒髪からひと房の光輝く髪が肩に垂れている。

「ああ、やあ、タマラ」喜んでいないのがありありとわかる。「すっかり変わってるんでわからなかったよ。『百一匹わんちゃん』に出てくるクルエラみたいだ」

「あいかわらず女性にやさしいのね」タマラが言った。「ところで、今日のわたしはジャスティン・セロンよ。ブリュッセル出身の通訳。誰かに訊かれたら、そういうことにしておいてね。エリンとは、彼女が外国で勉強しているときに出逢ったの。式ではあなたがわたしをエスコートすることになっているから、それを知らせにきたのよ。嬉しいでしょ？　あなたが謎のお友だちを連れてくるなんて誰も知らなかったときに決まったの」真っ赤な唇に含みのある笑みを浮かべながらマーゴットを見つめる。「だから焼きもちをやかないでね」

「そんな、もちろんよ」マーゴットは請け合った。

「きみが？　ブライドメイド？」デイビーは愕然としている。「ブライドメイドは宝石の色のドレスを着るんだと思っていた。それに、そのわざとらしいなまりはなんだ？」

タマラはエレガントなドレスに手をすべらせた。黒いスカートとビスチェは、レインのアイスブルーのドレスと同じデザインだ。

「黒は宝石の色よ」タマラがかすかに傷ついたように言う。「オニキス？　黒曜石？　ブラックオパール？　それに、どうしてわたしのなまりが偽物だと思うの？　アメリカ英語のなまりのほうが偽物かもしれないでしょう？　憶測でものを言わないことね、デイビー」

「その話はあとにしよう。おれたちは準備をしないと。またあとでな、タマラ。行こう」マーゴットの手をつかみ、エレベーターのある廊下へ引っ張る。「エリンがあの女を結婚式に招待するのをコナーが許したなんて、信じられない」デイビーが怒りをぶちまけた。「あいつはほんとにのぼせあがってるに違いない」

「誰なの？　それに、どうして彼女にあんな失礼な態度を取ったの？」マーゴットは問い詰めた。「あなたのむかしの彼女か何か？」

デイビーが顔をしかめた。「まさか、とんでもない。考えただけでぞっとする」

「なぜ？　すごい美人じゃない。彼女のどこが気に入らないの？」

デイビーは彼女の手をつかんだままエレベーターをおり、引っ張るように廊下の突き当たりまで進んでカードキーをパネルにあてた。

豪華な部屋に、巨大なベッドがでんと構えている。デイビーはガーメントバッグをベッドに放り投げ、Tシャツを脱ぎはじめた。「彼女のどこが気に入らないかって？　まず、あの女は札つきの犯罪者だ。十二かそれ以上の国で指名手配になっている。罪状は知らないし、知りたくもない。だがほんとうの問題は、自分が楽しむためだけに派手なスタンドプレーを演じて厄介事を起こすことだ。あの女がいると、落ち着かない」

「へえ」マーゴットは舌を巻いた。「じゃあ、どうしてここにいるの？」

彼は腹立たしそうに素早く首を振った。「数カ月前、彼女はコナーの命を救ったんだ。あいつも彼女の命を救ったが、それはどうでもいい。込み入った長い話だ。そのうち話してやる」

「絶対よ」意気ごんで言う。「ぜひ聞きたいわ」

「とにかく、好むと好まざるとに関わらず、彼女は仲間の一人だ」ジーンズのうしろから拳銃を抜き、ベッドに置いてジーンズを脱ぐ。「マクラウド家のことはきみも知ってるだろう。無法者の一族。ひとたびそのメンバーになると、それが正しかろうが間違っていようが抜けだせない。難儀な話だ」

マーゴットはぞっとしながら銃を見つめた。「ユニークな一家だこと」

「まったくだ」ガーメントバッグのチャックを開ける。「エリンにはあの女を招待するなとさんざん言ったのに」不満そうにぼやいている。「コナーにもしっかり念を押した。そのあげくがどうだ？　彼女をブライドメイドにして、おれにエスコートさせる気だ。リハーサルをすっぽかした罰に違いない。ハネムーンから帰りしだい、恋に浮かれきった弟をつかまえてミンチにしてやる」

マーゴットは目をしばたたかせた。「ねえ、どう言ったらいいかよくわからないんだけど、でもあなたが式に連れてきた人間の法的立場を考えると、批判する権利はないんじゃない？」

「それとこれとは話が別だ！」ハンガーからタキシードのズボンを引き抜き、腰をおろしてズボンを穿きながらマーゴットをにらんでいる。

「そうなの？　どうして？」

「なぜなら、きみは無実だからだ！　それにきみは危険にさらされている。だがきみはおれの連れだ。きみにちょっかいを出すやつはいない。安心しろ」

確信のこもる口調がおもしろい。「自分の影響力が及ぶ範囲を過大評価してるわよ、デイビー。わたしを信じてくれるのは嬉しいけど、新聞を見た人がわたしに気づいたらどうしようもないわ」

彼はドレスシャツをあさった。「新聞に載った写真は、おれも見た。いまは髪が伸びて色も濃くなっているから、まったくの別人に見える」マーゴットの全身に視線を走らせている。「きみは当時よりやせている。顎が細くなってるし、頬骨もめだつ。目に特徴があるが、おれが見た写真はその特徴をはっきり捉えていなかった。おどおどしないようにすれば大丈夫だ。会場にいる男は全員きみを見るだろうが、その理由はきみが心配するようなものじゃない」

マーゴットは、たくましい胸の上で糊のきいた白いシャツのボタンをかけている彼から無理やり視線をそらした。タキシード姿の彼は、全裸の彼と同じくらいすばらしい。「なんともへんてこな結婚式ね。ゴールデンアワーには放送できないからケーブルテレビで流す妙な番組みたい」

ショルダーホルスターをつけているデイビーの胸が、嘲笑で揺れている。「さあ、頼むからさっさと用意をしてくれ。式が始まるのは」腕時計をチェックする。「四分半後だぞ」

「はいはい、わかったわ」彼女はビニール袋を持ってバスルームに駆けこみ、ドアを閉めた。無駄だとは思うが、やってみるしかない。

鏡に映る怯えた青白い顔を見つめる。かつて美容院で二〇〇ドルでカットしてもらった髪は、中途半端に伸びたまま傷んでぼさぼさに広がっている。

彼女は力まかせに服を脱ぎ、デイビーが引き裂いたパンティをうんざりと見つめた。お尻から見るも哀れな状態でぶらさがっている。もう！　ドレスは体にフィットするデザインだし、ビニール袋に入っているコットンの下着はブリーフ型だから、無様なパンティラインが見えてしまうだろう。ストッキングなどあるはずもなく、宝石もないし、化粧品はかぎられている。腕の振るいがいがあると言うものだ。

でもまあ、少なくともまともなドレスが一着ある。皺にならない伸縮性のある生地でできたぴったりしたデザインで、肩ひもの細い黒いスリップ型のアンダードレスとセットになっている。淡いグレーが裾のフリルに行くにつれて濃くなり、膝のすぐ下でチャコールグレーから黒に変わる。ボートネックから胸の谷間がのぞき、小さな袖が腕を引き立たせるデザインだ。わたしの腕はとてもきれいなはずよ、とマーゴットは自分に言い聞かせた。汗だくになってエアロビクスを教えてきた賜物。同様の効果がお尻に現われていないのが残念だ。そこはこれまで同様突きだしている。わたしのお尻は独立独歩なのだ。

髪はフレンチロール風にひねった。数え切れないほどのヘアピンと大量のジェルの助けを借りてサイドではねる毛を押さえ、長さの足りない髪をかろうじてまとめる。おくれ毛を数束顔のまわりに垂らし、風でほつれた感じを出した。化粧品はアイライナーとマスカラ、深紅の口紅しかなかった。ブラシはなし。アイシャドーもなし。ファンデーションもコンシーラーもない。

ビニール袋には、これ以上の奥の手は入っていない。これで全部。できるだけのことはやった。

マーゴットはティッシュペーパーを何枚かつかんでバッグに詰め、精一杯堂々とした足取りでバスルームを出た。

デイビーが目を丸くして彼女の全身に視線を走らせた。
「驚いた」とつぶやく。「すごいじゃないか。とてもきれいだ」
ぽっと顔が赤くなり、マーゴットはすかさずひねくれた返事を返した。「パンティライン
が丸見えよ。あなたのせいで」彼女は言った。「あなたがわたしのパンティを破ったから」
デイビーが歩み寄ってきて大きな暖かい手をマーゴットの腰にあてると、急いでいること
を忘れたかのようにゆっくりとヒップへすべらせた。「悪かった」
マーゴットはつんと顎をあげた。「そうよ」
「だが、おれに解決策がある」
「へえ、そう？　お店に下着を買いに行けるように、結婚式を遅らせてくれるの？　あなた
の家族に対するわたしの第一印象は、すばらしいものになるでしょうね」
デイビーは床に膝をつき、彼女の体の曲線をなぞった。「脱げばいい」
「ふざけないで。ノーパンで弟さんの結婚式に行けって言うの？　風が吹くたびに、アソコ
をむずむずさせながら？　寝ぼけたこと言わないで。いやらしいんだから――」
「おれはきっと頭が変になる」スカートの下に手が入ってきた。「この下にあるのはしなや
かなきれいな脚とセクシーな靴だけだと思ったら。そしてその上には……やわらかな、むき
だしの――」
「もうやめて！」マーゴットは彼の短い豊かな髪を握ってバランスを取りながら、体をひね
って逃れようとした。「お行儀が悪いわよ！」

デイビーがパンティに指をかけた。「パンティラインを見せたまま下へ行くわけにはいかない」まじめな口調で言う。「とんでもない話だ」

「もう、いい加減にして」笑いがこみあげて息が詰まる。「これ以上笑ったら、涙が出てマスカラが落ちちゃうわ」

彼はパンティを足首まで引きおろし、スカートを持ちあげた。茂みに顔を押しつけられた瞬間、頭がのけぞってすすり泣きにも似たため息が漏れた。湿り気のある息がかかってぞくぞくし、膝から力が抜ける。「ああ」マーゴットはあえいだ。「お願い、デイビー。わたしをばらばらにしないで。怖いの」

デイビーはむきだしになったヒップを大きな手でつかみ、太腿に頬をこすりつけた。「怖がることはない。ここにいれば安全だ」

「そうね」マーゴットはうるんだ目をぬぐった。

「おれがそばにいる。いつも」彼が続ける。「きみにちょっかいを出すやつは、誰だろうがおれが両腕を引きちぎってやる。わかったか？」

マーゴットは微笑もうとした。「ありがとう、デイビー。残酷だけど、嬉しいわ」

ドアの外で甲高い口笛の音がした。音程がじょじょにあがる長い音のあと、段階を追って音階がさがる短い音が三度。デイビーがさっと立ちあがり、マーゴットはあやうくバランスを崩しそうになった。デイビーが力まかせにドアを引き開ける。「その合図は、なんのつもりだ？」

ショーンが目をしばたたかせた。「のんびり屋のケツに火をつけてるんだよ」

「二度といまみたいなふざけたまねはするな！　あの合図でふざけてるのを親父が聞いたら、激怒しておまえをぼこぼこにしてたぞ！」

ショーンは皮肉っぽく片眉をあげた。「そんなの、かわいい娘の結婚式を遅らせた兄貴に花嫁のお袋さんがやることに比べたら屁でもないさ。兄貴だって彼女が激怒したところは見たことがあるだろ。気をつけたほうがいいぜ」

デイビーはマーゴットの手をつかみ、廊下に出た。

彼女はよろけながら彼についていった。「さっきの合図はどういう意味なの？」

兄弟は横目で相手を窺っていたが、やがてショーンが肩をすくめた。「親父は退役軍人だったんだ。おれたちが子どものころ、親父は自分が使ってたトリックをいくつか教えてくれた。さっきのは、〝〇秒後に手榴弾を投げこむから、さっさと逃げろ〟って意味だ。合図の内容によって意味も変わる。いろんなバリエーションがあるんだ」

マーゴットはつまずき、デイビーの広い背中にぶつかった。「それって、あなたたちは子どものころ手榴弾で遊んでたってこと？」

「ああ、手榴弾はガキのおもちゃさ」ショーンが鼻で笑う。「大がかりな爆弾のほうが、ずっとおもしろい」

「黙れ、ショーン」デイビーがむっつりと言った。

それ以上この刺激的な追及を続ける暇はなかった。まもなくマーゴットはローズガーデンに着き、小声の指示が飛び交う渦中に立っていた。まっすぐな黒髪でこの場に不似合いな眼鏡をかけたタキシード姿の長身の青年に、芝生に置かれた折りたたみ式の椅子へと案内された。青年はマイルズと名乗った。腕には満足そうなマイキーを抱いている。誰かがマイキーの巻き毛にいくつもカラフルなシルクのリボンをつけてくれていた。

芝生の両側でバラが咲き誇っている。噴水がそよ風を受けて小さな水滴を飛ばしていた。マイルズはマーゴットの足元にマイキーをおろし、彼女が微笑んでお礼を言うと、ガゼルのように飛びあがって真っ赤になった。まもなく、弦楽四重奏の演奏が始まった。

最初にデイビーが通路に現われた。妖しい笑みを浮かべたタマラが彼の腕に手をかけている。そのカップルは憎らしいほど華やかだったが、マーゴットはタマラに嫌悪感を抱くまいと努めた。筋がとおらないし、無法者仲間に多少の連帯感は持つべきだ。たとえ彼女がどれほど美しくても。

次にショーンが現われた。自分の腕を取るぽっちゃりした赤毛の女性に微笑みかけている。マイルズは赤いドレスのほっそりしたブルネットの女性を恭しくエスコートしていた。そのあとにレインが続く。いかつい顔つきのハンサムな黒髪の男性が、しっかりと彼女の腕をつかんでいた。男性は、マスクをつけたガンマンでも探しているかのように、列席者に猜疑の視線を走らせている。そのあとには二人ずつ並んだ女性たちが現われた。色とりどりのドレスはブーケのように鮮やかだ。そして、手を取り合った新郎新婦が姿を見せた。幸せに輝くばかりの二人のようすを見たとたん、マーゴットはあわててティッシュを探した。

すばらしい式だった。穏やかでシンプルで、心がこもっていた。新郎新婦の顔に浮かぶ愛と信頼を見ていると、涙で流れ落ちるマスカラを拭き取らずにはいられず、式が終わったあと脇を通り過ぎたデイビーはそんな彼女を変な顔で見ていた。

まもなく彼が隣りにやってきた。「どうかしたのか？　何があった？　大丈夫か？」

マーゴットはティッシュで鼻をかみ、目の下をぬぐった。「そんな顔でにらまないでよ」半泣きの声で言う。「わたしをここに連れてきたのは、あなたなんですからね。わたしが頼んだわけじゃないわ。だから文句は言わないで」

デイビーが困った顔をした。「おれは文句など言ってない。きみが――」

「わたしは感動したの！」と声を荒げる。「慣れてちょうだい！　結婚式やお葬式や子犬が出てくるコマーシャルには弱いのよ！　自分でも自覚してるんだから、これ以上照れくさい思いはさせないで。伝染はしないから」

彼は背後でかがみこみ、うなじにそっとキスをしてきた。「まあいい。写真撮影の時間だ」

「じゃあ、行ってきなさいよ」手を振って追い払う。「わたしのそばにいないで。どこかへ行っちゃって。カメラに近くに来てほしくない。早く行って！」

マーゴットはそっとコンパクトをのぞいた。流れ落ちたマスカラの残骸でなんとなくふしだらな印象になっているが、これ以上こすったら目が充血してひりひりしてしまう。わたしは氷の女王にはなれそうにない。彼女はおしゃべりを交わす人ごみを見渡し、もう一度普通の世界の一員になれたらどんな気分だろうと考えた。

そうなれたらどんなにいいだろう。わたしに起こったことは、わたしをすっかり変えてしまった。自分に刻印がついているような気がする。不治の病に侵されてでもいるように。

そう思うといっそう気持ちが落ちこんだ。たとえなんとか普通の人間として受け入れられたとしても、きっと偽装しているような気がするだろう。わたしの世界は予測不能な悪夢なのだ。

そう考えると、噴水もバラも幸せな祝祭も残酷なまがいものに思える。ああ、だめ。わたしったら、また自己憐憫にひたりそうになっている。それはまずい。だって、ティッシュが残り少なくなっているもの。マイキーが膝に前足をかけ、手を舐めてきた。長い睫毛の下の大きな心配そうな目を見ると、泣き顔に笑みが浮かんだ。かわいいマイキー。おまえがいると救われるわ。マーゴットは柔らかい耳を撫でてやり、マイキーが全身で尻尾を振るまで自分の気持ちを伝えた。

出し抜けに、マイキーの背後の芝生が虹色に輝く黒いタフタで覆われた。スカートに沿って視線をあげると、タマラの笑みを浮かべた唇と、測り知れない褐色の瞳が目に入った。タマラはマーゴットが持っているマスカラで汚れたティッシュを見つめていた。「感動的な式だったわね。わたしまで胸がつまって泣きそうになったわ」

軽い嘲笑がこもる声が癪にさわる。マーゴットは最後にもう一度鼻を拭き、バッグにティッシュを押しこんだ。タマラのビーズでできた黒いイブニングバッグを見たとたん、自分の茶色い革のバッグがドレスにまったく合っていないことに気づいた。

ああ、むかし持っていたバッグのコレクションがなつかしい。

「ええ、そうね。とてもすばらしかったわ」マーゴットは好奇心と礼儀のあいだで葛藤しながら相手の顔を見つめた。点火装置をショートさせて車のエンジンをかける方法を尋ねたら、タマラはどう応えるだろう。

タマラがちらりと噴水のほうへ視線を流した。「みんなは向こうで写真を撮っているけれど、わたしは写真はきらいなの」

「わたしもよ」不安で一瞬くちごもってから答える。

タマラが大きく目を見開いた。「そうなの？　なぜ？」

震える息を漏らす。「たぶん、あなたと同じ理由で」

「まあ！　じゃあデイビーからわたしのことを聞いたのね？」笑みが広がる。「だと思った。びくびくするのも無理はないわ。法の手から逃げてるの？　なのにデイビーに捜査官の巣に連れて来られた？　賢い行動とは言えないけれど、デイビーは強硬な人だから。わたしも強硬な男に弱いの。ほかのタイプの男とつき合うとぼろぼろにしてしまうのに。愛の力って偉大よね？」

「ここにいるだけの抜け目なさがあるうえに、そんなことまで言うなんてたいしたものね」

「わたしは危険に興奮するの」マーゴットのおくれ毛を指ではじく。「ところで、その髪の色はあなたに似合わないわよ。ほんとうは赤毛でしょう？　アッシュブロンドにしたほうがいいわ。蜂蜜色のハイライトを少し入れて。それから、お願いだからプロにやってもらいなさい。自分でやっちゃだめ」

「ご忠告ありがとう」マーゴットは歯嚙みする思いで応えた。すてき。要するに、わたしがやったヘアダイは最悪なのだ。気おくれの原因がもう一つふえてしまった。

「デイビーが写真撮影でつかまっているあいだに、あなたと話しておこうと思ったの。彼はわたしが大嫌いだから、きっとこのあとはずっとあなたのそばに近寄らせてくれないもの」

タマラが言った。

マーゴットは憤然と胸を張った。「誰としゃべるかは、自分で決めるわ。彼に指図はされない」

「えらい、えらい」タマラが拍手する。「その気骨を忘れないでね。あなたにはそれが必要になる。彼みたいな世界の王様タイプは扱うのが厄介だもの」そこで考えこんだ顔になる。

「デイビーにはヒーロー精神があるわ。弟みたいにね。きっと彼はあなたを助けたいのよ。ほほえましいこと。たぶんそのせいで彼は命を落とすでしょうけれど、それでもすばらしいことだわ」

「まさか。それは違うわ。わたしはセックスのために彼を利用してるだけよ」

タマラは澄んだ鈴の音のような笑い声をあげた。「手強い女ってわけね？」

マーゴットは胸の上で腕を組んだ。「努力してるわ」

マイキーがタフタの長い裾の上で仰向けになり、お腹を撫でてくれとタマラにねだりはじめた。いい子ね。マーゴットは彼にテレパシーを送った。もっとやりなさい。毛を落とすの

「だめだ」デイビーが言った。「そんなことは許さない」

タマラが鈴のような笑い声をあげた。「彼女に決めさせなさい」とからかう。「あなたたちマクラウド兄弟は、野心を持とうという気がないのよ。それだけの知性と煮えくり返る男性ホルモンがありながら、見当違いな倫理観でそれが無駄になっている。潜在能力の無駄もいいところ。犯罪だわ」

「いいや、とんでもない」デイビーが言った。「ありがたいことだ」

「タマラ？」マーゴットはもう一度声をかけた。「もう一つ」

タマラの眉がさらにあがる。赤い唇が皮肉っぽくゆがんでいた。「なあに？」

「わたしはだまされないわ」マーゴットは言った。「あなたも自分が間違っていると証明してほしがっている。そしてわたしと同じように、誰も証明してくれないんじゃないかと恐れてる」

タマラの顔が笑みを浮かべたまま凍りついた。そして否定するように手をはらってこちらへ背を向けた。大股で歩き去って行く彼女のむきだしの肩の上で、長く垂らした一房のつややかな髪が前後に揺れていた。

デイビーは彼女のうしろ姿を見つめている。「あの女がいらだつのは初めて見た」彼がつぶやいた。「鎧を着てるんだと思っていた」

「誰にでも弱点はあるわ」マーゴットは言った。「わたしはそこを突いたのよ。バラが咲き乱れ、あなたの弟さんと花嫁はとても幸せそうで深く愛し合っている。見ていると辛くなるわ。たぶん彼女も……わたしと同じ気持ちだと思っただけよ」

デイビーは身構えているように見えた。「どんな気持ちなんだ？」

マーゴットは肩をすくめた。「のけ者」ぽつりと言う。「嫉妬。悲しみ」

彼はわけがわからないと言いたげな困惑の表情を浮かべた。「タマラがそんな感情を抱くなんて、想像もできない」

マーゴットは彼が視線を落とすまで無言でにらみつけていた。

デイビーはマイキーを抱きあげた。「そういうむずかしい話は苦手だ」むっつりとつぶやく。「マイルズを探してマイキーの世話を頼んだら、シャンパンを飲みに行こう」

17

点火装置をショートさせて車のエンジンをかけるだと？　そんなまねをさせるものか。本気で知りたいなら、おれが教えてやる。爆弾のつくり方や起爆のさせ方、信管を除去する方法を教えてやる。待ち伏せ攻撃の練り方も、落とし罠のつくり方も、暗闇で相手の喉を掻き切ったあと死体を隠す方法も教えてやる。あらゆる武器の使い方も。

文明社会が崩壊したのちかならずや訪れるであろう無政府状態の厳しい環境のなかで、さまざまな困難を乗り越えて生き残るために父親の変人エイモンがおれたち兄弟に伝授したあらゆる手練手管を。崩壊は起こらなかったものの、おれたち兄弟の波瀾に富んだ人生において、エイモンの手練手管は一度ならず役にたってきた。

マーゴットに波瀾に富む人生を歩んでほしいとは思わない。彼女はキャリアアップに精をだすべきだ。ショッピングや仕事、女友だちとのランチ、なんであれ、なんの苦労もない若い女が普通にやることに。それが何かはわからないが、点火装置をショートさせたり頭のおかしいストーカーから逃げまわることではない。世界経済をショートさせることでもない。彼女にはタマラのようになってほしくない。情け容赦のない冷酷非情な女には。

とんでもない。マーゴットにかぎってありえない。デイビーは無性に腹が立ち、テーブルをひっくり返してきらめくクリスタルのグラスを片っ端から割ってやりたい気分だった。

彼女がのけ者にされたように感じ、嫉妬と悲しみを覚えているのが我慢できない。誰かが彼女から奪われたものの報いを受けるべきだ。おれがかならずそうしてやる。

大股で歩く彼に遅れないように、マーゴットは芝生にピンヒールを取られてよろめきながらついてくる。おれの態度は褒められたものじゃない。不安そうにちらちらこちらをうかがっている彼女のようすでわかる。すばらしいセックスでおれの頭が冷えたと思う者もいるかもしれない。それどころかあのせいで自制のたががはずれ、ちゃちな煙と鏡の手品のように中身が現われている。

レインとセスがテーブルについていた。セスはレインのドレスの胸元をいじっていて、レインはその手をぴしゃりとたたき、笑みをこらえて厳しい口調で何か言っている。いつもの光景だ。

セスが自制で苦労することはない。彼はほとんど野獣そのものだ。レインだけが手なずけられる。とはいえ、デイビーはセスに好感を持たずにはいられなかった。たしかに無礼で粗野で常軌を逸したやつだが、頭がよくて狡猾で信義に篤いし、いざというとき味方にいると頼りになる。デイビーにとって、これらは何より重要な要素だった。

「レイン、マーゴットにはもう会っただろう」彼は言った。「マーゴット。こいつは彼女のダンナのセス・マッケイ。おれが始めようとしてる仕事のパートナーの一人だ」

セスは妻の胸元から手を放し、マーゴットにその手を差しだした。浅黒い細面の顔をにやりとほころばせている。「よろしく」

デイビーはレインの隣の椅子を引き、無造作にマーゴットを座らせた。「ニックに会ったか？」

セスが部屋の反対側のほうへ顎をしゃくった。「ブライドメイドのテーブルでナンパしてる」

デイビーはマーゴットに上を向かせ、所有権を示すようにキスをした。「あのペンダントはまだバッグに入ってるか？」

「ええ」とマーゴット。「どうする——」

「おれによこせ」彼は言った。「ニックに指紋検査を頼まなきゃならない。ここで待ってろ。動くなよ」

弟コナーのFBIの同僚であるニックは、色とりどりのドレスをまとって愛想笑いを浮かべる若い女性たちのテーブルでシャンパンを注いでいた。浅黒い顔に厚い唇と長い黒髪というセクシーな容貌が、いつもどおりの効果をあげている。

「よお、ニック」デイビーは彼に声をかけた。「ちょっと話がある」

ニックはとうとうとまくしたてていた軽薄なおしゃべりをやめ、デイビーの目を見あげた。すっと立ちあがる。「ちょっと失礼するよ、みなさん」誰ともなしに笑顔を振りまく。「すぐ戻る」

二人は演奏用ステージに近いダンスフロアの中央に移動した。バンドが楽器を調律しているので、ここなら話し声が漏れない。

「頼みがある」前置きなしにデイビーは言った。

ニックがむっつりとあきらめの表情を浮かべる。「言ってみろ」

「ネックレスの指紋検査をして、FBIの指紋自動識別システム（AFIS）で検索してほしい。できるだけ急いで頼む。できればいますぐにでも。それから、このことは他言無用にしてほしい」

ニックの顔がこわばった。「おい、デイビー。なにごとだ？」

デイビーは質問を無視した。「できないなら、できないと言ってくれればいい」

ニックは視線をそらし、小さく毒づいた。断われないのはわかっていた。数カ月前、コナーが狂気の億万長者カート・ノヴァクと命をかけて闘っていたとき、相反する証拠を前にしたニックはコナーの話を信じなかった。彼はコナーを見捨てたのだ。

その誤った判断のせいで、コナーはあやうく死にかけた。

ニックはほとほと自分に愛想が尽き、当然ながらひどい自己嫌悪に陥った。コナーはニックを許している。あいつは生涯恨みを抱えるようなやつではないし、誰かを愛しているとなればなおのことだ。コナーはこのひどい世のなかすべてを許す気でいる。

ショーンですら、心の底ではニックにはむしろ友情を感じている。関心の的がすぐ変わるショーンにとって、深い恨みを持ちつづけることなど不可能だ。

だが、デイビーは明らかにいつまでも怒りを抱えているタイプだ。彼にはニックを許す理由はないし、コナーにその気がないとなれば、この状況を最大限に利用しない手はない。

デイビーの頼みは危険で違法なことだ。とんでもない頼み。ニックがまずい状況になればなるほど、デイビーにとっては喜ばしかった。「言ってくれ」デイビーは冷ややかに言った。

「イエスかノーか。単純な話だ」

ニックがため息を漏らす。「わかった。明日やってみよう」

デイビーはマーゴットのバッグを開け、ビニール袋を取りだした。「コナーには言うなよ。ハネムーンに行く直前にわずらわせたくない」

ニックは袋を持ちあげ、ビニール越しに中身をうかがった。「平らな面は一カ所しかない」彼は言った。「こいつがしばらく女のバッグのなかで動きまわってたなら、たとえあんたの謎の存在が指紋を残したとしても、識別可能なものは残ってないだろう。それから、クアンティコの潜在指紋検査官はこの件を知ることになるから、それは踏まえておいてくれ。おれにはどうしようもない」

デイビーはまっすぐニックの目を見つめた。「じゃあ、そいつに泣きつけ」冷たく言う。「這いつくばって頼みこめ。なんでもすると言え。頭を使え。できるだけのことをしろ」

口には出さない怒りが二人のあいだでうなりをあげた。

ニックはそっけなくうなずき、憤然とダンスフロアをあとにした。

バンドがゆっくりしたセクシーな曲を奏ではじめ、デイビーもその場をあとにした。コナーとエリンがダンスフロアの中央に立ち、うっとりと見詰め合っている。

デイビーの顎がこわばり、みぞおちがそれにならった。自分の反応が理解できない。弟の幸せを喜ぶべきなのに。コナーがあんな表情を浮かべるのをずっと望んでいたじゃないか。おれはあいつを愛している。

おれは世をすねたろくでなしになっていて、それは時間がたつにつれてどんどんひどくなっている。この状態が続いたら、〝否定のブラックホール〟の称号をタマラと争うことになるだろう。

エリンの妹のシンディが、コナーの覆面捜査官仲間の一人と踊っていた。マイルズははあはあと舌を垂らしているマイキーを抱き、フロアの片隅からそんな彼女を見つめている。しょんぼりと肩を落とし、顔にはくっきりと悲嘆の表情が浮かんでいた。

デイビーは歯嚙みしながら通りすぎた。マイルズは自分の恋愛問題を自分で解決するべきだが、それでも相手の気持ちを気にもとめないシンディの身勝手な振る舞いが腹立たしかった。何から何まで腹が立つ。

自分を分析したいとは思わないいまのような状況のとき、内省する癖はいらだたしいだけだったが、それはすでに自動的に機能するようになっていた。とめる術はない。

ふと、怒るほうが怯えるより簡単なのだと気づいた。そして、悲しみを感じるよりはるかに容易なのだと。十二年前にケヴィンを亡くしたときのような感情。あるいは、ほんの数カ月前にもう一人の弟があと一歩で死神の刃(やいば)にかかりそうになったときの恐怖。死や悲劇はつねに身近に存在しているという恐怖。

思考はろくでもない脈絡をたどっていたが、いまさらとめられなかった。すでにはずみがついている。

コナーの結婚式でケヴィンや両親が踊っていないことに腹が立つ。愛や家族やほのぼのしたあいまいなものすべてが、いつも厄災の瀬戸際で不安定に揺れていると思うと胸がむかついた。喉元に突きつけられたナイフを取り除かなければならない。

マーゴットの喉に突きつけられているナイフのように。


マーゴットは置き去りにされた気分で立ち去るデイビーのうしろ姿を見つめていた。

「あいつ、何をいらいらしてるんだ?」セスが言った。

彼とレインが自分のほうへ顔を向けているのを見て、マーゴットはその質問が自分に向けられたものだと気づいた。現在のデイビー・マクラウドにいちばん詳しいのは、わたしなのだ。まあ、なんて責任重大なのかしら。

「彼が怒ってるのは、たぶんタマラがわたしに世界経済をショートさせる方法を教えると言ったからだと思うわ」マーゴットは言った。「わたしは魅力的な申し出だと思ったけど、彼はそうとう不愉快だったみたい」

セスの顔が合点がいったように明るくなった。「ああ、なるほど。デイビーは、その手のユーモアのセンスは持ち合わせていないからな。おれなら大喜びするぜ。もしあの女が
――」

「いいえ、それだけはないわ」レインがさえぎる。「何が自分のためになるか心得ていれば、そんなことはしない」

セスは妻の手を取って甲に唇を押しあて、そのままむきだしの腕に沿ってキスをしながらつぶやいた。「おれは何が自分のためになるかわかってるぜ」

レインが笑いながら腕を引いた。「やめてちょうだい！　あなたったら今日はどうしちゃったの？　鎮静剤でも飲んだら？」

「そのドレスのせいだ」セスが言い返す。「なめらかな肌を見せつけておいて、おれはどうやって自分を抑えればいいんだ？」

レインは恥ずかしそうにマーゴットに目を向けた。「ごめんなさいね」

セスは椅子を傾け、まじまじとマーゴットを見つめた。「ショーンがあんたをつけまわしてるストーカーのくそ野郎のことを話してたが――」

「セス！」とレイン。「お願いよ！」

「かまわないわ」あわてて言う。「とてもいい表現だわ」

「あんたにプレゼントがある。ショーンによると、あんたは自分の犬を心配してるってことだが、おれは暇な時間にいじくってた試作品を持ってきたんだ。あれはバッグに入ってるかい、ベイビー？」

レインはアイスブルーのサテンでできたイブニングバッグをあさり、ビニールで包んだものを取りだした。にっこりしながらマーゴットに差しだす。

マーゴットはそれをひっくり返してみた。分厚い黒い革でできた輪で、銀色のメダルがぶらさがっている。「これは何？」

「犬の首輪だ」とセス。「コルビットGPSペット追跡システム。もしあんたの犬が行方不明になったら、おれに電話しろ。うちのコンピュータで探して居場所を教えてやる。自分で探したかったら、ソフトウェアと機材を買ってもいい。バッテリーは一カ月はもつ。充電器をつくってやるよ。そっちの試作品はレインのバッグに入らなかったんだ」

「まあ……すごい」呆然とくちずさむ。「あ、ありがとう」

「あんたの犬があんなにチビだとは知らなかった」セスがぼやいた。「その首輪はロトワイラーでもできるくらいでかい。いずれもっと小さいやつをつくってやろう」

マーゴットは銀色のメダルを見つめた。厚い革の首輪は剣呑な銀色の鋲で装飾されている。

「まあ……どうもありがとう」

「町に帰ったら、すぐあんたの家にビデオカメラをセットする」セスが言った。「ストーカーをフィルムに収めたら、そいつを捕まえてブドウみたいに押しつぶしてやる。べちゃっとな」

マーゴットはセスの声にこもる容赦のなさに胸を打たれた。「そうなったら嬉しいわ」ためらいがちに言う。「でも、正直言ってわたしにはそこまでする余裕が――」

「デイビーは家族だ」セスがさえぎった。

「でも、わたしは違う」と指摘する。「あなたたちは、わたしを知りもしないわ」

「みんな、あなたのことを知りたくてうずうずしてるのよ」レインが言った。「エリンのお母さまに頼んで、あなたを同じテーブルにしてもらったの。だから教えて。すべて話してちょうだい。出身はどこ？　デイビーとはどうやって知り合ったの？」

よかった。少なくとも最後の質問は当たりさわりがない。「わたしは彼の道場の隣りにあるジムでインストラクターをしているの」マーゴットは言った。「二日前にわたしは彼のところへ行って、ストーカーの件をどう思うか訊いてみた。実際、彼とはまだ会ったばかりなの。あなたたちから彼のことを聞けると思っていたくらい。デイビーには得体の知れないところがあるもの」

かなりうまく質問をはぐらかしたつもりだったが、セスとレインが怪訝そうに目を見合わせるのを見て、彼女は最初に思いついた言葉を口にした。「たとえば、デイビーの家のマントルピースの上には四人兄弟が写っている写真があったのに、ここには三人しかいない。四人めのマクラウド兄弟はどうしたの？」

レインの笑みが消えた。セスの顎はこわばっている。マーゴットは突然足元が沈んでいくような感覚に襲われた。深く。

「死んだんだ」重い口調でセスが言った。「十二年前に。乗ってたトラックが崖から落ちた。名前はケヴィン。ショーンとは双子だった。死んだときはまだ二十一だった」

マーゴットは固く乾いた唾を呑みこんだ。「そんな」かすれた声でつぶやく。「ひどい」

「当時デイビーは海外にいた」セスが続ける。「陸軍で諜報活動をしていた。あいつは自分たち兄弟がどんなふうに育ったか、話してないのか？」

マーゴットは首を振った。「ご両親はどちらも亡くなっていて、お父さんが少し、その、変わった政治思想を持っていたということしか聞いてないわ」

「ふん」とセス。「そういう言い方もできるかもな」

緊張した妙な沈黙が流れる。「それで？　なんなの？」マーゴットはやきもきした。「お願い、説明して。じらさないで」

「あいつらの親父は頭のねじがはずれてたんだ」セスがぶっきらぼうに答えた。「変人のサバイバリストだった。ベトナムの特殊部隊あがり。息子たちを山のなかで育て、狩りや魚の取り方、罠の仕掛け方や非道に闘う方法を教えた。文明社会の崩壊に備えさせるつもりだったんだ。そんなときお袋が死んで、親父はすっかり自制心を失った。完全に狂っちまったんだ」

マーゴットは半開きになっていた口を無理やり閉じた。どうしよう。絶望がどういうものか、あなたにわかるはずがないと言った自分の無思慮な発言が思いだされる。馬鹿なことを言ってしまった。

彼女は咳払いした。「ぞっとするようなプライベートに踏みこむつもりはなかったの」おずおずと言う。

「マクラウド兄弟に関しては、ぞっとするようなプライベートしかない」物憂げにセスが言った。「あいつらには過酷な騒ぎを引き寄せる妙な才能がある」

「自分のことを棚にあげて、よく言うわ」レインが茶々を入れた。

「おたがいさまだろう」セスは妻に流し目を送り、テーブルの下で何かしたのでレインに蹴飛ばされた。テーブルが揺れ、シャンパングラスが危なっかしくぐらつく。

「やめてちょうだい！」レインはマーゴットにすまなそうな顔を向けた。「いつもはこんなにお行儀が悪くないのよ。初対面の人がいると、相手の度肝を抜くために馬鹿げたことをするの」

マーゴットは笑みをこらえた。セスが自分の気を紛らわせるために道化を演じてくれているのはわかったが、まだ気を紛らわす気分ではなかった。

「お母さまが亡くなったとき、デイビーはいくつだったの？」

「コナーは八歳だったとエリンが言ってたわ」とレイン。「ということは、ショーンとケヴィンは四歳で、デイビーは、ええと……十歳ね」

「おい、ベイビー？」セスの声には警戒がこもっていた。「デイビーは自分がいないところでお涙ちょうだい話をあれこれされるのを喜ばないと思うぜ。あいつはそういう話を毛嫌いしてる」

レインはつんと顎をあげた。「わたしはデイビーを喜ばせようなんて思ってないわ。彼は自分のことばかりに夢中で、気むずかしくて無礼だと思う。だからわたしは言いたいときに彼のお涙ちょうだい話をするつもりよ」

「オーケイ、わかったよ。だからおれに八つ当たりするのはやめてくれ」

「まだ何かあるの?」マーゴットはひどくショックを受けていた。

「お母さまが亡くなった状況よ」レインが答えた。「わたしはエリンから聞いたの。彼らはエンディコット・ブラフの向こうにある山奥に住んでいた。真冬で、雪が一メートル積もっていたそうよ。お母さまは子宮外妊娠をしていて、病院へ運ばれる途中で出血多量で亡くなったの。トラックを運転していたのはデイビーだった。彼はそのあと何カ月も口をきこうとしなかったとコナーが言ってたわ」

マーゴットの胃がすとんと落ちた。凍りつくような底なしのかなたへ。彼女は席を立ち、テーブルの端をつかんだ。「ちょっと失礼」

「大丈夫?」レインとセスの心配そうな顔がぼやけ、引き伸ばされていく。

「ちょっと、その、お化粧室に行ってくるわ」そう言って振り向いたとたん、しかめ面をしたタキシード姿の固い壁に行く手をはばまれた。「あら、いたの」

「どこへ行くつもりだ?」デイビーが不機嫌に言う。「なんだ、また泣いてるじゃないか。おまえら、彼女に何を言った?」

レインはほっそりした肩をすくめて見せた。

デイビーはマーゴットの椅子にバッグを置き、彼女の腰に手をまわしてダンスフロアへいざなった。「おいで。踊ろう」

ダンスフロアでは、すでに数人がスローテンポの曲に合わせて体を揺らしていた。新郎と新婦もいる。二人は幸せにあふれたうっとりした自分たちの世界から顔をあげ、マーゴットに興味津々な目を向けた。

「おめでとう」マーゴットは二人に声をかけた。

「ありがとう」新郎新婦は同時に応えたが、デイビーにすかさず声の届かない距離まで連れて行かれ、それ以上の挨拶はできなかった。

「セスとレインに何を言われたんだ？」彼が問い詰める。

「あなたのことを話してたのよ。レインから、お母さまがどんなふうに亡くなったか聞いたわ」

だしぬけに彼が動きをとめたので、マーゴットは彼の足につまずいた。デイビーがあざやかに彼女をつかまえる。「くそっ」デイビーがつぶやいた。「よりによって」

「とてもつらい話だけれど、恥ずかしがるようなことじゃないわ」マーゴットは穏やかに言った。「レインに腹を立てないで。わたしが話してと言ったの。わたしから訊いたの」

「そういう問題じゃない！」

「問題？　問題なんかあるの？」

デイビーはくるりと彼女をまわし、ふたたびぐいっと胸に引き寄せた。「どうして昔の話を蒸し返すんだ？」と言いつのる。「そういうことをするやつらの気が知れない！　昔のことを掘り起こさなくても、いくらでも新しい問題があるじゃないか」

たしかにそうだ。でもデイビーの怖い表情が気にかかる。「いったいどうしたの？」彼女は言った。「あなたはセスにもレインにもタマラにも腹を立ててる。誰かれかまわず。お願いだから機嫌を直してちょうだい」

「無理だ」歯のあいだから絞りだすように応える。「どいつもこいつも癪にさわる。それに、きみにちょっかいを出してきたタマラのやり方が気に食わない」

「彼女に悪気があったとは思えないわ」マーゴットは言った。「たぶん彼女は、あれ以外に他人とのつき合い方を知らないだけなのよ。じつのところ、わたしは彼女にひねくれた好意を持った。それにわたしはタフなの。あなたにちょっかいを出されて平気なら、タマラにだって対処できるわ」

デイビーの顎がこわばった。マーゴットの体を大きくのけぞらせ、頼りない宙ぶらりんな体勢のまま動きをとめる。「きみまでいらいらさせるのはやめてくれ」

そう言うなりさっと起こされた。マーゴットは頭がくらくらした。「せっかくのおめでたい席なのに、ずいぶん不機嫌なのね」怒りがこもる目を見つめるうちに、ふとあることに気づいた。「弟さんが心配なのね？　彼はいますごく幸せだから。そうでしょう？　次は奈落の底に落ちるんじゃないかと心配してるのね？」

腰にまわされている彼の手に力が入った。「どうしても分析せずにはいられないのか？」

「それとも、ただの嫉妬？　弟さんが手に入れたものを、あなたもほしいの？　愛、ロマンス、末永く幸せに暮らしました？　誰だってそうよ。認めるか認めないかの違いがあるだけ」

デイビーの顔から表情が消えている。「まさか、違う」

「へえ」とマーゴット。「他愛のない質問の答えにしては、ずいぶん乱暴ね。言いすぎじゃない？」

「結婚と責任に関する意見ははっきり言ったはずだ。あれから何も変わってないし、これからも変わらない。勝手な思いこみはやめてくれ」

マーゴットはかっとした。「いい気にならないで。無神経なんだから」

「ねちねちいびるのをやめないと、ＦＢＩシアトル支局の特別捜査官の新しい責任者と踊らせるぞ」デイビーが耳元でささやいた。「真後ろにいて、きみの尻を見てる」

マーゴットは伸びあがって彼の耳たぶをくわえ、ぎゅっと嚙んだ。「いやな人ね。笑いごとじゃないわ」

「じゃあ、なんで笑ってるんだ？　声を出さなくても、きみが笑ってるのはわかる。体が震えてるからな。ぞくっとする」

「もう、なんでもいやらしく取るんだから」力強い腕でふたたび大きく体を倒され、マーゴットは息を吞んだ。「デイビー！　酔ってるの？」

「いいや。おれは決して酔わない。妙な気分なだけだ」

「わたしに会った日から、ずっと妙な気分じゃない」

「たしかに」デイビーが認めた。「さあ、もっとおれをあおれ。おれを侮辱して非難しろ。きみをめちゃくちゃにファックしてやる。耳鳴りのするおれの耳に聞こえるのは、くだらない戯言だけだ」

心のギアが入れ替わり、マーゴットは一瞬言葉を失った。

「そういうことなのね」彼女は言った。「あなたはすべてを安っぽくてつまらないセックスに貶めてしまうのね。あなたにとっての唯一無難なはけ口。意外性に欠ける人ね、ほんとうに」

「なんとでも言えばいい」デイビーが挑発する。「ホテルの部屋を出てから、おれはその色っぽいドレスの下にあるむきだしの尻のことしか考えられない」そう言ってマーゴットを引き寄せる。お腹に熱く勃起したものがあたった。「そのせいでおれがどうなってるか、わかるか？」

激しい欲情がこもった声で脚が震えた。「我慢するのね。まだしばらくかかるわよ、わたしたちが部屋に戻る――ちょっと！」

デイビーは彼女の手をつかんでノルウェー松の植木鉢の列のうしろへまわり、廊下を歩きだした。左右のドアを次つぎにたしかめるうちに、一つのドアが開いた。

そのなかへマーゴットを引きこみ、勢いよくドアをしめて鍵をかける。

それから電気をつけた。そこは小さな会議室だった。赤みを帯びた長い木のテーブルがぎりぎり一つ入るくらいの大きさだ。

「そのスカートの下に手を入れたい」デイビーが言った。「太腿のあいだの茂みを撫でたい」マーゴットに歩み寄る。「きみが柔らかく潤って、おれを生きたまま食べたそうなパンサーウーマンの顔になるまで。あれを見ると……おれは……頭がおかしくなる」

マーゴットはあとずさり、テーブルに腰がぶつかった。「デイビー、やめて」声が震える。「どうかしてるわ。わたしに腹を立ててるんだと思ってたのに、いきなり色情狂に変身するなんて」

「きみはおれを挑発した」デイビーはマーゴットの腰をつかんでテーブルに乗せ、彼女がのけぞるまで前に身を乗りだした。「なぜなら、おれをこんなふうにしたかったからだ。頭をおかしくさせたかった。そうだろう?」

マーゴットはうしろにのけぞり、彼が両腕でつくる囲いのなかで肘をついた。相手の目に浮かぶ動物的欲望で身動きができない。「ええ」本心を告げる。

「やっぱりな。さもなければおれはみだらな空想を行動に移そうとは思わなかった。ふしだらがなんたるかをあらためて発見する思いだ」

マーゴットは彼の胸を押したが、そのせいでバランスを崩し、仰向けに倒れてしまった。

「やめて、不安になるわ」

「ああ。きみはそれも好きなんだろう? 不安になると、きみはひどく興奮する」喉に鼻をこすりつけてくる。

マーゴットは唇を舐め、敏感な首筋をそっと唇でつまんでゆく彼の愛撫にわなないた。

「そんなふうに思ったことは一度もないわ」

「それはいい。それなら、おれがはじめてになる」彼の手がスカートの下にすべりこみ、太腿をたどりながらスカートをたくしあげていく。お腹の上で生地が皺くちゃになり、下半身がむきだしになった。

「デイビー」マーゴットはか細い声を漏らした。「だめよ」

「きみがそのドレスで外に出てから、おれはずっときみを人目につかない場所へ連れこんで、脚のあいだに手を入れたかった」彼が言った。「脚を開け。そういうきみが見たい」

マーゴットはおそるおそる目を開いた。「どういうわたしを？」

彼は顎にキスをし、わななく下唇を噛んでそっと引っ張った。「顔を輝かせ、目を見開いているきみだ。激しい快感で体を震わせている。ありったけの秘密をおれにさらしている」

心もとない笑い声が漏れ、体の震えがいっそうひどくなった。「それはパンサーウーマンのシナリオには合わないわ、デイビー」

「合うとも。パンサーウーマンが鋭い爪を収めて、秘密の場所に招き入れるほど信頼するのがおれだけならな」

涙がこみあげ、マーゴットはぎゅっと目を閉じた。「やめて」

「何をやめるんだ？　効果は出てる。自分を見てみろ」

あなたを好きにさせないで。残酷な男。「わたしを苦しめないで」

「だめだ」彼が言った。「脚を開くんだ、マーゴット。見せてみろ。すべてを」

マーゴットは脚を開いた。体が勝手に動いてしまう。

「もうこんなに濡れてるじゃないか」彼はそっと襞に触れ、湿り気を帯びた場所で上下に指をすべらせた。「ああ、たまらない」唇を重ね、なだめるように唇を開かせる。つぼみを愛撫されて思わず漏らした声は、彼の口に呑みこまれた。デイビーがチャックをおろし、あつらえたズボンから勃起したものを解放する。

マーゴットは彼のキスから顔をそむけ、太腿のあいだで脈打っているペニスを見おろした。顔が焼けるように熱く、うまく息ができない。「コンドームをしてないわ」彼女は言った。

デイビーがゆっくり首を振る。

「だめよ」鋭く言おうとしたが、声がひどく震えている。「これまで一度も……コンドームなしでしたことはないの。一度も。賢明とは言えないわ」

「ああ」デイビーが認める。「そうだ」彼はマーゴットの脚を押し開き、ペニスの先端を襞に押し当てた。熱い感触に、彼女はあえぎ声を漏らした。「いまやってることは、賢明には程遠い」

「常軌を逸してるわ」マーゴットは胸をあえがせた。

「なかではイカない」デイビーがささやく。「感じたいだけだ。きみのなかに入っていくのを。きみがきつく締めつけてくるのを感じたい。それだけだ。ゆっくり何度か動かすだけ。大丈夫だ。安心しろ」

マーゴットは身をよじったが、それは逃れるためではなかった。「信じられない」

彼はクリトリスの上でペニスで円を描き、それから濡れて紅潮した襞をそっとつついた。

「それはノーという意味か？」

マーゴットは目をつぶって唇を舐め、力と常識と良識を探し求めた。何一つ見つからない。

彼女は首を振った。「ええ。いいえ、そうじゃない。ノーじゃないわ」

彼がゆっくりと浮かべた嬉しげな笑みが、マーゴットの奥にある何かを打ち壊した。

「じゃあ、イエスなのか？」彼が言う。「ノー二つは相殺しあってイエスになる。当て推量はしたくない。大事なことだ」

「お願い」それだけ言うのが精一杯だった。ごくりと喉を鳴らし、唇を舐めてもう一度やってみる。「ちょうだい」

デイビーの笑い声は、ゆっくりとマーゴットのなかに入ると同時にしぼりだすようなうめきに変わった。彼は腰を引き、太いペニスの先端だけが襞にはさまるようにした。

「おれの背中に腕をまわせ」かすれ声で言う。「見るんだ。おれがきみのなかに入るところを……」――ゆっくりと奥まで貫く――「そして濡れそぼって出てくるところを」

マーゴットは彼の肩をつかみ、ジャケットのなめらかな生地に爪を食いこませた。彼の手が支えるように背中へまわされる。

二人は額を寄せ合って体を丸くした。静寂のなか、おたがいの荒い息遣いと繋がりあう体が立てる濡れた小さな音だけが響く。

マーゴットはデイビーの催眠術めいた快楽の呪文に身をまかせ、快感に、彼がつくる容赦ない官能的なリズムにおぼれた。全身が燃え立ち、怖いほどの生命力に満ち溢れている。あらゆる筋肉がわななないていた。彼女は上半身を起こしたまま二人のあいだの暗がりを見おろし、すべてを脳裏に焼きつけようとした――むっとするようなセックスの香り、自分を貫く血管の浮き立つ太いペニス。

快感が幾度となく襲いかかり、回を追うごとに心地よさが増していく。やがて彼女はデイビーの二の腕をつかみ、じれったいゆっくりした動きを速めるように体で訴えた。「デイビー。もっと」

「だめだ」彼が言った。「それはまずい。コンドームをしてないんだ。これ以上速くはできない。部屋に戻ったら、いくらでもきみが望むようにしてやる。くそっ、ここでやめるのはむずかしい」彼は腰を引き、つらそうに顔をしかめながらズボンにペニスをしまった。

「こんな中途半端なままで放りだすつもり?」マーゴットは食ってかかった。

「ああ」とデイビー。「そのままが色っぽい。目がぎらぎらしてる。外にいる男は全員きみに恋人がいるとわかる」

マーゴットは脚を閉じると、疼く下半身をスカートで覆い、立つことすらできるか自信が持てないままテーブルをおりた。「あなたみたいに周囲に無関心な人間にしては、ずいぶん幼稚な感情ね」

「わかってる」

それ以上何も言わず、彼はマーゴットを胸に抱き寄せ、ふたたび外の世界に向き合う用意ができるまできつく抱きしめていた。

残りの午後と夜は、色とりどりのぼやけたイメージとなって流れ去っていった。ダンス、話したそばから忘れてしまうような会話、食欲がないまま軽く手をつけたおいしい料理、脳を直撃する冷たいシャンパン。ブライドメイドたちのドレスの色はあまりにまぶしく、目にしみた。バンドが演奏する感傷的な曲は、どれも過敏になっている心を締めつけた。マーゴットはこっそりデイビーを盗み見た。自分はばらばらになった気がするのに、どうして彼は平然としていられるのだろう。わたしの皮膚はひどく敏感になっていて、ドレスの生地がこすれるたびにぞくぞくするのに。シャンパングラスについた炭酸の泡は、湿った冷たいキスだ。体が疼いてホテルの部屋に戻るときが待ちきれない。

わたしは彼を愛している。あれほど抵抗したのに、わたしは自分の人生をこれまで以上に複雑で危険なものにしてしまった。大馬鹿者の金メダルがもらえそうだ。

希望と恐怖。それはコインの両面のように密接にからみ合っているとタマラは言った。残念ながらわたしは希望を捨てるつもりはない。ということは、恐怖とつき合っていくしかないのだ。そして、恐怖とのつき合い方なら、もう慣れている。

裕福な生い立ちには利点がある。結婚式の出席者の人ごみのなかを歩きながら、ファリスは思った。スーツ姿でシャンパングラスを持っているのに慣れて見える。彼は目が合う者全員ににっこり微笑んで会釈をし、相手にファリスと会ったことがあるのにそれがいつどこでだったか思いだせない失礼な人間だと思わせていた。

以前マーカスは、自分たち兄弟はなんとなくどこかで会ったことがあるような印象を与える、人当たりのいいこれといった特徴のない好感の持てる顔立ちをしていると言っていた。

それはとても便利な特徴だった。

天使を監視する視界が、一瞬白い霞でぼやけた。ファリスはそこへ目の焦点を合わせた。新婦だ。彼女はアップにした褐色の髪から薄いベールをはずし、ウェーブしたおくれ毛がかかる柔らかそうなほっそりした首筋をむきだしにした。ファリスは新婦の首筋を物欲しげに見つめた。二十秒彼女と二人きりになり、慎重に位置を定めた鍼を二本刺せば、新婦は新婚旅行中に冠状動脈閉塞で不慮の死を遂げるだろう。

理由は必要ない。音楽家は演奏を愛し、画家は絵を描くことを愛し、ハンターは狩猟を愛し、税法専門の弁護士は複雑な計算を愛する。自分は殺しを愛している。この世に神がいるのなら、自分と同じやり方をしているに違いない。無作為に選びだし、指先で触れる。するとポン！——自動車事故、武装強盗、劇症感染症。自分は無作為の混乱が持つ力を体現しているのだ。神の代理人、死の陰。

新婦と二人きりになる方法を思案していたとき、ルビーレッドのドレスを着たブライドメイドが現われ、新婦と女同士のくだらないおしゃべりを始めた。姉妹に違いない。面影が似ている。満面に呆けた笑みを浮かべた新郎がやってくると、ルビーレッドの女は姉からベールを受け取った。新郎の目には明らかに新婦以外入っていない。彼は新婦をダンスフロアに引き戻し、耳元で何かささやいて新婦を笑わせた。

ファリスは密かに無念のため息を漏らした。これでチャンスはなくなった。

彼はルビーレッドの女に関心を向け、肩ひものないビスチェがさらしている急所すべてに目を留めた。ルビーレッドのほうが簡単な獲物だ。誰かが目を配っている度合いも分別も低いうえ、新郎に気を取られることもない。

それに、すでに興味ありげにこちらをちらちら見ている。ルビーレッドはその餌に食いつき、ファリスはいちばん魅力的な笑顔を顔に貼りつけた。「ロマンティックだと思わない？」新婚カップルのほうを示しながら訊いて近づいてきた。

くる。

「そうだね。ディズニーアニメに出てくる小鳥や蝶がいないのが不思議なくらいだ」

女の笑みが広がった。いとも簡単に行きそうだ。

「コナーのお友だちなの？」彼女が訊いた。

ファリスはシャンパンを飲むふりをしながら、女のぐっと引きあげた胸の谷間にちらりと意味ありげな視線を落とした。「ああ、そうなんだ。むかしの知り合いでね」さりげなく応える。「きみは新婦の妹だろう？」

女が愛想笑いを浮かべた。「シンディよ」

ファリスは彼女の手を取り、そっと唇へ近づけた。「シンディ。ぼくはクリフだ。赤がとてもよく似合う。ぼくと踊ってくれるかい？」

シンディが返事をしようと笑みの浮かぶ唇を開きかけたとき、まっすぐな長い黒髪にやけに大きな眼鏡をかけた長身で青白い青年がよたよたと近づいてきた。マーゴットのペットを抱いている。犬はピンク色の舌をだらりと垂らし、はあはあと臭い息を弾ませていた。ファリスの鼓動が高まりだした。

「あら、マイルズ。こちらはクリフ。コナーのお友だちよ」シンディが言った。「彼と踊ってるあいだ、エリンのベールを預かってくれる?」

彼女はマイルズの腕にベールをかけた。マイルズはうろたえたようにベールを見つめている。「でも――」

「そうね。その子が汚しちゃうかもしれない」とシンディ。「マリカのところへ持って行って、彼女に預けておいて」

「でも……でも、次はきみの好きなエリック・クラプトンを演奏するようにバンドに頼んだんだ。その曲ならぼくと踊ってくれると言ったから」マイルズが哀れっぽく言う。「忘れたのかい?」

シンディはため息をついた。「それは、あなたが一晩じゅう犬の世話をするって知らなかったときの話よ。どうしてそんな役目を承諾したのか知らないけど、わたしと踊ることを考えてなかったことは明らかだわ」

「きみたちが踊っているあいだ、ぼくがその犬を見ていよう」ファリスは言った。「心配いらない。喜んでそうさせてもらうよ。こいつは人懐こそうだ」

シンディがむっつりと唇を引き結んだ。「犬の毛やよだれで二人とも服を台なしにする必要はないんじゃない?」

マイルズは彼女にベールを突きつけ、目をしばたたかせながらあとずさった。「オーケイ、シンディ。わかったよ。勝手にしろ」

ファリスはマイルズに抱かれたまま遠ざかっていく犬のピンク色の舌を見つめていた。薄汚い小さな動物は、自分をあざ笑っているようにも見える。

彼は体内で燃えたぎる激しい怒りをなんとかこらえ、シンディに向き直った。身勝手なあばずれ。おまえには脳動脈瘤がふさわしい。バンドがスローテンポにアレンジした〝レイラ〟を演奏しはじめると、ファリスは無理やり笑顔を浮かべた。

「さて」彼は言った。「踊ろうか？」

シンディは半分空になったシャンパングラスでいっぱいのテーブルにベールを放り投げた。ファリスは彼女と一緒にダンスフロアに向かった。

「あなたもＦＢＩ捜査官なの？」シンディが尋ねる。

ファリスは思わず笑みを漏らした。「ぼくは民間企業で働いてるんだ」

「あ」ほっそりしたヒップに片手をまわされたシンディが小さな声をあげる。

「ぼくたちが踊るのを、きみの友だちは焼きもちをやいてるみたいだった」

「ああ、マイルズ？」シンディがつんと顎をあげた。「彼って子どもみたいなの。とてもいい人で好意は持ってるけど、彼はただの友だちよ。これからだってそれは変わらないのに、彼はまだ理解できないの。それに、結局マーゴットのつまんない犬のボディガードをすることになっちゃって。もう、なんて言うか――」

「マーゴットって？」ファリスは訊いた。「彼女の犬がどうかしたのかい？」

「コナーのお兄さんのデイビーの新しい恋人よ」シンディが説明する。「彼女のことは、誰もよく知らないの。わかってるのは、デイビーが彼女に夢中で、彼女が頭のおかしいストーカーにつきまとわれてることだけ。気味が悪い話だけど、犬のボディガードなんて被害妄想が過ぎてるわ。でもマクラウド兄弟はああいう人たちだから。あなたはコナーを知ってるでしょう？　兄弟も似たり寄ったりの厄介な人たちなのよ」

「だろうな」ファリスはつぶやいた。

「勘弁してほしいわ」シンディが文句を続ける。「ホテルの部屋に犬を残しておくと、何か悪いことが起こるとでも思ってるのかしら。ばかみたい」

いいや、そうは思わないね。空っぽ頭のあばずれめ。ファリスはそう独りごちながら、ダンスフロアの端にある廊下へと巧みにシンディを誘いこんで行った。

18

ラズベリーと生クリームでねっとり覆われたウェディングケーキが載るフォークが、ゆっくりとマーゴットの口に入っていく。デイビーはテーブルの向かい側からそのエロティックな光景を逐一見つめていた。もう一度立ちあがる度胸があるかわからない。執拗に勃起するペニスが気になりはじめていた。

あの部屋を出る前に、マーゴットに解放してもらっておけばよかった。彼女はこちらの頼みを聞き入れただろう。巧みに、熱心に、おれが望むとおりに。だがおれは、寝室で二人きりになるときのために全精力を蓄えておくという考えを捨て切れなかった。そのときは何時間も続けていたい。

マーゴットが指についた生クリームを舐め、エロティックな想像のパンドラの箱をもう一つ開いた。デイビーは椅子の上でもじもじと身じろぎした。

「……と思うだろ、デイビー？」

彼ははっとセスに注意を戻した。黒い瞳を邪悪に輝かせながら彼を見つめている。「え？なんだって？」

「おれが言ったことを、何も聞いてなかったな？」

デイビーは曖昧に低くうめき、楔型にカットしたメロンを口に押しこんだ。セスが彼の視線を追う。マーゴットはラズベリーに生クリームをまぶしながら、耳打ちするレインの話を聞いている。そして笑い声をあげてラズベリーを口に放りこみ、ふたたびクリームがついた指を舐めた。

セスがおもしろそうに笑い声をあげる。「さては悶えてるな？　忠告してやろう。おとなしく降参しろ。抵抗すればするほど、間抜け面をさらすはめになる」

「恋愛のアドバイスなんかいらない。さっきは何を訊いてたんだ？」

「その話はあとでいい」とセス。「いまは仕事の話をしても無駄だ。あんたがあと二、三回よろしくやったあとじゃないと――」

「おい」

セスは両手を挙げて降参のポーズを取った。「おれは童貞の聖歌隊みたいに礼儀をわきまえてる。あんたの体を心配してるだけだ」

デイビーは首を振り、自分の皿のウェディングケーキを見おろした。コナーとエリンはパリ行きの夜行便に乗るために無事飛行場へ旅立った。おれはいつでもそっと席をはずし、マーゴットの腕をつかんでねぐらへ引きずって行ける。思い切って立ちあがりさえすればいい。勃起したものがそれを妨げているだけだ。

「ねえ、デイビー！」マイルズがテーブルの横に駆け寄ってきた。「コナーの友だちだとかいう、きざったらしいクリフってやつを知ってるかい?」

緊迫した声にデイビーの本能が警戒態勢を取った。「クリフなんて名前のやつは知らない」セスを見る。「知ってるか?」

セスが首を振り、グラスを置く。

「コナーが結婚式に招待するほど親しいやつなら、おれたちが名前を知らないはずがない」デイビーは言った。「そいつはどこにいる?」

「シンディがそいつと踊ってるんだよ」とマイルズ。「お高くとまった弁護士タイプだ。二人は向こうで……あれ、いないな。あの鉢植えのすぐ向こうで踊ってたのに」

マイルズが指差す方向に目をやると、鉢植えのノルウェー松と、数時間前にマーゴットを連れこんだドアが目に入った。

デイビーは無意識のうちに立ちあがって走りだしていた。血まみれのリノリウムの上で体を丸めていたバート・ウィルクスの姿が目に浮かぶ。彼は廊下に面したドアを次つぎに開けていった。最後のドアを開けたとき、セスとマイルズが彼に追いついた。

そこは図書室だった。廊下から差しこむ光で、カーペットの上に横たわるシンディが見えた。ローズガーデンに面したフレンチドアが開け放ってあり、夜風が吹きこんでいる。皺くちゃになった深紅のドレスが血の海のようにきらめいていた。

マイルズがシンディの横に駆け寄った。「シンディ? 大丈夫かい?」

シンディは身じろぎし、肘をついて体を起こした。「え、ええ、たぶん」甲高い声になっている。「ただ……彼がキスしてきて、そのとき廊下で物音がして、そうしたら彼は……わたしを床に突き飛ばしてドアから逃げたの」

セスが外へ突進した。デイビーはあとを追いたい衝動を抑え、シンディの横に膝をついた。

「殴られたのか？」

彼女は茶色の大きな瞳をしばたたかせ、涙を浮かべた。「ううん」とささやく。「彼はただ……ただ……ああ、信じられない」

それまでだった。いつもの陽気なシンディからでも筋の通った話を聞きだすのは容易ではない。ましてや怯えきってシャンパンでほろ酔いの彼女からなど望めるはずもない。やがてシンディはすすり泣きはじめ、デイビーはそれを機にマイルズに彼女をまかせてセスとスネーキーを追って庭に出た。

物陰に視線を走らせる彼のみぞおちは、情けなさと自己嫌悪でひきつっていた。バート・ウィルクスとゴシック少女にあんなことがあったのに、おれは自分のムスコに気を取られて予兆を見逃した。おのれの欲望を満足させるためにマーゴットをここへ連れてきたくせに、それは彼女の安全のためだと自分に言い聞かせていた。

おれは信じがたい過ちを犯したのだ。敵をみくびり、自分にとって大切な世界の住人すべてを危険にさらした。

低木の茂みからセスが毒づきながら現われ、タキシードのジャケットから棘とバラの花びらを払いのけた。「跡形もない。シンディは無事か？」

「どうやら大丈夫らしい」デイビーは言った。「そいつは彼女にキスしただけだ。タダ酒を飲みに来た客だったのかもしれない」

セスの目が細くなる。「本気でそう思ってるわけじゃないだろ?」

デイビーは顔をこすった。「ああ」しぶしぶ言う。「思ってない」

「こいつはショーンが言ってたよりデカイ山なんだな? ただのありふれたストーカー話じゃない」

「話せば長い」

「おれを仲間はずれにしないでくれて、ありがとうよ」セスの声は痛烈だった。「手間をかけて申し訳ないが、今度おれと女房をパーティに呼ぶときは、招待客のリストに物騒な野郎がいるかどうか教えといてくれ」

デイビーは両手を振りあげた。「おれだってどういうことだか――」

「哀れっぽく許しを請うのはあとにして、さっさと洗いざらい話したらどうだ?」セスが言った。「さあ、言えよ。レインから目を離していたくない」

デイビーがこの二日間にあったことを淡々と伝えると、じっと耳を澄ませていたセスが感嘆したように言った。「やっぱりあんたはくだらん黒魔術に関わってたんだな。秘孔だと?まったく、あんたぐらいのもんだぜ、デイビー」

「黒魔術でないことは、おまえもわかってるだろう」むっとして言う。「単なる気の操作だ」

セスが納得いかないと言いたげにうめいた。「そういう泥臭いグレーゾーンはいらいらするんだよ。おれはハイテクおもちゃのほうがいい。自分の思いどおりになるからな」

「もしシンディと一緒にいたやつがマーゴットのストーカーなら、シンディは危うく若死にするところだったんだ」デイビーは言った。「そして、それはおれのせいだ」

セスの顔がこわばった。足取りが速くなっている。もといたテーブルに戻ると、青ざめてふらついているシンディをマイルズが椅子に座らせていた。

マーゴットはマイキーを膝に乗せている。彼女は無言の質問に満ちた怯えた目を向けてきた。

デイビーは首を振り、肩をすくめて見せた。

「あいつはぼくたちが踊ってるあいだマイキーを見てると言ったんだ」マイルズが言う。

「きみのダンスの相手選びの趣味が悪いせいで、マイキーはラッキーだったよ、シンディ」

シンディは彼の毒のある言葉にもろくな反応も見せなかった。「彼は普通に見えたわ」消え入りそうな声で言う。「ハンサムで陽気だった。いい人に見えたの」

マイルズが辛らつな笑い声をあげる。「ああ、きみが選ぶ男はみんないい人に見えるんだ。間抜けかポン引きか麻薬のディーラーか病的な嘘つきだってわかるまではね。次はきみを助けだすぼくらはいないかもしれないんだぞ」

シンディの表情が崩れ、マイルズの手を振りほどいた。レインが椅子ごとシンディに近寄り、彼女の背中に腕をまわした。

「落ち着けよ、マイルズ」ショーンがなだめる。

マイルズはぱっと立ちあがり、はずみで椅子がうしろに吹き飛んだ。「落ち着けるわけないだろ？　シンディはクズばかり選ぶんだ。連中は彼女をゴミみたいに扱う。ぼくはいつも彼女を助けだして、彼女はわんわん泣きわめく。でも、ぼくはそんな彼女を本気で気にかけるような馬鹿なんだから、どうしようもないんだ。彼女はぜんぜん——」

「マイルズ」デイビーが命令口調で言った。「落ち着け」

マイルズはぐっと言葉を呑みこみ、顔をそむけた。両手を固く握り締めている。

「おまえは彼女の気持ちを自分の好きなように変えることはできない」冷静な毅然とした声で言う。「あきらめるしかないんだ。いまは黙ってろ」

マイルズは首を振り、むしるように眼鏡をはずして目をこすった。

「ちくしょう」吐きだすように言う。「ちくしょう！」そしてダンスフロアに跳びだし、踊っているカップルにぶつかりながら走って行った。テーブルに残った全員が気まずい視線を見合わせる。

マイキーがマーゴットの膝から跳びおり、心配そうに吠えながらマイルズを追いかけた。

マイルズは犬を抱きあげ、大股で去ってゆく。

「片思いってやつだな」セスがむっつりとつぶやく。「厄介なもんだ」

ショーンは窺うようにマーゴットを見つめ、その目をデイビーに向けた。「今夜は山の家に彼女を連れて行くのか？」

デイビーはうなずいた。「おまえたちに警護を頼めるか？　出席者全員が帰るまで、誰かに目を配っていてほしい」

セスの視線が残念そうにレインに向いた。「今夜は別の予定があったんだがな。一日じゅうあんなドレスを見てたから。だがそれはまた今度にするか」

「すまない」とデイビー。「おれの落ち度だし、できるものなら自分でやってるが、マーゴットをあいつのそばにいさせたくな――」

「ショーンとおれが一晩じゅうホテルの廊下をうろついてるあいだ、色っぽい彼女を山の隠れ家に連れこむ理由をわざわざ説明してくれなくてもいい」セスはマーゴットにウィンクした。「さっさと行けよ」

「ショーン、おれが玄関にトラックをまわすあいだ、マーゴットと一緒にいてくれ」デイビーが言う。

「わたしがやるわ」タマラが立ちあがり、にっこり微笑んだ。「あなたのレディのお友だちに、最後にひとこと言っておきたいことがあるの」

ショーンがためらいを見せた。「武器は持ってるのか?」タマラの露出度の高いドレスに視線を這わせ、ヒップを熱心に見つめている。

「まさか」赤い唇のあいだで真っ白な歯がきらめく。

マーゴットはテーブルにいる全員に微笑みかけた。「みんなに会えて嬉しかったわ。これまで出たなかで、いちばんおもしろい結婚式だった」

デイビーの笑い声には皮肉がこもっていた。「おもしろいにもほどがある」

マーゴットはサンダルの華奢なヒールによろめきながら玄関へ向かい、ハイトップスニーカーを恋しく思っていた。「荷物を取りに部屋へ戻らないの？」

デイビーが首を振った。「きみの荷物は、あとでショーンに届けさせる」

三人は豪華なロビーに入り、ガラスの両開きドアのすぐ内側で足をとめた。「でもマイキーはどうするの？　このまま――」

「今夜はマイルズが面倒を見てくれる。もう頼んである。犬用の食器やドッグフードも渡してある。トラックを取ってくるまで、タマラとここにいろ」

命令口調で言われ、マーゴットは思わず直立不動になった。踵をかちっと合わせたくなる衝動を必死でこらえる。いまのデイビーは挑発される気分ではない。状況ははるかに深刻なのだ。

「あらあら」デイビーが決然とした歩調で駐車場へ去っていくと、タマラがつぶやいた。「ずいぶん横柄だこと。あなたにはほんとうに厳しいのね」

「そうなの」マーゴットは言った。

「厳しいのはコナーだと思ってたわ。ショーンは道化。少なくとも本人はその振りをしてる」とタマラ。「極端に冷静なタイプは理解に苦しむところがあるわ。でもいまの彼は冷静じゃない。いまにも爆発しそうにピリピリしてる。これからどこへ行くのか知らないけれど、今夜は楽しい夜になるわよ」

察しはつくと言いたげなタマラの愉快そうな目を見て、マーゴットは顔を赤らめた。「その話はしないで」

「まあ、つまらない」タマラは一笑に付した。「最後にあなたにプレゼントがあるの」シニヨンから銀の髪飾りをはずし、頭を振ってきらめく黒髪を肩に落としてから髪飾りを差しだした。とてもエレガントで美しい四角いデザイン。「注意してね」彼女が言った。「このつまみを押してみて」

バネがはじけ、蓋が開いた。タマラが伸縮自在の小さなノズルを示す。「誰かの顔に向けて押しなさい。スプレーが出て相手を倒せる。殺せはしないけれど、強い睡眠薬よ。効果は十分ほど続く。どのくらいかけたかによるわ」

マーゴットは首を振ってあとずさった。「わたしには無理よ」

「あなたにはなにかアクセサリーが必要よ」タマラが軽快に言う。「さあ、つけてあげる」髪飾りの蓋を閉じ、小さく束ねたマーゴットの髪にピンを刺してとめた。「できたわ」満足げに言う。

マーゴットは手をあげて髪飾りに触れた。「でも――」

「たいしたものじゃないわ」とタマラ。「ちょっとした趣向を凝らしたおもちゃ。予備のカードよ。あなたには予備のカードが必要だわ、マーゴット」

相手の真剣な顔を見るうちに、反論が消えていった。「ありがとう」マーゴットはそっとつぶやいた。

駐車場に着いたとたん、デイビーの首筋がぞくぞくしはじめた。彼はショルダーホルスターから銃を抜き、いつでも撃てるように構えた。聳え立つ木々から垂れる樹液や風雨を避けるために、駐車スペースは木の小屋になっている。トラックを停めた小屋に着くと、彼は物陰に目を凝らした。誰もいないが、首筋がぞくぞくする感覚を無視したら三十八まで生きてはいなかった。

引き返してセスとショーンに援軍を頼もうかとも思ったが、とりあえずキーホルダーについているペンライトをつけてトラックのうしろと下を照らしてみた。何もないし誰もいない。スネーキーがテイルゲイトに貼りついていないかぎり。

デイビーは大きく息を吐きだし、小屋に踏みこんだ。

意識の端で、何かが猫のように身軽に背後におりてきたのがわかった。とっさに振り向いたおかげで、間一髪で不意打ちを食らわずにすんだ。スネーキーは小屋の屋根をかすめて伸びる松の大枝に隠れていたに違いない。だがそれ以上自分を責めている余裕はなかった。素早い蹴りが飛んできて、銃を持つ手がトラックの側面に叩きつけられた。

アスファルトの上を銃が転がっていく音を聞きながらすばやく身を引き、目玉を脳みそに押しこもうと突きだされた指をさえぎる。彼はその手をひねりあげ、自分の体重を使って相手を持ちあげながらうしろに倒れ、小屋の奥へとスネーキーを投げ飛ばした。

どさっという音、うめき声、暗闇のなかで動きまわる音。起きあがったとたん、次の攻撃がきた。くそっ、すばしこいやつ。

すばやい蹴りを数回かわすと、すぐにジャブが飛んできた。デイビーが生死をかけて闘うのは久しぶりだった。かなり久しぶり。腕がなまっている。彼は危うくみぞおちへのフェイントにだまされそうになったが、ぎりぎりのところで本能的にガードをあげ、首への必殺の一撃をかわした。相手はスーツ姿だが、死刑執行人を思わせるフードをかぶっている。それが絹か合成繊維のようにきらめいていた。

デイビーは顔へのキックをかわしながらあとずさり、左右に体を振って鋭い突きを避けた。銃を探す余裕はない。男性用のフォーマルウェアは格闘には向かないし、固く滑りやすい靴もそれは同じだ。だが心をかき乱していた不安はじょじょに静まり、張り詰めた冷静な戦闘モードに変化していた。

彼は敏捷にあとずさって開けた場所に出ると、ヘビのように素早い喉への突きをかわした。突きだされた相手の手を押さえつけ、片足をはらうと同時に振りあげた肘を鎖骨に叩きつける。嬉しいことに短いあえぎ声が聞こえ、スネーキーがあとずさったおかげでつかのま息抜きができた。運がよければ折れた骨の破片が肺に刺さったはずだ。

そんな運には恵まれなかった。スネーキーは憤怒の息を漏らしながら襲いかかってくる。デイビーはすべるように後退して敵を値踏みした。プロ。ヘビめいたスタイルを好む。つぼ。指先で急所を狙う。激痛をもたらすつぼを。悪い情報ばかりだ。

スネーキーが跳びかかってきた。デイビーは脇の下へ向けられたアッパーカットを防ぎ、相手の手首をつかんだ。龍の鉤爪で思い切り引っ張り、みぞおちに強烈なパンチを食いこませる。スネーキーがふたたびよろよろとあとずさった。今回のうめき声には怒気を含んだ驚きがこもっている。

敵が腹を立てるのはいいことだ。だがこちらは怒りに身をまかせるわけにはいかない。スネーキーは肩で息をし、街灯を浴びた両目はトカゲのようにオレンジ色に光っている。デイビーはガードを高くし、拳に握った手の甲を敵のこめかみに叩きつけた。

スネーキーはうしろによろめき、その勢いのまま飛び蹴りを繰りだしてきた。デイビーは敏捷に飛びのいてみぞおちへの攻撃をかわしたが、そのときアスファルトで靴がすべった。仰向けに倒れた彼がすばやく立ちあがったとき、スネーキーが駐車場の下にある松林のなかに消えて行くのが見えた。

デイビーは息を荒がせながらあとを追ったが、さほど行かないうちに暗闇で見通しが利かず、木々が茂る林の奥に踏みこめないことに気づいた。彼は小枝に顔を引っかかれながら漆黒の闇のなかを歩きまわった。無理やり足をとめ、耳を澄ます。はるか前方の右側で、小枝をかき分ける音がした。耳を澄ませているうちにその音は聞こえなくなった。

いまさらあいつを見つける方法はない。サーチライトかヘリコプターがなければ無理だが、応援が到着するころにはスネーキーはとっくに逃げたあとだろう。あいつを残酷に殺してやりたい。その思いは酸のように彼の体内を焼いた。

デイビーはすべりやすい松葉の上を歩き、駐車場に戻って被害を確認した。顔にすり傷ができ、頬が血で濡れている。ぶざまに転んだせいで片方の肩が痛み、トラックに叩きつけられた手が疼きはじめていた。この程度ではすまなかったかもしれないのだ。殺されていたかもしれない。やすやすと。

そして、あれがマーゴットをつけまわしているろくでなしなのだ。彼女の問題は予想以上に深刻だ。

トラックを降りると、マーゴットがガラスの両開きドアから跳びだしてきた。目に怯えが浮かんでいる。「たいへん。大丈――」

「大丈夫だ」デイビーはそう切り返し、顔に伸ばしてきた彼女の手から身を引いた。「駐車場でスネーキーと挨拶した。それだけだ。車に乗れ」

「それだけ?」マーゴットが声を荒げた。「それだけって、どういう意味?」

「あいつを逃がしたってことだ」怒りで声がかすれる。「タマラ、みんなに伝えてくれ。あいつは背が高くてがっしりしてる。身長はおれより少し低いくらいだ。フードをかぶってたから、顔は見えなかった。スーツを着てる。あの野郎に会ったら、目と首への突きに注意しろ。それがあいつの好みだ。何度か殴ってやったが、それでもその気になればそうとうな被害を与えられるはずだ。あいつは危険だ。それを肝に銘じろ」

「伝えておくわ」タマラの片手に銃が現われていた。美しい顔からあざけりの表情が消えている。「気をつけてね」

デイビーはホテルの駐車場から曲がりくねった山道に入った。マーゴットが心配そうに彼の顔を見つめているのがわかる。

「救急治療室に寄ったほうがいいわ。顔から血が出てる」

「枝に引っかけただけだ。たいしたことはない」

「どこへ行くの？」

「おれたち兄弟は、この山のなかに家を持ってる。おれたちが育った場所だ」

携帯電話が鳴った。デイビーはタキシードのジャケットから携帯を取りだした。ディスプレイには見知らぬ番号が表示されている。おかしい。見知らぬ人間がこの番号を知っているはずがない。知っているのは片手で数えられるほどしかいない。彼は通話ボタンを押した。

「誰だ？」

「ゴメスだ」友人の声は低く、緊張をはらんでいた。

デイビーの緊張もそれに同調して高まる。「よお、ゴメス。なんだ？」

「おまえに会う必要がある。いますぐ。大事な用だ」

「明日まで無理だ」デイビーは言った。「今朝も話しただろう。おれはエンディコット・フォールズに――」

「おれはいまエンディコット・フォールズにいる。さっき着いたところだ。いま公衆電話からかけてる」

デイビーは一瞬言葉に詰まった。「ああ……そうか。どこにいる？」

「モファットとテイラー・ハイウェイの交差点にあるコンビニだ」

「十分で行く」デイビーは電話を切り、ジャケットのポケットに携帯を戻した。

「なに？　誰からだったの？」マーゴットが訊く。

「警察の友人、ゴメスだ。おれと話すためにシアトルから来た。直接話すために。いますぐ」

「まあ」マーゴットがつぶやいた。「いい知らせじゃなさそうね」

「ああ」むっつりと認める。

数分後、二人はコンビニの駐車場に入って行った。傷だらけのグレーのSUVから黒髪のハンサムな男性が降り、車に寄りかかって二人を見つめている。デイビーが車を降りてドアを閉めた。

マーゴットは一瞬ためらってから、彼のあとを追った。

ゴメスの鋭い黒い目はすべてを見て取っていた——タキシードについた泥、デイビーの顔の血、腫れあがった手。その視線がちらりとマーゴットに走る。

「一人じゃないとは聞いてないぞ」ゴメスが言った。

「訊かれなかった」とデイビー。

ゴメスは腕を組んだ。「乱痴気パーティでもしたのか？」

デイビーが肩をすくめる。「いろいろあってな」

ゴメスは続きを待った。数秒が経過するにつれ、顔がこわばる。「おれの車に乗れ。おまえに話がある。二人だけで」

デイビーはマーゴットの爛々と輝く怯えた目に視線を走らせた。体に巻きつけたむきだしの腕に、夜気で鳥肌が立っている。「彼女の前で何を話しても大丈夫だ」

ゴメスが首を振り、「ったく」とぼやいた。「オーケイ、わかったよ。ジョー・パンターニという名前の男を知ってるか？」

デイビーは首を振ったが、そのとき二人はマーゴットが息を呑んだことに気づいた。二人はそろって彼女に顔を向けた。「知ってるのか？」デイビーが鋭く訊く。

「二週間前から、ときどき彼のダイナーでウェイトレスをしてたの」マーゴットがたどたどしく答えた。「き……昨日の、お昼ごろ辞めたけれど」

ゴメスが顔を曇らせた。「まさか、あんたはマーゴット・ヴェッターじゃないだろうな」

「ど……どうしてまさかなの？」

「昨日クビになったウェイトレスは、あんたなのか？」マーゴットがうなずくのを待つ。「警察は、ジョー・パンターニ殺害の参考人として、あんたを探してる」

マーゴットはさっと口に手をあげた。「ジョーが？　ジョーが殺されたの？」

ゴメスがデイビーに視線を戻す。「ああ、きわめて念入りにな。殴り殺されてる。全身の骨がずたずただ」

「どうしてそんな目でおれを見るんだ、ラウル」デイビーは言った。「おれはそんなやつは知らない」

「そして、あいつの家に入ったこともないのか？　どんな理由にせよ？」

デイビーは首を振った。ラウルがスペイン語で毒づく。「じゃあ、おまえはやばいことになってるぜ」彼が言った。「パンターニの家には、ウィスキーのボトルとショットグラスが二個あった。どれにも鮮明な潜在指紋がべたべたついていた。地元と州の指紋自動識別システムで調べてもあたりがなかったんで、指紋検査官はFBIの知人にデータを送った。その知人が国際AFISでチェックしたところ、一致しそうなものが一つ見つかった。そいつのパソコン画面には、誰の軍籍番号が現われたと思う?」

デイビーは馴染みのない寒気に襲われた。自分のまわりで鉄の顎がきしみながら閉じているような気がする。「昨日、おれの家からスコッチのボトルがなくなった」彼は言った。「ゆうべはそれを探してたんだ」

「見つかったようだぜ。最近厄介な敵ができたか?」

デイビーは腫れた手で顔の乾いた血に触れた。「ああ、できた」むっつりと答える。「そう言われてみれば、そうだ」

「二十四時間かそこらのあいだに死体が三つ」とゴメス。「そのうえ、すべてに関連しておまえの名前が浮上してる。やばいぞ。おまえがライラ・シモンズに関心を持ってたことは、まだ誰にも話してない。とりあえず、いまのところはな。このままでいいと思えるようなまともな理由を聞かせろ」

「おまえはおれがどんな人間か知ってる」デイビーが言った。「おれは人殺しじゃない」

ゴメスはうんざりした表情を浮かべた。「ああ、少なくともおれはそう思ってた。さて、こんなとこだ。これ以上話せることはない。報告書はまだできあがってない。FBIの指紋検査官はおまえの軍歴から指紋のハードコピーを取り寄せて、一致するかどうか目視検査をしなきゃならない。だが検査官はちょっと見ただけでも一致するのは確実だと考えている。そうなるまで、あまり時間はないぞ。警察はその結果に跳びつくはずだ。かならずな」

「くそっ」デイビーがつぶやく。

「警察はおまえのDNAを調べたがるはずだ。おれの経験から言わせてもらうと、間違いなく一致すると思う」とゴメス。「もしおまえの謎の新しい敵がおまえの指紋を盗んだなら、そいつはおまえの櫛も盗むぐらいの頭は持ってるはずだからな」

「いつ殺された？　ゆうべか？」

「ああ、最後に生きているところを目撃された時間から判断するとな」ゴメスの声は疲労でかすれていた。「午前四時に発見された。見つけたのは、バーテンダーの仕事を終えて帰ってきた恋人だ。正確な死亡時刻を特定するのはむずかしい。犯人は被害者の体を丸めて冷凍庫に押しこんでいた」

デイビーが眉をしかめた。「なんてこった」

ラウルはマーゴットに目を向けた。「全部彼女に関係があるんだな？」強い口調で言う。「おまえ、また同じことをしてるのか。軍にいたころみたいに。あのダンサーはなんて名前だった？　フラン？　ファーン？」

「フラーだ。そして、今回は彼女のときとは違う」

「ああ、はるかにヤバイ。今回おまえは監獄に入るはめになるかもしれないんだぞ。疫病神をおっぽり出さなかったばっかりに」

「ちくしょう、ゴメス――」

「おい。彼女の前で話したいと言ったのはおまえだぞ。そして、おれはおまえのためにあえてヤバイ橋を渡ってるんだ。だからそういう態度はやめろ」

デイビーは怒りの台詞を呑みこんだ。「ああ、わかってる。礼を言う」

「礼などいらん。もし無実なら、なぜ協力できない？」

デイビーは言葉に詰まった。「今回の事件は、いきなりおれの顔の前で爆発したんだ、ラウル。必要な書類を作成するために手を休めていたら、彼女が殺されてしまう」マーゴットのほうへ顎をしゃくる。

「へえ、おれを信用してくれてありがとうよ」ゴメスが自嘲ぎみに言った。

「おまえがどうこうと言ってるんじゃない。個人的に取るな。この話をしてくれたことが、おまえにとってどんな意味を持ってるかわかってる」

「ああ。おれがいますぐバッジを返上すれば、みんなの手間をはぶいてやれるって意味だ。おまえが問題を解決しないかぎり、おれの人生は台なしになる。だからさっさと仕事に取りかかれ。それから、もしおまえが嘘をついてるとわかったら……覚悟しろよ。かならずおまえを破滅させてやるからな」

「嘘じゃない」デイビーが言った。「これからも嘘をつくつもりはない。信じてくれ。言わなくてもおまえにはわかってるはずだ」

ゴメスは無言で首を振った。「ゆうべはどこにいた?」

デイビーはマーゴットを示した。「彼女と一緒にいた。自宅に」

「ほお」ゴメスがせせら笑う。「そいつはいい。じつに役にたつ。紙くず同然の取るに足りないアリバイが二つ」彼はいらだたしそうにSUVのドアを開けて乗りこんだ。やかましい音をたててエンジンがかかる。

走りだした車は唐突にとまり、窓が開いた。「殺されるなよ」ゴメスが吐きだすように言った。「どあほ」

窓がするするとあがった。そしてSUVは小石を撒きあげながら加速し、闇に消えて行った。

19

二人は遠ざかっていくゴメスの赤いテイルライトを見つめていた。マーゴットの目は涙が浮かんでひりひりした。スカートに風が吹きつけ、太腿のまわりではためいている。さながら一月であるかのように身震いが出た。わたしは気の毒なジョーにひどく腹を立てていた。いまは自分の怒りが浅薄に思える。

寒々とした陰気な表情を浮かべるデイビーの顔を見ると、罪悪感で胸がよじれた。わたしはいつのまにか彼に呪いをかけてしまったのだ。わたしに関わった人たちすべてと同じように。ゴシックファッションの少女、質屋の店主、シンディ、デイビー。ジョー。可愛そうな偏屈でしみったれのジョー。あんな死に方をするいわれはなかった。そして今度はデイビーに殺人の濡れ衣が着せられている。

「彼は昨日ダイナーにいたんだわ」マーゴットはか細い声でつぶやいた。

「誰が?」不愉快な夢から覚めたようにデイビーがびくっとした。

「スネーキーよ」と答える。「ジョーがわたしをクビにしたとき、彼はダイナーにいたんだわ。ああ、ぞっとする。わたしはあいつにランチを運んだのよ、きっと」

「そのことは考えるな。車に乗れ」デイビーの声には有無を言わさぬ厳しさがあったが、そのせいで麻痺状態になった体が目覚めたのでむしろありがたかった。彼女はトラックに乗りこんで身震いをとめようとしたが、震えは寒さとは無関係な体の奥から生まれていた。

トラックが大きな音をたてて息を吹き返し、デイビーは幹線道路に車を乗り入れた。

マーゴットはいまの感覚に覚えがあった。わたしは渦に巻きこまれている。その先にある場所へ行きたくない。渦から逃れなければ。

「デイビー」おずおずと口を開く。「ごめんなさい」

「言うな」

木で鼻をくくったような返事をするのも無理はない。マーゴットは無力感と自己嫌悪に襲われていた。わたしに何が言えるだろう？——わたしと一緒にいるせいで、あなたの命と自由を危険にさらしたうえに、あなたの家族まで危ない目に合わせてごめんなさいね。ほんとにまいっちゃうわ。そのせいで、わたしを嫌いにならないでくれる？

そんなこと言えるわけがない。彼女は大きく息を吸いこみ、別の言葉を口に出した。「さっきのゴメスという人だけど、古い友だちなの？」

「戦友だ。第一次湾岸戦争の」

それ以上の説明はない。マーゴットは別の角度からためすことにした。「デイビー、どうするつもり——」

「わからない。考える必要がある」

そのそっけない返事も空ろな沈黙に溶けていった。ヘッドライトがどことも知れない山道のカーブを舐めるように照らしてゆく。

こんなの耐えられない。怒ってくれたほうがましだ。見せかけの落ち着き払った態度に耐えるより、彼をあおって喧嘩になったほうがいい。

マーゴットは気力を奮い起こし、思い切ってしゃべりだした。「フラーって誰なの？」

トラックの速度があがった。デイビーがちらりとマーゴットをうかがい、首を振る。

彼女は躁病気味な無鉄砲な気分に襲われていた。体の震えはヒステリックな笑いが原因のように感じられる。「あら、言いなさいよ。話してくれないと、平凡な事実より百万倍も薄気味悪い話を勝手に想像するわよ」

「おれをいらいらさせるのはやめろ、マーゴット。そんなことをしてる場合じゃない」

たしかにそうだ。でもわたしに失うものがあるだろうか？「あなたが悪いのよ」マーゴットは言った。「そうね……フラーは美人の外国人スパイだったんでしょう？　おしゃれなガーターベルトにピストルをはさんでる。彼女はあなたを誘惑し、裏切った。全裸にしたあなたに蜂蜜を塗って、蟻塚に磔りつけにしたまま置き去りにして――」

「その手には乗らないぞ」

「惜しいところまで行ってる？　けっこう近い？」

「ぜんぜん」デイビーが言った。「はるかに遠い」

マーゴットはくじけなかった。「オーケイ、じゃあ言い直すわ。フラーは邪悪な国際的武器商人の反抗的な娘だった。チュニジアのみすぼらしいナイトクラブのブラックジャックのテーブルであなたに出会った彼女は――」

「フラーは元妻だ」

マーゴットは呆然と口をぱくぱくさせた。「結婚したことがあるの?」声がかすれる。「どうして教えてくれなかったの?」

「どうして教える必要がある? きみとは関係ない話だ。楽しい話題でもない。結婚してたのは約三カ月。十四年前の話だ」

「何があったの?」

彼はいらだたしげな声を出した。「手加減ってものをしないのか?」

「わたしの欠点なのよ」と認める。「ゴメスは、彼女はダンサーだったと言ってなかった?」

「そうだ。おれがいた基地の近くにあったストリップ劇場のな」

「まあ」思いがけない話につぶやき声が漏れた。「彼女は、その、美人だったの?」

デイビーが肩をすくめる。「ああ、美人だった。あとでわかったことだが、麻薬の問題を抱えていた。そして暴力的な元恋人というもっと大きな問題も。そいつと別れたのは、殴られたのが原因だった。フラーは自分の身を守るためにおれを捕まえ、二十四歳のまぬけな若造だったおれは、あっさり引っかかった。そうでなければ彼女と結婚していなかっただろう。おれは彼女を助けたかった」

「そう」揶揄のこもる口調にみぞおちがこわばった。タマラの台詞が脳裏に浮かぶ――きっと彼はあなたを助けたいのよ。ほほえましいわ。たぶんそのせいで彼は命を落とすでしょうけれど……。

「彼女が自分は守られていて安全だと思えるようになれば、麻薬の問題も自然に解決するとおれは思ってた」彼があげたかすれた短い笑い声が多くを語っていた。「まぬけもいいところだ」

「そのせいで別れたの？」

「ある日、元彼氏が現われた。仲間を六人連れてな。結局おれは、全身の穴にチューブを突っこまれて入院するはめになった」

マーゴットは息を呑んだ。それほどの痛手を受けた彼の姿を想像すると身が縮む。「ひどい。フラーはどうしたの？」

返事が返ってくるまでしばらく間が開いた。まるでふさわしい言葉を探してでもいるように。「恋人とよりを戻した」しばらくすると、彼が言った。「彼女は離婚を申してた。入院しているおれに会いにきたときは、顔と首にアザができていた。そして暴行で彼を訴えないでくれと泣きついてきた。そんなことをしたら、恋人に自分が殴られるからと」

マーゴットは眉をひそめた。「そんな」とつぶやく。「それで、あなたはあきらめたの？」

「おれは牽引治療を受けていて、薬で朦朧（もうろう）としてた。ああ、おれはあきらめたんだ。退院したとき、彼女は恋人とフロリダへ戻ったあとだった。二年後に麻薬の過剰摂取で死んだと聞いた。無理もない」

長く震えるため息が漏れた。「デイビー、心からお悔やみを言うわ」フロントガラスから闇を見つめる彼の横顔は、石の彫刻のようだ。「そういうことだ、マーゴット。おれの悲惨な秘密。おれは彼女を救おうとしたが、失敗した。気がすんだか？」マーゴットは腹立たしさと困惑で思わずまくしたてた。「あなたは失敗なんかしてないわ！　悪いのは、意気地なしで馬鹿な彼女のほうじゃない！　彼女はあなたを痛めつけたろくでなしの頭をフライパンで殴ってやればよかったのよ！　そいつがうしろを向いた瞬間に！」

デイビーがまごついた顔をした。「それは彼女の流儀じゃない。フラーは――」

「彼女の流儀がなんだろうが、知ったこっちゃないわ！」とわめく。「彼女はあなたを守るべきだったのよ！」

デイビーは考えこんでいた。「いいや」やがて口を開いた。「彼女はすでにぼろぼろだった。そんな力はもうなかった。おれは彼女を責めるつもりはない」

「そう、ご立派なこと」と噛みつく。「わたしはあなたみたいに偉くないの。わたしは彼女はダメな人間だと思う。あなたを失望させたんだもの」

切ない思いが心に浮かび、顔がほてる。「わたしにあれこれ言う権利はないわね」彼女は言い添えた。「ゴメスが言ったとおり。わたしはすでにあなたを厄介な状況に巻きこんでいるもの。フラーよりずっと――」

「やめろ」彼の口調にマーゴットは怯んだ。「きみのせいじゃない。悪いのはスネーキーだ。

それを肝に銘じろ。自分のせいだと思っていると、まともに考えられずに問題を解決できない」

「わたしはあなたを巻きこむべきじゃなかったのよ」頑なに言う。

デイビーがうめいた。「きみは逃げようとした」彼はそれまで走っていた轍のできた細い未舗装道路をそれ、木立のあいだに延びる暗い小道に入った。「それをおれがとめた。忘れたのか？　勝手に傷ついてきみに罪悪感を負わせ、馬鹿なまねをした」

「そうだけど、わたしは――」

「おれがこうしてるのは、おれの愚かさゆえだ。そして欲望のせい」

「なにそれ。まったく。でもありがとう。おかげで気が楽になったわ」

くねくねと曲がるつづら折りを登っていくと、やがて開けた場所に出た。いまにも壊れそうな不気味な家をヘッドライトが照らしだしている。デイビーがトラックを停め、ライトを消した。

月の光が煌々と輝いている。彼が運転席のドアを開けた。「なかに入ろう。家にこもってるほうが安心できる」

小石の上をピンヒールでよろめきながら歩いて行くと、デイビーが腕をつかんで支えてくれた。彼はペンライトをつけて玄関にあるいくつもの複雑な錠やかんぬきや暗証番号をいじり、ドアを押し開けた。マーゴットは彼について室内に入った。

真っ暗闇のなかで立ちどまると、やがてマッチをする音がした。

デイビーが石油ランプに火をつけた。揺らめく炎が彼の顔を温かな光で照らしだす。そこは荒削りにつくられた広いキッチンだった。壁は未加工の板張りで、A字型の脚に天板を乗せたテーブルと大きな薪ストーブがどっしりと構えている。デイビーはテーブルにランプを置いて玄関を施錠し、壁についた光が点滅する装置に暗証番号を打ちこんだ。

「電気ロックがあるのに石油ランプ？」マーゴットは言った。「変わってるのね」

「兄弟のなかに、キッチンに電灯がいるやつはいない」デイビーが言った。「おれたちは軟弱なぐうたらだから、寝室には照明とヒーターをつけたが、ここにはそういうものは似合わない気がした。おれたちが邪悪な社会の電気の乳首を吸ってるのを見たら、親父は墓のなかで身悶えするだろうから、キッチンは親父を偲んで手をつけなかったんだ。モーションセンサーは別だがね。親父もあのおもちゃは気に入ったはずだ」

「マクラウド一族って、ほんとに変わってるのね」

デイビーがにやりとする。「ああ、そうだ。キッチンにいるあいだに、何かほしいものはあるか？　水、コーヒー、ビールは？」

「けっこうよ」

「じゃあ、二階へ行こう」彼が言った。「おれはこの猿芝居みたいな服を脱ぎたい」

意味ありげな沈黙が流れた。デイビーの顎がこわばる。「一人になりたいなら、ベッドはいっぱいある」彼は言った。「別に無理してまで――」

「一人になりたくはないわ。それだけはいや。あなたといたい」

デイビーがつかのま目を閉じた。「よし」

彼はマーゴットの手を取り、階段へ向かった。マーゴットはためらわずに彼についていった。今夜のことで、あとあとどんなに辛い思いをしてもかまわない。いまは疼くほどの渇望のことしか考えられない。

できるかぎりのものを彼から得たい。辛い現実に向き合うのはそのあとでいい。いまそれを追い求めることはない。

闘争アドレナリンが出たあとのおれは、決まってひどく欲情する。そして今日のおれは格闘する前から頭に血がのぼっていた。相乗効果は爆発的だ。デイビーは階段をあがりながらシャツの前を開け、ボウタイをむしり取った。ゴメスから聞かされた新事実にショックを受けている。なんと皮肉なことか。成人してからずっと堅物として清廉潔白な人生を歩み、法と秩序を尊重してきたおれが逃亡者とは。

一つ確かなことがある。もし無法者になる運命なら、正真正銘の極悪な無法者になってやる。くそったれの社会に、おれを追いつめたことを後悔させてやる。

頭を冷やさなければ。うしろからつま先立ちで階段を昇ってくるマーゴットは、早くも口数が少なくおずおずしている。彼女はタフだが、怖がらせたくはない。一晩じゅう激しく責めてやりたいが、怯えさせたくはない。

彼がバスルームで顔と手についた血と泥を洗っているあいだ、マーゴットは廊下でうろうろしていた。

デイビーは彼女の手をつかんで自分の寝室へ連れて行った。二十一歳で陸軍に入隊したころから、あまり変化していない。父親に強制された固い軍隊用簡易ベッドはそこそこのダブルベッドと入れ替えたが、ベッドカバーは縁がほつれたくすんだオリーブ色の軍隊用毛布をそのまま使っている。これまで彼も弟たちも、ベッドカバーのことなど考えたことはなかった。少なくともコナーがエリンをここへ連れてくるようになるまでは。いまコナーのベッドには縁に花の刺繍のあるシーツと女々しい色のキルトがかかり、必要以上の数の枕が載っている。女ってやつは。

デイビーは汚れたジャケットを床に放り投げ、蹴るように靴を脱いでショルダーホルスターをはずし、ベッドサイドテーブルに拳銃を置いた。シャツ、カマーバンド、ボウタイ、ズボンがそれに続く。まもなく彼は全裸になり、その場に直立した。マーゴットはまだ戸口にたたずんでいる。逃げることを考えているかのように。

彼の視線がセクシーな曲線をたどった。今夜は逃がさない。

「あれは嘘だ。きみを一人で寝かせると言ったのは」彼は言った。「今夜おれを遠ざけておきたかったら、木に鎖で縛りつけるしかない」

マーゴットの瞳に浮かぶ官能が深まった。「もしあなたを木に鎖で縛りつけたら、一人で寝るより楽しいことをしてあげるわ」

「そうか？　どんな？」

「たとえば」彼女がつぶやいた。「ゆっくりストリップを始めるかも。あなたの目の前で。鎖につながれたあなたの手が届きそうで届かないところで」

股間で脈打つ鼓動が強くなる。「なかなかいいぞ」

「それから……それから、あなたの乳首にキスするわ」マーゴットが続ける。「魔法の羽根みたいに指先をあなたの体に這わせるの。くすぐったいような、愛撫するような手つきで。そしてあなたが身悶えして泣きついてきたら、わたしはひざまずいて……舐めるの、あなたの、その、先端を……」

「おれのペニスの？」と助け舟を出す。

「ほんの軽くよ」マーゴットが戒めた。「わたしはあなたをなぶりものにしてるんだから。そっと円を描くように舐めるだけ。新しい味のアイスクリームを味見するみたいに」わずかに声が震えている。「そして、く、くびれたところの敏感な場所をもてあそんで……先端からきらきらあふれだす雫を舐め取って——」

「マーゴット」デイビーは言った。「服を脱げ。早く」

近づいて行くと、彼女があとずさった。「ちょっと！　気をつけて。このドレスを破かないで。唯一のまともなドレスだし、いま服はこれしかないのよ」

「脱げ」威嚇的なかすれ声になるのをとめられない。

マーゴットは両手でスカートをつかみ、大きく見開いた目で彼を見つめている。おれが過度に攻撃的になると、彼女は決まって尻込みしてこわばってしまう。いまのおれには彼女をなだめてふたたびその気にさせる忍耐も、彼女にリードさせてやる自制心もない。だがこの場を台なしにはしたくない。ここでやめたら頭がおかしくなる。

デイビーはざらざらした木の壁に背中があたるまであとずさった。「心配するな」穏やかに言う。「おれは鎖で木に縛りつけられてるんだ、忘れたのか?」両腕を広げ、壁につける。「身動きできない。さあ、続けろ。冷酷になれ。おれをいたぶれ」

彼女はぎこちなくうなずき、ドレスの裾を持ちあげた。頭からドレスを引きぬくと、おくれ毛が顔にかかった。スリップを透かして体の凹凸がすべてわかる。

「脱ぐんだ」デイビーはかすれた声で命じた。「全部」

マーゴットは唇を舐め、肩ひもをずらした。一日じゅう挑発的な谷間をつくっていたサテンの半カップのブラジャーが現われる。彼女はブラのホックをはずし、息を呑まずにはいられないほど柔らかそうで官能的な乳房をあらわにした。ヒップの丸みに沿ってスリップをおろし、足元に落ちた服を踵の高い華奢なサンダルで蹴り投げた。

ヘアピンを抜き、銀の髪飾りをはずし、頭を振って豊かな髪を広げる。ずっと押さえつけられていた髪は、いつにもまして激しく四方に広がった。マーゴットが近づいてくると、彼女の肌や髪の香りが、濃厚な欲情の香りが漂ってきた。興奮で目がぎらぎら輝いている。

「あの最初の夜、わたしの家であなたがシャツを脱いだとき、すごくさわりたかったの」彼女が言った。「ものすごく」

「いまやればいい」デイビーはけしかけた。「じらすな。やれ。なんでも好きなように」

マーゴットは喉のくぼみに柔らかな唇を押しあて、腹にペニスがあたるまでそっとすり寄ってきた。さらに体を近づけ、力強い太腿で先端をはさんでぎゅっと締めつける。デイビーはあえぎ声を漏らした。彼女の太腿はなめらかで柔らかく、茂みがペニスをくすぐっている。彼女はそっとデイビーを愛撫し、満足そうな声を漏らした。太腿で締めつけながら、頭をさげて乳首を舐めてくる。デイビーは頭をのけぞらせ、クライマックスを迎えないように大きく息を吸いこんだ。

快感が背筋を貫き、花火のように頭で炸裂する。

目を開けると、マーゴットが不思議そうに見つめていた。

「イッたのかと思ったわ」手を下に伸ばし、そっとペニスを撫でる。「でもそうじゃない。どう見ても」

「もう少しでイキそうだった」彼は正直に応えた。「ぎりぎりで我慢したんだ。おれは一晩じゅうでも続けられるし、飽きもしない。単に集中力の問題だ」

彼女の目に浮かぶ不思議そうな表情が、猫のような満足げな笑みに変わった。「一晩じゅう？　すてき。あなたの集中力が気に入ったわ、デイビー。もう一度できるかどうか、ためしてみましょう」マーゴットはひざまずき、彼の腰に両手をあてた。「わたしが口でやっても、さっきみたいに我慢できる？」

デイビーは両手で彼女の顔をはさんだ。「それは挑戦か？」

マーゴットは根元から先端まで舌を這わせると、ペニスを口に含みながら自分の太腿のあいだに片手をすべりこませた。

きらきら光る指を掲げて見せる。「あなたのせいでどうなったかわかる?」デイビーは床に膝をつき、彼女の手をつかんで口に入れ、塩辛い露をしゃぶった。「きみがほしい。じらすのはもう終わりだ」彼はマーゴットを立たせ、ドレッサーの抽斗をあさってコンドームを出した。

「ねえ。あなたは鎖で木に縛りつけられてるんじゃなかったの?」

「きみをだましたんだ。フーディーニと呼んでくれ」矢も盾もたまらぬ思いでコンドームをつけ、マーゴットをベッドに押し倒す。

みすぼらしい毛布の上で、彼女はまばゆいばかりに輝いて見えた。もっと柔らかいものがあればよかった。自分は防虫剤と埃の臭いがするちくちくするウールでもかまわないが、彼女にはふさわしくない。

だがそんな思いも長くは続かなかった。彼女の陰影に富む美しい体が心をかき乱す。目がくらみ、頭がぼうっとする。

彼は立ったままマーゴットの太腿のあいだに手を伸ばし、やわらかなピンク色の襞を分けた。そして奥まで貫いた。

マーゴットは彼の胸に両手をあて、目を見つめた。「大丈夫?」声が震えている。

「もちろん」彼は言った。「それに、それはこっちの台詞だ。きみは?」

彼女が含み笑いを漏らすと、ペニスを包みこんでいる場所が心地よく収縮した。「ええ、大丈夫よ。あなたが怯えてるように見えたから。それだけよ」

「今日は空恐ろしい一日だった。だがこれで埋め合わせできる」

マーゴットがうなずき、動きはじめた。存分に楽しむように体で促している。抵抗はしていない。ただうっとりと熱中し、快感に身をゆだねている。彼女が心を開けば開くほど、デイビーも心を開いていった。むきだしのエネルギーが爆発へとふくれあがっていく感覚。大波のように押し寄せる快感をこらえきれない。だがマーゴットは両手両脚を彼にからめ、デイビーを引き寄せていた。二人は同時に登りつめた。強烈な快感にわれを忘れ、思考力が奪われる。

かすかな震えを感じ、デイビーは目を開けた。マーゴットの顔が濡れている。両目はきつく閉じられていた。「おい、マーゴット。どうし――」

「いいえ。大丈夫じゃないわ。わたしはぼろぼろ」彼女は涙をぬぐった。「よりによって、いま男の人にこんな気持ちを持つなんて。わかってたのに。あなたはわたしの手に余るってわかってたのに、わたしはあえて跳びこんでしまった」

わけがわからない。「マーゴット。おれは別に――」

「言わないで」マーゴットは片手で口を覆った。「馬鹿なことを考えてるのは、あなたのせいじゃない。あなたは精一杯のことをしてくれてるんだから、何も言わないで。ただ……お願い、どいて。ちょっとバスルームに行きたいの」

これはおれの精一杯じゃない。デイビーはそう言いたかったが、それがどういう意味なのか、なぜそう思うのかわからなかった。そっと身を引くと、マーゴットは起きあがって小走りで部屋を出て行った。

精一杯？　おれの精一杯とはなんだ？　おれは自分でもぞっとするほど変化し変異している。そのせいで身動きができなくなっている。

デイビーはコンドームを処分して擦り切れたシーツのあいだにすべりこみ、張りのないざらつく毛布をいじった。次にマーゴットをここへ連れてくるときは、新しいベッドリネンを持ってこよう。

バスルームから戻ってきたマーゴットはおずおずしてぎこちなく、うるんだ目が充血していた。デイビーはシーツの冷たいほうへ移動し、彼女のために上掛けをめくってやった。彼女が隣りに滑りこんできた。全身の皮膚がマーゴットと触れ合う感覚を喜んでいる。それを彼女に伝えたかったが、泣かさずに表現する言葉が見つからなかった。また泣かすようなことだけはしたくない。

彼は彼女の顔にかかった髪をかきあげた。「きみの髪が好きだ」

マーゴットはひと束の髪をいじり、にっこり微笑んだ。「以前の髪を見せてあげたかったわ。赤毛で、高い美容院代が払えたころの髪を。自分で言うのもなんだけど、とてもすてきだったのよ」

「むかしの髪は写真で見た。きれいだったが、おれは長くて柔らかい髪が顔のまわりにふんわりかかっているほうが好きだ。こっちのほうがセクシーだからな」

「まあ、ありがとう」彼女は震えている。それは笑いでも涙でもない感情を押し殺しているせいだとデイビーはわかっていた。単に、彼女が胸の内に留めようとしている感情があふれだしているにすぎない。いとおしさで胸が疼く。銅のように赤い髪が彼女の顔を縁取っているところを見たい。彼はマーゴットをきつく抱きしめた。「おれのために髪を伸ばしてくれ」

マーゴットが息を呑んだ。「え……ええ、いいわ。あなたがそうしてほしいなら」

髪が伸びるには時間がかかる。何カ月も。ひょっとしたら何年も。その思いは警告になるどころか、妙に心が休まるものだった。

マーゴットはそわそわして眠れなかった。うしろにいるデイビーの裸身のえもいわれぬぬくもりを、一秒でも多く堪能したい。彼はマーゴットをぴったりと抱きしめているので、体が密着している。眠っているのだとばかり思っていたが、やがて彼が愛撫を始めた。片手がお腹を撫で、さらに下へ向かって太腿のあいだの茂みをもてあそんでいる。キスのように軽い物問いたげな手つき。

馬鹿げているとは思ったが、拒絶できなかった。今夜のような気分のときは無理だ。マーゴットは彼の手がもっと奥まで入るように太腿から力を抜き、彼だけがもたらしてくれる甘美で狂おしいほどの解放を求めて腰を動かした。

すると彼のもう一方の手がヒップに移動し、うしろからも熱く潤う場所を探しはじめた。マーゴットははっと目を開けた。身をよじって逃れようとしたが、すでに彼の指がなかに入っている。警戒心でみぞおちがざわめいた。うしろから触られるのは好きじゃない。それをされると、無力感と羞恥心に襲われる。

でも、相手はデイビーだ。彼は前からクリトリスをころがし、うしろから入れた長い指をゆっくりと動かしている。マーゴットは容赦ない激しい感覚に身をよじった。

すると突然、その感覚が激しい快感に登りつめた。

すごい。マーゴットは彼の腕のなかで身震いした。こんなの……はじめてだ。

それを伝える間もないうちに、うしろでデイビーがコンドームをつけているのがわかり、そして次の瞬間、指とペニスが入れ替わっていた。すべりやすくなった場所にペニスが押しつけられ、少しずつ入ってくる。

もがいて逃れようとしたが、デイビーがきつく抱きしめている。「ずるいわ」彼女は言った。「言ったでしょう。うしろからされるのは好きじゃないの」

彼はゆっくりした侵入をやめようとしない。「なぜだ？」

「自分が安っぽくなった気がするの」マーゴットはつぶやいた。「わたしを見ようとすらしない相手に、体だけ利用されてるみたいに」

デイビーの動きがとまり、腕に力が入った。「おれはきみを見てる」彼が言った。「いやならやめる。だがいやがってるようには見えないぞ、マーゴット。もう一度イキそうに見える。おれが……ここを触ったら。きみのなかにあるこの場所をペニスで押しながら……こんなふうに。どうだ？」

体の奥にある敏感な場所を突かれ、マーゴットはふたたび快感の長い波に飲みこまれて大きな声をあげた。

デイビーが首筋にキスをしてくる。「もっと奥まで入りたい」彼が言った。「そうさせてくれ。うつ伏せになって脚を広げるんだ」

それは彼にとって呼吸のように当たり前になっている命令口調だった。まるで相手が当然従うものと露ほども疑っていない口調。マーゴットの一部は拒否していたが、より深く静かな場所では彼の体が語る言葉を理解していた。指や腰への愛撫が訴えている言葉を。

彼は大柄でたくましい。やろうと思えばわたしに好きなポーズを取らせられるのに、やろうとはしない。わたしの首筋に鼻をこすりつけ、ただじっと待っている。

マーゴットは言われたとおりにうつ伏せになった。服従ではなく同意だ。その違いは言葉では表現できないところでわかっていた。

彼女とつながったまま同時に姿勢を変えたデイビーは、マーゴットの太腿から力が抜けると満足そうにうめいた。彼女の腰をつかみ、自分のほうへ持ちあげる。マーゴットは枕に顔を押しつけた。顔を見られずにすむのがありがたい。わたしは内側からとろけている。感情に揺さぶられて喉の力が抜け、顔がわなわなと震えていた。

エロティックなポーズは彼女に奇妙な影響を与えていた。自分でもそれがはっきりとわかった。ひどく無防備な体位にプライドと恐怖心は抵抗を感じているが、相手がデイビーだとどんな体位だろうが無防備なのは同じだ。わたしの心はむきだしになる。これからも、それは変わらないだろう。

デイビーがなかで動いている。奥深くでどうしようもないほど求めている場所を正確に責めながら。マーゴットは彼の動きに合わせて腰を動かした。静まり返った部屋で二人が立てる音が大きく響く。荒い息遣い、湿った叩きつける音、こらえきれずに自分が漏らすあえぎ声。わたしはすでに望む以上に歩み寄ってしまったけれど、いまさらもう遅い。彼はもうわたしの砦に入り、望むものをすべて要求している。

容赦ない官能的なリズムに快感が高まり、やがてマーゴットは登りつめた。

彼女は顔を隠して横たわったまま、息をはずませた。これほど巧みでエロティックな男性を相手にするのははじめてだった。狂おしいほど誰かを好きになるのも。わたしはたぶん、なんでも彼の言うとおりにしてしまうだろう。

デイビーがため息を漏らしながら体を起こし、脇に寝返りを打った。マーゴットの顔から髪をはらい、枕にうずめている顔を自分のほうに向かせようとする。「マーゴット?」

彼女は首を振り、いっそう強く枕に顔を押しつけた。

「おい」デイビーがつぶやく。「またおれに腹を立ててるんじゃないだろうな。くそっ、マーゴット。言ってみろ。おれは今度は何をしたんだ?」

三度試みて、ようやく声が出た。しゃべりはじめたとたん、言うべき言葉が見つからないことに気づく。

「いつもあなたが勝つのよ」口から出た言葉は、ほんとうに言いたいこととは違っていた。

デイビーは鋭い息を漏らしながら仰向けになり、片手で目を覆った。「二人とも勝ったんだ」こわばった声で言う。「きみも勝たなければ、おれはこのゲームに勝てない。どうしてわからないんだ？」

なぜなら、わたしはあなたを愛しているからよ。でもあなたの心はわたしにはない。そう叫びたかったが、言えばやぶ蛇になるのはわかっていた。

デイビーが体を起こした。コンドームを処理する広くて固い背中が怒りを発散している。マーゴットは横向きになって体を丸めた。「怒らないで。わたしは何も言うつもりはなかったの。あなたが無理に言わせたのよ」

「おれが何をしても、きみは高飛車だと感じる」彼が声を荒げた。「たとえそのせいでイッてもだ。きみは過去の経験をすべてベッドに持ちこむから、ベッドはごみごみとごったがえす。もう関係ないだろう。終わったことだ。過去になどかまうな」

独善的な口調が癪にさわる。「何よ、偉そうに。折り合いをつけなきゃならない過去があるのは、わたしだけじゃないわ。わたしの過去なんて、ダブルベッドにやすやす収まる。でも、あなたは違う。あなたの過去は巨大よ」

「どういう意味だ。いったい何が言いたい？」

あなたのお母さんの死？　お父さんの病気？　元妻の裏切り？　そこまで大きな爆弾を落とす勇気がなかったので、マーゴットはその次に心に浮かんだことを口にした。「愛人契約を申しでたのを忘れた――」

「いつまでその話を蒸し返すつもりなんだ？」

「あなたがしっかり理解するまでやめるつもりはないわ。そしていつそうなるのか見当もつかない。あなたが自分自身や自分の世界をコントロールしようとするのは勝手だけど、わたしの感情までコントロールすることはできないの。わたしは自分でも自分の気持ちをコントロールできないのよ。そうしたいと本気で願ってるのに」

「マーゴット、おれはただ――」

「あなたはわたしとセックスをしたかったけれど、わたしが抱くかもしれない感情に責任を取りたくはなかった」たたみかけるように続ける。「だから完璧な方法を思いついたのよ。都合の悪い不適切な感情は抱かないとわたしに約束させた。そのかわり、あなたはありがたくもわたしをスネーキーから守ってくれる。ふん、冗談じゃないわ」

デイビーが首を振った。「きみはおれの言葉をすべて曲解するんだな」

「曲解どころか、これこそ正確な解釈だと思うわ」

「そうか？　正確な解釈とやらを聞かせてもらおうか」

マーゴットは彼をにらみつけた。「傲慢な言い方はやめて」

デイビーはため息をつき、隣りに横たわって辛抱強い殉教者ぶった態度で胸の上で腕を組んだ。「さあ。遠慮せずに言えよ、マーゴット。おれをずたずたにすればいい。今日はどうせろくな日じゃないんだ」

「あなたは不安を感じると、氷になってしまう」マーゴットは言った。「あなたは誰も必要としていない。大事な弟たちは別かもしれないけれど。あなたはいつも猛スピードで走り抜けてしまう。ヒューッ！　スーパーデイビー参上。弾よりも速く。彼には何もいらないのよ」

デイビーが肩肘をつく。「もしおれが何も求めてなかったら、こんな会話はしてないはずだ」

「ああ、そうね。セックスは必要よね」マーゴットは鼻先で笑った。「でもほんとうは、そんなもの必要じゃなければいいと思ってるんじゃない？」

「落とし穴がありそうな質問だな」彼はマーゴットの体に視線を落とした。「きみに会うまでは、必要じゃなければいいと思っていた。いまはそうは思わない」

どういう意味だろう？「あなたに必要なのはセックスだけ」マーゴットはくり返した。彼の真意を確認するために。まさか、そんなことありえない。

「違う。きみだ」ひとことずつ強調するように言う。「セックスは抽象的なものだ。誰とでもできる。おれはもっと具体的なものを望んでる。きみとのセックスを」

「セックスだけ」マーゴットは繰り返した。それは傷口に塗る塩のようなものだった。あともう少しだけ、その先を彼に言わせたい。

だがすぐに、先へ進む気がないのが彼の表情からわかった。「なんなんだこれは」すげなく言う。「おれにどうしてほしいんだ？」

「どうやら待っていても無駄みたいね」マーゴットは目を伏せ、ぼろぼろになった毛布の穴を広げた。「教えて。もしわたしが偽のIDやニンジャみたいなストーカーやいくつもの死体みたいな面倒くさい余分なお荷物を抱えた逃亡者じゃなかったら、わたしに対して別の気持ちを抱いたの？」

「いいや。おれはきみを非難する気はない。そういったことは、きみの責任じゃない」

「じゃあ、もし仕事や高級車やサロンでしたヘアカットを備えた地域の柱時代のわたしに会ってたら、何か――」

「何も変わらない。そういう恋人は大勢いた。その誰ともおれは結婚しなかった。ここまで来るために、おれは必死で働いてきたんだ。自分の時間の使い方は自分で決めたい。自分がいる世界をコントロールしたい。おれは自由でいたいんだ。女のために妥協したくない」

「あら、でもお友だちのゴメスによると……」彼の表情が曇ったのを見てくちごもる。「あなたは、その、妥協したじゃない。それもかなり」

「あれと一緒にするな」デイビーが棘のある辛辣な口調で歯軋りしながら言った。「まったく違う話だ。状況も違う」

「わたしは別々に考えるのが苦手なのよ」ぼそりと応える。

「ああ、気づいてたよ。おれは最初からはっきり言ったはずだぞ、マーゴット。もし気持ちが傷ついたと言うなら、それはきみの勝手――」

「やめて。女に泣きつかれたとき使った、愚にもつかない陳腐な台詞は言わないで。あなたが決まり文句を言うときは、すぐわかるの。わたしにはもっと斬新な手を使ったほうがいいわよ」

デイビーは小さく毒づいた。ベッドサイドテーブルの抽斗をあさり、銀のフラスクを出す。そしてフラスクの栓を抜いて中身をひとくちあおった。

「まあ、わたしのせいでお酒を飲みたい気分になったの?」と言いつのる。「気がとがめるべきなのかしら?」

彼は低くうなってもうひとくち酒をあおった。「おれをこんな気分にさせるのは、きみだけだ」

「ゆっくりビールを飲むかシャンパンをすする以外のあなたをはじめて見たわ。強いお酒をがぶ飲みしてる姿を見ると、変な感じ」

「がぶ飲みなどしてない」むっとしたように言う。「軽く飲んだだけだ。酔いはしない。ときどきうまいシングルモルトを飲むのが好きなだけだ」

「あなたのお誕生日のために、覚えておくわ」わたしったら、なにをべらべらしゃべってるんだろう。彼の誕生日まで一緒にいるわけじゃあるまいし。「そう言えば、お誕生日はいつなの?」

彼の口元がひきつった。「十一月三日だ」

「やっぱり。さそり座ね。そうだろうと思ったわ」マーゴットは居心地の悪さをごまかすために、さらに饒舌になった。「わたしは射手座よ。十二月十日。でも心配しないで。あなたにお誕生日を覚えてもらおうなんて思ってないから。あなたは奔放で自由で何物にも縛られない人だもの」

「斬新なことを言ってやる」彼が言った。

マーゴットの饒舌がぴたりととまる。「あら、そう?」彼女は気持ちをひきしめた。「斬新なことなら言ってみて」

「普段は女とこの手の会話をすると、ムスコが縮みあがる。だがこいつを見てみろ。奇妙なこともあるものだ」

マーゴットは大きくそそり立ったものにちらりと視線を落とし、すぐ彼の目に視線を戻した。その目は明るく輝き、催眠術にかかりそうだ。「たしかにそうね」と応える。「あなたは疲れるってことを知らないの?」

「セックスでは、ない。きみが近くにいるときは」

この男は矛盾する発言で相手を混乱させる名人だ。でもいまは、それを非難したりもう一度口喧嘩をする気にはなれない。

マーゴットは彼の手からウィスキーのフラスクをひったくり、そそくさとベッドを出た。

「わたしももらうわ」とつぶやく。「少し勢いをつけないと」

複雑な香りを吸いこみ、ひとくち飲んで顔をしかめる。「げえ。これはわたし向きじゃないわね。わたしは甘いお酒が好きなの。ピナコラーダとかフローズンダイキリみたいな」

「上等なスコッチは、それとはまったく別物だ」デイビーはベッドをおりてマーゴットの背後へくると、うしろから腕をまきつけた。フラスクを彼女の鼻に近づける。「もう一度嗅いでみろ。甘さは舌で感じるが、これは鼻と心で感じるんだ」彼の片手がうなじに添えられた。マーゴットはもう一度嗅いでみた。「鼻が焼けそう」

「いくつもの香りが混ざっている」かすれた低い声。「大地の香り、木、煙、泥炭、灰、炎。緑の丘。スコットランドの岩だらけの海岸から立ち昇る冷たい霧。灰色と黒の小石の浜、暗い大西洋の海水が打ち寄せるたびに、その小石を洗っている。わかるか？」

催眠術めいた穏やかな声の呪文にかかると、ほんとうにその香りがした。マーゴットはその事実をちゃかそうとした。「詩人なのね、デイビー。驚いたわ」

「しーっ」デイビーは取り合わない。「もうひとくち飲んでみろ。香りが鼻に抜けるようにするんだ。泡をイメージして」

ひとくち口に含んで喉を焼く液体を飲みこむと、彼が語ったイメージが脳裏で花開いた。ウィスキーの力で体が温まり、身震いが出る。

セックスみたい。欲望の味。大地、自然の力。デイビー・マクラウドと飲むひとくちのウィスキーは、それだけで前戯だった。彼はウィスキーの香りがする唇でマーゴットの唇を覆い、片手を太腿のあいだに入れてきた。その手を持ちあげ、口に指を入れる。「きみの味が好きだ。スコッチよりうまい。豊かで繊細。甘くて辛い。美味い」

マーゴットは勃起した彼のものをつかみ、ふくれあがった先端にそっと指を走らせた。彼がやったように自分の指を舐め、彼の味を味わう。口に出さない渇望がこめられた無言の儀式。

デイビーは彼女の頬に両手をあて、顔をこすりつけた。無精髭がかすめる感触に、うっとりして吐息が漏れそうになる。

「もっとおれを信じてくれ」

マーゴットは顔をはさんでいる彼の手に自分の手を重ねた。「それはこっちの台詞よ」

二人は見つめあった。デイビーの片手が背中へおりてゆく。「おたがい、精一杯努力してみよう」

マーゴットはうなずき、彼の腰に両手をまわした。

デイビーが半開きになっていた抽斗からコンドームを出す。コンドームをつけ、じっと彼女を見つめている。何を待っているのか、よくわからない。

彼女は大きくため息をつき、深淵に向けて一歩踏みだした。「ええと、うしろからしたいの？それが好きなんでしょう？」

「ああ、好きだ。あのときのきみのきれいなヒップが好きなんだ。背中のカーブ、見事な肌。熟れた桃みたいにおれを待ってるきみの姿。おれ自身がきみのなかに入っていくのを見ると、たまらない」

両脚がわなないている。穏やかでハスキーな彼の声は、官能の呪文だ。太腿をきつく閉じるだけで、この場でイッてしまいそう。

「でもきみがいやなら、無理強いはしない」彼が続けた。「きみに楽しんでほしいんだ、マーゴット。いやな思いはさせたくない。絶対に。信じてくれるか？」

マーゴットはこくりとうなずいた。

「きみが決めろ」とデイビー。「好きなやり方を。これからは、きみが選ぶんだ。おれはどうでもいい。どんなやり方でも満足だ。うるさいことは言わない」

マーゴットは彼に背中を向けると、ベッドによじ昇って両手をつき、四つんばいになった。手のひらと肘が毛布でちくちくする。彼女は背中を反らし、すべてをさらけだした。じっと待つ体が震えている。

「おい」彼の低い声は、不審そうに小さくなっていた。「どういう意味だ？」

「あなたを信じるという意味よ」消え入りそうな声で答える。

彼の暖かい手が腰をつかみ、そっと撫でた。「本気なのか？　あとで腹をたてたりしないか？」

マーゴットはうなずき、首を振り、それから思わず笑い声をあげた。「ええ、本気よ。そして、腹をたてたりしない。でもそろそろそういうことに慣れてもいいんじゃない？　だってわたしは……ああ……」

「きれいだ」デイビーがキスをしてきた。とろけそうなやさしい感触。自分のヒップの肌がこれほど敏感なんて知らなかった。そっと撫でる彼の手と、素早く動く舌のことしか考えられない。彼が入ってきたとき、マーゴットはすっかり準備ができていた。ひと突きごとに、彼の情熱とパワーが注ぎこまれる。

デイビーはゆっくり時間をかけ、やがてマーゴットはぐったりとベッドに崩れ落ちた。一緒に倒れこんだ彼の体が、温かくこちらの体を包みこんでいる。彼女は枕で顔を隠したが、デイビーに髪を引っ張られた。「一緒にいろ」彼が言った。「自分だけの世界に入るな。一緒にいたほうが楽しめる」

しゃべろうとしたが、声が出なかった。マーゴットは無言でうなずいた。

「イクんだ。おれと一緒に」彼がそう言って、さらに奥まで貫いた。いっそう強く。

命令されてできるものじゃないわ。そう言ってやりたかったが、すぐにそれは間違いだと気づいた。彼の言葉がわたしを解き放っている。感情と欲望がいっきにあふれ、どうしようもなく混ざり合っていく。二人は目がくらむような激しい渦に巻きこまれていった。

うとうととまどろみかけていたとき、彼の声が聞こえた。「十二月十日」

「え?」マーゴットは眠い目を開いた。「何?」

「きみの誕生日だ。射手座」デイビーは彼女の肩にそっとキスをした。「覚えておこう」

それだけ言って、彼は眠りに落ちた。今度も眠れないマーゴットを置き去りにしたまま。

彼女の心は不安と希望で痛いほど疼いていた。

20

目覚めると、窓にかかるカーテンを朝日が染めていた。デイビーが背中にぴったり寄り添って抱きしめている。

マーゴットは彼の子ども時代に関する手がかりを求めて室内を見渡した。修道僧の庵室のように質素で飾り気がない部屋が、すべてを物語っているような気がした。背もたれがまっすぐな椅子が一脚、無骨でシンプルな木のたんす、服をかける壁のフック。ぎっしり本が詰まった本棚。傷だらけの古びた大きなトランク。

クロゼットも絵も鏡もなく、写真や記念の品やちょっとした置物もない。レインの話が思いだされた。あんなかたちで母親を亡くした十歳の少年のことを思うと、身がすくむ。いまのように心がすりむけているときは、辛いことや悲しいことは考えられない。

けれど、最近わたしの人生には、辛くも悲しくもないことなどさほど残っていないのだ。デイビーだけ。彼のことなら考えられる。何かとむずかしい人だけれど、彼はわたしの心と体をシャンパンのように泡だたせてくれる。おそらく彼はわたしの心をずたずたにするだろう。でもこの状態が続くかぎりは心躍る経験ができる。それだけでいい。わたしはそれにしがみついていよう。

彼を起こさないようにそっと寝返りを打ったマーゴットは、彼がぱっちり目を開けていることに気づいてはっとした。眠そうなようすはまったくない。顔の擦り傷がかさぶたになっている。彼が怪我をしたのがたまらなくいやだった。彼女は手を伸ばし、彼の怪我をした手を調べた。腫れてはいないように見える。

「大丈夫だ」彼が言った。「心配ない」

マーゴットは彼の手にキスをした。彼が手のひらを返し、顔を撫でてくる。カーテンの隙間から淡い朝日が差しこみ、それが彼の瞳を氷河の海のように光らせていた。顔に触れる指先はとてもやさしい。すべてを記憶に刻みつけている。

言いたいことはたくさんあった。擦り傷やアザの一つ一つをどれほど気の毒に思っているか。こんな恐ろしいことに巻きこんでしまったことをどれほど後悔しているか。そして、自分が一人ぼっちじゃないのをとても感謝しながらも、そう思うことに罪悪感を抱いていること。

そしてその奥には、認めたくはないがもう否定できない感情がある。わたしは水底で揺れる水のように、かつて経験したことがない震えるほどの切望を感じている。

わたしはこの人を愛している。油断しないように注意しなければ。わたしの世界が崩壊して心が悲鳴をあげているときも、気をしっかりもって深刻に考えないようにしなければならない。

「これからのことを決めよう」デイビーが言った。

「ここにはいられない」

生き延びるにはどうすればいいかというような、現実的な当面の問題を考える覚悟はできていなかった。

彼はマーゴットの髪を親指と人差し指に巻きつけた。「あなたはどうしたいの？」

「さっきからずっとそれを考えていた。おれは逃亡者にはなりたくない。おれにはほかにやりたいことがある。デイビー・マクラウドとしての人生が気に入ってるんだ。いまのイメージを確立するためにそうとうな努力をしてきたし、弟たちとも縁を切りたくない。だがもしきみが逃げたいなら、きみを一人にはしない」

マーゴットは言葉を失った。涙が浮かぶ目で彼を見つめ、ごくりと喉を鳴らす。「もう逃げないわ」彼女は言った。「もう疲れた」

「よし。それならおれはすべてが始まったところへ行ってくる。サン・カタルドへ」指先でマーゴットの頰を撫でる。「あれこれ掘り起こしてみる。木を揺さぶり、岩をひっくり返し、きみをこんな目に会わせたのは誰なのか、そしてその目的はなんなのか調べてみる。そわそわして反応するやつがいたら、それが糸口になる。それが狙いだ」

「『おれ』ってどういう意味？」マーゴットは言った。「二人でやるのよ、デイビー。あなた一人じゃなく」

彼が首を振る。「きみはセスとレインと一緒にストーン・アイランドにいろ。あそこには船でしか行けないし、セスの監視装置でいっぱいだ。あそこにいるのがいちばん安全だ」

マーゴットは面と向かって笑い飛ばした。「ふざけないで。あなたが人殺しとうろうろしてるあいだ、どこかの島の要塞にこもってろって言うの？」

「人殺しならおれにもできる。必要とあれば」とデイビー。「おれはそう簡単には殺されない」

「やめてよ、デイビー」背筋がぞくっとした。「そんなの、なんの慰めにもならないわ」

「おれのことはわかってるだろう。慰めを言うのは得意じゃない」マーゴットの顔を見つめている。「ぞっとするか？　おれに人殺しができると思うと？」

マーゴットは首を振った。「単に、わたしは違う世界に住んでいるだけのことよ。その手の危険や暴力が現実ではない世界に」彼女は言った。「そして、あなたはそういうものが現実の世界に住んでいる。だから混乱するの」

「世界は一つしかない」彼が言った。「物騒で危険な世界がな。むかしからそれは変わらない。そうじゃないと思っているやつは、自分をごまかしているだけだ」

「もう、朝から暗い話はやめましょうよ。心配してくれてるのはわかるけど、わたしも一緒に行くわ」

デイビーが首を振る。「だめだ」

「あなたが決めることじゃないわ」

彼の顔が怒りでこわばり、マーゴットはそのパワーに身がまえた。「そんなことはどうでもいい。きみはすべてをこじれさせる。必要とあれば、おれはいつでもきみの心配をする」

「あなたにそんな義務はないわ」

「そんな虫のいい勝手な戯言は――」

「あなたがわたしの問題を調べているあいだ、どこかの島であなたを心配しながら縮こまってるつもりはないわ！」

「ゆうべ、ゴメスが言ったことを聞いてなかったのか？」棘のある声で言う。「これは、おれの問題でもあるんだ」

「ええ、そうね。でもおあいにくさま。もともとはわたしの問題だったのよ。あなたは自分がしたいようにすればいい。でもわたしもサン・カタルドに戻る」

デイビーは寝返りを打ってマーゴットの上に乗った。「マーゴット。それだけは絶対にだめだ。あきらめろ」

「そういう口調でわたしに命令しないで」

「どういう口調だ？」

「軍人みたいな口調よ」彼女は言った。「わたしはあなたに何か言われるたびに、『イエス、サー』と応える気はない。だからいい加減にして」

彼はぐるりと目をまわした。「声のトーンは主観的なものだ。これが原因で、女がささいなことに逆上するとは知らなかった」

マーゴットは彼を突き飛ばした。「〝女の惑星〟にようこそ」愛想よく言う。「ご滞在をお楽しみください。観光ツアーの最初の訪問先は〝ささいなこと〟です。ガイドブックの三一七ページをご覧ください」

デイビーが片手で目を覆った。「くそっ、勘弁してくれ」

「一晩じゅう激しいセックスをしたから、こんな人を馬鹿にした仕打ちをしてもいいと思ってるの？」

彼の頬にえくぼが浮かぶ。「どうしてわかるんだ？」

「男がどう考えるかぐらい、わかってるわ」彼女は言った。「男の考えることなんか、お見通しよ」

デイビーがにらみつけてきた。「おれのことは見通せない」

「あなたが男であるかぎり、見通せるわ。男が女を観察する度合いより、女が男を観察する度合いのほうが高いの。残念だけど、事実よ」

「これ以上、きみとこの話をする気はない。罠の臭いがするからな」デイビーは彼女をベッドに押さえつけた。今度は押してもぴくりとも動かない。勃起したものがお腹にあたっているのがわかる。「もし朝から激しいセックスができるなら、罵られてもかまわない」

「ずるい手を使っても無駄よ」マーゴットは言った。「そんなことで、わたしの気を紛らわせられると思ってるの？ あなたを一人で行かせるように、わたしを説得するのは簡単だと思って――」

「その話はあとだ」冷ややかな口調だが、唇はマーゴットの首筋を巧みに愛撫している。彼女はわなないた。

「言ったでしょう」と釘を刺す。「軍隊口調はやめてって。わたしには効かないわよ」マーゴットは彼をくすぐりはじめた。

デイビーは彼女の両腕を押さえつけ、息もできないほどきつく抱きしめた。「きみはおれをあおってる。それが好きなんだろう？　おれを挑発して、自制心を失わせるのが。きみはそれが好きなんだ」いつのまにか手にしていたコンドームを手際よくつけ、マーゴットの手首をつかんで頭の上に押さえつける。「おれもきみを観察してたんだ、マーゴット。きみがベッドで何をしてほしいかわかってる。そして、おれはそれをしてやれる」

「図に乗らないで。傲慢な……」ペニスがそっと襞を撫で、あえぎ声で声が詰まる。「思い知らせてやるわ」

「ああ、いいとも。やってみろ。楽しみだ」

デイビーは彼自身に手を添え、するりと入ってきた。ゆうべの情熱的なセックスのせいでマーゴットはひどく敏感になっていたが、同時に充分柔らかくもなっていた。彼女はなめらかに奥まで彼を受け入れ、二人は悦びの吐息を漏らした。それはわざと少し手荒に始まった。彼はマーゴットの手を押さえつけたまま、喉に歯をあてて腰を動かしている。

マーゴットは身をよじって抵抗するふりをしたが、長くは続かなかった。快感はあまりに強く、二人を繋ぐ感情も同じだった。明るく澄み切った感情が、内側から光り輝いている。彼の美しい瞳のように。

まもなく二人はしっかりと抱き合い、一緒に動きはじめた。デイビーは巧みに角度を調節し、マーゴットのつぼみの求めに合わせて腰を動かしている。ゆっくりと着実に容赦なく、熱いものが高まって、絶頂に達するまで。マーゴットは彼を包みこんだまま登りつめた。目を開けると、デイビーはいとおしむようにそっと腰を動かしながら彼女の顔から汗で濡れた髪をかきあげた。「ストーン・アイランドに行くんだ」

彼女は下から彼をにらみつけた。「いやよ」と言う。「セックスで言うなりにはならないわ。自分の運命を誰かの手にゆだねる気はない。もうそんなことはしない」

彼の顔がこわばった。「くそっ、マーゴット――」

「お願い、デイビー。いまはやめて」そっと彼の顔を撫でる。「とてもいい気持ちなの。すごく。喧嘩するのはあとにしましょう」

デイビーはマーゴットをうつ伏せにし、彼女の髪を指にからみつけた。首筋に顔を押しつけ、そっとうしろから入ってくる。力強く情熱的に突かれるたびに、悦びの吐息が漏れる。やがて彼は咆哮のような声をあげながら達した。

デイビーがわななくマーゴットから体を起こした。マーゴットは彼に触れようとしたが、デイビーはすっと身を引いてベッドをおり、コンドームをはずした。夢のような優しさは、冷徹なマスクに隠れて見えなくなっている。

「デイビー。お願い。そんな――」

「食事のあとで話そう」彼が言った。「服を着ろ」

腹を立てたまま料理をするのは、厄介で危険な作業だった。すっかり気もそぞろのデイビーは、鉄板の上でパンケーキが膨らむのを待っているうちに危うくフライパンであぶっているハムを焦がしそうになった。ストーン・アイランドへ行くようにマーゴットを説得する方法を考えるだけで精一杯で、ほかのことまで気がまわらない。

説得できなければ、力ずくで彼女を引きずって行くことになる。どれほど手こずろうと。

シャワーを浴びたマーゴットが、湿ったいい香りをさせながら階段をおりてきて、テーブルを見つめた。「まあ、どんなときも手を抜かないのね」

「パンケーキにつけるジャムは、ブラックベリーとラズベリーのどっちがいい？」

「そうね……ラズベリーにするわ」

二人は押し黙ったまま食事を続け、彼が戸棚で見つけた缶入りコンデンスミルクで甘くしたコーヒーで食べ物を飲みくだした。マーゴットは何か言いたげにちらちらとデイビーをうかがっていたが、彼は頑として視線を合わせなかった。自分の感情を信用できない。

車のエンジン音が聞こえ、アドレナリンが噴出した。彼は素早く立ちあがって拳銃をつかみ、カーテンをそっとめくった。黒いシェビー・アバランチと白いトーラス。ほっとして膝から力が抜ける。

「誰？」とマーゴット。

「セスだ」彼は答えた。「もう一台の車はマイルズが運転してる」

ジーンズのうしろに銃をはさみ、キッチンのドアから外へ出る。マーゴットが裸足のままついて来た。

ほかに着るものがないのはわかっているが、体にぴったり張りつくスリップ姿というのが気にかかった。一晩じゅう情熱的に愛し合ったのがありありとわかる。紅潮した唇、乱れた髪、官能的な胸の谷間。ぴったりした生地の下で、乳首がぴんと立っている。ちくしょう、おれのシャツをはおらせればよかった。だがセスはすでに車を降りている。

セスは黒い瞳でデイビーの全身を見渡し、顔の擦り傷で視線をとめた。「ゆうべはゆっくりできたか？」

デイビーは低くうめいた。「まあな。ゆうべ、おれは自分が殺人の容疑者になっていると聞かされた。例のストーカー野郎が二日前にある男を殴り殺して、おれの指紋がついたウィスキーのボトルを現場に残したんだ」

「ふざけた話だ」セスの顎がこわばる。「まずいな」

「ああ」むっつりと同意する。「かなりまずい。ゆうべはどうだった？」

「退屈な長い夜だったよ。ショーンもおれも、それぞれの部屋でもっと楽しいことができたはずだが、まあしょうがない。あんたのためだからな」彼はマーゴットにビニール袋を差しだした。「あんたの荷物を持ってきた。今朝ショーンがまとめたんだ。あいつは居残ってるブライドメイドの相手をしてるが、彼女たちはショーンが帰るまで帰りそうにない。マイキーはショーンが見てる」

マーゴットは袋を受け取った。「ありがとう。着る物がなくて困ってたの」

デイビーはマイルズに顔を向けた。うつむいたまま、小石の上をむっつりと歩いてくる。

「よお、マイルズ。車を買い換えたんだな、知らなかった」

「そうじゃない。あれはあんたの車だ」とセス。「もっと正確に言えば、マイケル・エヴァンの車だ。あんたのために別のIDを育ててると話したのを覚えてるか？　コンピュータシステムのなかであれこれ画策することに関して、あんたは高邁で道徳的なことをあれこれ言っただろ？」

「正確な表現とは言えないが、そういうことがあったのは覚えている」

「あんたの気が変わったんじゃないかと思ってね」セスが言った。「スネーキーはあんたの車に発信機をつけたかもしれない。おれならそうする。それにもし警察に追われてるなら……」ポケットに手を入れ、財布を出して放り投げた。デイビーが片手でキャッチする。

「免許証、クレジットカード、レンタルビデオの会員証、図書館カード、社会保障カード。クレジットカードの履歴に問題はない。マイケル・エヴァンは環境問題に関心のある気さくな男だ。民主党支持者、自然環境保護団体のメンバー。ユニセフに寄付してる。あんたも彼を好きになるぜ。レンタカーの書類はサンバイザーにはさんでおいた。せいぜい頑張れ」

デイビーは財布の中身にざっと目を通した。「すまない」彼は言った。「助かった。なかに入って、コーヒーでも飲んでくれ。朝めしを食うか？」

「いいや」キッチンに入りながらセスが答えた。「ホテルのバイキングでたらふく食ってきた。それにマイルズは恋煩いで食欲がない」

マイルズがテーブルにレンタカーのキーを放り投げた。「違うよ」不機嫌に言う。「食べる気になれないだけだ」

「マイルズは仲間に入れないほうがいい」デイビーはセスに話しかけた。「物騒になってきてる」

「ぼくはもう子どもじゃない。何に足を突っこむかは、自分で決める」

辛辣な口調にデイビーは息を呑んだ。「そうか……わかった」

「あなたにお願いがあるの、マイルズ」マーゴットが言った。「マイキーのことよ。わたしはこれからちょっと遠出するから、世話ができない――」

「サン・カタルドにはおれ一人で行く」デイビーが話をさえぎる。

マーゴットはつんと顎をあげ、彼のほうを見もせずに話を続けた。

「……だから、あなたに頼めないかと思って。あの子はあなたが好きだから」

マイルズが胸の上で腕を組んだ。デイビーに冷たい視線を走らせる。「カンフーと空手の無料レッスン一年分」マイルズが言った。「いつでも好きなときに道場で稽古とウェイトトレーニングをする権利」

「おい、マイルズ」デイビーがうめく。

「カンフーの形のプライベートレッスン。週一回。一年間」

セスが口笛を吹いた。「わーお。皮肉屋になる薬でも飲んだのか？　それとも、おれたちみたいな連中と長くいすぎただけか？」

「もうみんなに踏みつけにされる薄のろのカモでいるのはごめんだ」マイルズが険しい声で言った。「ようやくぼくにもわかってきたんだ」

「シンディのことでか？」デイビーが慎重に訊く。

マイルズは首を振った。「そうじゃない。つまらないものに執着するより、もっとましなことがあると気づいただけだ」

デイビーとセスは意味ありげな視線を見合わせた。「そろそろ目が覚めるころだと思ってたぜ」セスがつぶやく。「あんたの遠出の件だが。護衛はいるか？」

デイビーは一瞬ためらった。「おまえたちを巻きこみたくない。それに、おれはマーゴットをおまえにまかせようと――」

「悪いわね、マーゴットには別の考えがあるの」マーゴットが話に割りこんだ。

「いまは細かいところを詰めているんだ」歯嚙みしながらデイビーが言う。「それに、グループよりカップルのほうが人目を引かない」

セスがスリップ姿のマーゴットに賞賛の視線を走らせた。「カップルの女しだいだ。もし人目につきたくなかったら、彼女にぶかぶかのTシャツと不恰好な眼鏡でも買ってやるんだな」

デイビーは顎がうずきはじめていた。「彼女に色目を使うのはやめろ」

セスは真っ白な歯をひらめかせた。「おやおや。ミスター・クールが嫉妬して縄張りを主張するとはな。こいつは恋に違いない」

激しい苛立ちがじりじりとつのり、デイビーはマーゴットに向き直った。「二階に荷物を持って行って、少し身なりを整えたらどうだ?」

彼女はぽっと頬を赤らめ、ビニール袋をつかむと昂然と胸を張って階段へ向かった。

マイルズとセスがそわそわと目を見合わせているのを見るまでもなく、デイビーは自分がろくでなしになったような気がしていた。

「いやはや」とセス。「あんなあんたははじめて見たぜ」

デイビーは言うべき言葉が見つからなかった。息が詰まる。彼はコーヒーの残りをシンクにぶちまけ、裏口から外へ出た。

マーゴットが寝室でハイトップスニーカーの靴ひもを結んでいると、電話が鳴りはじめた。呼びだし音が延々と鳴りつづけている。彼女は一瞬ためらってから窓へ駆け寄った。デイビーは草地でセスとマイルズと話している。距離があるので、ここから電話だと叫んでも間に合わないだろう。わたしったら、うっかりしていた。いま大事な電話を取りそこなうわけにはいかないのに。最悪の場合でも、せいぜいデイビーのむかしの彼女とばつの悪い会話をするだけだ。そのくらいなら耐えられる。

マーゴットは階段を駆けおりて受話器をつかんだ。「もしもし?」

「やあ、マーゴットかい? ショーンだ。デイビーはいる?」

安堵のため息が漏れる。「セスとマイルズと外にいるわ。呼びだし音が聞こえないところにいるの。呼びましょうか?」

「いや、きみに話すよ。ニックから電話があったんだ。コナーのFBIの同僚。ニックは朝からデイビーの携帯にかけてたんだけど、そこは圏外だったんで、おれにかけてきた。蛇のペンダントで指紋が見つかったそうだ」

「それで?」意気ごんで訊く。「身元はわかったの?」

「ああ。でも役にはたたない。まともな指紋は一つしかなくて、指紋検査官が見つけたかぎりいちばん可能性が高い該当者はデイビーだそうだ」

受話器を握る指に力が入った。「デイビー?」わけがわからない。

「ああ。栄えある軍隊に入隊するほどイカれた薄のろ連中は、指紋の登録が義務づけられている。たぶん堅気の人生を歩ませるためだろう。もっと役にたつニュースがなくて悪いな。まぬけな素人みたいに脂ぎった指で証拠をさわりまくらないように、デイビーにきつく言ってやらなくちゃ」

マーゴットはどうやって会話を終わらせたのかわからなかった。もしかしたら、唐突に電話を切ってしまったのかもしれない。彼女は呆然とその場に立ち尽くしていた。論理的思考をたどった先にある真っ暗な場所に行きたくない。けれど願いはかなわなかった。そこはすでに彼女を引きずりこんでいた。

デイビーは一度もあのネックレスに触れていない。マーゴットは彼と一緒にいたときの記憶をたどった。わたしはヘアピンやクリップやゴムの下の隠し場所から、一度もこれを出さなかった。

彼がわたしの家に来たのは三回。いつもわたしが一緒だった。はじめて彼が蛇のネックレスを見たのは風鈴からぶらさがっていたときで、彼は素手で触れないようにすごく注意していた。ということは……まさか。ありえない。デイビーにかぎって。

それに、自分の指紋がついているとわかっているのに、どうしてわざわざ検査をさせる必要があるの？

なぜなら、デイビーはこの電話を受けるのは自分だと知っていたからよ——頭のなかで冷ややかな声が答えた。ニックは携帯でデイビーと連絡を取ろうとした。わたしが電話に出たのは単なる偶然だ。完璧な人間などいない。デイビー・マクラウドといえども。

みぞおちで重く冷たいものが固まりはじめ、彼女はその重さに耐えかねて体を二つに折って床にうずくまった。ひきつるような痛みで呼吸が荒くなる。そして恐怖で。わたしはなんて馬鹿だったんだろう。男からほんの少し優しさと興味を向けられただけで、簡単に落ちてしまった。ぽとっ。熟れた果物のように。

ありえない。そんなこと考えたくない。なにか別のことを考えないと。なんでもいい。最近の出来事が容赦なく時系列に沿って分類されていく。わたしがウィメンズ・ウェルネスで教えはじめたのは三週間前。バラの花びらは二週間前に始まった。空き巣は一週間前。犬の死体は六日前。

彼の道場を最初に訪れたときのことが思いだされる。帰ろうとするわたしを彼がどんなふうに妨害し、腕をつかまれたわたしがどれほど怯えたか。そしてその晩彼はうちへやってきた。わたしははっきり断わったのに。

公正を期して言えば、彼を家に入れたのはわたしだ。彼はポーチに立ち、わたしの許可を待っていた。もし彼のカリスマ性とセックスアピールに圧倒されたのなら、彼のせいとは言えない。

こんなこと考えたくない。デイビーには、これまで会ったどんな男性よりもガードを下げてしまった。わたしは彼の本質を感じ取った。運命が方向転換するのを感じた。わたしの判断力がそこまで狂っているはずがない。

わたしは彼を愛している。はじめて会ったときからそうだったと言ってもいい。彼は、わたしが心の奥底で、ひっそりと思い焦がれていた空想そのものだ。でも心の奥底に抱いている空想は、えてして混乱した子ども時代に形成されるもので、それに基づいたものすべてが結局は報われなくても当然だ。だいたい、デイビーを形成したものを考えてみればいい。実の母が出血多量で死ぬのを目の当たりにした。実の父が正気を失っていくのを目の当たりにした。

違う！　頭のなかで叫ぶ声がした。子どものころに起こったひどい出来事で、その人を責めるのは筋違いだ。

マーゴットは両手を口に押しあてた。口から漏れる甲高い音も、脳裏で聞こえる冷たい声はかき消せない。はじめて彼を見たときから、こんなにすてきな人がいるわけがないと思っていた。セクシーでゴージャス、聡明。ベッドでは最高の相手。情熱的で頼りになる。完璧すぎる。

ヒントはいくつもあったのだ。何度も。

忌まわしい疑念が沸き起こる。素手で殴り殺されたジョー・パンターニ。バート・ウィルクスは蛇のネックレスを買い戻した人間を特定できなくなった。ゴシックファッションの少女は、マイキーを迎えに行くよう頼んだ人間をもう特定できない。血、犬の死体。どちらもわたしがウィメンズ・ウェルネスで働くようになってから始まった……そして、デイビー・マクラウドに出逢ったあとに。

わたしは追いつめられ、弱気になっていた。強硬で押しが強い人間に気圧されるには、うってつけの状態。

わたしの男運は、ほんとうに悲惨でひどいものだ。哀れなクレイグから、父親のグレッグ・キャラハンに至るまで。ハンサムで魅力的で暴力的だった父。父親に関するいちばん鮮明な記憶は、酒臭い息だ。わたしが無力なのも無理はない。わたしの配線は、最初からもつれているのだ。

でも、すくんでいる場合ではない。考えなければ。強く、冷徹にならなければ。デイビーを待ってすべてを説明させるわけにはいかない。彼の大きく有能な手にかかったら、何も問題はないと思わされてしまう。

たぶんネックレスに彼の指紋がついていたことには、論理的な理由があるのだろう。そうだったらどんなにいいか。できるものなら、愚かでだまされやすい人間になりたい。でも、わたしは自分の盲点と弱点を警戒しなければ。どれほど辛く困難でも。

立つのよ。マーゴットは自分に言い聞かせた。デイビーはまだ外にいる。レンタカーの鍵はテーブルの上だ。少なくとも点火装置をショートさせる必要はない。笑ってもいいはずなのに、面白くなかった。

マーゴットは寝室まで階段を駆けあがり、ビニール袋にスリップとドレスとサンダルを押しこんだ。あれこれ考えていたら、怖気づいてしまう。よろめきながら階段を駆けおりる。車の鍵をつかみ、そっと外へ出て私道を進み、縦にならんだ二台の車の陰でうずくまった。かろうじて三人の視線からはずれている。

ロックしていないドアを開けてするりと乗りこんだ。ありがたいことに坂道になっている。ハンドブレーキを解除して、木立に隠れるまでうしろ向きにゆっくり私道をくだって行けばいい。車輪が砂利を踏む音が、やけに大きく聞こえた。

警報は鳴らなかった。ヘアピンカーブをバックで曲がるのはむずかしかったが、なんとかやってのけた。一心に集中していたので、道路に出てはじめて頬が涙で濡れているのに気づいてたじろいだ。

彼女はエンジンをかけ、涙をぬぐってアクセルを踏みこんだ。レンタカーは大きく傾きながら山道のカーブを曲がりつづけた。

高速道路に入ったら、スピード違反で捕まるわけにはいかない。わたしは車泥棒にもなってしまったのだ。状況は急速に悪化している。でも、偽のIDで盗難車に乗っているところを州警察官に捕まる可能性も、デイビーの怒りに燃える緑色の瞳に対峙するイメージの前には色褪せて思えた。

ファリスはわが目を疑った。彼は一晩じゅう隠れていた茂みから車を出した。昨夜はずっと、自分の天使をマクラウドが汚らしい体で汚しているところを想像して憤怒をたぎらせていた。

銃を持ってくればよかったとさえ考えた。ふだんは自分のように死を扱う才能に恵まれている人間は、あんながさつな武器はふさわしくないと思っていたのに。

だが、マクラウドを始末するためなら手段は選ばない。

けれど、マーゴットは逃げだした。ファリスの血は勝利の雄たけびをあげていた。彼女の本質は純粋なのだ。マクラウドに無理強いされたが、彼女はなんとか逃げだそうと必死だったのだ。純粋でいるために……ファリスのために。

彼女はとても度胸がある。とても勇敢でタフだ。強烈な歓喜は昨夜感じた屈辱を相殺するほどだった。自分は闘いで負けたことはない。蛇の秘義の訓練を始めたころを別にすれば。自分は訓練生のなかでいちばん優秀だった。誰よりも。すべての手配はマーカスがやり、金も払ってくれた。弟が成し遂げたことを、マーカスはとても誇りにしている。弟の技術のすばらしさを。

なんとしてもマーカスの役にたちたい。

敗北などというものは存在しないんだ、ファリス。敗北は許されない。敗者がどうなるかわかっているはずだぞ、ファリス。また教えてやらなければならないのか？

打ちのめされたアザだらけの姿でマーカスのところへは戻れない。マクラウドに負けて女を奪われたと言えるはずがない。ありえない。

敗北などというものは存在しないんだ、ファリス。

次のカーブの先に、マーゴットが乗る白い車が見える。彼女の車の音でうたた寝から目を覚ましたのは僥倖だった。さもなければ、マクラウドの車につけたGPS発信機を追っていただろう。

もし彼女から必要な情報を聞きだせば、マーカスが彼女を痛めつける必要はなくなる。鍼を使えば情報を引きだすのは簡単だが、痛めつけたくない相手に鍼を使ったことはない。でも、自分は強くならなければ。そして現実的に。マーゴットを愛し、優しく接し、かわいがってやろう。彼女が耐え忍んだ苦痛を快楽で忘れさせてやるのだ。マーカスがいつも自分にやるように。

苦痛や恐怖にもかかわらず、ファリスはマーカスを愛していた。愛情と苦痛と恐怖心がまじりあったもの。それがこの世というものだ。

すべてが終われば、彼女はこの世から隔絶された場所で自分と強い絆で結ばれるだろう。どの女も最後にはそうなったが、他の女はみな変質し、精神の均衡を欠いてわけのわからないことをしゃべりはじめた。結局ファリスは全員を始末するしかなかった。
だが、マーゴットを始末する必要はないはずだ。彼女は強い。

21

デイビーはセスとマイルズをキッチンに残し、マーゴットを探しに行った。きつい言い方をしたことがなんとなくうしろめたくもあるし、何より彼女から目を離していたくない。ここが危険と思っているわけではないが、うなじが妙にちくちくする。

受話器がフックからはずれ、発信音をたてていた。彼は受話器をつかんでじっと見つめ、架台に戻した。最後にかけてきた相手につながる番号を押す。

ショーンが応えた。「よお。マーゴットから聞いた――」

「彼女に何を言った？」

「聞いてないのか？」ショーンが不思議そうに言う。「ニックから電話があったんだ。兄貴の携帯につながらなかったから。例のネックレスについてた唯一の指紋は、兄貴のものだったぜ。ビニール袋に入れる前に触ったのか？」

「くそっ」胃が沈みこんだ。「彼女に話したのか？」

「どうして話しちゃいけないんだ？　それに、いつからそんなに不注意になったんだよ。女と寝るようになってからか？」

「黙れ。べらべらしゃべる前に、おれに話すべきだったんだ。彼女はおれがあれに触ったことを知らないんだぞ！」

「おれが超能力者だとでも思ってんのか？　彼女と兄貴の意思の疎通に問題があるなんて、おれにわかるわけないだろ？」

「切るぞ。急いで手を打たないと」デイビーは受話器を架台にたたきつけた。「マーゴット？」階段を駆けあがり、寝室を調べる。彼女の服が消えている。

セスはキッチンの椅子にだらしなく腰掛け、コーヒーをすすっていた。デイビーの表情に気づき、顔をこわばらせる。「どうかしたのか？」

「マーゴットがいない」デイビーは言った。「おれは彼女のネックレスに触ったんだ。ニックに指紋検査を頼んだやつに。さっきショーンが電話をかけてきて、ネックレスにおれの指紋がついていたとマーゴットに話した。あのおしゃべりが」

セスはコーヒーカップを持ったまま目をしばたたかせた。「で、それが問題なわけだ……またどうして？」

「なぜなら、おれが触ったことを彼女は知らないからだ！」デイビーは声を荒げた。「たぶん彼女はおれがストーカーだと思ってる！」

マイルズが不安げに目を丸くする。セスは歯のあいだからうめいた。

「やれやれ」とセス。「マイルズとおれは席をはずすとするか。できればあんたたちの会話を聞きたくない」

デイビーはすでにドアを開け、私道を見渡していた。車は二台しかない。三台ではなく。「もうその心配はない」彼は言った。「レンタカーが消えてる。マーゴットが乗っていったんだ」

セスとマイルズも彼のあとから外に出てきた。三人はそろって私道を見つめた。長く沈鬱な沈黙が流れる。

「ま、まずいよ」マイルズが口ごもる。「行き先に心当たりはあるのかい?」

デイビーは固く拳を握り締めていた。「彼女はおれだと思ってるんだ」ぼつりとつぶやく。「とうてい信じられない。殺人鬼に狙われているのに、彼女はおれがあくどい手を使ってると思ってる」

「ああ……厄介なこった」セスがくちごもった。「女ってのは妙なことを考えるからな」おずおずと言う。「彼女と知り合ってどのくらいになる? まだ二日だろ? それに彼女は崖っぷちの状況だった。そのせいであんたの判断力が狂ってるんだ。安心しろ。個人的にとらえる必要はない。彼女はあんたに惚れてる」

デイビーはさっと振り向いた。「惚れてる? 正気で言ってるのか? あの男は訓練を受けた殺人鬼なのに、彼女はそんなやつの腕のなかに飛びこんでいったんだぞ!」

デイビーは踵を返して二人から離れると、薪小屋に立てかけてあった手押し車をつかみ、古びた外壁めがけて投げつけた。ばりばりと板が裂け、三人はそろって壁にあいた暗い穴を見つめた。セスはぽっかり口を開けている。マイルズはそろそろとあとずさっていた。

デイビーは伸びた草むらの上でうしろによろめいた。むかつくような例のイメージがよみがえる。血の色を帯びた暗闇。だめだ、やめろ、いまはだめだ……。音もなくこんこんと降りしきる雪。空まわりするタイヤ。空しく響く空転の音。

「デイビー？　おい！　どうした？　デイビー？」

自分はクラッチを踏もうと必死で脚を伸ばしている。声がかすれるほど叫ぶ父親。蠟人形のように青ざめた母親。

血が広がっていく。いたるところに。あたり一面。

「おい！　デイビー！　しっかりしろ。怖くなるじゃないか！」

イメージが薄れた。デイビーは体を二つに折っていた。額に冷や汗がにじんでいる。胃のなかの朝食がこみあげてくるのがわかる。

慎重に体を起こし、パニック状態の浅い呼吸を正常に戻そうと努めた。

彼はセスの怒った顔を見つめた。安全な距離まで離れているマイルズは顔色を失い、丸眼鏡の奥で目を丸くしている。

「なんだよ。びびるじゃないか！　いまのはなんだったんだ？」

デイビーは意志の力で激しい鼓動を鎮めた。セスの質問には答えず、さっき浮かんだイメージを空虚な灰色のものと置き換える。効果が立証済みの愛用のイメージ――氷原、砂丘、クレーターが散らばる月面。

今回は効果がなかった。何を思い浮かべても、その上にマーゴットの顔が浮かんでくる。

「誰にでも折り合いをつけなきゃならない与太話はある」

「まあな」セスが壊れものに触れるようにそっと彼の背中をたたいた。「なあ、大丈――」

「大丈夫だ」ぴしゃりと言い返す。そしてマイルズに顔を向け、同じようににらみつけた。

「問題ない」

マイルズは声も出せずに、せわしなくうなずいた。

セスは納得のいかない顔をしている。「じゃあ、彼女のあとを追うのか？」

デイビーは道路に空ろな目を向けた。「おれは自分がスネーキーじゃないとわかってるが、マーゴットは違う。彼女が無残に殺されるのを知りながら、ここにじっとしてはいられない」そう言って家に向かって歩きだす。「おれは行く。いますぐ」

「あんたの車で行くわけにはいかないぜ」とセス。「いまはまだ警察の手配がかかってないかもしれないが、すぐにそうなる」

「別の車を探してるひまはない」

「おれのを使え」セスが言った。「あんたの車は、適当に乗り捨てておく」

「あのバットモービルのことを言ってるのか？」思いがけない申し出に、デイビーはくるりと振り向いた。特別仕様の限りをつくした車にセスは強い縄張り意識を持っている。

「そうすれば、時間が節約できるだろ」苦悩を抑えた声でセスが答えた。

「すまない。そうさせてもらう。キーを貸してくれ」

「おれとマイルズも一緒に行ったほうがいいんじゃないか?」セスが慎重に言う。「そんな……状態で運転しないほうがいい」

「おれはどんな状態でもない」

「じゃあ、運転中にさっきみたいな発作を起こしたことはないのか? あれはおれのお気に入りの車なんだぜ」

「そんな話につきあってる暇はない」デイビーは大股でキッチンへ歩きだした。「すぐに発たないと。彼女の行き先にこれっぽっちも心当たりがないにしてもな」

「あるさ」うしろでセスが怒鳴った。「発信機を追えばいいんだ」

デイビーはふたたびくるりと振り向いた。「なんだと? 発信機って、どういう意味だ?」

セスは得意そうに目を光らせながら、悠々とした足取りでキッチンに入ってきた。「おれは彼女に発信機つきの首輪をやったんだ。聞いてないのか? 今朝マイルズとおれがホテルを出たとき、彼女の犬はその首輪をしてなかった。ってことは、まだ彼女のバッグに入ってるってことだろ? 安心しろ。彼女の居場所はすぐわかる」

デイビーはジーンズに拳銃を差し、壁にかかったジャケットをつかんだ。壁のフックから自分のトラックの鍵を取り、セスに放り投げる。「そのうち一杯おごってやる」

「フルコースディナーを六回だろ、しみったれめ」セスが自分の鍵を出し、デイビーに渡した。「ダッシュボードのパソコンにX線スペクトルプログラムがインストールしてある。コード番号をインプットするだけだ。番号は……この財布に入ってる」財布から出したカードを手渡す。「あのプログラムを使ったことはあるな？」

「ああ、ある」デイビーはポケットにカードをしまった。

「それから、後部座席にブリーフケースがある。おれの非常用セットだ。ラップトップと監視装置がいくつか入ってるから、必要なら使え。あんたにおれの非凡な能力の恩恵を受ける権利があるとは思わないがね。あんたはおれがつけた発信機を携帯電話からはずしちまったんだから。ユーモアのわからない堅物め。おれはけっこう傷ついたんだぜ」

デイビーは玄関の警報装置にコードを入力した。「発信機をつけられてると、おれのプライバシーと自由が侵害される」これまで数え切れないほど言ってきた台詞をくり返す。

「あんたの主義を語るのは、また今度にしてくれ。彼女のプライバシーと自由が都合よく侵害されてることには文句はないはずだぞ？」

「マーゴットは殺人鬼に追われてるんだ」と指摘する。

セスはぐるりと目をまわした。「そりゃそうだ。殺人鬼ってのは、そういうものだからな」

「セス、ちゃかすな！　おれは首までクソにつかってるんだぞ！」デイビーが怒鳴った。

「こんなときによくふざけたことが言えるな」

セスとマイルズは不安げに目を見合わせた。「役に立つからさ」セスがそっけなく言う。

「笑ってれば泣かずにすむ。ためしてみろ」

「今日はろくでもないユーモアのセンスを磨く気分じゃない」デイビーはシェビーに乗りこみ、エンジンをかけた。そして小石を巻き散らしながら方向転換すると、アクセルを目一杯踏みこんだ。

頭では、体が食べ物を求めているとマーゴットはわかっていた。ガソリン補給とトイレに寄った以外、もう十二時間ぶっつづけで車を走らせている。

空腹を感じて当然なのに。おそらく、これから起こることを考えまいとすると、脳から得体の知れない化学物質が出るのだろう。ふわふわと浮いているような気分だった。今朝流した涙はいつのまにかとまり、いまは自分が抜け殻になった気がする。そのほうがいい。

少なくとも行き先ははっきりしている。抜け殻の自分を引きよせるだけの強い磁気を持っているのは、サン・カタルドだけだ。

クレイグとマンディを殺したのが誰であれ、その人物から逃げることなどもうどうでもよくなっていた。もう一度やり直す気力はない。唯一わたしを現実に引きとめていたマイキーももういない。

もううんざりだ。生き延びるために逃げまわるのも、身を隠すのも、嘘をつくのも。デイビーがやろうとしてくれたことを、自分でやってやる。誰かがあわてるまで岩をひっくり返し、木を揺する。逮捕されたり殺される可能性があると思っても、もう何も感じない。

恐怖と希望を捨てる話をしていたとき、タマラが言おうとしていたのはこのことだったのだろうか。これが自由の感覚なのだろうか？　心が麻痺し、食べ物も飲み物も友人も慰めも必要としない感覚。過去も未来もなく、虚空を疾走する感覚。瞬間瞬間をただ受け入れながら。

マーゴットは比較的細い道を走るようにしていた。速度計の針は一四〇のあたりで揺れている。これまでスピード違反で捕まらなかったのは奇跡だ。ガソリンを買うお金がなくなったら、車を乗り捨ててヒッチハイクしよう。一分たてば次の一分が来る。時間がとまるまで。その原因が何にせよ。

数時間が経過した。異様な白昼夢がいくつも脳裏をよぎり、それはアスファルトの路面を分ける破線より鮮やかだった。マーゴットは二度ふらふらと路肩に入り、ぼんやりした意識の奥でわれに返ってあわてて道路に戻った。次はガードレイルに突っこむか、対向車にぶつかるかもしれない。死ぬのはそれほど怖くなかったが、他人を傷つけることに抵抗を感じるぐらいの気力は残っていた。

彼女は幹線道路をおり、安いモーテルを探しはじめた。みすぼらしい〈シックス・オーク・ホテル〉は彼女の希望にぴったりだった。〝空室（vacancy）〟サインは最初の三文字がなくなっていて、〝……ancy……ancy〟とだけくり返し点滅している。

マーゴットはフロントの外に車を停めた。ガラスのドアには鍵がかかっていたが、ガラスを叩きつづけると、下着姿の二重顎の男がロビーの奥にある小部屋からよろよろと出てきた。両耳に大きな補聴器をつけている。男はドアの鍵をあけ、不機嫌そうに言った。「もう真夜中を過ぎてるんだぞ」

「お手間をかけてごめんなさい」マーゴットは言った。「これ以上運転できないの。二度としないって約束するわ。道路に面していない部屋に泊まれるかしら？　どう？」

男はぶつぶつ文句を言いながら書類をあさり、カウンター越しに突きだした。「税込みで二九ドル七九セント。クレジットカードを見せてくれ」

マーゴットは適当な車のナンバーを書きこみ、書類と一緒に貴重な二〇ドル札二枚を男のほうへすべらせた。「現金でもかまわない？　バッグを盗まれてしまって、カード会社からまだ新しい――」

「夜中にあんたの問題なんぞ聞きたくない。おれはバーテンじゃないんだ。保証金として一〇〇ドルもらうぞ」

マーゴットは財布の現金を数え、最後に残った三枚の二〇ドル札をしぶしぶ抜きだした。これでもう五ドル札一枚と数枚の一ドル札しか残っていない。「あの……六〇ドルじゃだめかしら？　あまり――」

「よこしな」男は二〇ドル札をつかみ、鍵を差しだした。背中を向け、よろよろと暗い小部屋に戻っていく。そこではテレビが発する薄気味悪い青い光がちかちかしていた。

マーゴットは細長いL字型の建物の端まで車を移動した。部屋からは、大きなゴミ容器と砂利採掘場と思われる場所が見えた。陰鬱で荒廃した景色。いまの気分にぴったりだ。室内の雰囲気も似たり寄ったりで、埃っぽくてタバコの悪臭がしていたが、文句を言う気にはなれなかった。

いまにもベッドに倒れこみそうな状態だったが、目をひりひりさせている埃をシャワーで洗い流したかった。それから横になって目をつぶろう。いまはそこまで考えるので精一杯だ。降り注ぐシャワーの下に立ち、すっかりきれいになったと思えるまでじっとしていた。指に皺が寄っている。ずっとこうしていたい。過去も未来も気持ちのいい熱いお湯の邪魔はできない。

やがてマーゴットはしぶしぶシャワーをとめて体を拭くと、湿っぽい小さなタオルを体に巻きつけた。ベッドがたわんだりごつごつしていなければいいと思いながら、立ち昇る湯気とともにバスルームを出る。あとはぐっすり眠るだけ――。

「やあ、マーゴット」

彼女は悲鳴をあげてバスルームのほうへよろめいた。

見知らぬ男がベッドに腰かけてこちらを見ている。突然現われた男は見るも恐ろしい姿だった。あちこち裂けたスーツ、血がついたシャツ。短い黒髪。大きな灰色の瞳には毛細血管が浮きあがり、血の涙を浮かべているように見えた。腫れあがった唇にかさぶたができ、汗ばんだ肌がじっとりしている。

マーゴットはドア枠をつかんだ。「誰?」消え入りそうな声が出た。

男のゆがんだ唇が大きくほころんだ。「知ってるくせに。きみはぼくの赤毛の天使だ。マーカスには、カルーソとホイットローと一緒にきみも殺せと言われた。心中に見せかけることになっていたが、きみを見たとたんぼくのものだとわかった。みすみす殺すのは惜しかった。だから殺さなかった。殺せなかった」

返す言葉が浮かばない。何を言えるだろう？　まあ、ありがとう？　取り乱した頭で唯一考えられるのは、怯えきっているつもりだった自分がどれほど甘かったかということだった。いまのわたしはがたがたと震え、洗面台に押しつけている腰が痛む。すばやくバスルームを見渡した。壁の高いところに小さな窓が一つあるだけだ。武器になるようなものは何もない。薄っぺらいハンドタオル。安物の石鹸。ああ、デイビー。わたしはなんてことをしてしまったんだろう。

「あのホテルにわたしを連れて行ったのは、あなただったの？」おそるおそる尋ねる。

男の頬の筋肉がひきつった。「きみは待っているべきだったんだ」緊張で声が震えている。「逃げるべきじゃなかった。おかげでずいぶんてこずった。きみのせいだ」

自分でもあるとは思わなかった自制心が、脳裏に浮かんだ辛辣な返答を抑えこんだ。自分に鞭打って控えめなおとなしい声を出す。「ごめんなさい……知らなかったの」正しい返答だったらしい。男の表情がやわらいだ。「そうだろうと思ってたよ」なだめるような声。「きみはぼくを裏切る気はなかった。だからこれから仲直りしよう」

男の顔に浮かぶやさしさに、怒りより恐怖を覚えた。「どうしてわたしにあなたを裏切れるの？」何カ月も抱いてきた絶望的な困惑に突き動かされ、思わず言葉が出ていた。「わたしはあなたを知りもしないのよ！」

男の唇に不気味な笑みが浮かんだ。「きみはぼくを知ってる」彼は言った。「これを見つけたとき、そうだとわかった」ジャケットの内側に手を入れ、たたんだ紙を取りだす。男が紙を広げた。盗まれたスケッチブックの一ページ。とぐろを巻いた蛇が、闇の奥から頭をもたげている。それはくり返し見た悪夢の絵だった。ある朝、彼女は自分でなんとかしなければと思い立ち、絵にすることで悪夢を追い払おうとしたのだ。自分の感情を認識するとか、そういうつもりで。だがまったく効果はなかった。

スネーキーの狂気が浮かぶ色素の薄い瞳を見つめるうちに、マーゴットはようやくその理由を理解した。潜在意識では、自分が身の毛のよだつ深みにはまっているとわかっていたのだ。たとえそれ以外の部分は気づかなくても。「わたしが描いたのよ」彼女は言った。

「これはぼくだ」男の声は不気味なほどやさしい。「この蛇はぼくだ。ぼくの秘義。ぼくのシンボル。これを見たとき、きみならぼくを感じられるとわかった。ほんとうにぼくを理解してくれる女は、きみだけだ」

胃の中身がせりあがってくる。マーゴットはそれを呑みくだした。愛の告白に嘔吐して、相手の気持ちを傷つけることだけはしたくない。「なんだか、その、いろいろありすぎて一度に理解するのがむずかしいんだけれど」彼女は言った。「じゃあ、マイキーを襲った犬を殺したのはあなただったの?」

「ぼくはきみのために闘う戦士だ」感情のこもる口調で男が答えた。「永遠に」

「それと……」ふたたびごくりと喉を鳴らす。「ジョー・パンターニも?」

「あのウジムシ」顔の筋肉が痙攣している。「あいつの声を聞かせてやりたかったよ。きみにしたことへの償いに、豚みたいに悲鳴をあげさせてやった」

マーゴットは息を詰め、それからゆっくりと吐きだしながら冷静で穏やかな表情を保とうとした。ああ、気の毒に。かわいそうなジョー。

「ぼくの天使を傷つけるとどうなるか、思い知らせてやった」スネーキーがかすれ声で言った。「マクラウドにも思い知らせてやる。やつら全員に」

「だめよ！」思わず言っていた。

スネーキーの笑みがすっと薄れ、さっきのように筋肉がひきつる怒りの表情が浮かんだ。

マーゴットはあわてて言い直した。胃袋がざわめいている。「わたしはただ、マクラウドに傷つけられたことはないと言いたかったの。彼は取るに足りない人間よ。あなたの時間を無駄にすることはないわ。わたしたちとはなんの関係もないもの。これっぽっちも」

スネーキーは蛇の絵をたたんでポケットに戻した。「きみは度胸があるな、マーゴット。でもぼくはごまかせない。きみはあいつから逃げた。あいつはきみをさらったんだ。きみを蹂躙した」

「でも――」

「二度とあいつのことは考えるな」ストレスで声が割れている。「きみはもうぼくのものだ。ぼくがきみを守る。そしてあいつの始末はぼくがつける」

何が相手の怒りの引き金になるのかわからない。マーゴットは震える声をやさしく穏やかなものに保とうと努めた。「わたしにどうしてほしいの？」

「これで八カ月前にきみが台なしにしたものを修復できる」スネーキーは立ちあがり、彼女の両手をつかんだ。それを唇へ持っていく。

湿り気のある熱い感触に、マーゴットは危うくもどしそうになった。体に巻いたタオルが落ちかけている。脇の下で押さえようとしたが、スネーキーに腕をあげられた。タオルが落ち、わななく裸体がさらけだされた。

「きみを見るのははじめてじゃない」彼が言った。「恥ずかしがることはない。きれいだ」

マーゴットは両手をもぎとろうともがき、洗面台と便器のあいだで縮こまった。気が遠くなりそうな吐き気に襲われたが、ここで気を失うわけにはいかなかった。絶対にだめだ。

「お願い」彼女は力なくささやいた。

「心配するな。愛し合うのはまだ早い」スネーキーがなだめるように言う。「型の隠し場所を教えてくれたら、そのご褒美に愛し合おう。ぼくがマーカスに型を届ければ、彼がきみを拷問する理由はなくなる。マーカスに拷問されたくないだろう？　彼はきみに対してぼくのような好意は持っていない。ぼくのように大事にはしない」

ストレスがかかっていた脳は〝拷問〟という言葉ですっかり混乱し、それ以外の内容はほとんど理解できなかった。

「か……型？　なんのことを言ってるのか――」

「やめろ」顔がひきつっている。「きみに痛い思いをさせたくない。ぼくはきみを愛してるんだ。きみを傷つけたくない。でも必要ならやる。かならず」

「なぜ？」マーゴットは必死で食いさがった。「どうしてわたしを傷つけるの？　型ってパンの型みたいなもののことを言ってるの？　ケーキを焼くときの型みたいな？　わたしはそんなもの――」

「やりたくなかったのに」声が割れている。まるで涙ぐんでいるかのように。「愛してるよ。あとでこのことを思いだしてくれ。思いだすと約束してくれ」

スネーキーはマーゴットの喉に手をあて、親指と人差し指でつねった。蛇のように素早く。すさまじい痛みに、マーゴットは悲鳴をあげた。

デイビーは白いレンタカーを探して〈シックス・オーク・ホテル〉の駐車場を見渡した。ビーコンによればマーゴットは二十分前からここにいるはずだが、まるで服のなかに巣一つぶんの蟻がもぐりこんでいるように肌がむずむずしている。スネーキーが彼女に追いついたのだ。あいつの存在を感じる。さもなければ、おれが正気を失いかけているのだ。

どちらの可能性も、今日は意外でもなんでもない。

制限速度一〇〇キロの道を時速一五〇キロで走っているところを警察に捕まっていなければ、マーゴットと同時にここに着いていたはずだった。あの二十分を取り戻せるなら、罰金の十倍の金を払ってもいい。

建物の角を曲がったとたん、心臓が跳ねあがった。白いトーラス。ワシントン州のナンバープレート。一秒ごとに本能の叫びが大きくなっていく。デイビーは急ブレーキをかけてエンジンを切り、拳銃を片手に通路を走った。ドアには鍵がかかっていたが、力まかせに肩をぶつけると貧弱なドアはあっさり開いた。マーゴットが一糸まとわぬ姿でベッドに横たわっていた。両腕を高くあげ、安っぽいヘッドボードの先についた木の飾りにプラスチックの手錠で縛りつけられている。白い布で口を覆われ、恐怖で目を見開いているが、生きている。スネーキーがさっと振り向き、腰を落として身がまえた。ベッドの上には蓋が開いたケースがあり、頭上のライトを浴びた中身が禍々(まがまが)しく輝いている。

デイビーがスネーキーに向けて引き金を引くと、相手は即座に身をかわし、マーゴットの体を軽やかに飛びこえた。ベッドの反対側でサイドテーブルを持ちあげ、次の弾を防ぐ。そして木っ端が飛び散ると同時にデイビーのほうへテーブルを投げつけた。彼はすばやくよけたが、さっきドアを破った肩に固いテーブルがあたった。

激痛が走り、しびれた手から銃が落ちる。スネーキーがベッドの向こうから突進してきた。突き差しえぐるように指を突きだしている。

デイビーは攻撃をかわしたが、そのはずみで背中から壁にぶつかり、肺から空気が抜けた。続く数秒は、防御と殴打と息をはずませる音が息詰まる永遠のうちに続いた。生きた心地がしないまま十二時間運転してきたせいで、反射神経が鈍っている。スネーキーも同じはずだが、そんなようすは見られない。背中が壁についているので、顔の骨が脳みそに埋まりそうなパンチをかろうじてよけるだけで精一杯だった。血が噴きだしたが、それにかまっているひまはなかった。

スネーキーは、デイビーがいつ負ったかも覚えていない傷から出た血で汚れた顔をぬぐった。そして意味のわからない雄たけびをあげながら、彼に向かってテレビ台からテレビを叩き落した。

デイビーはとっさに飛びのいてガラスの破片を避けた。視界の隅で青白い動きを捉えてそちらに目をやると、スネーキーが啞然としたようにうめきながらよろめいていた。マーゴットが両脚を振りまわして後頭部を蹴飛ばしたのだ。さすがパンサーウーマンだけのことはある。デイビーはその一瞬の隙をついて床に落ちた銃を拾った。

怒声をあげながらふたたび襲いかかってきたスネーキーは、デイビーが銃を構えたとたん憤怒の声を漏らして飛びすさった。そのまま開いたドアから駆けだしていく。

デイビーは間髪を入れずにあとを追った。駐車場を駆け抜けていくスネーキーに向け、さらに二発発砲する。全力疾走していた脚のスピードを落とし、この争いの音を聞いた人間が、ベッドに留まっているだけの分別を持っているよう願いながらもう一度引き金を引いた。スネーキーはびくっと体をこわばらせたが、すぐに立ち直って走りつづけ、やがて一台のSUVの向こうに見えなくなった。

車のエンジンがかかる音がした。デイビーはいっそうスピードをあげ、ナンバープレートに目を凝らした。スネーキーは車をバックさせ、そのまままっすぐ彼めがけて速度をあげている。デイビーはやむなく脇に飛びのき、地面に転がった。くそっ、また同じ肩だ。素早く起きあがり、タイヤを狙って撃つ。

運には恵まれなかった。SUVはタイヤをきしませて走り去っていく。デイビーは息を弾ませながらそのうしろ姿を見つめた。アスファルトで黒っぽい液体が光っている。おれはあいつに痛手を与えた。どのくらいの傷かはわからないが。シェビーで追いかければ捕まえられるかもしれない——あるいは、捕まえられないかもしれない。いずれにしてもカーチェイスは延々と続くだろうし、そのあいだマーゴットは縛られ猿ぐつわをはめられたまま、どことも知れぬホテルの乱闘でめちゃくちゃになった部屋に、ドアを開け放たれたまま放置されることになる。

あのまま彼女を放っておくわけにはいかない。それを言うなら、そもそも彼女を放っておくことなどできないのだ。たとえ彼女に頭のおかしい殺人鬼だと思われていても。

そしてスネーキーが去ったいま、さっきまで動かしがたい恐怖が燃えあがっていた場所に、轟音とともに怒りが戻ってきた。

それはきわめて物騒な組み合わせだった。

22

ドアがきしみながら開く音がした。

入ってきたのはデイビーだ。マーゴットはぐったりと脱力した。安堵のあまり、全身の筋肉から力が抜ける。頬にあふれた涙が鼻に入っていた。裂いたシーツの切れ端で猿ぐつわをされているので、さっきからうまく息ができない。

デイビーが目の前に立った。鼻血が出ていて、左の脇腹をつかんで息を弾ませている。猿ぐつわをはずしてくれるものと思っていたが、彼はよろよろとバスルームに入り、蛇口をひねった。

濡らしたハンドタオルで顔をぬぐいながらバスルームから出てくる。タオルを鼻にあてたまま、裸のマーゴットの全身に視線を走らせている。

「また逃げられた」彼が言った。「痛手を負わせただけだ。どの程度の傷かはわからない。だが、今度も逃げられた。また襲ってくるまでどれくらいあるかわからない。いつ戻ってきても不思議じゃない」

マーゴットは猿ぐつわをはずしてくれるように目で訴えた。

「もちろん、すべて手のこんだ罠という可能性もある。おれがあいつを雇って、茶番を演じさせたのかもしれない。どう思う、マーゴット？　争ったように見せかけるために、顔に擦り傷をつけられる男だ。そういうやつなら、どんなことでもできるんじゃないか？」

マーゴットはしゃにむに首を振った。

「たとえば殺人のようなことでも。罪もない人間を殴り殺すとか？　きみを震えあがらせるために、動物を惨殺するとか？　きみは、おれがそういう人間だと思ってるんだろう？」

マーゴットは甲高いすすり泣きの声を漏らしながら首を振った。デイビーがかがんで猿ぐつわをつかみ、顎の下にずらす。マーゴットは残りの布を吐きだし、しゃがれた息を吸いこんで咳こんだ。「手錠をはずして」すがるように言う。

彼は返事をしなかった。まるでこちらの声などまったく聞いていないかのように。「デイビー」さっきより鋭い声で言う。「手錠をはずして。早く」

彼が首を振った。「だめだ。当分そのままにしておく。そうでもしなければ、おれが言いたいことをすべて言うまできみをおとなしくさせておけない」

「デイビー――」

「黙っておれの話を聞くんだ。さもないと、また猿ぐつわをするぞ」

唾を飲みこもうとしたが、喉にひっかかってできない。「わかったわ」

「正直言って、この眺めが気に入っている。全裸で縛られているきみは、いまのおれの気分にぴったりだ。おれが言いたいことを強調できる」

　ぞっとするような目をしている。視線を落とすと、勃起しているのがわかった。マーゴットは太腿をきつく閉じ、原始的な恐怖でわななく場所を隠した。デイビーは彼女の視線を追い、苦々しい笑い声をあげた。

「じゃあ、おれはレイプもできる男ってわけだ。これはこれは。きりがないな」

「デイビー、やめて」マーゴットは泣きついた。

「縛られているきみを見て、興奮するとは思わなかった」彼が言った。「だが、ここまで腹が立ったのははじめてだからな」

「いい加減にして。わざとわたしを怖がらせようとしてるのね」

「ああ、そうだ。おれを見てみろ、マーゴット。きみはおれの最悪の部分を引きだす。きみといたこの三日間のおれは、これまでの三十八年を合わせたより能なしだった。どうしてかわかるか？」

「それくらいにして早く手錠をはずして」命令口調にはほど遠い、かすれた弱々しい声しか出ない。

　彼の瞳に野蛮な光が浮かんだ。「これまで思いつかなかったとは不思議だ。縛りあげたきみのあそこを舐めたら楽しそうだ。おれはいつもきみを押さえつけなきゃならなかったが、縛っておけば同時に指でファックできる。気絶するまでイカせられる」

　マーゴットはなんとか唾を呑みこんだが、口から出た声は妙に落ち着いていた。「あなたは、わたしがいやがることはしないわ。だからやればいい。なんでも好きにすればいいわ。

好きなだけみだらなことを言いなさいよ。わたしは怖くない。そんなことをしても無駄よ」

デイビーの肩が落ちた。疲れきっているように見える。

「手錠をはずして」マーゴットは穏やかな声でくり返した。

怒りと懇願に効果はなくても、冷静な態度は効いたらしい。デイビーは床に膝をつき、ブーツの足首から刃の黒い細長いナイフを引き抜いた。そこでためらっている。「おれを信じるか？」

「ええ」

「じゃあじっとしてろ。こいつはよく切れる」

鋭いナイフが二度動いただけで手首が自由になった。マーゴットはベッドに倒れこんで横向きになり、しびれた手をこすった。

「どうして逃げたんだ？」デイビーが訊いた。

「なぜあのペンダントにあなたの指紋がついてたの？」と切り返す。

デイビーはかがんでブーツにナイフを戻した。「きみの家の鍵をピッキングしたんだ」彼は言った。「きみが仕事に出かけたあと、家のなかに入った。スネーキーがポーチに血をまいた日だ」

「うちに忍びこんだの？　そしてわたしの持ち物を調べたの？」マーゴットはさっと体を起こした。あっけに取られている。

彼がうなずいた。

説明を待ったが、彼はむっつりと顔をこわばらせているだけで何も言わない。

「なぜ？」と問い詰める。

「じれったかったからだ」とデイビー。「気になってしょうがないのに、きみは何も話そうとしなかった。おれはきみを助けたかったのに、きみはそうさせてくれなかった」

「信じられない」

「ああ、自分でも間違ってるとわかってた。でもきみのこととなるとルールが崩壊する」

マーゴットがあげた冷ややかな嘲笑は咳に変わった。「なんてすてきなの。わたしの人生そのものじゃない。世界じゅうがわたしに同じ態度を取ってるわ」

デイビーの肩のすくめ方には怒りと弁解がこもっていた。「だから？　おれはきみの持ち物をのぞいた。馬鹿なまねだったし、間違っていた。だから謝る。これでいいか？」

「それって、ストーカーがやることよ」

彼の顔がこわばる。「ああ、そうだ。おれの手をたたいて部屋の隅に立たせろよ。おれはきみを傷つけたりしない。おれは何も殺してない。人だろうが動物だろうが」

「だから何？　そこそこ品行方正であることへのご褒美でもほしいの？」

デイビーは顔をそむけ、タオルで顔をぬぐった。

マーゴットはするりとベッドをおり、めちゃめちゃになった部屋を横切って全財産が入っているビニール袋を手に取った。スリップドレスを出して手荒く身につける。振り向くと、デイビーが蓋を開けたままベッドに放置されているケースを見ていた。怖い顔をしている。

彼女は壊れたテレビの破片をよけてベッドに近づき、ケースをのぞきこんだ。

「なんなの？　これは……鍼？」

「どうやらきみは、鍼治療について知りたくないことまで知るところだったらしいな」

クレイグのことが思いだされ、マーゴットは顔をそむけて呼吸を整えた。「あなたが来てくれてよかった」彼女は言った。「ありがとう」

デイビーは冷たい目をしている。「おれも来てよかったと思うよ」彼が言った。「きみがおれのことをどう思っているにせよ」

マーゴットは首を振った。「デイビー。わたしは別に――」

「きみは、おれにひとことも言わせずに勝手に結論を出した」

彼に対する錯綜する思いを説明しようとしたが、口から出たのはひどく短い言葉だった。

「あなたにはわからないのよ」力なく言う。「わたしには賭けに出る余裕なんかないの。もしあなたに賭けて、それが間違いだったらどうすればいいの？　あなたに太刀打ちできるわけないわ」

「おれに賭ければよかったんだ」彼が言った。「おれがきみに危害をくわえると、本気で思ってるのか？　どうしたらそんなふうに思えるんだ？」

傷ついた目つきは、ナイフのようにマーゴットの胸をえぐった。「そうじゃなければいいと思ってたわ。でも、逃げればあんなことをしたのはあなたじゃないと思っていられる。夢を見つづけられる」

「事実を知るより、一生あやふやなままのほうがいいと思ったのか？」理解に苦しむと言いたげに首を振る。「むちゃくちゃだ」

「どうせわたしの人生はむちゃくちゃだもの」マーゴットは口に拳をあてて涙をこらえた。

「でも念のために言っておくと、もう迷いはないわ。知りたいことは全部わかった」

「ああ、おれもだ」うんざりしたように言う。「知りたくないことまでな」彼は財布を出すと、紙幣を抜いてベッドに放り投げた。乱れたベッドカバーの上に紙幣が散らばる。「持ってろ」

「お金なんかもらえないわ」

「いいから黙って受け取れ。プライドにこだわるのは馬鹿だけだし、愚かな行動はきみにとって命取りになる。おれが追いかけてきたのは、きみ一人でスネーキーと対決させたくなかったからだ。そして、きみに危害をくわえようとしたのはおれじゃないと言いたかった。それだけはどうしても言っておきたかった。理由はそれだけだ。いいな？」

「ええ」小声で答える。

「心配するな、言いたいことはわかってる。きみをわずらわせるようなことは二度としない。だが、せいぜい気を引き締めたほうがいいとだけ言っておく。スネーキーは本気だ」そこでいっとき口を閉ざし、大笑いをして見せる。「あいつが本物だと信じられるなら、そういうことだ。もちろんすべてやらせかもしれないがね」彼は鼻から濡れタオルを離し、白い布についた血を見つめた。「これだって偽物の血かもしれない」

彼の表情を見ていられない。「やめて、デイビー」

「どうして？　出て行く前に、傷ついた心を癒したっていいだろう？　女に頭のおかしい異常者だと責められるなんて、そうしょっちゅうあることじゃない。かなりショックな事件だ」デイビーは最後にもう一度タオルで顔をぬぐうと、バスルームに放り投げた。タオルが湿った音をたてて床に落ちる。「きみはじつに厄介な人間だ、マーゴット・ヴェッター。でも幸運を祈ってる。殺されないよう気をつけろ。せいぜい頑張れ」彼はドアを出て行った。

マーゴットは裸足であとを追い、駐車場に停まっているトラックへゆっくりと一定の歩調で歩いていくデイビーを見つめた。呼び戻したいのに、喉の熱い塊に邪魔されて声が出ない。わたしは権利を放棄した。そんなわたしに彼はうんざりしたのだ。当然と言えば当然だ。わたしは取り返しのつかないことをしたのだから。

デイビーが運転席の横で立ちどまった。そのままじっと動かない。数秒が経過する。

マーゴットのなかで希望が燃えあがった。たぶんわたしのほうから行動を起こすべきなのだ。知らないうちに脚が動いていた。最初はおずおずした足取りだったが、すぐに全速力でアスファルトを横切っていた。一秒でも無駄にしたくない。彼の気が変わって、走り去ってしまうかもしれない。

彼女はうしろから彼に抱きつき、背中に顔を押しつけた。

抱きしめた彼の体が震えている。デイビーはくるりと振り向き、正面からマーゴットを見つめた。二人は同時に顔を近づけ、燃えるように激しく唇を重ねた。

彼はわたしに降伏を求め、わたしは彼に降伏を求めている。けれど激しいせめぎあいはいつしか溶けあい、完璧で荒々しく、これ以上ないほど正しいものになっていた。マーゴットは彼の首に抱きついた。胸を焦がすほど感情が高まり、彼の気持ちを恐れる余裕がない。デイビーが力まかせにスリップを引きおろし、華奢な肩ひもが切れた。

「きみがほしい」彼が言った。

「好きにして」

彼はマーゴットのお尻に手をあてて彼女を持ちあげた。マーゴットは彼の腰に両脚を巻きつけた。ホテルの部屋へ運ばれていく。デイビーはガラスの破片を踏みしめながら部屋を横切り、乱れたベッドに彼女を横たえた。

マーゴットはキスをしようとする彼から顔をそむけた。「このベッドはいや。ここじゃいやよ」

彼は床に散らばるガラスの破片を見つめ、それから彼女をドアへ運んだ。ばたんとドアを閉め、ジーンズのうしろから銃を抜く。それをテーブルに置いてライトを消した。

「この部屋のことは忘れろ」彼が言った。「あいつのことは忘れるんだ」

「忘れさせて」マーゴットは彼にすがりついた。

スリップドレスが引きおろされる。麻痺していた感覚がよみがえり、感情が燃えあがった。この世でいちばんほしい男とドアのあいだの暗がりに捉えられている。

二人とも相手に心遣いは見せなかった。ジーンズの前をこじあける彼の背中にマーゴットは爪を突きたてた。デイビーは彼女の体が示す抵抗にも関わらずいっきに容赦なく貫いた。マーゴットはあえぎ声をあげて頭をのけぞらせた。デイビーは彼女の両脚を腕にかけ、激しく腰を動かしてさらに奥まで入ってくる。彼を迎え入れている場所が柔らかく熱く潤い、うねりながら彼を締めつけた。彼の力とエネルギーが、奔流となって注ぎこんでくる。わたしにはそれを吸収し、形を変えて彼に返す力がある。何も隠さずすべてをさらけだしているデイビーはこのうえなくすばらしかった。仮面に隠れた脆さに、胸が張り裂けそうになる。

激しく責め立てる彼の動きで、ドアががたがたと揺れている。二人は大きな声をあげながら、激しい絶頂めがけていっきに突き進んだ。

デイビーはしばらくそのままマーゴットを抱えていた。マーゴットは永遠に力強い抱擁に包まれていられそうだったが、やがて彼は体を起こし、身を引いた。「現実を見つめる時間だ」彼が言った。

思わず身震いが出る。「このままがいいわ」

「だめだ。覚悟しろ。ライトをつけるぞ」

マーゴットは明るさに目をしばたたかせた。涙でうるんだ目にしみる。

デイビーはふたたび不機嫌な表情になっていた。セックスのあいだに共有した夢のような一体感と理解が消えている。これがはじめてではないが、それでも心が痛んだ。「デイビー?」マーゴットはおずおずと口を開いた。「あなた――」

「自分たちの気持ちを話してる暇はない。すでに長すぎるほど時間を無駄にした。おれが撃った銃声を聞いた人間が通報していたら、いつ警察が来てもおかしくない。通報している可能性が高い」

そんなこと考えてもいなかった。「そうね……じゃあどう――」

「あのレンタカーを駐車場から出してどこかに乗り捨てる。いまのIDに傷をつけたくない。ここにチェックインしたとき、車のナンバーを書いたか?」

「嘘の番号を書いたわ」

「よし。服を着ろ。急げ」

「でも――」

「念のために言っておくが、きみはおれを追いだす最後のチャンスをさっき棒に振ったんだ。いまさらおれをお払い箱にしようとしても、もう遅い」

「あなたをお払い箱にするつもりはないわ」

彼の目に浮かぶ緊張がかすかに薄れた。じれったそうに合図する。「じゃあ、さっさと準備しろ」

ガラスの破片のなかに散らかった荷物を集めているとき、あることに気づいた。太腿の内側を熱い液体が流れ落ちている。たいへん。さっきは一瞬コンドームのことが脳裏をよぎったが、深く考えなかった。「デイビー。あれを使わなかったわ」

彼は銃を手に戸口に立っている。「ああ」彼が言った。「だから? おれになんて言ってほしいんだ? すまない? おれは別に悪いとは思ってない」

マーゴットはずり落ちていた服を引きあげた。「まだ怒ってるのね」

「今日はきつい一日だったんだ。壁際で一度激しくヤッたぐらいじゃ解消できない」

いつもこうだ。セックスのときにガードを下げれば下げるほど、終わったあとのガードが高くなる。

マーゴットはちぎれたほうの肩ひもを結び合わせて服が落ちないようにすると、ハイトップスニーカーを履いてガラスの破片が散らばる上をバスルームへ向かった。「ちょっと待ってて。すぐ準備するわ」

「急いでくれ」デイビーが不機嫌に応える。

濡らした小さなタオルで太腿のあいだをぬぐいながら、マーゴットは夢中で月経周期を計算した。厄介なことに、ここ数カ月ストレスと小食のせいで生理が乱れている。鋭いノックの音で、取り乱した思考がさえぎられた。「マーゴット」彼の口調には厳しい叱責がこもっている。

「いま行くわ」

いまこんなことを心配してもしょうがない。なるようにしかならない。

二人は幹線道路沿いにいくつか離れた町のショッピングモールの駐車場にレンタカーを乗り捨てた。デイビーは、車をロックして自分のほうへ歩いてくるマーゴットを見つめていた。遠くの街灯の明かりで、全身の凹凸がくっきりした明暗をつくりだしている。体のあちこちが痛むのに、まだセックスのことを考えられる自分が意外だった。

格闘とセックスのせいでいまだに頭がぼんやりし、恐怖感と怒りと欲望で体が震えている。ここまで深みにはまったのは久しぶりだ。いや、はじめてだ。フラーにまつわる騒動など、これに比べれば子どももだましだった。

マーゴットがシェビーに乗りこんでくると、彼はさっそく説教を始めた。「サン・カタルドへ行くつもりだったのか？」

「それ以外に思いつかなかったの」

「ストーン・アイランドに行こうとは思わなかったのか？」と責める。

「その話はもうやめてくれない？　その気はないと言ったでしょう」

デイビーは大きく息を吐きだした。「スネーキーから役にたちそうな話を聞いたか？」

マーゴットが目をこすった。「あいつはわたしをソウルメイトだと思ってるのよ。そしてマーカスという男の指示に従っている。クレイグを殺すように指示したのはマーカスだった。スネーキーとボスのマーカスは、わたしが……型を持ってると思ってるの。型。そう言ってたわ。ああ、それからクレイグ殺害は心中に見せかけるはずだったけれど、スネーキーはわたしを自分のものにしようと思ったの」ぶるっと身震いする。「だからわたしを殺さなかったのよ。ぞっとするわ」

「マーカスという男に心当たりは？」

彼女は首を振った。「少なくとも、彼らが探しているのが物だということはわかった。それが何かわかれば、喜んで渡すのに」

「クレイグの持ち物を預かってたのか？」

「彼は湖畔にあるわたしの家に住んでるも同然だったの。彼の物はいろいろあったわ。でもみんな捨ててしまった。会議から早めに帰宅して、その……あれを見つけたときに。パンティがあったのよ。まったく、いまから思うとひどくばかばかしい感じがするわ」

「どんなふうに捨てたんだ？」

マーゴットがげんなりした顔をした。「激怒した恋人がやる方法でよ」決まり悪そうに言う。「白状するわ。わたしは大人気ない行動に出た。彼の持ち物を一つ残らず大きなゴミ袋に突っこんで、桟橋から湖に捨てたの。つまり、がらくたがほしかったら、もぐって取りに行けばいいじゃないって言ってやるつもりだったのよ」それから小さな声で言い添えた。

「でも、そんな機会はなかったわ」

「袋に何を入れたか覚えてるか？」

彼女の眉が寄った。「ありきたりのものよ。服、靴、洗面道具、コンピュータ関係のグッズ。彼宛ての郵便物。たしか、箱が一つあったわ。彼はわたしの家にいろんなものを送らせていたの。技術設計に関する特許を取ろうとしていたのよ」

二人は目を見合わせた。「どうやら泳ぐことになりそうね？」マーゴットがそっとつぶやく。

「そうらしい」

「でも探し物がなんであろうと、もしあそこにあるなら……もう使い物にならないわ。八カ月も水中にあったんだもの」

「やってみなければわからない。それがすべて一日のあいだに起きたのか？　最初はパンティ。それから彼の荷物を処分し、そのあと縛られている彼を見つけた？」

「そうよ」

「スネーキーは心中に見せかけるつもりだった」デイビーは考えをめぐらせながらつぶやいた。「どうしてきみが現われると知ってたんだ？」

「わたしはあの日、クレイグとランチの約束をしてたの」マーゴットが言った。「わたしは約束をすっぽかすつもりだった。でもクレイグがオフィスに電話をかけてきて、電話を受けたジギーに、彼の声はひどく動揺して切羽詰まってると言われたの。生きるか死ぬかの問題だと言ったそうよ。だからわたしは彼のオフィスへ行った。彼の顔にパンティを投げつけてやろうと思ったの」

「じゃあ、スネーキーがクレイグを脅してきみに電話をさせたんだな。すべて計画されていたんだ」

フロントガラスから前を見つめるマーゴットの目は、忌まわしい記憶で大きく見開いたまま動かない。「でも、わたしが銃を持ってるってどうしてわかった――」

「たぶんクレイグが話したんだろう。あるいはスネーキーには別のアイデアがあって、きみの銃は都合のいい偶然だったのかもしれない」

マーゴットは両脚を折って抱きかかえ、膝に顔を押しつけた。「しばらく別の話をしない？」

「この問題を解決したくないのか？」

返事はない。それどころかなんの声も聞こえなかったが、それでも震える肩が多くを物語っていた。泣かせる前に口を閉じたほうがよさそうだ。泣かすことだけはしたくない。自分も危うく泣きそうな気分なのだ。

パーソン湖畔にあるマーゴットのむかしの家に着いたのは、夜明け直前だった。空気は湿気を帯びて冷たい。デイビーはマーゴットがジャケットを持っていないのを悔やみながら車を降りた。今日じゅうに服を買ってやろう。みすぼらしい服の下で胸が揺れているのを見ると、気が散ってしょうがない。

マーゴットは悲しそうな沈んだ顔で以前住んでいた家に続く小道を歩いていた。芝生は伸びすぎて荒れている。彼女はカーテンのない窓から室内をのぞきこんだ。家のなかは埃が積もり、がらんとしている。「行きましょう」ぽつりとつぶやく。「ここにいてもしょうがないわ。裏へ行きましょう」

デイビーは拳銃を手に彼女について家の裏へまわった。おれはどこまでも彼女についていく。その馬鹿げた感覚はどんどん強くなっていた。ぼろぼろのスリップドレスを着て、きれいな脚に湿った草花が貼りついている彼女は、妖精のカレンダーから出てきたようだ。だが、花の妖精よりエロティックで危険な香りがする。むしろ伝説に出てくる美貌の亡霊や森の精霊と荒々しいセックスをする、身を焦がす夢に近い。怒りも危険もそっちのけになりそうだ。濡れた長い芝生に彼女を押し倒し、もう一度自分のものにしたい。いまここで。

家の裏には砂利浜を見おろすテラスがあった。両側の家とはフェンスで仕切られている。幅の狭い木の歩道が岸から延び、波に揺られる浮き桟橋に続いていた。桟橋に着くと、マーゴットはかがんでスニーカーの靴ひもをほどきはじめた。

「おい、何をするつもりだ？」

彼女は両足からむしるようにスニーカーを脱ぎ、挑むようににっこりと微笑んだ。「あれを捨てたのはわたしよ。だからわたしが取りに行く」

「おれがやる」彼は言った。「靴を履け」

「デイビー。頭を冷やして。スネーキーが近くにいるかもしれないのよ。あなたのほうが着てるものが多いし、銃を持っていてその使い方も知ってる。ぶきっちょで何もわからないわたしが悪党どもから水中にいるあなたを守るより、自分で潜ったほうがよっぽどいいの。わかる？」

一理ある。それでもスリップドレスを脱いだ彼女が一糸まとわぬ姿で桟橋の端で構えるのを見て、デイビーは息を呑んだ。

「おい、マーゴット！　何をしてるんだ？」

「それに、ゆうべ激しいセックスをしてから、なんとなくさっぱりしない気分なのよ」彼女は茶目っ気たっぷりにウィンクした。「だからちょっと洗ってくるわ」

「ここは住宅街だぞ！」

「まあ。わたし、あなたのご機嫌をそこねたかしら？」にやりとする。「堅物なんだから。パンサーウーマンはくだらない世間のルールなんて気にしないのよ」

そう言うと、きれいなフォームで桟橋から跳びこんだ。

デイビーは膝をつき、水中で白く揺らめく彼女の体を見つめた。刻々と時が過ぎてゆく。彼はブーツの靴ひもをほどきはじめた。

だしぬけにマーゴットが水しぶきとともに現われ、大きく息を吸いこんだ。

「あったか？」

「あったわ」息をはずませながら言う。「水がすごく冷たいの！　ぬるぬるしたものがたくさんついてたけど、ちゃんとあった。これから取ってくる」

一瞬白く丸い尻が見えたかと思うと、彼女はふたたび潜っていた。またしても永遠と思われるほど待たされた。すると彼女が勢いよく水中から現われ、桟橋の端をつかんでビニール袋を水面まで引きあげた。「水が入ってて、すごく重いの」

たしかにかなり重かった。デイビーはビニール袋を桟橋に引きずりあげ、それからマーゴットの両腕をつかんだ。いっきに桟橋に引きあげる。

水滴をしたたらせながら得意げに微笑むマーゴットは、とてつもなく美しかった。彼女は濡れた髪をしぼり、ぐっと胸を突きだして見せた。

「たのむから早く何か着てくれ」

彼女の目がきらめいた。しまった。おれの気を引いたことを彼女に気づかせたのは失敗だった。「あら、こういうのはお気にめさない？」マーゴットは両手を高くあげ、うっとりしたように頭をうしろにのけぞらせてその場で一回転した。

デイビーはスリップドレスをつかむと、彼女の頭にかぶせ、顔が出るまで下へ引っ張った。濡れた髪が顔に貼りついている。

自分でも気づかないうちに、デイビーは濡れて冷たい彼女の顔に飢えたようにキスをしていた。無理やり体を離す。「こんなことをしてる暇はない」

「ちょっと。責任を取ってよ。キスしたのはそっちでしょ！」

これ以上話しても堂々巡りになるだけだ。デイビーは会話を放棄してしゃがみこみ、ビニール袋を開けた。マーゴットが横にひざまずき、二人は一緒に泥にまみれた中身を調べはじめた。崩れてどろどろになっている布や紙、歯ブラシ、髭剃り、靴、ベルト。

箱は袋の底にあった。防水加工された段ボール箱はかろうじて原型を留めていたが、マーゴットが触れるとぼろぼろに崩れた。なかには密封した分厚いビニール袋が二つ入っていた。薄茶色の泥で覆われている。デイビーは泥をぬぐってそっと袋をつついてみた。

一つめは、かたちも大きさもハードカバーの本ぐらいの金属製の箱だった。二つめは青白い不規則なかたちをしたもので、ゴムのような弾力がある。何本も突きだしているものはなんだろう……まさか。

指。これは人間の手だ。

23

マーゴットは悲鳴をあげて跳びのいた。デイビーがつかまえてくれなかったら湖に落ちていただろう。胃が空でなかったら、もどしていたはずだ。事実彼女は体を二つに折ってえずいた。

「マーゴット」デイビーの穏やかな声が聞こえた。「こいつは本物じゃない」

「え？」血走った目を彼に向ける。

デイビーの暖かい手が肩に触れた。「この手。これは偽物だ。ゴムみたいなものでできてる。安心しろ」

「そう」どさりと桟橋に座りこむ。「マーカスの型ね」

ばかみたい。身の毛のよだつものをさんざん見てきたのに、ゴムの手に取り乱すなんて。次はゴムでできた犬の糞に悲鳴をあげるだろう。

デイビーは湖の水をすくってビニール袋についた沈泥を洗い流し、腕をつかんでマーゴットを立たせた。「さっさと引きあげよう。落ち着かなくなってきた。それに、きみが体を乾かせる暖かい場所を見つけたい」

それは思ったほど簡単ではないとすぐにわかった。ホテルを見つけるまで、うんざりするほど長い時間がかかった。デイビーに言わせれば、どのホテルもセキュリティに致命的な欠陥があったのだ。ようやく〈ボブのホテルとキャンプ場〉の駐車場に入ったときも、マーゴットはしっかりカーテンを閉めた部屋に洞窟にこもる動物のように隠れていろときつく指示された。

「ホテルのロビーで、むかしのボーイフレンドにばったり会うようなはめになってほしくない」抗議する彼女にデイビーはこう応えた。

「じゃあ、わたしはベッドの下に隠れてなきゃいけないの?」不機嫌に言う。「少しお化粧して眼鏡をかければ――ちょっと!」

隣りの区画に一台の車が入ってきたとたん、頭を押さえつけられた。デイビーは彼女を覆うように屈みこみ、痛いほどきつく髪をつかんでいる。

「泣き言を言うな。それに、おれに逆らうんじゃない」威嚇するように小声で言う。「おれを信じてストーン・アイランドに行っていれば安全で快適に過ごせたし、おれも余計な手間がはぶけたんだ。ゆうべおれが見つけたとき、自分がどんな状況だったか思いだせ」

その言葉で抗議する気が失せた。マーゴットが素直にうなずくと、彼は車を降りてドアをロックし、チェックインしに行った。

マーゴットは香りのいい革のシートに縮こまった。胸の奥で怒りがたぎっている。デイビーはちっとも冷静になっていない。わたしがガードをさげるたびに、彼は怒りを燃えあがらせてわたしを焼き焦がす。

ホテルの部屋に入るやいなや、デイビーはテーブルに紙袋の中身を開けた。クラッカー、スモークド・オイスター、チーズ、ソーセージ、サーディン、箱入りジュースの六本パック。

「朝めしだ」

いらいらと神経過敏になっているマーゴットは食事をする気分ではなかったが、デイビーは違った。そして食事を終えるとすぐに汚れたビニール袋を開けて金属製のケースを取りだした。なかには手形がついた可塑性粘土らしきものが入っていた。次に彼は気味の悪いゴムの手を取りだした。

偽物だとわかっていても、ぞっとする。

デイビーはじっとゴムの手を見つめている。「クレイグは生体認証セキュリティが専門だったのか？」

こくりとうなずく。「なかでも指紋認証が」

「クレイグは自分のシステムを出し抜く方法を考案したに違いない」彼が言った。「そして、彼にそれをやらせた人間の裏をかこうとした。その人間が、おそらくマーカスなんだ」

マーゴットは両目に手を押しつけた。「あの馬鹿」とつぶやく。「これまであった恐ろしいことは、すべてお金のためだったのね。なんて空しくて馬鹿馬鹿しいの」

「珍しいことじゃない」デイビーは金属製のブリーフケースをテーブルに乗せ、中身をあさりはじめた。

「何をしてるの？」

ボタンのようなものを取りだして自分のジャケットのボタンと見比べている。「クレイグの同僚だった人間と話がしたい。こいつはセスの録音装置だ。デジタルで探知不可能。音声作動式」そう言うと裁縫セットを出してジャケットのボタンを一つ取った。針に糸をとおし、手際よくボタンを付け替えていく。

「お裁縫ができるなんて、思いもしなかったわ」マーゴットは言った。「あなたには驚かされてばかりよ」

彼の口元がひきつった。「弟が三人いたのにお袋はいなかったんだ。弟たちを裸でいさせないためには、おれがどうにかするしかなかった」

ジャケットを掲げて出来栄えをチェックすると、満足したように脇に放り投げる。次にブリーフケースからラップトップを出し、部屋の電話線につないでインターネットに接続した。

「クレル社でクレイグがいちばん親しかった同僚は誰だ？」

マーゴットはつかのま考えてから答えた。「彼はCEOだったの。ボブ・クラウスもそうだった。営業のトップ。まあ、クレルのホームページだわ」彼女は言った。「わたしがデザインしたのよ」

デイビーはうなずき、クリックしてページを変えていった。携帯電話をつかみ、ホームページに載っている番号にかける。「もしもし？　ミスター・ウェインライトをお願いできますか？　こちらはマイケル・エヴァンと申します」相手の返答に耳を傾けている。「ミスター・クラウスはいかがでしょう……はい。わたしはソルトレイク・シティにある〈バイオジエン・セキュリティ〉のセキュリティ・コンサルタントです。わが社は現在セキュリティ・システムをグレードアップしていまして、最高品質の生体認証テクノロジーを提供できる企業を探しているんです。そちらの会社も候補にあがっているのですが、今日たまたまそちらの近くに行きますので、よろしかったら……はい、どうぞ、お待ちします」相手を待つあいだ、ゆっくりとホームページを閲覧している。

見たものすべてを記憶しているのは明らかだ。

大昔につくった気がするものが、煌々とモニターに映っているのを見るのは不思議な気分だった。いまとは別世界にいた時代の形見。もっと安全でまともで予測可能な世界に。

そして、いまより狭い世界でもあった。マーゴットはデイビーを見つめた。うわの空といったようすで一心に考えこんでいる。色の濃い短い金髪は、手入れを怠るとつんつん立ってしまう。そんなささいなことまで、彼のすべてが好きだった。目の下にできた紫色のあざで、明るい瞳の色がいっそう際立っている。

彼はわたしを魅了する。わたしの世界の地平線を広げ、限りがないと思わせてくれる。以前はそんな感覚を恐ろしいと思ったが、いまは違う。

「はい？　ああ、それはよかった」デイビーの声で物思いが破られた。彼はぴしゃりとラップトップを閉じた。「はい、一時でけっこうです。そちらの住所は……？　わかりました。ありがとうございます。ではまたそのときに」

携帯電話を切り、マーゴットに険しい顔を向ける。「クラウスと話しに行ってくる。きみを一人で置いて行きたくない。銃を預けておく」

「いらないわ！」マーゴットは怯んだ。「いい考えとは思えないもの。わたしが最後に銃を持ってたとき、どうなったか話したでしょう。銃はトラブルのもとになるだけよ」

「使い方を教えてやる――」

「その手のものは、あなたにまかせるわ」そっけなく切り返す。「あなたが持ってて。おとなしくしてるって約束するから。いい子にしてる。じっとして動かない」

「セスとショーンに応援を頼むつもりだ」彼が言った。「二人が来れば、いつも誰かがきみのそばにいられる」

「ありがとう」とつぶやく。「やさしいのね」

彼の眉間に皺が寄った。「そうじゃない。おれはただ、戻ってきたとき切り刻まれたきみを見たくないだけだ。そんなことになったら、そうとう落ちこむからな」

彼の言葉が引き起こしたイメージで、胃が引きつった。二人とも不快な思考の流れを断ち切る必要がある。そしていちばん手っ取り早く確実に話題を変える方法は、つねに目の前にあった。

「その裁縫セットを借りて服を直してもいい？」マーゴットは訊いた。

「ああ」

彼女は針に黒い糸を通すと、頭からスリップドレスを脱いだ。ハイトップ・スニーカー以外、何も身につけていない。

「くそっ」デイビーがつぶやく。「マーゴット。やめろ」

マーゴットは結んだ肩ひもをほどきながら、とぼけた顔で彼に向かって目をしばたたかせた。「どうかした？」

「そういう態度につき合う気分じゃない。ヤってほしいなら、そう言え。ふざけたまねはするな」

「あきれた。甘い言葉で女をくどくのがお上手だこと」

「何度も言ったはずだぞ。おれは甘い言葉など言わない。特に今日はな」

「たしかにそうね」マーゴットは言った。「あなたはすごく機嫌が悪いうえに、それを隠そうともしてない。なのにどうしてわたしは隠さなきゃいけないの？」ようやく結び目がほどけ、ほつれた肩ひもを慎重に伸縮性のある生地に縫いつけはじめる。

デイビーが立ちあがり、壁からカーテンレールが落ちそうな勢いで力まかせにカーテンを閉めた。「そういう露出狂めいたやり方が、ひどく癪に障ってきた」

マーゴットは糸を結び、歯で嚙み切った。「わたしのことで、癪に障らないことなんかあるの？　パンティを履かないようになったのは、あなたがきっかけだったのよ。わたしが露出好きの色情狂になってるとしたら、それはあなたのせいだわ。それから、そろそろ頭を冷やして怒るのはやめてちょうだい。もううんざり」

彼が腰をおろした。「何かアイデアはあるのか？」

カーテンの隙間から差しこむ日差しが彼の顔にあたり、瞳が輝いている。とてつもなくゴージャスな姿に胸が締めつけられた。「特にないわ」彼女は答えた。「あなたにまかせる。わたしをその気にさせてみて」

彼は椅子の背にもたれ、頭のうしろで指を組んだので、黄金色のたくましい上半身で筋肉が波打った。あんなふうに体を伸ばしていると、すごく大きくてきれいだ。勃起したものがジーンズを押しあげているのがわかる。「きみにしゃぶられると、すごく気持ちがいい」

あざけるような冷たい瞳が挑発している。

彼はどうすればわたしが腹を立てるかよく知っている。何がわたしを怯えさせ、興奮させるか。そしてその三つを混ぜ合わせる方法を。影響されるまいと抵抗しても、わたしは彼をあおらずにはいられないらしい。絶え間ない駆け引きが二人を興奮させるのだ。

ただ、彼の瞳で怒りが燃えているのが問題だった。

デイビーは彼女の目を見つめたままベルトのバックルをはずした。ボタンをはずし、ジーンズをおろす。大きく紅潮したものが飛びだした。彼はそれをゆっくりとしごきはじめた。大きな手が太いペニスを上下している。「しゃぶれ、マーゴット」彼が言った。「やれ。神経をすり減らすイカれた状況の埋め合わせをしろ」

「わたしを怒らせようとしてるのね」

「ああ。きみは危険地帯に追いこまれるのが好きなんだ。追いこまれれば追いこまれるほど興奮する。だからやめられない」

マーゴットはひざまずいた。「あなたに会ってから、わたしはずっと危険地帯にいるの」彼の手を振り払い、熱く硬いペニスのベルベットのように柔らかい皮膚を堪能しながらそっとしごく。「危険地帯にいるのは慣れてきたわ。ここが自分の居場所みたいな気がするほどよ」ペニスに舌を這わせ、塩辛い味を味わう。「ずっとそんな気がしてた。あなたを好きになるように仕向けられてから」

デイビーの体がこわばった。椅子の腕をきつく握りしめている。「なんだと？」

「あなたを好きになるように仕向けられてから——」

「それは聞こえた」

マーゴットは彼自身の上を舌で円を描いた。「よかった」とつぶやく。「楽しみや駆け引きのなかに、多少現実があるのはいいことだわ」

彼に頭を押された。「おれを責めてるのか？」

「事実を話してるだけよ。心配しないで。わたしの愛があなたの凍りついた心を溶かすとか、そんな湿っぽい幻想は抱いてない。わたしはただ、好きになってほしくないなら、わたしを誘惑するべきじゃなかったと言いたいだけ。復讐の天使みたいにわたしを助けようとするべきじゃなかった。あんなふうにわたしをじらすべきじゃなかったのよ」

デイビーは乱れた髪を指で梳くと、勢いよくジーンズを引きあげてあっという間に勃起したものをしまいこんだ。「きみが望んでいるものを与えられるとは思えない」ぼそりとつぶやく。

それならすべて目の前にある。彼の辛そうな瞳で燃えあがり、二人のあいだの空間で焼けるような生々しい光を放っている。わたしが求めているものすべてが、余すところなく。夢でしかありえないと思っていたものが。けれど頑なな彼は屈服を拒んでいる。

マーゴットは彼の顔に触れた。「いいえ、できるわ。わたしを守ってくれているのはなぜ？　どうしてわたしの家に忍びこんだの？　なぜ逃げたわたしを追ってきたの？　どうしてわたしになんらかの感情を持っていることを認めようとしないの？」

デイビーが首を振った。

「そんなにしっかり心に蓋をする必要はないのよ。少し気を緩めて——」

「気を緩めたらどうなるか、きみに何がわかる？」

マーゴットはバランスを崩してカーペットに尻もちをついた。呆気に取られてわけがわからない。「デイビー？」たどたどしく言う。「どうした——」

「気を緩めたら終わりだ」鞭のように鋭い声。「泥沼にはまる。大切な人間が傷つき、死ぬこともある。おれはそんなことが起きないように、ずっと努力してきたんだ」

「デイビー……そんなつもりは——」

「親父は頭がおかしくなった。おれが十四のころには、完全に狂っていた。おれはそんな親父から三人の弟たちを守りながら育てたんだ。気を緩める余裕などなかった」

マーゴットは必死で首を振った。「違うのよ、そんな——」

「そしていま、おれたちは二人とも殺人の容疑者にされ、きみは頭のおかしい殺人鬼に狙われているのに、きみはくだらない人格構造をばらばらにしろと言うのか?」

「デイビー――」

「あきらめろ。おれはきみの道楽につき合って自分をばらばらにするつもりはない」

「ごめんなさい」か細い声で言う。「あなたをばらばらにしたかったわけじゃないの。わたしはあなたを愛してる。それだけはどうしようもないの」

「やめてくれ。聞きたくない」彼はさっと立ちあがり、大股で部屋を横切ってマーゴットに背中を向けたまま窓の外を見つめた。それからキッチンの椅子にどさりと腰をおろし、背中を丸めて両手に顔をうずめた。

マーゴットは身動きできなかった。どうしていいかわからない。いまのような気分のときの彼は、触られるのをいやがるかもしれない。

かまうものか。永遠にびくびく様子をうかがっているわけにはいかない。

彼女はデイビーに歩み寄り、広い背中に寄り添った。大きく上下する胸に腕を巻きつけ、なめらかな首筋に顔を押しつける。彼はいつでもわたしを振り払えるが、簡単にそうさせるつもりはなかった。

デイビーは振り払わなかった。数分がたつころには、マーゴットは彼の体に溶けこんでしまったような気がしていた。

しばらくすると、彼が顔をあげた。「安心しろ」物憂げに言う。「おれは自制心を失ったりしない」

マーゴットは彼の首筋にキスをした。「もう安心してるわ。それに、あなたが自制心をなくしたところで世界の終わりというわけじゃない」

「その話はもうやめないか？　堂々巡りになるだけだ」

「わかった」彼女は彼の背中に頬をこすりつけ、自分の体内で震動している生々しいエネルギーを堪能した。低音楽器の低くやさしい音色のように、繊細な悲哀を奏でている。

デイビーが首を傾け、顔をこすりつけてきた。唇が重なったとたん、いっきに炎が燃えあがった。彼はマーゴットの手をつかみ、はちきれそうな股間に押しつけた。

けれど、それは力ずくの傲慢さではなく、無言の哀願だった。マーゴットは彼の正面に移動してふたたびひざまずいた。彼がむきだしにしている熱い情熱がほしい。彼とのセックスは、これまでわたしの人生に起こったことのなかで最高にすばらしく、非の打ちどころがないほど完璧なものだ。過去のいまわしい出来事と、これから起きるかもしれないいまわしい出来事を相殺してくれるもの。わたしは絶対にこれを手放しはしない。

デイビーは彼を口に含もうとするマーゴットを立たせ、隣の寝室に続くドアを開けた。気づくと彼女は薄暗い部屋のベッドに放りだされて跳ねていた。デイビーはじっとこちらを見つめたまま、屈んでブーツの靴ひもをほどいている。カーテンは到着したときにすべて彼が閉めていたが、隙間から細い日差しが差しこんでいた。勢いよくベッドに倒れこんだはずみで舞いあがった細かな埃が、空中できらきら光っている。

彼がのしかかってきて、両脚を広げられた。ゆうべの軽率な行動のことが脳裏をよぎる。

まだコンドームをつけていない。愚行を重ねるわけにはいかない。

マーゴットは肘をついて体を起こした。「デイビー。まだあれをつけてない――」

「しーっ」暖かい大きな体が覆いかぶさり、彼が入ってきたとたん震えるうめき声しか出なくなった。そして力強くゆっくり突かれるたびに漏れる小さな嗚咽だけ。

「デイビー」息を弾ませながら言う。「こんなのだめよ。やめて」

「無理だ」彼が言った。「きみのせいで、おれはおかしくなった。きみがおれの脳みそを溶かしたんだ」親指でマーゴットの頬を撫でる。怖いほどの興奮で瞳が輝いている。「おれの子どもがほしいか?」

口がぽっかり開き、閉じた。「なんですって?」

彼はけだるくキスをしながら、ゆっくりなまめかしく腰を動かしている。「聞こえたはずだ」

「わたし……わたし……」

「イエスかノーで答えればいい」マーゴットのお尻の下に手を入れ、腰を持ちあげて角度を調節している。

「無理よ」マーゴットは喉の震えを抑えようとした。「イエスかノーでなんか答えられない。正気で訊いてるとは思えないもの」

「なるほど。どうやら答えはイエスらしいな」デイビーが言う。「おれは今度こそほんとうに正気を失った。自制が吹っ飛んだ。それがきみの望みだろう? 望みどおりになったぞ。

満足か？」

「わたしの言葉を勝手に曲げて取らないで！　ひどいわ！」

彼はマーゴットの腰に手をあて、いちばん敏感な場所まで深く貫けるように持ちあげた。

「おれが正気を失っても、それで世界が終わるわけじゃないときみは言った」顎にキスしながらささやく。「おれは正気を失ったぞ、マーゴット。世界は終わるのか？」

彼女はデイビーの首に腕を巻きつけた。「ええ」

もう二人をとめるものは何もない。わたしはあと戻りできないところまで来てしまった。彼と一緒に無軌道な世界へ行き、感情と快感の狂乱のなかで身悶えしながら歓喜の声をあげること以外、何もほしくない。二人は同時に絶頂を向かえ、大きな声を出した。

息をはずませながら長い時間がたったあと、ようやくさっきのことが考えられるようになった。自分がやってしまったこと。一度ならず。

デイビーはまだなかにいて、マーゴットのオルガスムの痙攣の余韻を味わっている。彼が放った粘り気のあるもので、二人の体がぴったりくっついていた。おそるおそる目を開けると、彼がじっと見つめていた。

この人は、自分が何をしたかわかっている。わかっていてやったのだ。

マーゴットは乾いた唇を舐めた。「どうして？」

「やりたかったからだ」まばたきもせずに答える。

「それじゃ理由にならないわ」

デイビーが肩をすくめた。「そうとしか言えない」それだけ言うと腰を引いて起きあがり、振り返りもせずに隣りのバスルームに消えた。

またただ。信じられない。残酷なろくでなし。閉じたドアを見つめてシャワーの音を聞いているうちに、どんどん怒りがつのっていく。

マーゴットは立ちあがり、バスルームのドアが開いたとたん食ってかかった。「デイビー。こういうまねはもうたくさんよ。いい加減にして」

「何が？」落ち着き払った顔でタオルで髪を拭いている。

「言葉巧みにさんざんわたしの気持ちをかきたてておいて、そのあげくいきなりぴしゃっとわたしを閉めだすのはやめて！　これ以上我慢できないわ！」

「へえ？」彼の目が細くなった。「じゃあ、昨日の行動はなんだったんだ？　おれをストーカーと決めつけて、車を盗んだくせに」

マーゴットはこみあげる熱い涙をこらえた。「ひどいわ」かすれ声で言う。「いまさらわたしを責めるの？　あんなことをしておいて？」

デイビーはタオルを持つ手をだらりと垂らした。「わざとやってるわけじゃない」ためらいがちに言い、床からジーンズを拾いあげて穿きはじめる。「ただそうなるんだ。自動ドアみたいに勝手に開いて閉じる。おれにはどうしようもない」

それは求めていた返答ではなかったが、少なくとも真実を話しているのはわかった。

「おれはこれからクレルに行かなきゃならない」慎重なこわばった声で彼が言った。ベッドの縁に腰かけ、ブーツに足を入れている。「仕事に取りかかる時間だ。頭を冷やして集中しなきゃならない。くだらない感情論を話してる暇はない」

「くだらなくなんかないわ！　大事な話よ！　デイビー、わたしは――」

「最後まで言わせろ」彼が言った。「おれは命令されても心を開けないし、きみが望むように感じたり言ったりもできな――」

「じゃあ、コンドームくらい買いなさいよ！」

彼はこくりとうなずいた。「わかった」

マーゴットはわななく顔を両手で覆った。すると、彼の手が髪に触れ、撫でているのがわかった。「かならず戻ってくると約束する」ひどく慎重な声だった。「きみは好きなだけ、おれに食ってかかったり怒鳴ったり理不尽で感情的な望みをぶつけたりすればいい。おれは自分がどうするかも、どう切り抜ければいいかもわからないが、とにかく戻ってくる。消えたりしない」

「やめてよ」ぶっきらぼうに応える。「やさしくなんかしないで」

彼の手が首筋におり、温かな手のひらにそっと力をこめた。「きみを傷つけてすまない。そんなつもりはなかった」

マーゴットは無言でうなずいた。デイビーにとっては、いまのが精一杯の愛情表現なのだ。

「クレルへ行く前にショッピングモールに寄らなきゃならない」ビジネスライクな口調になっている。「おれのズボンは汚れて血の染みがついてる。きみの服も買ってこよう。サイズは十か？」

「八よ、最近は。ヒップだけはなぜかサイズ十二だけど」

「きみの理不尽なヒップを見せてみろ」デイビーはそっとマーゴットにうしろを向かせ、背中に沿って両手をすべらせた。その手がヒップでとまり、力強く握りしめる。そしてうなじにキスをした。

「もうぴったりしたジーンズは穿くな」彼がつぶやく。「裸のここがどんなにすばらしいか知ってるのは、おれだけでいい」

「そういう無責任でまぎらわしいことを言うから、わたしは頭がおかしくなるのよ」ぴしゃりと言い返す。「さっさと出かけて。わたしをいたぶるのはやめて」

デイビーは両手を放し、そっと部屋を出て行った。

マーゴットはドアが閉まる音が聞こえるまで息を詰め、それから泣きだした。恐怖心とうしろめたい希望で体が震える。

希望と恐怖。いまのわたしの相棒。こうしているあいだにも、マクラウドの無数の精子がゴールを目指してがむしゃらに突き進んでいる。あの人は、わたしに愛していると言われて誇張でなく腹を立てた。

妊娠したと告げたときの反応は、容易に想像がつく。

24

「自分が何をしたかわかってるのか、ファリス？」マーカスは弟の顔を殴りつけた。「この役立たず。時間がないのに、これで計画が台なしだ。なぜあの女をすぐに連れてこなかった」

ファリスを椅子に縛りつけ、目隠しをしてある。目隠しをしたほうが、弟は従順で扱いやすくなる。この便利な事実には、ファリスがようやくよちよち歩きをするようになったころ気づいた。マーカスはそれから何年もかけて、精神と肉体両面で弟を操るさまざまな方法を開発してきた。

「そのつもりだったんだ！　彼女を問いただそうとしてたんだ！」ファリスは赤ん坊のように泣きべそをかいている。「手型を見つけて持ってこようとしたのに、マクラウドがいきなり現われたんだ！」

子どものように怯えた弟の声を聞き、マーカスはほっとした。キャラハンに執着するようになってから弟は妙に反抗的になっていたが、ようやくその態度が消えている。

「だが、おまえはやらなかった。しくじった」マーカスはふたたび逆手で弟を殴った。ファリスが蹴られた子犬のように情けない声を出す。

マーカスは、ふたたびファリスを腕力でコントロールできるようになって安堵していた。弟に特異な訓練を受けさせるために、多くの時間と金を費やしたのだ。それは二人の母親の死をきっかけに、偶然始まったマーカスのライフワークだった。

当時のファリスは腹をすかせてまとわりついてくる四歳児で、十代の兄の慈悲にすがるしかない存在だった。たいていの十六歳の少年なら、哀れっぽく鼻を鳴らすチビの弟など邪魔な存在としか思わないだろうが、マーカスはもともと並みの人間ではなかった。どんな状況でも、たちまち可能性を見抜く。無力な幼いファリスは白紙状態だった。それはマインドコントロールの実験だった。二人の父親はケイリクスの仕事と次つぎに妻を換えるのに忙しく、ワーシントン・ハウスの控えめな使用人たちのなかに、あえて口だししようとする者はいなかった。見張っている人間はいなかった。気にかける人間も。それはきわめて楽しい仕事だった。

刺激的でもあった。

「あの女をすぐに連れて来いと言ったはずだ」マーカスは叱りつけた。「おまえは気まぐれを起こした。そのうえ殺戮ゲームにもふけったんだな？　もっと利口だと思っていたよ。尻拭いをしてやるつもりはないからな」

ファリスが子どものように口をとがらせた。「ぼくは馬鹿じゃない」

「ああ」と認める。「だが頭がイカれてる。おまえがコンスタンスにしたことを知ってるのは、わたしだけだ。そしてタイタスにしたこともな。わたしがしゃべったらどうなる、わかっているだろう。おまえは病院に逆戻りだ。そしておまえの能力を考えると、おまえは二十四時間拘束着を着せられる。あるいは、薬で植物状態にされるかもしれない。そうなりたいのか？」

父親の三人めの妻だったコンスタンスの名前を出したことは、予想通りの効果をあげた。ファリスはすすり泣いている。マーカスは弟を縛りつけている椅子のまわりを歩いた。

「兄さんがやれって言ったんだ」しゃくりあげながらファリスが言った。

「だが、実際に手を下したのはおまえだ」なだめるように言う。「そして、おまえはそれを楽しんだ。おまえを連れ去る白衣を着た連中が考えるのは、その点だ。マーガレット・キャラハンに夢中になったのは、あの女の赤毛のせいなのか？　いままで気づかなかったが、キャラハンはコンスタンスにそっくりだ。おまえはコンスタンスに不純な感情を持っていたのか？」

「あの女はあばずれだった」ファリスの声はかすれている。「性悪だった」

父親の三番めの妻コンスタンス——マーカスより年下だった——は、義理の息子たちを抑えこもうとした。そのせいで彼女は十四歳のファリスが即興で行なった初仕事の対象になったのだ。

その仕事はマーカスの希望をはるかに凌駕するほどうまくいった。誰一人ファリスを疑わなかった。マーカスが可能性に気づいたのはそのときだ。殺人鬼をマインドコントロールできる人間が持つ力。それを思うとめまいがした。だからこそ、ファリスの特殊な訓練に精力を傾けるようになったのだ。

ファリスは不安定な思春期のほとんどを精神病院への入退院をくり返して過ごしたが、どんな医者や薬も兄が植えつけた見えない絆を断つことはできなかった。ファリスが兄にそむいたことは一度もない。

これまでは。あの疫病神のマーガレット・キャラハンが現われるまでは。

おそらく自分は精神科医になるべきだったのだ。弟の心理と思考を操るのはきわめて興味深い仕事で、むらのある職歴よりはるかに魅力的だ。精神科の分野にいたら異彩を放っていただろうが、同時につまらない倫理規定に邪魔されてもいただろう。

マーカスにとっては、世間の賞賛より密かな自由のほうが魅力的だった。

「わたしの言うとおりにしていれば、マーガレットを痛い目に会わせずにすんだんだ」彼は言った。「いまとなっては、ようすを見るしかない。それに、どうせおまえの女はすぐ消耗してしまう。おまえが乱暴に扱うからだ」

「マーガレットは違う」ファリスの声は思いのほかはっきりしていた。「これまでの女は弱かった。みんな壊れてしまった。マーガレットは壊れない」

「たしかに彼女は骨がありそうだ」とつぶやく。

ではファリスはまだ反抗心を抱いているのだ。銃弾を受けたにもかかわらず。マーカスは弟の反逆の火を消す最適な方法を検討しながら椅子の周囲を歩きまわった。

彼の携帯電話が鳴った。ディスプレイの番号を見て、心臓が高鳴った。通話ボタンを押す。

「なんだ？」

「ミスター・ワーシントン？」

「そうだ。クレルのようすはどうだ？　なにかあったのか、ミリアム？」

「え、ええ」ミリアムが声をひそめた。「いま女性用トイレにいるんです。先日リロイに教えられた携帯に電話をしています」

「当然だ」いらいらと応える。「さもなければわたしと話しているはずがない。それで？　何か耳にしたのか？」

「たったいま、男が一人クラウスに会いに来たんです。リロイから注意しているように言われた男の外見にぴったり符号します。濃い金髪、軍人タイプ、ものすごいハンサム。顔に擦り傷とアザ」

「本人はなんと名乗っている？」

「マイケル・エヴァン」ミリアムがささやいた。

「そのまま待っていろ、ミリアム」マーカスはインターコムのボタンを押した。「カーレル？」

「はい、ミスター・ワーシントン、なんでしょう？」

「デイビー・マクラウドの特徴に符号する男がクレルにいる。すぐここへ連れて来い。必要なら薬を使ってもかまわない。危険な男だ」

「了解」カーレルが答えた。

マーカスは携帯電話を耳に戻した。

「礼を言う。よくやった」

「あの……それでは……あの件は——」

「例によって、それはきみしだいだ。クレイグ・カルーソとマンディ・ホイットローに起こったことに、きみがどう関わっているかわたしが話すようなことになったらどうなるか、わかっているだろう。きみがクレイグのプライベートの予定をすべて教えてくれたおかげで、われわれは非常に助かった。じつに優秀な秘書だ」

「でも、あの二人に危害をくわえるつもりだなんて、話してくれなかったじゃない！」

「泣き言はやめろ」とマーカス。「事実が明らかになったら、警察は間違いなくきみに目をつける。きみの銀行口座へのオンライン送金を調べればすむことだ」

「もう耐えられない」ミリアムが泣き声を出した。

「これまでどおりにしていれば、何も問題はない。明日、小切手口座にちょっとしたプレゼントをしておく。それできみの気分も晴れるだろう。いままでもそうだったからな」彼は電話を切ると、ミリアムがかけてきた番号を使用不能にするコードを押した。

両手でファリスの顔をはさむ。「おまえは運がいい、ファリス。マクラウドが見つかったかもしれない。だとすれば、マーガレットを見つけるのも時間の問題だ。計画を失敗から救えるだろう——もし今日じゅうに彼女を捕まえれば」

「彼女をひどい目に会わせないで」ファリスが訴えた。「どうしてもやる必要があるなら、ぼくにやらせて。ぼくのほうが慣れてる。兄さんよりうまくやる。鋏を使うよ」マーカスは逆手で弟を殴った。弟の鼻から一筋の血が流れた。「わたしに指図するんじゃない。しくじったくせに」

「ぼくにあいつを殺させてくれ」すすり泣きながら言う。「もう失敗しない。約束する」

「おまえはあいつに負けている」マーカスが冷たく告げた。「二度も」

「あれはまぐれだ」ファリスが言い返す。「二度めは、あいつがあんなに腕が立つとは知らなかったんだ。二度めは——」

「言い訳は聞きたくない。失敗は許されない。ずっと前にそう教えたはずだぞ。教訓を忘れたのか？」

「忘れてないよ」唇がわなないている。「たのむよ。あいつを始末させてくれ」

「しょうがないやつだな」マーカスは血がまじった鼻水をハンカチで拭いてやった。「おまえは動揺しすぎてるぞ、ファリス」弟の頭のてっぺんにキスをし、そっと顔を撫でる。「落ち着け」


長年私立探偵をしてきたせいで、デイビーはなんの苦もなく別人になりすまして話を聞きだすことができた。じつを言えば、他人を操る卓越した能力こそが、探偵稼業に見切りをつけた理由の一つだった。もっと道義的な能力を伸ばすことにしたのだ。

とはいえ、この能力はいざというとき役に立つ。クレルのウェブサイト——一握りのありきたりの専門用語と山ほどのこけおどし——に数分目をとおしただけで、大掛かりで高額な生体認証セキュリティシステムのクライアント候補になりすますのは簡単だった。そのうえクラウスは饒舌で、うっかりこちらの無知をさらす心配もなかった。むしろ、退屈なセールストークを関心ありげに聞いているほうがむずかしかった。

やがてクラウスはひと息つき、デイビーを見つめた。「立ち入ったことを伺いますが、そのアザはどうなさったんですか?」

「レーニエ山でフリークライミングをしていたんです」デイビーは平然と嘘をついた。「岩の崩落に巻きこまれまして」

「フリークライミング?」クラウスの目が丸くなる。「命知らずでいらっしゃる」

デイビーは曖昧に肩をすくめた。「たまにですがね。わたしも立ち入った質問があるんですが、ミスター・クラウス」クラウスの大きな光沢のあるデスクを指で叩き、深刻な表情を浮かべて見せる。「わたしの雇い主は、少々危惧していることがありまして。その……昨年の秋の事件について」

クラウスの顔が曇った。「いつその話をされるのかと思っていました。いいですか、最初にはっきり申しあげておきますが、カルーソに起きたことはわが社とは無関係です。あれはカルーソ本人のだらしないプライベートが原因でした」

デイビーは励ますようにうなずいて、続きを待った。

「あの男のせいで、わが社はどれほど迷惑をこうむったことか」クラウスがぼやく。「株価はさがり、新聞には組織犯罪との関連をほのめかされた。クレイグの秘書をしていたミリアムは、電話攻勢の矢面に立たされてノイローゼになりました。すべてはあの男がズボンのチャックを閉めておけなかったせいです」

「なるほど。つまり、カルーソは女にだらしなかったと？」

クラウスがフンと鼻を鳴らした。「女好きでね。誤解しないでください。わたしだって男ですから理解できないわけじゃない。でも分別ってものがあるでしょう。それに、カルーソはメグ・キャラハンにちょっかいを出すべきではなかったんです」

「メグ・キャラハンというのは……」

「彼を殺した女です。うちは彼女にホームページのデザインを依頼したんです。ひとめ見たとたん、もめごとの基だとわかりましたよ。美人でしたが、男を大目に見るくらいなら死んだほうがましだと思っているような女に近づこうとは思いません。クレイグはもっと分別を働かせるべきだったんです」

「ふむ」デイビーは懸命に無表情を保った。「なるほど」

クラウスの口調に熱が入る。「いえね、魔が差しても無理はないとは思うんですよ。あの女はじつにいい体をしてましたからね。でも、マンディのような女と浮気をしたくなる気持ちも理解できる。マンディはもっと……なんと言うか、簡単なタイプでしたから」

クラウスは男同士だからわかるだろうと言いたげな笑みを浮かべた。デイビーは笑顔を返す気になれなかったが、幸いなことに相手は自分の話に夢中で気づかなかった。

「結局、マンディはわれわれが思っているほど簡単なタイプではなかったんですがね。警察が見つけたとき、クレイグは全裸で天井から吊り下げられていたんですから。そんなところに踏みこんだメグは、おそらくマンディに思い知らせてやろうと思ったんでしょう。だからマガジンを空にした」そこで首を振る。「女ってやつは、理解に苦しみますよ」

「まあね」デイビーは曖昧に応えた。「では、警察はなんの疑いも持っていなかったんですか？」

クラウスが肩をすくめる。「ほかに誰がいます？　凶器は彼女の銃でした。建物に入る彼女がビデオに映っていた。あの日以来、誰も彼女を見ていない。結論は明らかです」

デイビーはうなずいた。「カルーソはここで具体的に何をしていたんですか？」

「研究開発です。マイク・ウェインライトのスタンフォード時代からの知人でした。カルーソは非常に革新的な考えをする男でね。小さな会社のわりにクレルがこれだけの競争力を持つに至った商品の多くは、彼のアイデアでした」そこで大きくため息を漏らす。「だが、それもおしまいです。それで？　ほかに何かご質問はありますか、ミスター・エヴァン？」

デイビーは胸のなかでうめいた。たとえカルーソとマーゴットに起きたことがクレルの社内の人間の仕業だとしても、クラウスは何一つ知らない。それにマーゴットが名前を出したもう一人の男は町を離れている。来週もう一度ここへ来るしかなさそうだ。

彼はクラウスと握手をして追って連絡すると告げると、受付に向かった。カルーソの秘書をしていたミリアムは電話中だった。デイビーはこっそりとミリアムを観察した。若い、金髪、肉付きがいい。そこそこの器量。ヘッドセットをつけて話している彼女がふと視線をあげ、デイビーと目が合った。その目が大きく広がる。

彼女の怯えが伝わってきて、うなじがぞくりとした。

「折り返しお電話を差しあげるように伝えます、ミスター・トリップ」ミリアムが言った。

「はい、わかりました。失礼します」デイビーに顔を向ける。「何かご用でしょうか？」

デイビーは精一杯愛想のいい笑みを浮かべた。ミリアムが目をそらす。微笑み返してこない。「ミスター・クラウスから、きみがクレイグ・カルーソの秘書だったと聞いてね」彼は言った。「いくつか訊きたいことがあるんだ」

ミリアムの頬から血の気が引いた。「彼の下で働いていましたが、本人のことはよく知りませんでした。あれはほんとうに恐ろしい事件でした」

「マンディ・ホイットローのことは知っていたのかい？」

「少し。でも友だちだったわけじゃありません。彼女は技術者で、わたしは事務長に報告していました。だから二人のことはよく知りません。何も」あわただしく目をしばたたかせている。

「ああ、そうか」デイビーは穏やかに応えた。「邪魔をして悪かったね」

「とんでもありません」明るい笑顔はゴムのお面のようだった。

デイビーは腑に落ちない思いを抱えながら暑い日差しのなかに出た。ミリアムはうしろめたそうだった。ボブ・クラウスは違った。ショーンを連れて来ればよかった。弟は女から情報を聞きだすのがうまい。その能力はいつも兄たちを困惑させている。自分は本気で関心を持っていない女といちゃつく気にはなれない。そんなことをすると、相手を都合よく利用する人間になった気がする。

だがあらゆる女に心の底から本気で強い関心を持っているショーンには、そんな障害はない。地味な女、内気な女、太った女、やせた女、さらに言えば変てこな女でさえ、ショーンはすべて魅力的だと考える。それは弟の秘密兵器だ。それにかかると女たちは一人残らずふにゃふにゃに溶けてしまう。

デイビーは車に向かった。エンジンがかかる音が聞こえてそちらに振り向くと、窓をスモークガラスにしたグレーのヴァンが近づいてきた。車体の横のスライドドアが開く。男が二人跳びおり、サイレンサーがついた拳銃を向けてきた。どちらも年季の入ったプロを思わせる手際のよさを備えている。

胃が沈みこんだ。マーゴットの言うなりになって彼女を一緒に連れてくるなんて、なんて間抜けだったんだ。あのままメキシコまで走りつづけるべきだったのだ。どこかに身を潜め、彼女に新しいIDを手に入れてやってヨーロッパへ連れて行くべきだった。いくらでも方法はあったのに、おれはいま二つの銃口を見つめ、マーゴットは一人きりでいる。遠くにいるセスと弟たちに、彼女を助けることはできない。

そしてそんな思いの奥には、ナイフのように鋭くみぞおちをひねりあげる激しい痛みがあった——おれは、彼女に愛していると伝える度胸すらなかった。

男の一人が背後にまわった。銃口がうなじに押しつけられる。もう一人が彼の腕に注射器の針を刺した。

くそっ。それが最後に考えたことだった。すぐに冷たい闇が広がり、何もわからなくなった。

25

デイビーは血と蛇と苦痛にまつわる息詰まるような悪夢にとらわれていた。頭がずきずきし、全身が疼く。誰かが自分を揺さぶっている。顔を一発平手打ちされた。のろのろと目を開けると、こちらを覗きこんでいる顔が見えた。彼は必死で目の焦点を合わせた。

三十代後半のすらりとした男。ハンサムで、褐色の髪を短く刈りあげている。男は笑みを浮かべていた。真っ白な歯とシャツが目にしみる。その刺激に耐えかねてぎゅっと目をつぶると、ふたたび平手打ちが飛んできた。

デイビーは目を開けた。「何者だ?」舌がしびれている。

じょじょに痛みの原因がわかってきた。両腕を背中にまわされ、肘と手首を縛られている。手の感覚がない。

「マーガレット・キャラハンはどこだ?」男が言った。

薬を盛られた脳みそが、点と点をつなげようともがく。キャラハン。マーゴットの本名だ。

「マーガレット・キャラハンなんて名前のやつは知らない」

また平手打ち。「答えが間違ってるぞ、ミスター・マクラウド」

デイビーは状況を把握しようとした。自分は頑丈な木の椅子に縛りつけられている。目の前の男はスネーキーではないが、よく似ている。この男のほうが年上で、いくらかほっそりしている。「スネーキーはどこだ？」彼は訊いた。

男がかすかに戸惑った顔をした。「なんだと？」

「あちこちで人を殺しまわってるニンジャ野郎だよ」

男の顔がほころんだ。「ああ、弟のファリスか。じゃあ、やはりあいつは殺戮道楽にふけっていたんだな？　あとで会わせてやる。いまは少し休んでいるんだ。おまえとの最後の対戦で、少々疲れているんでね」

「おまえたちは何者だ？」

「マーカスと呼んでくれたまえ」男が言った。「マーガレット・キャラハンの所在について話そうじゃないか。それともマーゴット・ヴェッターと言ったほうがいいかね？」

しらばくれても意味はない。「彼女をどうするつもりだ？」

「あの女がわたしから奪ったものを取り返したい」マーカスが抑揚のない口調で答えた。

「彼女は何も持ってない」

マーカスが笑い飛ばす。「おまえに打ち明けないのも無理はない。数億ドルがかかっているからな」

デイビーは瞀を凝らした書斎を見渡した。高価なペルシャ絨毯や美術品で飾られている。

「彼女が持ってるのは、車のトランクに入っているビニール袋五つの中身だけだ」彼は言った。「数億ドルの価値があるものなど一つもない」嚙んで含めるようにマーカスが言った。「それをぜひ彼女に訊きたい。できるだけ早急に」

「彼女の居場所など知らない」

マーカスはポケットからデイビーの携帯電話を出すと、指先でつまんで見せた。「その話はおいおいしていこうじゃないか。だが、おまえが話そうが話すまいが、彼女の居場所はいずれわかる。心配した彼女がおまえに電話をかけてくるのを待っていればいいだけだ。そうなったら、おまえが彼女にとってどれほどの価値かわかるだろう。おまえに数億ドルの価値はあるのか?」

デイビーは目の前の男を見つめた。では、マーゴットの人生を破滅させたのは、このにやにや笑いを浮かべているクズだったのだ。くそっ、どうして彼女がこんな目に。

彼は気を引き締め、胸のなかでつぶやいた。「くたばりやがれ」

マーゴットは爪を嚙んだり髪をかきむしったりしながらうろうろと歩きまわっていた。クレルの偉ぶったほら吹きたちと話すのに、こんなに時間がかかるはずがない。モールでの買物に三十分、そこからクレルまで十五分、ほら吹きたちとの会話に一時間、戻って来るのに十五分。多めに見積もってもその程度のはずだ。

デイビーが出かけてから、もう三時間以上になる。

ざわざわと胸騒ぎがして頭がおかしくなりそうだった。もちろん胸騒ぎならこの八カ月しょっちゅう感じてきたが、いまの気分ははるかにひどい。身悶えして悲鳴をあげたくなるほどだ。

一時間前から、何度も受話器をつかんでは架台に戻していた。時間が経つにつれ、片手で受話器を握りしめ、もう一方の手をテンキーの上に浮かせている時間が長くなっている。

何を迷ってるの？　最悪の場合でも、理性をなくして大騒ぎしたわたしに彼が苛立つだけだ。それくらいなんだっていうの？　なんでもないわ。激怒しているデイビーに耐えられるなら、苛立っている彼にも耐えられるはずだ。

でも、既知の全宇宙をすっかり飲みこむほど大きな口をぽっかり開けている恐怖には、これ以上一秒たりとも耐えられない。そして、現時点でわたしにとっての既知の全宇宙はデイビーだ。女の我慢にも限界がある。

マーゴットは受話器をつかんで彼の携帯の番号を押し、繋がるように祈った。呼びだし音が鳴っている。よかった。回線が繋がった。

「もしもし？　デイビー？」彼女は言った。「聞こえる？　もしもし？」

一瞬、間があった。「マーガレット・キャラハンだな？」

その瞬間、膝から力が抜けて床に無様に尻もちをついていた。

息が詰まって声が出ない。「誰なの？」

「八カ月間、きみに会いたいと熱望していた者だよ」おもねるような声が答えた。「きみはじつにうまく姿をくらませていた。おかげでわれわれは非常に憤慨している」

「どうしてデイビーの電話を持ってるの？　彼はどこ？」

「ここにいる。わたしのそばに。ちょうどきみの居場所について話していたところだ。いまのところ、彼の協力は得られていない。そろそろ遠まわしな手段には見切りをつけようと思っていたんだが、そのとき電話が鳴ってね。ミズ・キャラハン、きみには第六感がある」

「彼と話をさせて」

「いいとも。ミスター・マクラウド？　レディのお友だちがきみと話したいそうだ」

「マーゴット？」デイビーの声。かすれてしわがれている。

「ああ、デイビー。そいつに何をされた――」

「聞け。逃げるんだ。すぐに電話を切って逃げろ」

「でも……でも――」

「ぐずぐずするな。さっさと電話を切って逃げるんだ。このクズと話す必要はない。そんな価値はない」

「デイビー、そんな――」

「ミズ・キャラハン？」さっきの穏やかな声が言った。「きみたちが相手を思いやる気持ちには感動するが、彼の忠告に従わないほうが身のためだ。わたしが彼をいくつの塊に切り刻むつもりでいるか興味があるなら、やめたほうがいい」

恐怖のことならわかっているつもりだったのに、いまこの瞬間までほんとうの意味で理解してはいなかった。これっぽっちもわかっていなかった。「スネーキーなの？」

「スネーキー？」薄気味悪い含み笑いが聞こえた。「しゃれたニックネームをつけてくれてありがとう。彼にぴったりだ。わたしはスネーキーではないが、彼もここにいる。そしてきみに再会したがっているよ。あいつはかなりきみに惚れこんでいるらしい」

　マーゴットは必死で声の震えを抑えた。「わたしにどうしてほしいの？」

「すばらしい、ミズ・キャラハン。端的かつ簡潔で芝居がかったところがない。現実的な女性は好きだよ。だが、きみはこちらの望みをわかっているはずだ」

「いいえ、わからないわ。ほんとうに――」

「あくまで白を切ろうとするのはやめてほしい。退屈なだけだ。わたしを苛立たせると、ミスター・マクラウドのためにならないぞ」

　金切り声をあげそうだった。どうしていいかわからない。わたしは呪いをかけられているに違いない。目の前にある真っ白な牢獄の壁をやみくもに手探りし、鍵を探している気分だ。

「ヒントをちょうだい」マーゴットは必死で訴えた。「もう少し具体的に言って。協力するわ。こんな大事な話で誤解を残す危険はおかせない」

　謎の声がわざとらしいため息を漏らした。「この回線は安全ではないんだ、ミズ・キャラハン。時間稼ぎはやめてくれ。わたしは自分のものを取り返したい。それを最後に持っていたのはきみだ。これでヒントになったかね？」

「でも――」

「忠告しておくが、警察に通報しても無駄だ。きみの話など信じないだろうし、たとえ信じたとしても、通報すればわたしはわかる。そうなったらマクラウドが代償を払うことになる。わかったかね？」

「ええ」

「では、よく聞くんだ。三一三番の市バスが二十分間隔で中央駅を出る。六時五分発のバスに乗れ。バスは六キロほどワイアット・アベニューを走ったのち、トレヴィットで南に曲がる。ここまではいいか？」

「ええ」とマーゴット。「六時五分。三一三番のバス。ワイアット、トレヴィット」

「トレヴィットに曲がってから二つめの停留所はローズウェルの角にある。そこでバスを降りて南に十ブロック歩け。そこは上を高速道路が走る立体交差になっている。左側に小さな食料品店と自動車部品店がある。二軒のあいだの公衆電話で、次の指示を待て。きみが一人で誰にも尾行されていないことを確認したら連絡する」

「待って」マーゴットは言った。「もし――」

「『もし』はない、ミズ・キャラハン。わたしのものを持って時間通りに来なかったら、マクラウドを殺す。むごたらしく」

「でもどうやって――」

「幸運を祈る。きみに会うのを楽しみにしているよ」

電話が切れ、マーゴットは途方に暮れたまま取り残された。ふたたびぞっとするようなむかつきが戻ってきた。気絶か嘔吐でもしそうな気分。彼女はばたりと仰向けに倒れこみ、両膝を立てて必死で呼吸を整えた。

パニックを起こしている暇はない。

男の狙いは、あの型と気味の悪いゴム製の手に違いない。理由は想像もつかない。恐怖にがっちり捉えられた頭で何かを考えるのは至難の業だったが、恐怖の下にはこれまでなかったものが芽生えていた。激しく燃えあがる怒り。それが心を落ち着かせた。

邪悪な人でなしがわたしのデイビーを苦しめている。なんとしてでも阻止してやる。そして償いをさせてやる。

デイビーは逃げろと言った。とても凛々しく勇敢な行為だし、立派な態度だと思う。でも、愛した男を見殺しにして逃げたら、生きている価値はない。そんなことをしても意味はない。バスの前に身を投げて終わりにしてしまったほうがましだ。

わたしに残された最後の切り札は、わたし自身だ。あの気味の悪いものをビニール袋に入れ、タマラにもらったヘアクリップをつけて男の指示に従おう。

そして、わずかでも男を殺すチャンスがあるよう願うのだ。

マーゴットはデイビーから教わっていたショーンの番号に電話をかけた。すかさずショーンが応えた。「はい？　誰だ？」

「まずいことになったの」抑揚のない声で言う。

「ずいぶん早いな」笑いがこもっていない声は、ショーンのものとは思えなかった。

マーゴットはマーカスの電話と指示について説明した。「わたしはこれから出かけるわ」と話を結ぶ。「ほかにどうしようもないもの。あなたにできることもないけれど、少なくとも連絡しておくべきだと思ったの」

「おれたちはいまそっちに向かってる」ショーンが言った。「おれとセスだ。そっちとの遅れはほんの数時間だ。武器をまとめてすぐ出発したからな。サン・カタルドまでまだ一時間半はかかるけど、できるだけ急ぐよ」

マーゴットは唖然とした。「どうしてわたしたちがいるところを知って――」

「デイビーがどうやってきみを見つけたと思ってるんだ？」じれったそうに言う。「まだマイキーの首輪を持ってるかい？」

「え、ええ」たじたじとなる。「あれを――」

「そうだ。肌身離さず持ってろ。でも、できたらおれたちを待ってろ。あいつに近づくな。デイビーならそう言う」

「近づかずにいるわけにはいかないわ」マーゴットは言った。「あの男はデイビーを捕まえてるのよ。わたしが行かなかったら彼が危ないわ」

「くそっ」ショーンが漏らす。「せめて銃は持ってるんだろうな？」

「わたしが？　まさか！　もう行かなきゃ、ショーン。じゃあね」

「マーゴット――」ショーンは何か言おうとしたが、彼女は電話を切ってオペレーターを呼びだした。「サン・カタルド警察をお願いします」

延々と待たされたあと、女性の声が聞こえた。「通信指令係です」

「クレイグ・カルーソとマンディ・ホイットロー殺人事件の担当者と至急話がしたいんです」

「少々お待ちください」

マーゴットは待ちながら鏡に映る自分の姿を見つめ、見てくれのひどさを冷静に認めた。真っ青な顔に落ちくぼんだ目、ジーンズとタンクトップは薄汚れてへたっている。そのとき声が聞こえ、電話に意識を戻した。「サム・ギャレット刑事です」低い男の声が言った。「カルーソ事件に関する情報をお持ちとか？」

「わたしはメグ・キャラハンです」

面食らったような沈黙が流れた。「どこにいるんですか、ミズ・キャラハン？」

「申し訳ないんですが、いまは言えません」マーゴットは言った。「わたしはこの八カ月間、自分に濡れ衣を着せた人間を突きとめようとしていたんですが、どうやらそのろくでなしを見つけたようなんです。向こうがわたしを見つけたのかもしれませんが。わたしはその人物との対決を生き延びられそうにないので、その前に自分は殺人犯ではないときちんと言っておきたかったんです。いいですか？　メモしてください。そしてみんなに話して」

「あの……」

「それから、デイビー・マクラウドも殺人犯ではありません」とつけくわえる。

「誰ですって？」ギャレットは煙に巻かれていた。

「わたしの恋人です」と説明する。「彼も殺人の濡れ衣を着せられているんです。あげくの果てに、いまは拉致されている。わたしを意のままに操るために。クレイグとマンディを殺した薄汚い野蛮人の仕業です」

「ちょっと待ってください。わけがわからない。つまり、あなたの恋人が誘拐されて、あなたは――」

「わけがわからないのは、あなただけじゃないわ、刑事」マーゴットは言った。「わたしだって何カ月もわけがわからずにいるの。うまく説明できなくてごめんなさい。でもいまは時間がないし、ぐずぐずしてたらデイビーの身が危ない。わたしは警告しておきたかっただけなの。もしどこかのゴミ箱でわたしを見つけたら、わたしを殺した犯人はクレイグとマンディを殺したのと同一人物よ。そして、彼は単独犯じゃない。ニンジャみたいな頭のおかしい殺人鬼を手下にしてるの。どう？　これでわかった？」

「その犯人というのは誰なんですか、ミズ・キャラハン？」ギャレットの口調は錯乱した人間に理を説こうとする者のそれだった。「教えてください」

マーゴットは笑い声で応えた。「それがわかってたら、こんなごたごたに巻きこまれてると思う？　犯人を知ってたら、何カ月も前にこの悪夢を警察の手にゆだねていたわ。現時点でわたしにわかるのは、犯人はマーカスと名乗ったことだけよ。もし明日の朝まで生き延びられたら、かならずあなたに電話してすべて説明するわ」

「しかし――」

「いま言えるのは、それだけよ。聞いてくれてありがとう」

勢いよく受話器を戻す。よし。終わった。そして正しい行動だったと思える。無駄かもしれないが、適切な行動だったのはわかる。ついに終点に到達したのだ。マーゴットは時刻を確認してタクシーで駅まで行く時間を計算し、この世の終わりに備えて身なりを整える時間が五分あると結論を出した。だらしない格好で臨終のときを迎えるわけにはいかない。

ジーンズとタンクトップ以外の服は、結婚式で着たドレスしかなかった。こんな状況にはセクシーすぎるが、ほかに選択肢はない。彼女はむしるように服を脱ぎ、ドレスを着た。パンティラインなど知ったことか。

ピンヒールのサンダルを見つめ、ものごとには限度があり、それにはファッションにおけるタブーに目をつむることも含まれると結論を出した。スネーキーとその仲間から全速力で逃げるようなチャンスに恵まれるとは思えないが、わざわざ不恰好によたよた歩くことはない。

となると、くたびれた赤いハイトップ・スニーカーを履くしかない。少なくとも見た目のインパクトはある。派手な色のみすぼらしい靴なりに。

髪。マーゴットは鳥の巣のようにぼさぼさになっている髪にジェルをつけ、いくつかの毛束をつくった。それをできるだけきつくまとめあげ、タマラにもらったクリップでとめる。おくれ毛を気にする必要はない。このままで完璧だ。あらゆる方向に髪がはね、逃亡中の、おそらくは麻薬をやっているイカれたファッションモデルそのものといった雰囲気になっている。

ビニール袋をあさって化粧品を出し、だらしなくいい加減にリキッドアイライナーとマスカラをつけた。落ちくぼんだ目をしているのだから、わざと化粧がにじんだ感じにしたほうがいい。

くっきりと口紅を塗り、鏡のなかの顔をまじまじと見つめてから青白い頬にも少し口紅をつけ、血色がよくなるようにごしごし頬をこすった。

鋲飾りのついたマイキーの首輪をバッグから出し、首に巻きつける。ぎりぎり留め金を留められた。首輪からぶらさがっている丸い飾りをうしろにまわして首輪の下に押しこみ、うなじに少し髪をおろして見えないようにした。全身が映る鏡を見つめ、意外な出来栄えにたっぷりマスカラがついた睫毛をしばたたかせた。

すごい。完璧じゃない。自分がこんな格好をするとは夢にも思っていなかったけれど、破滅に向き合うにはいかにもふさわしく思える。青白い頬に点々とついているけばけばしい口紅は十九世紀の結核病みの娼婦のようだし、鋲飾りのついた犬の首輪がいっそういかがわしさを増している。これを見た人がどう思うかわからないけれど、知ったこっちゃないわ。好きなように思わせておけばいい。

ブラジャーのなかに手を入れておっぱいを持ちあげ、ドレスを少し引きさげる。アダムズ・ファミリーとレトロテクノパンクのミックス。なかなかいいじゃない。これは〝ふざけんなよ〟ファッションだ。巨大な恐怖とバランスを取るには、ちょっとしたおまけのパワーが必要だ。

五分のはずが七分たっていた。これ以上ぐずぐずしてはいられない。マーゴットはビニール袋の中身をぶちまけた。手型とゴムの手を袋に入れ、バッグをつかんでドアを飛びだす。

最初はこんな姿ではタクシーが停まってくれないのではないかと心配したが、手をあげるとすぐ一台のタクシーが急停車した。運転手は盛んに好奇の視線を走らせてきたが、苦痛にさいなまれるデイビーの姿を想像しないようにするだけで精一杯で、気にする余裕はなかった。料金を払うためにバッグに手を入れたとき、今夜を生き延びる希望を捨てたとたん、お金への考え方が完全に変わっていることに気づいて愕然とした。バスの料金だけあればいいのだ。そのあとは、ここにある現金はモノポリーのお札同様なんの意味もなくなる。タクシー代を払ったら、有り金全部窓から投げ捨てたっていい。たいして残っているわけではないけれど。

いまのような格好をしていると、バスを降りたローズウェル・アヴェニューは十ブロック歩くのに最適な場所とは言えなかった。マーゴットはバスが走り去ったとたん、それに気づいた。成人向け雑誌やポルノビデオの店、ウェイトリフティングの男性専用ジム、みすぼらしいマッサージ店。わずかな布切れしか身につけずにほうぼうの交差点や戸口に立つ女たちは、言うまでもなく敵意に満ちた鋭い視線を送ってきている。マーゴットはビニール袋を胸に抱きしめてその場で一回転し、自分を監視している人間を見つけようとした。無駄な試み。

彼女は胸を張って歩きだした。通過するたびにブロックの数を数え、自分に注がれている視線と目を合わせないように努めた。

デイビーの射るような視線は、ここにいる人間のお粗末な威嚇の視線とはまったく違う。ほんとうの力と見せかけの力の差。デイビーは本物なのだ。勇敢で凛々しい。自分の身が危険なのに、わたしに逃げろと言ってくれた。だめよ。手放しで泣いている場合じゃない。言語に絶する運命が待っている場所まで、まだ三ブロック残っている。一歩ずつ足を前に出すのよ。割れた歩道を踏みしめる。ガラスの破片、注射器、使用済みのコンドーム、タバコの吸殻。頭上の高速道路を走る車の音が大きくなっていく。背中を汗がしたたっていた。色彩が目を焼き、さまざまな臭いで鼻がむずむずする。排気ガス、マリファナ、尿、腐ったキャベツ。それは、マーカスが指示したとおりの場所にあった。自動車部品の店。食料品店。二軒のあいだにある公衆電話を見つめていると、呼び出し音が鳴りはじめた。電話機に歩み寄り、毒蛇をつかむような気持ちで受話器に手を伸ばす。「もしもし?」

「マーガレット・キャラハンか?」

「そうよ」

「三十秒後にグレーのヴァンが行く。それに乗れ」

「でも――」

電話が切れた。マーゴットは受話器から手を放した。金属に覆われたコードの先で、受話器が黒いプラスチックの錘(おもり)のように前後に揺れていた。この世の終わりまでの時を刻んでいる。三十秒が経過した。エンジン音が聞こえ、くるりと振り返る。グレーのヴァンのスライドドアが開いた。黒髪をポニーテイルにした男が戸口でかがんでいる。マーゴットを見てにやりとした。「マーガレット・キャラハンか？」

こくりとうなずく。男はビニール袋のほうへ片手を差しだした。マーゴットは袋を手渡した。

男は中身をのぞきこみ、前の座席にいる人間に袋を渡した。そして振り返った。マーゴットの全身にゆっくり視線を這わせている。「乗れ」

マーゴットは恐ろしさに身がすくみ、じっと男を見つめた。

「もう一度カレシに会いたくないのか？」男が言った。

マーゴットはヴァンに乗りこんだ。

26

マーカスは手加減していた。

デイビーは何度も顔を殴られたせいで朦朧としていたが、この程度ですまなかった可能性もあるのはよくわかっていた。マーカスは今後のために手加減したのだ。おそらくはスネーキーのために。それともマーゴットが来るのを待って彼女に見せつけるつもりなのだろうか。そんなことは考えたくもない。

彼はいま書斎に一人だった。ほかの場所であわただしく人が動く気配がかろうじて聞き取れる。ここはかなり大きな屋敷に違いない。

マーカスは立ち去る前に猿ぐつわをしていった。出血している鼻が痛むうえ、呼吸するたびに血液が泡だってうまく息ができない。

いきなりドアが開いた。目隠しをされ後ろ手に縛られたマーゴットが背中を突き飛ばされて部屋に入ってくる。彼女はよろめいて膝をつき、床に顔を打ちつけた。クレルでデイビーを捕らえた男の一人がマーゴットにまたがり、ナイフを抜いた。

男はそこで顔をあげ、いやらしい笑みを浮かべながら彼女の背中に沿ってゆっくりとナイフの切っ先を滑らせると、手首を縛っているプラスチックの手錠にあてた。すぱっ。手錠がはずれた。

デイビーは思わず止めていた息を吐きだした。

男がマーゴットを立たせ、目隠しを取る。なんてこった。あのシュールなメイクはなんだ？

マーゴットは目をしばたたかせ、デイビーに気づいて息を呑んだ。彼に駆け寄ろうとする。

「ひどい、何をされた――」

男が彼女を引き戻した。「こらこら」うしろから太い両腕を巻きつけ、乳房をつかんでもみしだく。「こりゃいい」男がうなった。「ボスには、何をしてもいいと言われたんだ。あいつの前でやるかぎりはな」デイビーのほうへ顎をしゃくる。「おれは気にしない。観客がいようが、いっこうに構わない。悪趣味なのもいいもんだ。楽しもうぜ」

ようやくマーカスの狙いがわかった。これが目的だったのだ。これを見せるために、おれの意識をはっきりさせておいたのだ。

生きた心地のしない永遠とも思われる一瞬、マーゴットは彼の目を見つめていたが、次の瞬間あたかもスイッチが入ったかのようにいきなり表情が変化した。彼を見つめる瞳に浮かんでいたむきだしの感情が、どこか焦点が定まらない形容しがたい明るい笑みに変わっている。

おれが知っているマーゴットが消えた。そこにいるのは、にっこり微笑んだセクシーな人形だ。

彼女は体をくねらせ、男の手に胸を押しつけて谷間を強調すると、男の肩に頭をのけぞらせた。麻薬をやっているように目がぎらついている。

デイビーはサディスティックな悪党どもをずたずたに引き裂くチャンスを与えてくれるよう神に祈った。体内でわきあがる怒りが高まり、これまで実際に味わった痛み以上の苦痛をもたらしている。

「ねえ、こんなにすぐに親しくなるなら、あなたの名前を知りたいわ」マーゴットがかすれ声で言った。

「カーレルだ」男がしゃがれた声で応え、乳首をつまむ。

マーゴットはいっそう大きく微笑んだ。「わたしも悪趣味なのは好きよ。いいことを教えてあげましょうか、カーレル?」

「ああ」カーレルが彼女の耳に舌を差しこむ。

忍び笑いでマーゴットの体が震えた。「大学生のとき、わたしはアルバイトでラップダンスをしてたの」と打ち明ける。「裸でお客さんの膝に乗って踊るのよ。常連のお客さんが大勢ついて、全員の相手をする時間がないくらいだった。わたしはすごく上手だったの」

「だろうな」カーレルの手がマーゴットの股間におりる。

そこをぎゅっとつかまれ、彼女は一瞬怯んだが、すぐに気を取り直した。「ときどきあの頃が懐かしくなるの」うっとりと続ける。「裸で踊っているわたしを見つめる男たちの視線が。よかったら、特別にやってあげましょうか。あなただけのために」

デイビーの肺は酸素を求めて煮えくりかえり、緊縛を解こうともがく筋肉が焼けるように痛んだ。たのむ、何か策略があっての行動であってくれ。

カーレルが不審の表情を浮かべた。「そんなことをしなくても、おれはちゃんと勃つぜ」

マーゴットはペニスにヒップをこすりつけた。「知ってるわ」恍惚としたように言う。「わたしはただ、とっておきのことをしてあげたいだけ」

カーレルは背中に手をまわして拳銃を抜き、撃鉄を起こした。「おれを出し抜こうとしてるだろう、マーガレット。おかしなまねはやめろ」

マーゴットの真っ赤な唇が媚びるようなカーブを描いた。「火遊びが好きじゃなかったら、わたしがここにいるわけがないでしょう？」

「たしかに」カーレルは力まかせに彼女を振り向かせ、口に舌を差しこんだ。「こういうのは好きか？」乳房のあいだに銃口を押しつけ、喉へと滑らせてゆく。

マーゴットは怯まなかった。替わりにデイビーが怯んだ。彼女は柔らかい喉もとに銃口を押しつけられたまま、笑顔を浮かべている。カーレルがふたたびキスをし、唇を嚙んだ。マーゴットが痛みにあえぐ。

「いいか」彼が言った。「ボスは欲しいものを手に入れた。もうおまえに用はない。そして、さんざん面倒をかけたおまえは始末される可能性が高い」

マーゴットは柔らかそうな赤い唇を不機嫌にとがらせて見せた。「興ざめなことを言わないで。そんなこと考えたくないわ。いまはあなたのことを考えたいの。これが最後のチャンスかもしれないもの……ほら、お楽しみのね。だから楽しみましょうよ」

「いいだろう」カーレルがつぶやき、ふたたび彼女の股間をまさぐった。

「あなたのために踊ってあげる」甘い声で言う。「そこから始めましょう、むかしのよしみで。わたし、じょうずなのよ。きっとあなたも驚くわ」

カーレルは椅子をつかんで腰をおろし、マーゴットに銃を向けた。「よし、やれ。おれを感心させてみろ。ばかなまねはするなよ。さもないとただじゃおかないぞ」

マーゴットが動きはじめた。デイビーは恐怖にかられながらも息を呑んでその姿を見つめた。目がぎらついているので、怯えているのがわかる。彼女はけだるい旋律を小さく口ずさみながらゆっくりと体を揺すっている。そのままカーレルに近寄り、椅子のうしろで踊りはじめた。

拳銃がすっと上を向き、マーゴットはぴたりと動きをとめた。

「おれの前から動くな」カーレルが言った。「見えるところにいるんだ。そして服を脱げ」

「ごめんなさい」マーゴットはそっとつぶやくと、ふたたび体を揺すりはじめた。ゆっくりとそそるようにスリップドレスからオーバードレスをたくしあげてゆく。腰、腹、胸、首。ドレスがすっかり頭を覆ったとき、彼女はそこでつかのま手こずっているように見えたが、間もなく頭からドレスを引き抜いた。髪がほぐれて大きく広がっている。

彼女は片脚を振りあげてカーレルの膝にまたがった。スリップドレスが太腿の上までめくれあがっている。カーレルはそれをさらにたくしあげ、銃身で尻を撫でた。そのとき、マーゴットがカーレルの顔に向けてさっと手をあげ、同時にカーレルが目をむいた。銃を持つ手から力が抜け、だらりと脇に垂れる。

なにごとだ？　デイビーは呆気に取られてカーペットに落ちる銃を見つめていた。カーレルはがっくりと頭をのけぞらせ、口を半開きにしている。

マーゴットはすばやく膝をおりてあとずさった。デイビーに駆け寄り、猿ぐつわをはずす。

「ああ、たいへん。ひどい目に会わされたの？　大丈夫？」

デイビーは咳こんで唾を飲みこもうとした。「ばか、逃げろと言っただろう！」

「わたしは黙って命令に従うような女じゃないのよ。念のために言っておくけれど」彼女がぴしゃりと言い返す。「また会えて嬉しいわ。わたしに会えなくて寂しかった？」

「あいつに何をした？」

「あとで話すわ。ナイフを見つけてそのひもを切らなくちゃ」

「おれのナイフは連中に取られた。でもそいつが一つ持ってるはずだ。ポケットを調べろ」

マーゴットはカーレルに駆け寄り、カーゴパンツのポケットを次つぎにさぐった。まもなくデイビーの椅子のうしろにしゃがみこみ、硬いプラスチックを切りはじめた。

「ほんとうに大学生のときラップダンスをしてたのか？」

彼女はひきつった笑いを漏らした。「どうしようもない人ね。そんなばかばかしくてどうでもいい質問をするなんて、五十点減点よ」

壁のスピーカーから声が聞こえた。「さがってナイフを捨てろ、マーガレット」

書斎の両側にあるドアが同時に開き、武装した男たちがなだれこんできた。そのうしろから褐色の髪のハンサムな男が悠然と入ってくる。「きみにそこまでやってもらおうとは思っていなかったよ、マーガレット」男が言った。「さがれと言っただろう。ナイフを床に置いて、こっちへ来い。さもないとこの場でマクラウドを撃ち殺す」

マーゴットは銃を構える男たちを見渡し、言われたとおりに床にナイフを置いた。こんなに簡単に行くはずがなかったのだ。手持ちのカードはすべて使ってしまった。そう、こうなることはわかっていたのだ。

いまとなっては、心を落ち着ける寒々としたタマラの呪文を唱えるしかない。希望のないところに恐怖はない。膝がわなわな震えていたが、マーゴットは必死で胸を張ろうとした。

男が感心しないと言いたげに彼女の全身に視線を這わせた。「雰囲気が変わったな」

「どこかで会ったかしら？」澄ました口調で言い返す。「どうして以前の雰囲気を知ってるの？」

「写真を見た。わたしはきみを調べたんだ。カルーソの一件の前に。当時のきみはすばらしかった。とてもエレガントで。いまは麻薬中毒の娼婦に見える」

マーゴットは肩をすくめた。「法律の裏表両方から逃げていると、服のことなんかかまっていられないのよ」彼女は言った。「あなたはマーカスでしょう？　クレイグとマンディを殺した頭のおかしいクソったれね？」

「手厳しいな」マーカスが含み笑いを漏らす。「正確に言うと、実際に手をくだしたのはファリスだ。きみがスネーキーと呼んでいる男さ。ファリスはわたしの弟でね。わが家の戦士だ。わたしは温厚な科学者にすぎない」

マーゴットは自分に向けられている銃とデイビーのアザだらけの顔に視線を走らせた。

「ええ、たしかにそうね」とつぶやく。「子羊みたいにおとなしいわ」

「きみは男をひどい目に会わせる女だな」マーカスがからかうように言った。「かわいそうなファリス、そしてカーレル」カーレルの肩をつつく。意識のない男は椅子の上で傾き、どさりと床に倒れた。「マクラウドもきみの呪いにかかっている。きみは男を破滅させる女だ」

「そんなことないわ」

「もう彼女に用はないだろう」デイビーが言った。「彼女を放せ」

マーカスが男たちに合図した。「猿ぐつわをしろ。こいつにはうんざりだ」マーゴットに向き直り、悲しげに首を振る。「マクラウドとファリスにカーレルときみの姿を見せて、思い知らせるつもりだった。二人とも幼稚な独占欲の強いタイプなのでね。だが、またしてもきみに足元をすくわれた」そう言うと屈みこみ、マーゴットがカーレルのナイフを探すときに放りだした小さなスプレーを拾いあげた。手のなかのそれをじっくりと観察し、ポケットに入れる。「よくできているな」

「ほしいものは手に入れたでしょう」マーゴットは言った。「わたしたちを解放して」

「無理なのはわかっているだろう」マーカスがたしなめた。「ここへ来る前からわかっていたはずだぞ。きみは馬鹿じゃない」

希望を捨てた彼女を支えているのは無感覚な諦観だった。どうせ死ぬなら好奇心を満足させたい。「じゃあ、クレイグはあなたたちの仲間だったのね？　詐欺でもやろうとしてたの？」

「いいや。クレイグは仲間ではない。わたしのために働いていたんだ」マーカスがきつい口調で答えた。「そのちょっとした勘違いのせいで、彼は命を落とした」

「つまり」マーゴットはつぶやいた。「彼はクレルのセンサーをかわす方法を見つけたのね？」

「見事な方法だった」とマーカス。「洗練され、簡潔で、すべてに対応していた。瞳孔スキャナー、心電、体温及び圧力センサー、動脈血酸素飽和度、電気抵抗、超音波、すべてに。彼はまさに天才だった」

「偽物の手を使って？　わたしが持ってきたみたいな？」

「いやいや。もっと気の利いたものだ。われわれは多層構造のゼラチングローブをつくった。あのゴムの手は、細かいところまで再現できるか試した試作品にすぎない。バイオロック生体認証センサーは、脈拍と体温のある生きた手でなければ拒絶する。クレイグはそれをパスする方法を見つけたんだ。彼はじつに才能のある男だった。そして、それは頭脳だけにかぎらなかった」くすくすと含み笑いを漏らす。「彼はパズルの最後のピースを手に入れるために、自分の貞操まで犠牲にした。しょうがないやつだ」

「パズルって？」マーゴットは必死で相手の話についていこうとした。

「プリシラ・ワーシントンさ」いらだたしげに答える。「尊敬すべき義理の母。ナチのあばずれ。きみが持ってきた手型だ」

ようやくわかってきた。「ねえ、待って。そのプリシラって、長い黒髪で黒いレースのパンティを穿いてる？」

「黒髪ではある。パンティに関しては……」マーカスはかすかに身震いした。「知りたくもない。考えただけでぞっとする」

女の勘で、マーカスが自慢したがっているのがわかった。カーレルみたいなぼんくらやスネーキーのような異常者に囲まれていたら、彼が自負している才能を理解される機会はないはずだ。

彼の虚栄心と孤独につけこんで時間を稼ごう。マーゴットは感心したふりをした。「それで、あの手型で何をするつもりなの？」

満足そうな笑顔が、推測の正しさを裏づけた。「何年も前から計画していた」マーカスが言った。「今夜、ケイリクス研究所の監視カメラはなぜか故障する。最高機密研究室に入るには、最高レベルの機密を扱う許可を受けた人物二名が同時にセンサーをパスしなければならない。今夜、クレルのバイオロック生体認証センサーから見れば、二名がパスする。そして二人はR８４２４を十本抜きだすことになっている」不審そうに曇ったマーゴットの目を見て説明する。「インフルエンザウィルスだ。非常に感染力が高く、きわめて質が悪い」もしすでに血液が凍ったヘドロのようにどろどろになっていなかったら、いまの話でいっきに凍っていただろう。「そんな」かすれ声でささやく。「嘘でしょう」「いいや、とんでもない」彼女の反応を見て、マーカスは忍び笑いを漏らした。「問題の二人には、今夜アリバイがないように取り計らってある。二人が誰にウィルスを売るつもりか誰にわかる？　その疑問に答えられる者はいない。誰が銃を持っているのかわからないロシアンルーレットみたいなものだ」

「世界的な流行になるかもしれないのよ。目的は何？　お金？」恐ろしさに声が割れた。「何が目的なの？」

相手のショックと恐怖心が高まるにつれ、マーカスは嬉しそうだった。「復讐だ。そしてもちろん、膨大な富と世界征服もある」浮かれた声になっている。「計画は何年も前から準備していたんだ。わたしはR８４２４のワクチンを開発した製薬会社に投資した。ニュースが公表されたとたん、二つのことが起こるだろう。プリシラはこの世でもっとも非難すべき女として軽蔑され、わたしは世界一裕福な男になる」マーカスは顔を輝かせた。「言うまでもないが、わたし自身はすでにR８４２４に免疫がある」

あまりの恐ろしさに、もう感心したふりはできなくなっていた。

「きみが取引を持ちかけてくるのを何カ月も待っていたんだ」不機嫌に言う。「ウィルスを欲しがっている人間はすっかり痺れを切らしている。なぜこんなにぐずぐずしていたんだ？」

あんたの存在を知らなかったからよ。マーゴットはそう言い返したい気持ちを必死でこらえた。見栄を張るなんてばかげているが、この頭のおかしい悪党に自分の無知をさらす気になれなかった。「そんな計画、認めないわ」マーゴットは冷ややかに告げた。

これだけは言える。

「おや、そうか？」マーカスは彼女の手をつかみ、しげしげと見つめた。「小さくてほっそりした手だな。プリシラの手にそっくりだ。よし、きみが今夜プリシラの手をはめろ。少々即興でやるしかない。いつ手型を手に入れられるかわからなかったのでね。きみはちょうどいいタイミングで現われてくれた」

「そんな恐ろしいことに手は貸さないわ」

「貸すとも。きみの気が変わるまで、マクラウドの体をどれだけ切り落とせばいいかためしてみよう。最初は両手から始めようか？　どうだね？　手は今夜のテーマでもあるからな」

マーゴットはごくりと喉を鳴らした。この男はわたしを見抜いている。そしてそれを承知している。

マーカスがぽんと両手を打ち合わせた。「部下が最後の調整をしているあいだに、ショーを見せてやろう。きみの求愛者二人の決闘だ。かわいそうなファリスに最後のチャンスをやると約束したのでね。もしファリスが勝てば、あいつはきみをおもちゃにできる。もっとも、弟はきみをもてあますような気がするが。あいつはきみを四六時中監禁するしかないだろう。

おそらくは薬づけにして。きみは信頼できるタイプにも従順なタイプにも見えない」

朦朧としたまま永遠に続く監禁生活を思うと、ぞっとして吐き気を催し、気が遠くなった。

「ええ」彼女は言った。「そうよ」


「おい、もっと飛ばせないのか？　のろのろするな！」

セスは時速一四〇キロを保ちながら、サン・カタルドの出口へウィンカーを出した。「かっかしてスピード違反で捕まるほうが、時間が無駄になる」

「いつからろくでもない理屈屋になったんだよ？」ショーンが息巻いた。「あんただけは弱腰にならないと期待してたんだぜ」

「向こうにいるのがおまえの兄貴じゃなかったら、そんな口をきいた償いにケツを蹴飛ばしてやるぞ。落ち着け、さもないとおまえのせいでみんな死ぬことになる」

ショーンは頭をのけぞらせ、大きく息を吐きだした。「コナーがいればよかったのに。もしおれがドジを踏んだら――」

「あいつがいないのはおまえのせいじゃない」セスがさえぎる。「コナーがパリに発ったとき、おれやおまえはもちろん、デイビーですら何を相手にしているのかわかっていなかった。たとえコナーが次の便でとんぼ返りしたとしても、まだこっちには着いてない。トラブルってのは起きるときには起きるんだ。頭を冷やせ」

ショーンはフロントガラスから前を見つめた。「あんなことには二度と耐えられない」

セスは心配そうにショーンをうかがった。自分は二年ほど前に弟を亡くした。ショーンは双子の兄弟を十二年前に亡くしている。ショーンの恐怖心をやわらげる言葉などあるはずがない。

「考えるな」セスは言った。「おまえはやるべき任務のある戦士にすぎない。おれたちは銃を撃ちまくりながら突入し、あいつらをなぎ倒す。そしておまえはすっきりした気分になるんだ。わかったか？」

ショーンの視線が足元のケースに落ちた。ケースのなかには今回の対決に備えて準備したフル装填したマック10サブマシンガン数挺と、三十二発入りマガジン数個が入っている。ウジサブマシンガンは予備としてトランクに入っていた。彼は横目で皮肉っぽくセスを見た。

「たいした装備じゃないけどな」

「おい、即興には慣れてるだろ」セスがけしかけた。「熱感知ゴーグルで壁の向こうの状況もわかる。それに目的地までもうすぐだ。だからモニターに目を戻して少しは役に立て。デイビーが親父さんに教わった合図を覚えてるのは間違いないんだな？」

「兄貴は何一つ忘れない」ショーンがうめいた。

「結婚式のリハーサル以外はな」とセス。

ショーンは思わずにやりとした。「何カ月も禁欲したあげく、ようやくゴージャスな美人と寝てたばっかりに」

セスがはじけるような笑い声をあげた。「脳みそが溶けてるのさ」

「ああ。そして、彼女とつきあうように兄貴をそそのかしたのはおれなんだ。ったく」

「考えたってしょうがない」セスがちゃかした。「彼女は色っぽい。抵抗できるやつなどいないさ」

ショーンが首を振る。「二度と仲人役なんかしないぜ」とつぶやく。「殺されかねないからな」


デイビーは数人の男たちに薄暗い長い廊下を引きずられていった。両脚を縛られているのがうらめしい。誰かを殺してやりたい気分だ。複数ならなおいい。マーゴットをあんな目に会わせたマーカスの内臓をえぐりだしてやりたい。あるいは、彼女がすばらしい復讐の女神でなければこうむっていた被害の償いをさせてやりたい。

マーゴットがカーレルに何をしたのかは、いまだにわからなかった。

男たちはデイビーを広い舞踏室に引きずりこんだ。アーチ型の天井からさがるクリスタルのシャンデリアが輝いている。両側には背の高い窓がずらりとならび、強風にあおられる深い木立が見えた。薄暗い空には厚く雲がたれこめ、地平線で稲妻が光っている。

寄せ木張りの床に顔から突き飛ばされた。デイビーはすかさず起きあがろうとしたが、男たちがライフルを構えるのを見て、どさりと腰をおろした。

雷鳴が轟いた。歯軋りしたくなるようなもどかしい時間が過ぎてゆく。

そのとき、ドアが開いた。マーゴットが入ってくる。彼女は胸を張っていた。うしろに続くマーカスが、マーゴットに銃口を向けている。

おれのパンサーウーマン。感きわまったように輝く彼女の目と視線が合った。目の下に化粧がにじみ、野性味があふれている。手なずけられていない雌豹。

なんという不毛。これほどタフで勇敢で非凡な女が、貪欲と狂気のブラックホールに吸いこまれるとは。彼女を思うと、恐ろしさでみぞおちが疼いた。これ以上自分の気持ちを抑えられない。事実を見つめなければ。そしてその事実はスリップドレスと汚れたスニーカーという姿で目の前に立っている。

マーゴット・ヴェッターはおれの心を大きく引き裂き、なかにいた怪物たちを解き放ったのだ。それならそれでかまわない。デイビーは息を吐きだし、それと同時に抵抗をやめた。この部屋はどうせ怪物でいっぱいなのだ。おれのが加わったところでたいした差はない。

スネーキーが現われ、物欲しげにマーゴットを見つめた。両腕に包帯を巻き、顔には絆創膏を貼っているが、ゆうべホテルで会ったときより元気そうに見える。痛みを抑えて反射神経を高める運動能力向上薬で興奮している男のように、血走った目がぎらついていた。こういう男は何人も見たことがある。彼らは手強く、自分が死んだことさえ気づかないこともあった。

マーカスが男の一人にデイビーの猿ぐつわをはずすよう合図した。「ミスター・マクラウド。おまえには選択権がある」と宣言する。「ファリスはおまえと闘いたがっている。同意するなら拘束を解いてやる。複数の人間がつねにおまえに銃を向けている。逃げようとしたり、好ましくない行動に出たら、すかさず射殺する。異存はないか？」

「もしあったら？」純粋な好奇心から尋ねる。

「その場合、おまえは縛られたままだ。そしておまえのレディの友人の目の前で、ファリスに気晴らしをさせる。弟は鍼の扱いがとてもうまい」

選択権が聞いてあきれる。デイビーは肩をすくめた。「そいつと闘う」

「おまえに受けた傷を補うために、ファリスにはちょっとした強壮剤を与えてある」マーカスが澄まして言った。「不公平だと思うかね？」

「ああ」

「たしかに」あっさりと認める。「運命とは不公平なものだ。だからそうじゃないふりをする必要はないだろう？ ルールは自縄自縛をもたらすだけだ」

デイビーは相手の理屈を理解しようとしたが、すぐにあきらめた。「自分を神か何かと思ってるようだな？」

マーカスがデイビーの拘束を解くよう男たちに合図する。「誰だってそうだ。だがほとんどの人間は、おのれの神性を認めるのをおそれる。わたしは違う。わたしは喜んで自分の力を受け入れる。いっさいこだわらない」

拘束を解かれたデイビーは即座に立ちあがり、しびれた指を動かそうとした。反応がない。頭のなかでマーカスの言葉がこだまし、暗号を解こうとでもしているように順序が入れ替わっていた――ルールは自縄自縛をもたらすだけだ。脳は何かを伝えようとしていたが、どうしても読み取れない。マーゴットがどれほど美しく大切な存在か彼女に伝えたいが、この連中の前で言うわけにはいかない。口に出したことはすべて彼女を傷つける凶器にされかねない。

デイビーは目で伝えようとした。

ファリスが部屋の中央に進みでた。黒いタンクトップとトレーニングパンツが、筋肉質のたくましい体を際立たせている。素足で軽くジャンプしながらデイビーを見つめる目が憎悪で燃えていた。痛みは感じていない。

デイビーはすばやく自分が受けたダメージを値踏みし、気落ちした。何時間も無理に伸ばされていたせいで、両腕の関節が腫れている。麻痺した両手はぴりぴりとしびれはじめ、目と喉は乾いてひりついている。最近二度の対決で受けたアザとこわばり、激しい頭痛、腫れて傷だらけの顔。数日分の睡眠不足。

どうでもいい。これが現実だ。

おれは彼女を愛している。

「こんなに顔がつぶれていなければ、ファリスはハンサムな男なんだよ」マーカスがマーゴットに言った。「きみはこいつのほんとうの姿を知らない」

その台詞と同時にスネーキーが飛びだした。デイビーは間一髪のところで首へのチョップをかわし、相手の首に腕をまわして肩越しに放り投げた。スネーキーは滑りやすい寄せ木張りの床の上で数メートル回転し、ゴムのように跳ね起きた。

みぞおちを狙って突進してくる。だがそれは見せかけだった。デイビーはすかさず身をひるがえし、股間への容赦ない蹴りをからくも逃れた。

頭がよくまわらない。動きは鈍く、体のあちこちが痛む。そして恐怖を感じていた。

ルール……自縄自縛。

したたる汗が目にしみる。無性に自分に腹が立った。長年に渡って過酷なトレーニングを積んできたのに、敵と闘いながら自分とも闘っている。デイビーは内なる抵抗を静観しながら、目にもとまらぬスピードでくりだされる強烈なパンチをブロックした。みずからのルールと術（すべ）と技術を総動員し、必死で考えをまとめようとする。

だが、いまの彼は役に立たない鎧の残骸を引きずっていた。重くて扱いにくい鎧を。ずっしりと目方のある鎧が、彼の命取りになっていた。

自分は変化しているのだ。固い鎧の外には広大な新しい世界が広がっている。大きく成長した自分は、もうみずからの殻には収まりきらなくなっている。

おれは彼女を愛している。体の奥で解き放たれたものが柔らかく揺れ動くうちに、集中力が戻ってきた。自分が存在する世界の隅々まで感じ取れる。陰と陽のバランス。深く息を吸いこむたびに胸に気（き）がしみこみ、エネルギーが満ちてゆく。右の鶴拳が顔への突きをかわした。鶴拳をおろしてあばらを狙ったパンチをブロックし、スネーキーの両腕を抑えて左の鶴拳で目を突いた。スネーキーが悲鳴をあげてあとずさり、目をこすった。

おれは彼女を愛している。痛みは消えていた。デイビーは腰を落として馬のポーズを取った。あらゆる方向にいまにも蹴りかからんばかりに前脚を振りあげる馬。彼は鶴であり豹であり、虎であり蛇であり龍だった。

スネーキーが喉を狙ってきた。デイビーの龍の鉤爪が顔にめりこみ、両手の動きを封じて床に突き飛ばす。龍が尾を振る——腰から払うようにくりだした裏拳がスネーキーのこめかみにあたり、頬骨を砕いた。

スネーキーが仰向けに倒れた。鼻から血があふれ、咳こんでむせている。両目は空ろに天井を見つめていた。

デイビーは背筋を伸ばし、あとずさった。

マーカスは無表情だった。ゆっくりとファリスに歩み寄り、かたわらに膝をつく。そして弟の顔の両側に手をあてた。「失敗は許されない」そっとつぶやく。

ファリスはびくっと痙攣し、苦しそうに息を吸いこむと、目をしばたたかせて兄の顔を見あげた。

マーカスが立ちあがり、デイビーに向かって横柄なそぶりで銃を振った。「けりをつけろ」

デイビーは目を見張った。「なんだと?」

マーカスがいらだたしそうにため息をつく。「おまえはこいつを倒した。とどめを刺せ」

「だが、それはおまえの弟だぞ」信じられない。

「だから?」何食わぬ顔で言う。「やれ」

デイビーは顔の汗をぬぐい、周囲の男たちが自分に向けている銃を見わたした。「おれはおまえの剣闘士じゃない」冷ややかに言う。「殺したければ自分で殺せ」

マーカスが銃を持つ手を動かし、銃口をマーゴットに向けた。にっこり笑みを浮かべ、彼女の膝へと狙いをおろす。

そのとき、彼はだしぬけに息を呑み、うしろによろめいて両腕を振りまわした。銃が暴発し、壁のしっくいが飛び散る。

マーカスが倒れた。ファリスが兄の両脚に脚をからめて転ばせたのだ。そして兄の股間に指を突き立てた。マーカスの苦悶の悲鳴は、弟が鼻梁にたたきこんだ斧のような一撃で唐突にやんだ。ぐしゃっとぞっとするような音がし、マーカスの鼻骨と眼窩が陥没した。

息を呑むようなその刹那、あたりの空気をつんざいて部屋の外から甲高い口笛が聞こえた。じょじょに高くなる二つの長い音のあと、短い低い音が一回。マーカスの手下はパニックに陥り、いっせいにファリスめがけて発砲した。

蜂の巣になったファリスが体をひきつらせる。

デイビーはマーゴットに体当たりした。「伏せろ！」彼女に覆いかぶさるように床に倒れこむ。ショーンの合図が示した猶予は三秒間だ。激しく床にぶつかった二人の体がはずむ。

その直後、あたりは騒然となった。ショーンとセスが胸の高さに構えたサブマシンガンを乱射している。少なくともデイビーはそう推測した。ガラスが砕け散り、耳を聾せんばかりの銃声のはざまに混乱と苦痛の悲鳴と叫び声が聞こえた。シャンデリアの一つが床に落下する。マーゴットは彼の下で縮こまっていた。震える体は暖かく、生きている。

ゆっくりと感覚が戻ってきた。戻ってこないほうがありがたかった。肩が痛む。殴られたような痛みだが、殴られたのではない。この強力な穴が持つぞっとするような冷たい感覚なら知っている。血圧が落ちている。ひどく出血しているのだ。いまは嵐が去るのを待つしかない。

だが嵐が去ったとき、デイビーはすでに意識を失っていた。

27

マーゴットは固く目をつぶってすさまじい轟音に耐えた。デイビーにのしかかられていなくても、息はできなかっただろう。重たい彼が上になって床に倒れたはずみで肺から空気が押しだされていた。三次元から二次元へと押しつぶされ、窒息しそうだ。気が遠くなる。マーゴットはそうなるまいと必死で抵抗した。

やがて轟音が治まり、耳鳴りのする耳に聴力が戻ってきた。スプーン一杯ほどの空気をなんとか吸いこんだとき、はっと気づいた。デイビーが動かない。

わたしに覆いかぶさったまま、じっと動かない。ぐったりとした重み。熱い液体が背中から腕を伝い、目の前の床にしたたっている。深紅。

胸の奥でパニックと恐怖が炸裂した。「デイビー？　デイビー！　返事をして！」あわてて彼の下でもがいたとたん、そっと慎重に動いたほうがいいと気づいた。下手に動いたら、余計なダメージを与えかねない。

マーゴットは手荒にしないようにゆっくり少しずつぐったりした体の下から抜けだした。彼の肩にはずたずたの穴が開き、ひどく出血していた。顔に血の気がなく、目を閉じている。

ぴくりとも動かない。

「デイビー?」包帯にできるものがないかと必死であたりを見渡すと、部屋の向こうから駆けつけてくるショーンが見えた。

ショーンは膝で床を滑ってデイビーの横でとまった。「何をしでかしたんだよ?」声が動揺している。

「撃たれたの」ようやくそれだけしぼりだせた。

「くそっ、セス、救急車を呼べ! 急げ!」ショーンはサブマシンガンを放りだし、背中からバックパックをおろして小さなケースを取りだした。蓋を開け、ガーゼを出す。手馴れたきびきびとした動きがとりあえずありがたく思える。

そのときになって、ようやく周囲の修羅場が目に入った。マーカスの手下の死体がそこらじゅうに散乱し、死体のまわりにさまざまな大きさの血だまりができている。なかにはまだうめき声をあげている者もいるが、ほとんどは無言だ。

マーカスとファリスは身の毛のよだつような血まみれの塊になっていた。あたり一面ガラスの破片が散らばり、氷片のように輝いている。雨の匂いを含んだ冷たい風が吹きこんでいた。

「彼は大丈夫?」自分の声が子どものささやき声に聞こえた。

「そうじゃなきゃ困る」ショーンは憎々しげに言い放ち、傷口にガーゼを押しつけた。「さもなきゃおれがぶん殴ってやる」

セスが横にしゃがみこんだ。「弾は大事な臓器にはあたってない」マーゴットに告げる。「だが、出血が多い」

マーゴットはデイビーの無傷の手を取り、ぎゅっと握り締めた。部屋の向こうから、ファリスの命のない血走った目がじっと見つめている。とがめるように大きく見開いた目。マーゴットは身震いして目をそらした。

デイビーの手は冷たくじっとりしている。彼女はそれをきつく握りしめた。無重力の空間にいて、この手を放したら宇宙空間へくるくると吸いこまれてしまうと言わんばかりに。ほかにわたしをつなぎとめてくれるものはない。ほかに基準にするものはない。彼が死ぬはずがない。そんなことになったら、大事なものは何一つなくなってしまう。冷たく空ろな虚無が残るだけ。

やがて、雑多な音があふれだした。やかましいざわめき。せわしなく動きまわる人びと。彼らはデイビーを担架に固定して運び去った。マーゴットはあとを追おうとしたが、目の前に現われた男に邪魔された。男は大声で質問をしていた。血について訊いている。わたしの血じゃない。マーゴットはそう説明しようとした――デイビーの血なの。わたしを助けようとしたせいで撃たれたのよ。なのに彼は連れて行かれてしまった。彼にはもう会えないかもしれない。だから一緒に行かせて。

意味をなす言葉は何一つ出てこなかった。意志を伝えられない。相手から離れようとしたが、救急隊員に引き戻された。

マーゴットはやり場のないもどかしさから泣きはじめた。デイビーは行ってしまった。セスとショーンも。一巻の終わり。すべてなくなり、すべて消え去った。誰かが彼女に注射をした。

マーゴットは絶望の涙の川を流れていった。

「申し訳ありません」デスクの向こうにいる女性は、マーゴットの血の染みがついたスリップドレスとマスカラがにじんだ顔を怯えたように見つめていた。「いまは面会時間じゃありませんし、面会はご家族の方だけに限られています。大丈夫ですか？　救急治療室へいらっしゃったほうが――」

「わたしは大丈夫よ、ありがとう。でもこれは特別なの」マーゴットは言った。「彼はわたしをかばって撃たれたの。わたしは家族同然なのよ。嘘じゃないわ」

「すみません。規則は規則ですので――」

「わかったわ」吐き捨てるようにそう言うと、マーゴットは疑い深い女に背中を向け、ふたたび明るい照明に照らされた廊下を行ったり来たりしはじめた。普通の人間に見えるようにできればいいのだが、病院のトイレにあるいやな臭いのする石鹸とざらつくペーパータオルでごしごしこすっただけでは、顔のおどろおどろしさはさほど消せなかった。何かに映る顔が目に入るたびに、自分でも悲鳴をあげそうになる。パンダみたいに目のまわりが黒い、興奮状態の頭のおかしい女。病院のスタッフが患者に近寄らせせようとしないのも無理はない。

相手の立場だったら、自分も同じ行動を取るだろう。

少なくとも、デイビーが生きていることはわかった。カーテンで仕切られた病院のベッドでたった一人目覚めたときから、ずっとそれが気になっていたのだ。

廊下を四往復したとき、病棟の警備員が廊下の端で看護師と話しているのが見えた。ルール違反に対する抵抗感はすでに燃え尽きていた。マーゴットはそっとドアに歩み寄った。反対側で誰かがボタンを押し、ルールなど意に介さない勢いで自動ドアを抜けていく彼女をぎょっとしたように見つめていた。

廊下のプラスチックの椅子にセスがゆったりと腰かけていた。リラックスしたポーズを取ってはいるが、長身の体はまだ緊張を漂わせている。

マーゴットが近づいていくと彼が気づき、ほっとした顔をした。「やあ。どこに消えたのかと思ってたよ。救急車が到着してばたばたしているあいだに、姿が見えなくなったから」

「注射をされたの」マーゴットは言った。「少し前に目が覚めて、それからずっとみんなを探してたの」

怪我の具合を探るように、セスの黒い瞳が全身を這う。「大丈夫か？　具合が悪そうだぞ」

「わたしは大丈夫よ。デイビーは？」

「眠ってる。命に別状はない。傷はたいしたことなかった。出血が多かっただけだ。でもシヨーンはすっかり落ちこんでいる。あいつは突入が十億分の一秒遅かったと思ってるんだ。だから、デイビーが撃たれたのは自分のせいだってね」セスは首を振った。「マクラウド兄弟ってのは、ほんとに手がかかるぜ」とぼやく。「ピンが一本落ちただけでびびっちまうんだ。いっぺんに感情的になる」

マーゴットはデイビーの激しい怒りや守ろうとする熱意、奔放な性欲を思った。「言いたいことはよくわかるわ。病室に入ってもいい？」

セスがうなった。「おれは番犬じゃない」

マーゴットはドアを押し開け、じっとデイビーを見つめた。たくましい体がぐったりと横たわっている光景に胸が痛んだ。点滴チューブが腕につながっている。顔は傷だらけで、アザのない場所は青白い。黄金色だった皮膚が灰色がかっていた。

ベッドサイドにショーンが座っている。彼は両手にうずめていた顔をあげた。

ショーンの変化は息を呑むほどだった。えくぼが消え、口元は険しく陰気な目をしている。その顔にはユーモアのかけらもなかった。

デイビーにそっくりだ。これまで二人が似ていることに気づかなかった。

緊張し打ちひしがれているときのショーンは、普段のデイビーに似ているのだ。そう思うとやりきれない。

そして、なんとなくうしろめたかった。はじめて会ったときから、わたしはデイビーをわずらわせてばかりだった。嘘をつき、そそのかし、あおりたて、困らせてばかりいた。

それなのに、彼はわたしの命を救ってくれた。勇敢に。それも一度ならず。そのあげく、こんな目に会ったのだ。灰色の顔でじっと病院のベッドに横たわり、点滴につながれている。

全身アザと傷だらけになって。

ショーンは何も話しかけてこなかった。セスのように彼女の全身に視線を這わせ、怪我の具合をチェックしている。無傷なのを見て取ると、明らかに安心したように視線をそらせ、ふたたび兄に目を向けた。

「命に別状はないとセスに聞いたわ」マーゴットはおずおずと口を開いた。

「医者はそう言ってる。おれにはぼろぼろに見える」

マーゴットはベッドに歩み寄り、デイビーの大きな手に自分の手を重ねた。ひんやりと冷たく、ぴくりとも動かない。彼女はたこのできたしなやかな指を握りしめた。「きっとよくなるわ」そっとつぶやく。「かならず」

ショーンが苦々しい短い笑い声をあげた。「そう思うかい？　ふん！　いつだって最悪の事態になりかねないんだ」デイビーの腕をさする。「おれは、意識不明のまま病院のベッドに横たわってる兄弟をさんざん見てきた。唯一言えるのは、棺おけに横たわってるのを見るよりましだってことさ」

「ごめんなさい」どう応えていいかわからない。

ショーンが首を振る。「おれはいつも一歩遅れを取るんだ」彼が言った。「いつもしくじって、助けそこなう」

マーゴットは必死で慰めの言葉をさがした。「でも、あなたは助けてくれたじゃない。駆けつけてデイビーを助けた。自分を責めることないわ」

「へえ？　そうか？　そもそも、きみとくっつくように兄貴をそそのかしたのはおれなんだ。おれは、兄貴はもっと外出したほうがいいと思った。のんびりして、女と寝て、もっと楽しむべきだと思ったんだ。それがどうだ？　おれがあんなことをしなければ、こんなことにはならなかった。おれはいつもそうなんだ。次から次へと、とんでもないヘマをしでかす」

　みぞおちの冷たいしこりがどんどんこわばり、耐えきれないほど痛みが強まっていく。

「ごめんなさい」マーゴットは小さくくり返した。

　ショーンが手をはらう。「違う。兄貴を撃ったのはきみじゃない。この世に蛆虫（うじむし）みたいなやつらがあふれてるのは、きみのせいじゃない」

　でも、ショーンが言ったことは事実だ。もしデイビーにアドバイスを求めるようショーンにそそのかされなかったら、こんなことにはならなかった。もちろん、そうしなければいまごろわたしは死んでいたか、もっとひどい目に会っていただろう。

　そう思ったところでなんの役にもたたない。

「おれは、きみに対するデイビーの反応を予想するべきだったんだ」ショーンが言った。「むかし関わったストリッパーみたいに。なんて名前だったかな……」

「フラーよ」とマーゴット。「デイビーの前の奥さん」

　ショーンが驚いた顔をした。「兄貴から聞いたのか？　フラーのことは誰にも話したことがないのに。コナーとおれだって、酔わせてようやく聞きだした。そして、この堅物を酔わせるのは容易なことじゃない」

「そうね」とつぶやく。「想像はつくわ」

「兄貴は絶対にガードをおろさない」ショーンが言った。「コナーとおれにすらそうなんだ。デイビーは、おれたちのためにつねに強くなきゃならなかった。親父がどうなったか知ってるか？」

　こくりとうなずく。

　ショーンは信じられないと言いたげにまじまじと彼女を見つめた。「なるほど。じゃあ、デイビーは根深く暗い秘密を全部話したんだな。きみに惚れてる（クレイジー）に違いない」

「たしかに彼を怒らせた（クレイジー）わ」マーゴットは言った。「それだけは言える」

　ショーンが手を伸ばしてデイビーの額に触れた。「兄貴は必死だった。親父やお袋のかわりになろうと、そしておれたちの司令官になろうとしてね。十四のときからずっとだ。そのときから、一度も手を休めようとしなかった。きっと休み方を忘れてしまったんだ」

　喉がつまって返事ができない。マーゴットは無言でうなずいた。

「そして、力を抜くようにせっつかれればせっつかれるほど、兄貴は態度を硬化させる」ショーンが続ける。「融通のきかない堅物め」組んだ腕をベッドにつき、そこに顔をうずめた。広い背中が震えている。

　マーゴットが肩に触れると、ショーンはぱっと飛び起き、彼女は思わず手を引っこめた。

「やめてくれ、頼む」げんなりしたようにショーンが言った。「個人的に取らないでくれ。言わずにはいられなかっただけだ」

「ごめんなさい」かすれた声で応える。「じゃあ、わ……わたしは失礼するわ」

マーゴットはそっとあとずさった。ドアに背中があたったところで涙をぬぐい、最後にもうひとめデイビーを見た。

そして廊下に歩みでた。もしかすると、宇宙に漂いでたのかもしれない。

廊下の椅子に、すでにセスの姿はなかった。マーゴットは歩きだした。どちらへ歩いているのか、自分でもわからない。まぶしいほど白いタイルの床の中央に映る頭上のライトの帯をひたすらたどる。壁にぶつかると方向を変え、ふたたびライトの帯と白い廊下をたどりつづけた。

ここにはいられない。無力な厄介者として、デイビー・マクラウドと彼の家族にまとわりついているわけにはいかない。魂が抜けた空ろな存在になった気がした。デイビーに頼ったあげくどうなったか考えてみればいい。危うく彼の命を奪うところだったのだ。彼の看病をしたいけれど、いまのわたしは宇宙を漂うゴミにすぎない。行くあてもなく、何者でもない。バッグがどうなったのかもわからなかった。鼻をかむティッシュもないし、電話をかける小銭もない。

けれど、電話をかける相手がいるわけでもない。壁の高いところにかかる時計に目が行き、午前三時四十五分だとわかった。九カ月前なら、迷うことなく女ともだちの一人に電話をしていただろうが、あれはもう大昔の話だ。口にするのも恐ろしい出来事のせいで、わたしはすっかり変わってしまった。ジェニーもピアもクリスティンも、わたしがわからないかもしれない。みんなを怖がらせてしまうかもしれない。わたしが犯罪者か麻薬中毒にでもなったかのように。人間のブラックホール。小銭もないまま一人取り残されている。

けれど、どこかから始めなければならない。誰かのシャワーを使い、誰かのソファで眠る。ああ、ママに会いたい。マーゴットは鼻をすすった。視界がぼやけ、プラスチックの椅子にしたたかに足をぶつけた。その椅子にどさりと腰をおろす。

こんなわたしはデイビー・マクラウドにふさわしくない。分不相応だ。わたしには魂も自我もない。一人の人間ですらない。ただのゴミ。泣いて苦しみをやわらげたいのに、その気力すらない。

時計の分針が進んでいく。時間はゆがみ、うるんだ目でぐるぐると乱れ舞う光が奇妙なかたちに見えた。まぶたが重い。足も、心も。ずっしりと重い。

「メグ・キャラハン?」

胸についていた顎がぱっとあがった。うなだれていたせいで首が痛む。いつのまにか眠っていたのだ。

マーゴットは目をこすり、一分のすきもなく装った長身の黒人男性に目の焦点を合わせた。コーヒーが入ったカップを持っている。「メグ・キャラハンですか?」

マーゴットはうなずいた。言いたいことは何もない。好奇心も恐怖も希望もない。彼女は生気のない目で男を見つめた。

「わたしはサム・ギャレット刑事です。サン・カタルド警察の」男が言った。「昨日の午後話しましたよね。覚えてますか？」

「なんとなく」マーゴットは答えた。「もうわたしに用はないでしょう。終わったみたいだもの」

「そうですね」ギャレットがコーヒーを差しだした。「砂糖とミルク入りでいいですか？」

マーゴットはカップを受け取った。火傷しそうに熱い。その痛みがありがたかった。それはしがみつくロープであり、感覚の支えだった。

「ミズ・キャラハン。朝まで生き延びられたら、すべて話してくれると約束しましたよね」

ギャレットが言った。

「ああ」とつぶやく。「そうだったわね。わたしはまだ生きてる。そうよね？　とりあえずだけど」刑事の顔に目の焦点を合わせようとしたが、どうしても視界がぼやけて顔がゆがんでしまう。

「証言をする気はありますか？」

マーゴットはじっくり考えた。「わたしは逮捕されるの？」さしたる関心もなく尋ねる。

ギャレットが隣りに腰をおろした。「現時点では違います」

「そう」そう言ってつかのま考えをめぐらせる。証言。とりあえず何かをやることはできる。スタート地点にはなる。

彼女は目をしばたたかせ、首を振って頭をすっきりさせると、がぶりとコーヒーをあおった。唐突な刺激に喉が詰まり、むせて咳こんだ。やがて落ち着きを取り戻すと、彼女はうなずいた。

「いいわ」物憂げに言う。「証言するわ」

28

デイビーがそのブロックを一周するのは、これで四回めだった。恋に悩むティーンエイジャーのように振る舞っている自分が気まずくなりはじめていた。もっと言えば、執着心の強い変人のような自分が。その正体は、単なる小心者だ。

彼はブロックの端に車を停め、ヴィクトリア様式の家を見つめた。サム・ギャレットからマーゴットの連絡先を聞きだし、それからセスのラップトップで公共データベースをいじって彼女の友人であるピアの住所を探りあてた。だが、自分がここにいる理由はまだわからずにいる。

助手席にはマイキーが座り、嬉しそうに熱い息を弾ませながら彼を見ていた。マイキーはマーゴットの居場所をつきとめる口実だった。

口実が必要なのは気に入らないが、彼女はおれがこの八日間病院のベッドに縛りつけられていたのを知っていた。おれの携帯の番号も知っている。会いたいと思っているなら、連絡してきたはずだ。いつでも好きなときに。

どうやら彼女はおれに会いたくないらしい。おそらくこれまでのことはすべて忘れたいと思っているのだろう。おれも含めて。たぶん思いだしたくもないのだ。無理もない。おれの態度はお世辞にも褒められたものではなかった。彼女に対していつもどうしようもない態度を取った。できればそのことは考えたくない。考えると決まりが悪くて身悶えが出る。

自分の行動に理由をつけて正当化しようとすればいくらでもできるが、そんなことをしても痛みは消えはしない。彼女は愛していると言ってくれたが、あれは厄介な事態になる前だった。愛の告白の効力はどれぐらい有効なのだろう？　特に、無作法で意気地のない間抜けに告白を拒絶され、その直後に血なまぐさい虐殺に巻きこまれた場合は。

知ったことか。おれはとにかく彼女に会わずにはいられないのだ。状況や条件がどうあれ、どんなルールにのっとっていようが関係ない。どんなことでもやってやる。威厳もプライドもすでにかなぐり捨てている。

マーカスのアジトにいたときは、もしあの悪夢を無事に乗り切れたらマーゴットとずっと愛し合っていけると確信していたが、彼女から連絡がない日が続くうちに不安が頭をもたげてきた。自分を愛してくれない相手に恋する人間は大勢いる。失恋して見捨てられる人間も。よくある悲劇だ。マイルズを見てみればいい。

デイビーは大きく息を吸いこみ、車を降りた。マイキーは彼のやるせなさを感じ取り、胸を這い登って顎を舐めた。しきりに息を弾ませ、缶入りドッグフードの臭いがする口臭を顔に浴びせてくる。むかつく臭いだが、それでも微笑まずにはいられなかった。

皮肉な話だ。年取ったプードルのほうが感情表現に長けているとは。マイキーは自分の気持ちをあけっぴろげにさらけだしている。
おれもせいぜい同じようにやってみよう。

マーゴットはコンピュータ画面に映る不動産リストを見つめていたが、実際はうわの空だった。サンドイッチを食べたり、アイスティー一杯飲むあいだすら心を集中していられない。デイビーは昨日退院したはずだ。いまどこにいるのだろう。何を考えているのだろう。たまらなく彼に会いたい。もう何日もその衝動と闘っていた。けれど、彼にはさんざん迷惑をかけた。彼のもとに駆けつけて、愛してくれと泣きつくのは図々しい気がする。デイビーは何度もそんな気はないとはっきりと宣言した。わたしはめそめそと彼への想いを訴えるしつこい女にしか見えないだろう。今度また拒絶されたら、きっと立ち直れない。

マーゴットは両手に顔をうずめ、自分は本来弱い人間なんかじゃないと自分に言い聞かせた。いつか楽になる日が来るはずだ。

玄関のチャイムが鳴り、彼女はぱっと立ちあがった。だがすぐに座りなおす。どきどきしている自分が腹立たしい。もうわたしにつきまとう怪物はいないのだ。たぶんファッションデザイナーをしている友人のピア宛てに、宅急便で見本が届いたのだろう。マーゴットは素足で玄関へ向かい、のぞき穴をのぞきこんだ。

肺の空気が石に変わった。

ドアを開けるのよ、馬鹿ね。早く。開けなさい――内なる声にしたがって玄関を開ける。彼は以前よりやせていた。頰骨の下のくぼみが深くなり、アザは黄色がかった緑色に変化している。ものすごくハンサムで、胸がつぶれた。マイキーが嬉しそうに吠え、彼の腕のなかでもがいている。

「やあ、マーゴット」静かな声で彼が言った。「それとも、マーガレットと呼んだほうがいいかな？」

「友だちにはメグと呼ばれてるわ。でも不思議ね。いまはマーゴットって呼ばれるほうが好きなの」あなたがそう呼ぶから。

デイビーの顔にまばゆいばかりの笑みが浮かんだ。「よかった」彼が言った。「おれもその名前のほうが好きだ。別の名前できみを考えるのはむずかしかった」

ぎこちない沈黙が落ちる。彼がマイキーを差しだした。身をよじる犬を腕に抱えると、マイキーは嬉しくてしょうがないと言うように勢いよく尻尾を振って鼻を鳴らした。「ずいぶん元気になったみたいね」

「きみはきれいになった」

マーゴットは赤面し、わが身を見おろした。ピアのカットオフジーンズと、白いホルタートップを着ている。デイビーが来るとわかっていたら、ピアのおしゃれな服をもっと真剣にあさったのに。

それなのに、わたしったらお化粧もしていないし、髪もぼさぼさだ。「そんな、まさか」

ぼそぼそとつぶやく。「でも、ありがとう」

彼の真剣な目つきは耐えがたいほどだった。

「マイキーを連れてきてくれて、どうもありがとう」床におろすと、マイキーは仰向けに寝転んで嬉しそうに四肢をぶらぶらさせた。「この子はわたしに腹を立ててるんだろうと思っていたわ。何を考えてるかわからない子ね」

「マイルズとの暮らしが楽しかったんだろう」デイビーが言った。「似たもの同士だからな。心から望むものが手に入らない孤独な男同士」

そのあとに続く沈黙は、何か大切なものをはらんでいるように思えた。

勝手に虫のいい想像をするのはやめなさい。マーゴットは自分をたしなめた。この罠にはまって苦しんだことがあるでしょう。

「入ってもいいか？」デイビーが訊く。

マーゴットはあわてて網戸を押し開けた。「もちろんよ。ごめんなさい。そういうつもりじゃ――」

「気にするな」彼が入ってきた。二人は見つめあった。マイキーがうしろ足で立ちあがってデイビーの太腿に前脚をかけている。「元気にしてるのか？」

マーゴットはぎこちなく微笑んだ。「まあね。どうやって人生を取り戻すか、いろいろ模索しているところよ。でも、なかなかはずみがつかなくて。ずいぶん時間がたってしまったから、どこから手をつけていいかわからないの」

「よくわかる」彼が指先で頬に触れてきた。マーゴットが火傷したように身を引くと、彼は手をおろした。ああもう！　あの手をつかんで、もとの場所に戻したい。

　必死で気を取り直す。「あ、あなたはどうしてるの？」

　彼の口元が皮肉にゆがんだ。「マーカスとの一件は、少なくともおれたちの新しいビジネスにとってはいい宣伝になった。ケイリクスから仕事のオファーが来てる。うちのチームワークにプリシラ・ワーシントンが感心したらしい。妙な話だ」

「感心して当然よ」とマーゴット。「警察のほうは問題ないの？」

　デイビーが首を振る。「セスにもらったボタンが、マーカスの会話をすべて録音していた。おれの潔白は証明される。シアトル警察とも連携したから、ゴメスはおれの件からは手を引いた。ギャレットからは、サン・カタルド警察もうちにコンサルティングを打診するかもしれないと言われた。わが社は今週、あちこちからひっぱりだこさ」

「すごいじゃない。それで……怪我の具合はどうなの？」

「大丈夫だ。順調に快復してる。昨日退院した」

「知ってるわ」マーゴットは言った。「ギャレットがいろいろ報告してくれているの」

「そうなのか？」眉をしかめる。「あいつは何も言ってなかった」

「たぶん、わたしが言わないように頼んだからよ」

「どうして？」

　棘のある口調に、マーゴットは思わず視線をそらした。こうして彼を目の前にしていると、自分の理屈がやけに意気地のないものに思える。

「わたしはさんざん災いを起こしてきたわ」彼女は言った。「何人もの人が命を落とし、あなたは死にかけた。自分が死神になったような気がしたの。行く先々で災難を引き起こす、しつこくて頭のおかしいイカれた女みたいに――」

「マーゴット、言っただろう。きみのせいじゃない」

彼女は続けた。「だから、こう思ったのよ。あなたは厄介事に巻きこまれている女性を助けたことがあるって聞いてたし、わが身を犠牲にしてわたしを助けようとしてくれた。だからあなたにつきまとうべきじゃないと――」

「それは逆だ」

何を話していたかわからなくなり、口ごもる。「え？」

「しつこくて頭のおかしいイカれたやつは、おれのほうだ。きみじゃなく」

息ができない。「デイビー……」

「あんなふうに姿を消すことはないじゃないか」彼が言った。「おれが撃たれて入院しているのに。残酷だ」

残酷？「でも……でも、わたしにいてほしいと思ってくれてるなんて思わなかったんだもの」しどろもどろに応える。「これ以上あなたに頼っちゃいけないと思ったの。わたしはあなたを殺すところだったのよ」

「じゃあ、おれは誰に頼ればよかったんだ？」

そのひとことで、世界はまったく新たな複雑なかたちに変化した。マーゴットは首を振った。目に涙があふれる。「そんなふうに思ってくれてるなんて、知らなかったもの」

「じゃあ、これでわかっただろう」

冷静な口調にかっとした。つかみどころのない頭の体操みたいなまねをさんざんしたくせに、図々しくもわたしに罪悪感を抱かせている。「なにをわかればいいの？」と問い詰める。「あなたの都合？　あなたの都合のことならよくわかってるわ。わたしたちの堕落した関係が始まったときから、あなたは率先して認めてたじゃない」

「セックスのことを言ってるんじゃない」その言葉は嚙みしめた歯のあいだからひとことずつしぼりだされた。

彼をあおるのは正当でも賢明でもないが、染みついた習慣にはあらがえなかった。「そうなの？　まあ残念。じゃあ、別のいかがわしい申し出をしてくれるのかしら？」

「もしそうだったら、受けてくれるか？」

思ってもいなかった質問に虚をつかれ、プライドも安全策を取るのも忘れて思わず本心が出た。「ええ。あなたのいかがわしい申し出のためなら、なんでもするわ」

息詰まるような長い沈黙が流れた。デイビーが視線を落とす。「それなら……」ごくりと喉を鳴らし、ためらいがちに続ける。「それなら、まっとうな申し出はどうなんだ？」

マーゴットは完全に虚をつかれた。「まっとうななんですって？」

「申し出だ」とデイビー。「たとえば、結婚とか」

あまりのことに、口を閉じることもできなかった。「結婚？」消え入りそうな声しか出ない。

彼の顎がひきつった。「きみがまだ、その、以前と同じ気持ちでいるかわからないが。つまり――」

「あなたを愛してるって言ったこと？」と助け舟を出す。

デイビーがうなずいた。「あれから途方もないことがたくさん起きたのはわかってる。きみには少し時間が必要かも――」

「いいえ」

彼の顔がこわばった。「考えてほしいだけだ」

「そうじゃないの。時間なんかいらないわ」マーゴットは言った。「一秒だっていらない」

彼はいらだたしそうに手を振った。「そうか。じゃあなんだ？　言ってくれ、マーゴット。これ以上じらさないでくれ」

頭がくらくらする。マーゴットは彼の胸に手をあてた。激しい鼓動が伝わってくる。「どこをつかめばいいの？　痛いのはどこ？」

暖かい両腕が体を包みこみ、むきだしの背中を撫でた。「痛いのは左肩だ。それ以外ならどこでも好きなところをつかんでくれ。それで？　おれを苦しみから救ってくれるのか？　それともこのまま放っておく気か？」

「今度はあなたが勘違いしてるわ」

彼はマーゴットに上を向かせ、顔をしかめた。「曖昧な言い方はやめてくれ。おれは八日間も病院のベッドで惨めな思いをしてたんだ。情けをかけてくれ」

マーゴットはまっすぐ彼の目を見つめた。「おおかたの男性は、プロポーズする前に自分の気持ちを伝えるものよ」

デイビーは彼女の頬にかかった髪をどけた。「その手の甘ったるい感傷的なことは、正式なプロポーズをすれば自動的に伝わるものだと思っていた」警戒した低い声で言う。

マーゴットは彼の手に頬をこすりつけた。「だとしても、わたしを喜ばせてくれてもいいんじゃない？　甘ったるい感傷的な台詞を言ったところで、死にはしないわ」

彼は顔をしかめ、彼女を抱き寄せた。髪に指をからませている。「ちくしょう、マーゴット。どうすればわかってくれるんだ？　さんざんきみにまとわりついて、頭のおかしい殺人鬼と闘ったあげく銃で撃たれたんだぞ。それでもまだ足りないのか？　おれがきみに夢中だってわかってるだろう！」

マーゴットは息が詰まった。「で、でも、正義感が強いからやっただけかもしれないわ」

「ふん」鼻で笑う。「イエスかノーかだ、マーゴット。言ってみろ」

こんなに頑張っている彼をこれ以上いじめたらかわいそうだ。「イエスよ」マーゴットは言った。「愛してるわ、デイビー。ずっと愛してた。最初からずっと」

デイビーが目を閉じた。大きくため息をつき、マーゴットを抱きしめて首筋に顔をうずめる。肩が震えていた。

二人は抱き合ったままゆっくりと揺れはじめた。えもいわれぬリズムで。永遠にそうしていられそうだったが、ジーンズからティッシュを出して鼻をかまずにはいられなかった。ナイアガラの滝のようにあふれている。

ティッシュ騒ぎは一度ではすまなかった。両目と鼻をぬぐい終えたとき、デイビーがポケットから小さな箱を出して差しだしたのだ。「午前中ずっと宝石店めぐりをしてたんだ。でもここへ来たとたん舞いあがって忘れていた」

箱を開けたマーゴットは、見事なスクエアカットのエメラルドに目をみはった。柔らかい光を放って輝いている。小粒の真珠とバロック風のゴールドの玉が周囲を取り巻いていた。

「まあ、デイビー」

「きみの赤い髪にはエメラルドが映えると思った。もとどおりに髪が伸びたら」ためらいがちに言う。「気に入ったか？」

「すばらしいわ」やっとの思いで応えた。「すごくきれい」

またティッシュの出番。右手で拭き取り作業をしているあいだに、デイビーが左手に指輪をはめてくれた。彼がその手を唇に近づけてキスをすると、膝から力が抜けそうになった。

彼は胸の下で結んでいるホルタートップの白い結び目に指をひっかけた。結び目がほどけると両肩から布切れをはずし、まじまじと体を見つめている。「いかがわしい申し出も受ける用意があると言ったよな？」

彼の目に浮かぶ表情に息が詰まる。「あなたが相手なら、なんでも受けるわ。でも、いまのあなたは怪我をしてるんだから、負担がかかるようなことは少し避けたほうがいいんじゃない？」

その質問は聞き流された。「友だちのピアがひょっこり帰ってくることは？」

ちらりと時計を見あげる。「あと二時間くらいは帰ってこないわ。でもわたしは裏のアトリエで寝てるから、なんだったら——」

「ああ。すぐそこへ行こう」

マーゴットは彼の手を取り、ピアのフトンベッドがあるアトリエへ向かった。マイキーがあわてて追いかけてきたが、デイビーが抱きあげて長い毛の生えた頭をすまなそうに撫でた。

「あとでな。気を悪くしないでくれよ」そっと廊下にマイキーをおろし、ドアを閉める。

そしてマーゴットを抱き寄せ、鼻をこすりつけながら素肌に両手を這わせた。ジーンズとパンティをそっとおろし、太腿のあいだに指を入れてくる。すぐに熱く潤おわずにはいられない巧みなテクニック。なめらかに潤っているのに気づき、彼はかすれた吐息を漏らした。

「あれは持ってる……」そう言いかけたところで、コンドームに関する前回の波乱含みの会話が思いだされた。

デイビーが首を振る。「一方のポケットに婚約指輪を入れ、反対のポケットにコンドームを入れてここへ来るのは厚かましい気がした。そう思わないか？」

マーゴットは首を振った。デイビーの暖かい唇が首筋をかすめる。

「おれはきみ以外の女はいらない」彼が言った。「落ち着いたらすぐに結婚したいし、きみと子どもをつくりたい。いますぐでもあとでも、いつでも。だから……？」「いいわ」即座に答える。「大賛成よ」彼のゆったりしたシャツのボタンをはずす手が震えた。「ほんとうに大丈夫なの？　少しよくなるまで待っても――」「待ちたくない。おれは飢えてるんだ」すばやく肩をゆすってシャツを脱ぎ捨てる。「それに、いまなら羽根を使っておれを骨抜きにする絶好のチャンスだぞ。おれはいつまでも弱ってはいない。できるうちにやっておけ」

彼はベッドに横たわり、マーゴットを引き寄せてまたがらせた。彼女は肩の包帯を見つめた。アザだらけの体に包帯の白さがまぶしい。「かわいそうに」マーゴットはささやいた。デイビーが彼女の唇に指を一本あてた。「いまはなしだ。おれの世話ならあとでいくらでもできる。いまは最近のお気に入りの空想を楽しみたい。ゴージャスなパンサーウーマンが、なすすべなくベッドに横たわるおれをおもちゃにするんだ」

マーゴットは笑い声をあげた。「わたしがいばりちらす番ってこと？」彼のジーンズのボタンをはずしはじめる。「痛かったら言って――」

「二度とおれを一人にしないでくれ」彼が言った。「心が痛む」

マーゴットは真剣な彼の目を見おろしながら、喉に詰まった塊を飲みこもうとした。「しないわ」そっとささやく。「わたしを引き離そうとしても無駄よ」ジーンズを引きおろし、両手で熱く固いペニスをつかむ。そしてやさしく愛撫しながら彼の上で体勢を整えた。

このうえなく当たり前のような気がする。じれるほどゆっくりと腰を落とし、大切な瞬間をできるだけ長引かせながら彼を迎え入れると吐息が漏れた。

デイビーが彼女の両手をつかみ、唇へ引き寄せた。「愛してる、マーゴット」

「わたしも愛してるわ」震える声で言う。「痛くない？　もし彼女は彼の胸に倒れこんだ。

——」

「いいや、すごくいい。元気になりそうだ」腰を突きだしながらマーゴットを引き寄せる。「愛してるよ、愛してる」その言葉はせかされてでもいるように荒々しく熱をこめて発せられた。「なんてきれいなんだ。これからもずっと、愛してる」

気持ちが高まって言葉で返事ができなかったが、デイビーは彼女のキスの意味を理解してくれた。最初から、二人の体は一度も嘘をつかなかったのだ。きつく抱き合ったまま、疑いも駆け引きも、言葉すらいらない世界へと運んでくれる情熱と悦びによって一つに溶けていく。

そして二人は、信頼とかぎりない愛情に身をまかせた。

訳者あとがき

お待たせいたしました。昨年二〇〇五年に二見文庫より出版された『影のなかの恋人』から早一年。ホットなロマンスと息詰まるサスペンス、魅力的な登場人物で読者の心をがっちりつかむシャノン・マッケナの新作をお届けします。本書は前作に続くマクラウド・ブラザーズの第二弾。今回も強い絆で結ばれた兄弟とその仲間たちによる愛をめぐるドラマが展開します。

主人公は常に冷静な一家のリーダー、長男のデイビー。幼いころに両親を亡くしたのち、手のかかる弟たちを守り育てるためにストイックな頼れる兄貴という立場を貫いてきたデイビーは、なにごとにも動じない理知的な姿勢を保つことを信条としているため、女性に対しても闇雲な衝動に突き動かされるのを嫌い、自分の生活をシンプルで波風立たないものにしたいと考えています。

けれどそんなクールな生き方も、彼が武術を教える道場の隣りにあるジムにインストラクターとして入ってきたマーゴット・ヴェッターをひとめ見たとたん崩れ去ってしまいます。魅力的なだけでなく、身元を偽っているマーゴットへの好奇心を抑えきれずにいたデイビーは、彼女からストーカー被害を受けているのを相談されたのをきっかけに、急速にマーゴットに惹かれてゆきます。

一方のマーゴットは、誰にも言えない大きな秘密を抱えていました。数カ月前、恐ろしい陰謀に巻きこまれた彼女は、努力してようやく手に入れたキャリアを含めてそれまで築きあげた人生すべてを捨て、別人になりすまして逃亡中の身だったのです。低賃金の仕事をかけもちしてかつかつの暮らしをしながらも、いつかかならず以前の生活を取り戻そうと歯を食いしばって奮闘してきたマーゴットですが、得体の知れないストーカーにつきまとわれるに至り、気骨を振り絞るのも限界になっていました。誰かに頼りたい。せめて話を聞いてほしい。そんな気持ちをこらえきれず、マーゴットは以前から気になっていたデイビーに相談したのです。

女に翻弄されるのを良しとしないデイビーと、秘密を打ち明けるわけにはいかないマーゴット。微妙な距離を保って始まった二人の関係は、しかしあっと言う間に情熱的な恋へと燃えあがっていきます。けれどついにマーゴットが過去に追いつかれるときがやってきます。全身の毛のよだつような存在の魔手が伸びるにつれて、二人の身辺でふえていく死体。彼らがおたがいへの想いを貫く方法はただ一つ、邪悪な敵との生死をかけた闘いに勝つことでした――。

これまで二見文庫から出版された『そのドアの向こうで』と『影のなかの恋人』の双方で、デイビーは私立探偵という立場を生かして欠かせぬ脇役として活躍してきました。けれど本書では、夫や妻の浮気調査が多い探偵稼業にいやけがさし、セキュリティ・コンサルタントへの移行を考えています。湾岸戦争で戦った経歴を持ち、マーシャルアーツの達人でもあるデイビーは常に泰然自若としている一方で、弟たちには並々ならぬ愛情を抱き、彼らのためならわが身の危険もいとわない人物です。自分のことはあまり語ろうとしないデイビーですが、本書では彼が封印しようとしてきた過去の辛い経験が明らかになります。寡黙な仮面の下にはこんなやるせない思いが隠れていたのかと、デイビーの魅力を再発見していただけること請け合いです。

また、これまでの二作でおなじみとなった人物たちが勢ぞろいするのも本書の読みどころと言えるでしょう。なにしろ前作『影のなかの恋人』でハッピーエンドを迎えたコナーとエリンの結婚式の場面が描かれているのです。幸せにあふれるコナーとエリンはもちろん、モデル並みの美形でお調子者ですが、兄たちを思う気持ちは誰にも負けない末っ子のショーン。あいかわらずワイルドな雰囲気を漂わせるセスと、そんな彼をしっかり手なずけている妻のレイン。コナーのＦＢＩ時代の同僚ニック。エリンの妹シンディにかなわぬ想いをつのらせるマイルズ。そして妖艶で危険な謎の美女タマラ。彼らの健在ぶりを嬉しく思うと同時に、今後の活躍にいやがおうにも期待がふくらみます。

著者は現在、末っ子ショーンを主人公に据えた作品に取りかかっているようです。夜ごとベッドの相手を替えているらしい彼の心を射とめるのはどんな女性なのでしょうか。さらに、ニックやタマラ主演のスピンオフも執筆予定とか。今後もしばらくマッケナ作品から目を離せそうにありません。

ザ・ミステリ・コレクション

運命に導かれて

著者　シャノン・マッケナ

訳者　中西 和美

発行所　株式会社 二見書房
東京都千代田区神田神保町1-5-10
電話　03(3219)2311［営業］
03(3219)2315［編集］
振替　00170-4-2639

印刷　株式会社 堀内印刷所
製本　ナショナル製本協同組合

ISBN4-576-06129-1
http://www.futami.co.jp/